素 ᴬ₌DR │ 文艺家

文学发明

WONDERWORKS

The 25
Most Powerful Inventions
in the History of
Literature

Angus Fletcher

［美］
安格斯·弗莱彻
著

郭澍
译

天津出版传媒集团

天津人民出版社

图书在版编目（ＣＩＰ）数据

文学发明 / (美)安格斯·弗莱彻著；郭澍译. --
天津：天津人民出版社，2024.7
ISBN 978-7-201-20403-1

Ⅰ.①文… Ⅱ.①安… ②郭… Ⅲ.①世界文学—文
学评论 Ⅳ.①I106

中国国家版本馆CIP数据核字(2024)第112337号

Wonderworks: The 25 Most Powerful Inventions in the History of Literature
Copyright © 2021 by Angus Fletcher
Published by agreement with Calligraph LLC., through The Grayhawk Agency.
Simplified Chinese edition copyright © 2024 United Sky (Beijing) New Media Co., Ltd.
All rights reserved.

著作权合同登记号图字：02-2024-057号

文学发明
WENXUE FAMING

出　　版	天津人民出版社
出 版 人	刘锦泉
地　　址	天津市和平区西康路 35 号康岳大厦
邮政编码	300051
邮购电话	022-23332469
电子信箱	reader@tjrmcbs.com

选题策划	联合天际·文艺生活工作室
责任编辑	霍小青
特约编辑	邵嘉瑜　王柏淞
封面设计	@broussaille 私制
美术编辑	杨瑞霖

制版印刷	大厂回族自治县德诚印务有限公司
经　　销	新华书店
发　　行	未读（天津）文化传媒有限公司
开　　本	889 毫米 × 1194 毫米　1/32
印　　张	16.5
字　　数	265 千字
版次印次	2024 年 7 月第 1 版　2024 年 7 月第 1 次印刷
定　　价	98.00 元

关注未读好书

客服咨询

目录

啊，火焰万丈的缪斯女神，愿您高登灵感的至高天境。

——威廉·莎士比亚，《亨利五世》

序言
创造力的天堂

破晓时分。

即便在这朦胧的肉粉色光线中，这一点也是毋庸置疑的：这项发明妙不可言。它能修补心的裂痕；它能点燃黑暗中的希望；它能唤起欣喜若狂和艰难岁月的记忆；它能驱散阴霾，冲破云霄。

这项发明便是文学。且让我们重回那个破晓时分，好亲手攫住文学的光芒。让我们来领略文学创造的源泉，以及由其创造而产生的一切事物。

文学的发明

大约在公元前 2300 年的某个时刻，在今天的伊拉克，冰雪消融的底格里斯河畔一座巨大的泥砖宫殿里，已知的第一位文学创作者降生了。在散发着雪松香气的小婴儿床里，新生儿伴着催眠的儿歌入眠，周围是一尊尊白色石像。这些石像代表最功勋卓著的军队，他们曾立下赫赫战功：将群山夷为灰烬，渴饮仇敌之血，用布满荆棘的深坑征服凶猛的野兽。但是过不了多久，这个尚在睡梦中的婴孩将会比他们享有更高的盛名。美索不达米亚的每一处城邦，从小亚细亚半岛（安纳托利亚）的银矿，一路到波斯湾的海滩，她的名字将被广为传唱。她就是恩西杜安娜。

　　早在孩提时代，当恩西杜安娜被送往南方幼发拉底河口大柳树下那座扁桃仁形状的城市时，她便小有名气了。这座城市就是乌尔古城，素来因其具有丰富想象力的城民而备受尊崇。住在这里的人毛发乌黑浓密，崇拜月亮，发明创造了车、船，还有乘法表。他们在作坊里精巧构思，热火朝天地用各种原材料创造出更多奇迹。他们砌起巨大的高墙，建成海港，从黎巴嫩的森林进口木材，从马干[1]燃烧着熊熊烈火的采石场里进口铜，从阿富汗的矿山里进口含有宝石的蓝色石料。得益于如此纵横交错的商业贸易网，到了约公元前3000年，世界上最重要的发明诞生了，苏美尔文写作"namdub"，即我们今天熟知的"书写"。人们将楔形文字镌刻在能够快速风干的软泥板上，记录乌尔古城风沙漫天的交易场所里的每一笔贸易往来，使账目记载清晰，税费计算精确。

　　乌尔古城出色的创新能力使其成为当时地球上最富有的城市，商人们用珍珠马赛克装饰他们的庭院，死后还要安葬在金子做成的坟墓里。而恩西杜安娜的父亲——萨尔贡大帝给她的任务便是确保乌尔古城的财富能沿着向北的商路源源不断地流入阿卡德帝国的财库。要赢得骄傲的商贾的服从，这必然是项艰巨的任务，萨尔贡当然知道这一点，但他对女儿信心十足。不仅因为她是萨尔贡最机敏和最冷酷的孩子，还因为她掌握了她母亲的语言。那是一种甜美的

1　今阿曼地区的古称。——译者注，后文若无特殊说明均为译者注。

语言，可以让盐变得甘甜，让心头的怒火平息。

恩西杜安娜用这种甜美的语言进行了一项创造，即她的名字，由此也开始她的神圣使命。这是她为自己创造的一个全新名号，当她还在襁褓中时，她的父亲给她取的乳名并不是"恩西杜安娜"。这个名号第一次回荡在空中时还略显怪异，但当恩西杜安娜最终抵达乌尔古城后，这个名字的精巧构思便展现无余。太阳已沉睡了数小时，海边凉风习习，天空漆黑无云。几个穿着饰有羽毛长袍的牧师划着莎草纸船，恩西杜安娜就在船上，在乌尔城的主河道中漂流。满月高悬天宇，月光洒在恩西杜安娜身上。水道两旁挤满了人，城里的水手、抄写员、甜酒酿造师，每个人都佩着镰形铜刀。随着船儿越来越近，乌尔城古老的塔庙赫然耸现在前方，黑压压的，遮蔽了漫天星斗。

在神话传说中，塔庙是乌尔城众神盘踞的堡垒，它的基石曾历经大洪水的洗礼。走上弯弯曲曲且不对称的高台，抵达塔庙的内殿，通往一间长长的寝宫，就是在这里，月神与芦苇女神结合，诞下了光芒万丈的太阳神和雌雄同体的爱神。这些天穹中的生物臭名昭著、极度嗜血，但是他们没有阻拦恩西杜安娜。她从容不迫地让船停在塔庙巨大的剪影下，身上被茂盛的野草和岸边的玫瑰熏得香喷喷的。在子夜的月光下，她闪着明亮的双眸，吩咐随行的牧师们狂热地高声唱着："她是至高无上的月之主宰。"用他们当时的发音念出来就是："恩——西度——安娜。恩——西度——安娜。恩——西度——安娜。"

这便是恩西杜安娜自创名字的缘由。这个创举帮她赢得了这座城市守护神的认可，她成了大祭司。从此，乌尔城运河两岸将她团团包围的五万月神信众将由她掌管。这是语言文字带来的神圣权力。

名字只是恩西杜安娜众多发明的开端。只见她从船上下来，登上数千级米色的台阶，来到塔庙顶端那隐秘的神殿。在仿佛可触及穹宇的高台上，她在一座圣池里沐浴。池子的四壁巧妙地用柏油填补了缝隙，因而滴水不漏。恩西杜安娜在圣水中闪闪发亮，高声念着咒语，令其信众纷纷倒身跪拜：

> 哦，生命的哺育者啊，
> 像公牛一样从蛇浅滩中跃起，
> 诞生于伟大的母亲，
> 光明高于一切。

恩西杜安娜唱着歌谣。和着她的歌声，歌谣飘飘荡荡，让月亮也变成了点点碎银，荡漾在水面上。就在这个深夜，一个崭新的黎明诞生了，超越了以往的任何想象。

恩西杜安娜创造了文学。

当然，若论发明文学的人，她不是第一个。恩西杜安娜的诗句早在她之前的其他颂歌中就已存在，如可追溯到她数代以前的《凯什神庙赞》。在那之前，还有世代流传、数不胜数的口头文学，甚至可以追溯至比人类祖先更久远的亚非石器时代直立猿人。一百万年前甚至更早，也许是在肯尼亚东非大裂谷火山边，也许是在中国陕西的热闹湿地里，一个古老的原始人讲出了世界上第一个神话或隐喻。

　　然而，恩西杜安娜是我们知道名字的第一位文学创造者和拥有原创作品的作家。

　　她能取得这种地位，一部分原因是她很幸运，生在一个发明了读写的时代。被用来记录乌尔城往来船只货物的楔形文字，同样可以将恩西杜安娜的思想镌刻在一片片泥板上，使她的智慧流传后世。还有一部分原因在于她的发明是如此扣人心弦，吸引着苏美尔城的抄书人传颂数百年。在她那不甚机敏的兄弟们被宫廷刺客用石刻印章砸死后，在其父系这一支的统治被东部山区的铁骑踏破后，恩西杜安娜的作品仍在流传。

　　但最重要的原因，还是恩西杜安娜本人想要以创作者的身份被认可。在其诗作中，她公然坦露自己的身份：

　　　　哦女神啊，从我的圣坛上，
　　　　我，恩西杜安娜，将你的名字吟唱。

　　她精挑细选了一些得意之作，集结成册，并在文集的最后写道：

　　　　我，恩西杜安娜，造就这本小书——
　　　　在我之前，无人知晓书为何物。

　　因此，从恩西杜安娜身上，我们可以一瞥最早期的文学创作。尽管只是匆匆一瞥，也足以使我们明白此项创举的意义。

为何发明文学

恩西杜安娜创造了她的神庙诗篇，也创造了自己那令月亮都受到触动的名字，她的目的只有一个：攫住上天的神力。她坚信文学具有无所不能的神力。这个信念将会在后人心中持续很久，古代世界最神圣的作品里都可以寻到它的踪迹。恩西杜安娜身后约八百年，在印度的《吠陀》中，大量隐喻贯穿始终，双马童神那娑底耶和达湿罗为人称颂；又过了八百年，头韵在希伯来的《托拉》中被反复运用，讲述着伊甸园中将要降临的死亡；又过了五十年，希腊的《神谱》以诗歌揭示了天神和大地女神如何诞下独眼巨人。

从以上例子中可以看出，在世界上最早的书籍中，经文典籍和文学是密不可分的。事实上，它们的联系如此之紧密，"文学"（literature）和"经文"（scripture）这两个词从词源上就被赋予了相同的词根含义：书写成文的作品。它们是同一事物的两种不同表达。

是什么促使了这种古老的对文学的崇尚呢？恩西杜安娜和我们其他祖先究竟在文学的篇章中发现了什么伟大的力量呢？这些伟大的力量数不胜数，其中有两点尤为突出。

文学的第一种伟大力量是叙事，或者更通俗地说，讲故事。故事把事件连接起来。故事有开头，也有结尾。故事可以回答诸如"我们的宇宙从哪里来？"这样的问题。比如在以下一则中美洲寓言中，早于阿兹特克人生活在阿纳瓦克高地上的人们这样叙述道：

在一团漆黑中，众神齐聚一堂。为了使光亮延续，他们需要燃料。一位骄傲的神，特库西斯特卡特尔，自告奋勇，愿意献身充当燃料。然而面对灼热的火焰，特库西斯特卡特尔退缩了。于是，在火苗将要熄灭时，纳纳瓦津，一位又病又瘸的神跳进火里，化身为太阳。羞愧万分的特库西斯特卡特尔紧随其后，化为月亮。

故事还能回答"我们死后将去往何处？"这样的问题。比如建造于大约公元前 2320 年的古埃及萨卡拉金字塔中，有这样一句话："好人的亡灵将会划着东方的太阳船过河，抵达天国。"

文学的第二种伟大的力量是萌生情感：爱、好奇心、信念。这些情感可以使生活中最强大的恶魔退散。为了抵御"孤独"这个恶魔，在恩西杜安娜之后三百年，人们对着乌尔城的另一个月神，唱响了《舒辛情歌》：

> 哦情郎啊，
> 我恳求你，
> 占有我吧；
> 我爱抚你，
> 请把你的神庙向我敞开，
> 照亮我的黑夜吧，
> 用你甜美的爱。

为了对抗"恐惧"这个恶魔，印度吠陀时代出现了《吠陀本集》，用灰和焦油做成的油墨书写在桦树皮制成的诵诗歌谱上："伟大的雷神啊，敞开力量之门，赐予我们英雄气概吧！"

这些提振精神、解释宇宙奥秘的文本都承袭恩西杜安娜的信念，认为文学可以支撑和引导人类走出黑暗："生命的哺育者啊……光明高于一切。"而人类能从恩西杜安娜身上学到的，也远不止文学的两种力量——故事和情感，人类还发现了如何把这两种神力从天堂拉向凡间，让自己成为光明的使者。

恩西杜安娜的另一个发现

恩西杜安娜不只把文学当成不朽的经典来对待，还把文学视作一项属于尘世的创造，也就是说，她把文学看作一项技术。

在当今这个时代，我们总是倾向于把科技想象成钢和硅制成的各式各样的小器具。即便在恩西杜安娜那个时代，基于她父亲创造的各色铜锡制品，人们对科技的理解与今天也没有多大不同。然而科技并不等同于金属锻造的制品，它可以由任何物质构成：陶土、纸、墨水，甚至气息。倘若我们回望技术的本源，我们会发现任何由人类创造的、用以解决问题的事物都可以算作科技。

为了解决"寒冷"这个问题，我们发明了驯服火的技术，比如旧石器时代的人类在黄河边的石灰岩里挖出火塘；为了解决"饥饿"这个问题，我们发明了食肉的技术，比如更新世时期的原始人从坦桑尼亚小溪的石英岩上剥下薄片制成刀具；为了解决"不知前方有什么"的问题，我们发明了信号传递技术，比如北美的史前印第安人在鸟骨上钻孔做成哨子。

一如恩西杜安娜所见，文学也能帮助我们解决问题。而且，文学吸引她的一个原因恰恰是它能解决以上古老技术都不能解决的一类问题。这些技术看似纷繁多样，但其多种多样的表征下隐藏着一个共同的本质：改造我们的星球。为了将寒夜、饥饿、未知转化成温暖、营养、信息，我们通过火、刀、哨子这些工具使外部环境顺应我们的意志。

这项古老的任务在人类生活中无处不在，直到今天，它仍然是我们大多数先进工程的奋斗目标。我们的无人机、我们的电话、我们的计算程序、我们的虚拟现实、还有我们的智能家居，都是围绕饮食、数据，还有其他一些东西而制造的。时空随着我们的需求和愿望而延展。但只要我们往回看，就能发现，除了"如何在一个不属于人类的世界里成为人类"，生命还提出了一个更关键的挑战，即"何为人类"的问题。

生而为人就是要永葆好奇之心，时时充满疑问。比如，"我们为什么有生命？""我们活着的目的是什么？""生命的意义是什么？"。生而为人，意味着会有各种不理智的欲望、不可控的情感，还有令我们痛不欲生的悲伤。用现代科学更直白的话来说：作为人类，就是要背负人类大脑的问题。大脑会产生大量它无法解答的问题。它不仅可以在情感滋养下推动我们向前，还能让我们对有害的事物产生渴求，对不存在的事物感到恐惧，对老去、死亡以及其他我们无法逃避的自然规律感到愤怒。

根据科学家的最新发现，这个问题不是我们人类独有的。我们的动物"亲戚"也多多少少和我们有着相同的神经系统，这也就是为什么黑猩猩会陷入忧虑、大象会哀悼死去的同伴、狗会感到孤独、羚羊会受到惊吓。尽管如此，你我的头脑构造异常精巧复杂，这就意味着在我们人类身上，这个问题尤为玄妙。我们可能会取得空前成功，却依然觉得生命毫无意义。我们可能拥有众多朋友，但依然禁不住孤独的侵袭。我们可能拥有天底下最闪亮的金子，却仍然看到世界一片灰暗。

这个问题是那么艰深、那么杂乱无章、那么难以捉摸，似乎任何技术都无法掌控它。但这个问题在恩西杜安娜的神庙诗句和其他早期文学经典中都有述及。借助文学强大的叙事力量，这些作品对有关存在的怀疑做出回应；利用文学强大的情感力量，这些作品为彷徨的灵魂灌注友爱和勇气。

这就是文学这项技术的独特之处，使其区别于新石器时代的石斧和青铜时代的犁具，或其他用金属、石头、兽骨制成的工具。这些工具面向外部，帮助我们生存在这个世界；而文学则面向内心，帮助我们活出自己。

其实在最开始，文学的第一位创始人的脑海里并不存在这样一个宏大的愿景。我们可以看到，在很多古老的文化中，文学作品的作者都表明自己没有任何意图，他们更倾向于将其作品的创作归功于灵感女神或其他上天的神灵。不过紧接着，我们就有了恩西杜安娜。从她的文字中，我们瞥见了科技创造般的发现，明白了作家也可以成为创造者：

　　我，恩西杜安娜，造就这本小书——

　　在我之前，无人知晓书为何物。

　　这是何其厚颜无耻的自吹自擂啊！恩西杜安娜是认为自己仅是一个将生命能量传递下去的"子宫"，参与了一项创举——"诞生于伟大的母亲"？还是她更为大胆地相信自己是唯一的创造者？她可曾在闪念间想过，她命名的那些天神，不过是被虚构出来听命于她的，以驯服乌尔城的商人，永续她的王朝？她有没有想得更远，想到那个天堂是一个任由她形塑的故事？

　　这些都已无从考证了。但不管恩西杜安娜当时作何感想，后世的作者都会知道，就算没有超自然的神力相助，他们仅凭自己也能撼动文学的齿轮和机关。他们能够通过故事来回答具体的生活问题。他们能够给文学注入感情，以抚慰灵魂、振奋精神。他们能够创建新的世界，甚至创造新的永恒。

　　时间来到公元前1000年，此时距离恩西杜安娜来到乌尔城的那个午夜又过去了两千年，文学已经颇具美名。人们认为在任何牧师和医生都不敢涉足的阴影中，它可以带来希望和关怀。当古希腊先哲伊壁鸠鲁宣布诸神退隐后，他的追随者写出了史诗巨著《物性论》，重振了其强大的使命感。当周代的医生承认他们可以令断骨再生却无法平复哀伤，一位足智多谋的主妇在竹简上写下了疗愈心灵的诗句：

> 将翱将翔，弋凫与雁。
> 弋言加之，与子宜之。
> 宜言饮酒，与子偕老。
> 琴瑟在御，莫不静好。[1]

医者可能会无药可施，天堂可能会消失冷却，但文学却永远能修复人心、升华灵魂。

归结起来，就是文学为什么被发明，以及文学能做什么。文学是一种结合叙事和情感的技术，可以帮助我们的祖先面对由人类的生理特点引发的心理挑战。这项发明之所以被创造，就是为了克服生而为人的各种疑惑和痛苦。

这项技术的功用也不会因为我们祖先的离开而戛然而止。它仍然能帮助我们应对死亡，让心灵免于破碎。它仍然能跨越星际，向我们传达永恒的真谛。

我们祖先的文学原型会向我们展示它是如何做到这些的。

我们祖先的文学使用蓝图

为最大发挥文学的作用，我们的祖先并未将其视为一种单一的创造，而是将其视作由许多种创造构成的整体。

这里的每一项创造都有一个特定的目的，有其自身错综复杂的精巧构造，以不同的方式点拨着我们的心灵。于是，一种创造被专

1　出自《诗经·郑风·女曰鸡鸣》。

门用来减轻悲痛，一种被用来驱走孤独，一种被用来缓解焦虑，一种被用来疗愈创伤，一种能带来希望，一种能增加欢乐，一种能唤起爱情，还有一种能把我们带入宁静，诸如此类，不一而足。

因为这些创造的构造和作用原理都有着巨大的差异，我们的祖先最初发现它们的过程也是误打误撞，充满偶然的。但是在公元前500年的某个时刻，大约在恩西杜安娜以后数百代，一个突破性成果出现了：我们的祖先发现了一种发明创造的方法。这个方法非常直接，不费多少工夫就能解释清楚，但又非常全能，可以用于世界上任何一种文学，不论其编排多么独特，其流布多么偏远。在这种方法的帮助下，我们的祖先遍寻世界上所有的书籍，集齐了满满一工具箱的文学发明，以改善心理、增进幸福——直到短短数百年后，这项工作忽然中止了。工具箱里再没有新的发明加入，箱子里那些旧有的发明也逐渐生锈蒙尘，被束之高阁。最终，文学这项技术消失了。

如果你觉得好奇，想知道这项发明是如何消失的，并想探明为什么现代学校不训练我们把文学作为一项解决人性的各种疑难杂症的新方法——你可以去本书的尾声部分寻找答案。但在接下来的章节中，我们的目的并不在于了解文学的工具箱是如何消亡的，而在于解决这个问题。首先，我们要重新发掘那些被我们的祖先找到的发明，掸去它们沉睡部件上的落灰，修补被岁月侵蚀的装置，令其健康幸福的助推器重焕光彩、恢复机能。接下来，我们会更进一步，通过一些全新方式，充分调动祖先留下来的老法子，使这个工具箱得到数倍的扩充。

首先，我们要把视线转向几个世纪以来，祖先为我们留下的丰硕文学果实，运用这个方法挖掘各种各样的发明：现代主义小说和文艺复兴戏剧、儿歌和超级英雄漫画、犯罪传奇故事和电脑动画电影、爱情歌曲和黄金档肥皂剧、奴隶叙事文学和太空歌剧、动画回忆录和单镜头情景喜剧、廉价冒险读物和后现代主义挽歌、恐怖电影和侦探小说、超现实主义短篇故事和童话集，以及许多其他类型的文学作品。

然后，我们会把祖先的方法和最近的一项启示性发明相结合：21世纪的神经科学。过去近十年间，神经科学家已经开始运用脉冲监控器、眼动仪、大脑扫描仪等其他各种仪器，在我们阅读或欣赏小说、诗歌、电影、漫画时，观察我们的头脑内部活动。这项科学工程才刚刚起步，仍存在着大量未解问题和学术分歧。尽管如此，它早期的发现仍然得到了极大展现。一旦将其与心理学和精神病学的已有研究领域相结合，它们就能创造出一幅错综复杂的图景，展示文学创造是如何与我们大脑的各个不同区域联结的。这些区域包括：杏仁核的情绪中枢、默认网络的想象力中心、顶叶的精神结点、移情系统中让我们的心变得柔软的地方、带来上帝视角的前额叶神经、可以给我们注入快乐的尾状核、视觉皮层里那些会产生幻觉的通道等。这些区域与文学的联结可以减轻抑郁、缓解焦虑、提高智力、增强心智、点燃创造力、激发信心，用无穷无尽的心理裨益充实我们的日常。

综上，我们的祖先远比他们自己知道的更正确。在恩西杜安娜月下作诗的创举之后，无数壮举继续充实着文学创造，不断地治愈我们的心灵、增益我们的心智，令我们焕发光彩，重获新生。

那么，就让我们回到未来，去探索祖先古老的方法及其背后的现代科学吧。

且翻开书页，看看黎明后发生了什么。

引言
失落的技艺

公元前4世纪的早期岁月里，希腊北部一望无际的绿色荒原上，走着一个满头蓬乱黑发的年轻人。

这个年轻人出生于一个有着强烈好奇心的家庭。他的曾祖父通过解剖野狗，甚或无尾猕猴还在跳动的心脏，来深入探究疾病的奥秘。他的姐姐不厌其烦地缠着妈妈，要妈妈讲各种各样的故事：什么被施了魔法的女猎手身骑长有金色角的鹿；什么起死回生的女神们用罂粟花消除死神带来的疼痛；什么泰坦女王记忆超群，能记住每一首歌谣、每一个故事。而这个年轻人决心深入探求医学和神话领域，把自己的人生投入一个更深远的问题上，这个问题最终将把他引上文学创造的道路。

这位来自马其顿的年轻人就是亚里士多德。受其少年好奇心的驱使，他离开了年少时期的乡间深谷，向东方跋涉，穿过猞猁居住的森林，又南下九百里，沿着碧绿的爱琴海岸，一路风尘仆仆，来到一大片白色的大理石墙前。这些石墙守卫着雅典城，由神庙穹顶的断壁残垣和古老倾颓的英雄石像构成。就在城墙外，坐落着古地中海最驰名的学校——柏拉图学院。长满橄榄林的小山坡上，巴比伦、埃及、亚特兰蒂斯的一切传说智慧不断更替。在这里，亚里士多德入学了，依靠出众的自我提升和规划能力，他变得声名卓著。据后世传说，他是唯一能领会柏拉图那艰深的不朽之美和传世学说的人。直到约公元前347年，这位人到中年的马其顿人脱离学院，开始以自己的方式思考。

关于亚里士多德为何离开，尚无明确定论。当时，有传言说是因为他挑起争端。这起码说明他有着雄心壮志，这种学生总有源源不断的新思想，既令众人震惊，也让自己出名。可以肯定，亚里士多德热衷于成为众人关注的焦点。他享受奢侈名贵的衣着、光彩夺目的戒指，还喜欢在公共场合发表言论，当众宣称自己*无所不知*。

或许亚里士多德的离开是因为他生来就是一个外来者。与柏拉图不同，亚里士多德并不是血统纯正的雅典贵族。他是一个外来居民，一个异族人。他或许只是觉得打破现状是流淌在他血液里的家族传统。

又或者，亚里士多德的离开是因为他比他伟大的老师思想更实际。他是一个俗世之人，这不仅仅体现在他对华贵衣服和漂亮首饰的热爱，还表现在对事物背后的*原理*有着浓厚的兴趣。他以一个科学家的眼光去探究自然，橡子如何发芽，舌头如何辨味，天道如何轮回，他都要寻出蛛丝马迹来。

不论亚里士多德出于何种原因离开，他离开时绝对是不合群的。摈弃了学院崇尚理性甚至唯理性论的理念，亚里士多德信步而游，与养蜂人闲聊，解剖鸟蛋，记录情感，给野花分类，为舞台剧写编年史……由此奠定了动物学、生理学、心理学、植物学、戏剧学等多门学科的实验基础。在研究森罗万象的基本原理的过程中，亚里士多德发现了文学创造的方法。

亚里士多德不是第一个发现这个方法的人。事实上，几乎可以认定他是通过一个神秘的巡回讲学团学到的这个方法，该团体被称作"智者派"，本书的最后一章"尾声"会简要阐述他们的历史。但除了亚里士多德，智者派的学生及其文学著作已在时间的流逝中随风飘散了。所以，倘若不是亚里士多德如饥似渴地钻研文学的原理，这个方法早就像神秘的亚特兰蒂斯一样永远消失，只存在于传说中了。

亚里士多德关于文学创造方法的重要论述体现在一部叫作《诗学》的著作中。这本书晦涩难懂，其中三分之一的篇幅都在阐述这个方法。在今天看来，《诗学》可能并非出自亚里士多德本人之手，它极有可能是由亚里士多德的一位学生书写的。这名学生可能是一位训练有素的抄写员，运用了一种神秘隐晦又智慧绝伦的速记法；抑或这个学生为了跟上亚里士多德那过快的语速而不得不手速飞快，潦草地记下老师的每一个字，以图日后慢慢消化，解开讲义的全部奥义；又或这个学生在前一晚的饮宴活动中贪杯吃多了风信子酒，以致听讲时头脑昏昏沉沉，手中的笔也随着飘忽的思绪信马由缰起来。不论《诗学》是以何种方式写成，它都不是一部简单易读之作。它在各种错综复杂的事物间驰骋，在一板一眼的平铺直叙中传达创新的理念。它充斥着大段的论述，颇显枯燥乏味，时而令人费解，惹人烦躁。

不过，尽管《诗学》的文本很复杂，还是清晰地保留了文学创造的方法，以使我们能够重现其基本作用。这一作用包含两个相互关联的步骤：一是发现文学之所为；二是揭开文学何以为之。所为的问题涉及文学作品可以引发的具体心理学效应，这种效应通常与情感相关；何以为之的问题则指驱动该效应的、独特而具体的文学创造，这种创造一般通过某一核心叙事要素，如情节、人物、故事、讲述者来产生作用。

理论上来说，倒推这个两步走的文学机制过程是简单的；实际操作起来却有一定难度。但练得越多，就越容易。我们在此不妨插入一个小练习，从亚里士多德的《诗学》入手，去发现一项隐藏的文学创造。

接着再去发现更多不为人知的创造。

《诗学》的第一项创造

在希腊人看来，第一项创造是"心灵提振器"。

早在亚里士多德之前，他的老师柏拉图就曾明智地断言世上仅有一种事物可以提振心灵：理性。但当亚里士多德走进剧院，他注意到希腊悲剧的观众们正经历一种非理性的，准确来说是情感的高涨。这种高涨就是"惊奇"（thaumazein），用我们今天的话来说，是"惊叹"（wonder）。惊叹即透过孩童的双眸观察人生。是初见一朵鲜花、是发现一片海洋、是在高远天穹拨开层层浓云。

那么这种鼓舞人心的感觉有何文学渊源呢？希腊剧作家运用了何种创造，赋予了好奇心这令人愉悦的感觉和宏大的发展潜力呢？《诗学》给出的答案是：情节突转。听起来很直白，但其实还是有一定的波折。

突转的第一部分是：情节突转不是转折。它是一系列没有转折的事件组成的链条上的最后环节。在这个链条上，每个环节都与前一个环节自然相连，使故事层层递进，没有转折和间断。然而尽管故事的链条如箭一般射出去，它的最后一个环节却如此出人意料，给人一种急转弯的感觉。它推翻了之前的一切，把我们推向一个完全意想不到的结局。

以下是亚里士多德最喜欢的一个例子：

> 从前，忒拜的一个王子生来就伴随着一个可怕的预言：他命中注定会与他的母亲结合。为阻止预言成真，王子的母亲立刻采取了行动。她命令一个牧羊人把这个男孩处理掉，然而牧羊人却偷偷把男孩送到远方。
>
> 在那个地方，王子由另一位母亲抚养长大。直到有一天，王子对自己的未来充满好奇，于是去请神谕。在神那里，王子听到了那个可怕的预言：他命中注定会与他的母亲结合。为阻止预言成真，王子立刻采取了行动。他从自己唯一知道的母亲家里逃走，踏上另一片遥远的土地，来到一座叫忒拜的城市。在那儿，他遇到一位迷人的寡居王后……

以上就是俄狄浦斯的故事。你能清楚地看到它不间断的故事链条，一环扣一环，一对行为完全符合逻辑的母子，听到一个预言，采取合理行动以阻止其发生，结果意外来了！他们的巧心布局两相抵消，这对母子最终还是走到了一起。

这个突转令俄狄浦斯和他的母亲心生恐惧。但在我们这些观众心里，它产生了惊奇，让我们心怀敬畏地想到洞见一切的天神权力。

这还不是我们能从情节突转中得到的唯一惊奇之处。因为这个突转还包含着一个更深层次的转折：一项无须任何情节就能制造惊叹的创造。

深远的创造

埋藏在情节突转里的是一项更为基础的文学发明——**夸大**。

夸大是指选取一个常规的情节、人物、故事、叙事方式，或任意一个核心元素范式，然后将这个范式进行夸大处理。比如，选取一场宏大战争，让它更加宏大；选取一个勇敢女孩，让她更加勇敢；选取一汪湛蓝湖水，让它更加湛蓝；选取一颗星，让它无处不在。

夸大这项创造是所有文学奇迹的根本：它极不平凡，把寻常之物夸大为隐喻；它光彩夺目，将寻常节奏夸大为诗韵；它鬼斧神工，将寻常凡人夸大为英雄。

夸大也是情节突转的根本。情节突转选取一个故事链条，然后将其**夸大**为一个更长的链条。正如《俄狄浦斯王》选择了"个人对抗预言"的古老情节，并精心设计，把它打造成一个摄人心魄的故事：两个人煞费苦心要战胜预言——结果却负负得正，反而促成了预言的实现。

夸大虽是一个简单的技巧，却可能对我们的大脑产生深远的影响。在现代心理学实验中，它与一种神经注意力的转换联系密切。这种转换通过减少大脑顶叶区域（该区域与我们的心理表征相关）的活动来分散我们的专注力。其结果就是我们能切实地感受到自我的边界正在瓦解，甚至达到"自我毁灭"的边缘。

这一神经感觉就是我们为什么能在看一本书或一部电影时达到忘我的境界，把我们的个人界限抛到九霄云外。尽管许多人不齿这种忘我之感，在他们看来，这是一种不务正业的逃避主义。但这种体验仍把我们的大脑引入一种被 21 世纪的心理学家定义为自我超越的经历。或者像 20 世纪早期现代心理学创始人威廉·詹姆斯描述的那样——一种"心灵的"历程。这些历程作为一种神秘的心理状态，被远古先贤奉为人生至善。在文学里，至少这种善是真实存在的。现代神经学家将**夸大**这项技巧和我们的慷慨与个人幸福的大幅提升联系起来。也就是说，无数虚构的情节突转、隐喻、英雄人物，共同产生了一组实际益处。通过使我们的神经系统沉浸在宏大事物中，这些技巧增加了我们的悲悯之心，增强了我们的幸福感，在潜移默化中让我们接近一个科学的世外桃源。

这个心灵提振经历的文学原型非同寻常。它甚至能让你自发地感受到一小股奇迹的爆发。但这仅占了《诗学》的非凡内涵的一半。因为在亚里士多德凝视剧场、研究观众时，他意识到希腊悲剧还包含着另一项伟大创造。这项创造的作用原理与**夸大**大相径庭。

它的功能没有那么偏向精神，而是更偏向医学。

希腊悲剧的医学功能

亚里士多德来到剧场，他看到希腊悲剧不仅让人们感觉良好，还可以减轻人们的痛苦。良好的感觉来自惊叹、希望等积极体验对大脑的充实，痛苦的减轻则来自相反的途径：将大脑中诸如悲伤和焦虑的消极体验清空。或者用现代精神病学的表述：感觉良好来自与日俱增的精神健康，当我们的生命达到它的最大潜能时，我们会达到幸福繁荣的神经状态；痛苦的减轻来自日益改善的心理健康，它是精神健康的心理基础，也是维持机体日常运转的基础。

文学能从方方面面促进我们的心理健康，但是在希腊悲剧的个例中，亚里士多德强调的是一种他称之为"净化"的疗愈过程。净化是一个古老的医学术语，指的是清除有害之物。根据亚里士多德在《诗学》中的记载，希腊悲剧清除的一个有害之物便是恐惧。

恐惧并非总是坏事。事实上，它非常有益于健康，它驱使我们远离悬崖、鳄鱼或其他险情。但亚里士多德注意到，当我们遭受心理创伤时，不利于健康的恐惧会在大脑中不断增长。用现代精神病学家的术语来解释，这种创伤后的恐惧是一种情感上的自我保护。这是一种和世界保持距离的方式，以使我们不再受到伤害。但倘若它频繁发生，就会加剧我们的痛苦。它用无助、孤独、过分警觉等普遍存在的感觉打乱我们的生命，还通常联系到焦虑、愤怒、沮丧等情绪。

十之八九的人一生中会经历创伤性恐惧，且这些经历中大约十分之一会在创伤过后留下阴影。针对这种阴影，没有放之四海而皆准的治疗方法。不同的治疗方法在不同个案中或多或少有一定疗效。不过在最近二十年里，通过对几千例病患的精神病学研究，我们有两个意外的发现。

第一个发现是，重现创伤时的记忆可能有利于治疗。这一精神病学过程，即自传式回顾，似乎很反常且并不总是管用。有些人反而通过专注前路来处理压力，获得放松，特别是一开始的时候。但总体而言，如果我们在一个安全可靠的环境里通过想象来重现创伤经历，我们记忆中那些"闪光"的频率将会逐渐降低。这并不等于清除我们的记忆：那些创伤永远是我们生命体验的一部分，长期储存在我们的神经皮层中。但自传式回顾能够让这段记忆从情感上不那么原始粗暴又具有侵略性，从而逐渐削弱创伤，使其在我们的意识中淡化至不显眼的位置，同时减轻无助、孤独、过分警觉等症状。

第二个发现是，当我们从心理上回顾创伤时，眼球可以通过左右转动得到清洁。这一神奇的现象是由 20 世纪 80 年代加利福尼亚的心理学家弗朗辛·夏皮罗偶然发现的。而且在当时，这一现象是如此缺乏规律，甚至像魔术一般，故而人们警惕地把它归为伪科学。但是最近在对老鼠进行的研究中表明，眼球的左右转动可以激发大脑中的一小片区域，即与减轻恐惧相关的上丘脑—背侧丘脑回路。眼动在临床试验中对创伤治疗的有效性也得到了证实——眼动脱敏与再加工疗法（简称 EMDR）已获得美国精神病学会、世界卫生组织和美国退伍军人事务部等机构的认可。

令许多现代精神病学家惊讶的是，在古希腊悲剧中，自传式回顾和眼动脱敏与再加工疗法都可以找到对应版本。古希腊悲剧通过将自杀、谋害、袭击等情节搬上舞台，鼓励我们重访我们过去的创伤，并且常有合唱点缀在这些情节中，比如在埃斯库罗斯的《阿伽门农》里有这样一段唱词：

> 世界的法则是痛苦，
> 伤痕揭示着岁月的残酷
> 并将其烙印刻写在
> 每一颗心。

这段唱词最早在公元前 458 年的雅典狄俄尼索斯剧场上演。这是一座露天的剧场，坐落在雅典卫城南部的悬崖脚下。这座石头建成的剧场背靠雅典的集市和法院，面前是伊米托斯山如蜜糖般绵延的山脊和波光粼粼、有海豚跳跃的萨罗尼克湾。当观众坐在长长的、弯曲的松木座椅上，被几千名邻居和一大家子人包围着，他们会回想起自己的艰难岁月——"世界的法则是痛苦……岁月的残酷……每一颗心"——在这样一个场所，他们日常生活的压力得以消除，他们被一个更大的充满关爱的团体包裹着。

观众不仅能听到还能看到《阿伽门农》的合唱。唱词通过十二位演员组成的合唱团流淌而出。"合唱"（chorus）这个词在现代只有"歌曲"的意思，但在古希腊语中，它与"舞蹈"意义相近。在荷马所作的史诗《伊利亚特》中，希腊勇士大埃阿斯怒吼道："特洛伊人召唤我们来是来作战的，不是来跳舞的！"此处的"跳舞"便是用了"合唱"这个词在古希腊语中的词义。

　　这场希腊悲剧的舞蹈场地非常宽敞，那是狄俄尼索斯剧场底部一片直径约20米的半圆区域。这片区域被称为"管弦乐队"，与"合唱"一样，在现代这是一个代表声音的词，但其字面意思却是"舞蹈的场地"。对古希腊人来说，"管弦乐队"是一个150多平方米的区域，人们可以在上面自如完成各种舞蹈动作。

　　当《阿伽门农》在2500年前首演时，它就这样给了它的观众一个机会，让他们通过古代文学体验到两种现代精神病治疗过程。和自传式回顾一样，《阿伽门农》促使观众在一个身心安全的环境里回顾他们的创伤后记忆。和眼动脱敏与再加工疗法一样，剧中的合唱以一种动态形式呈现，使观众的目光随之左右移动。尽管我们无法穿越到那时候去检测这些古老治疗过程的疗效，我们仍然可以在21世纪的创伤后幸存者身上观察他们的疗愈过程。在过去十年间，已经有人将《阿伽门农》中的合唱及其他希腊悲剧搬上舞台，用来为退伍军人提供治疗。这些先驱有布赖恩·德里斯的战争剧场和彼得·迈内克的阿奎拉剧团（该剧团重点研究眼动脱敏与再加工疗法中的眼球运动）。在针对这些项目的反馈中，退伍军人们自述孤独、过分警觉及其他创伤后恐惧症状有所减轻。正如亚里士多德在《诗学》中描述的那样，他们经历了一场"净化"。

　　这并不意味希腊神话是包治百病的灵丹妙药，像《阿伽门农》一样的古代戏剧也并非总能产生疗效，减轻创伤后的恐惧。但最神奇的地方也许在于，希腊悲剧的发展历史表明它的作者们意识到了戏剧疗效的局限，并凭借创新来突破这些局限。

增强希腊悲剧治疗效果的创造

这一创新之所以进入现代大众的视野，有赖于一项 21 世纪的精神病学发现：当我们拥有"自我效能"时，对创伤后恐惧的治疗将更加有效。

自我效能是一种内心信念，坚信我们能成功治疗、对付创伤后的恐惧并最终克服它。这种信念可以是有意识的。比如，我们可以告诉自己：创伤是一种来自外部的破坏力，而与创伤不同，创伤后的恐惧则是一种由我们的大脑树立起来的内心盾牌。因此，与其反击或是逃避它带来的心理压力，不如冷静承认它是我们自我保护机制的一部分。自我效能的信念也可以作为无意识的态度存在——"我比恐惧更强大"——这种态度深藏于我们的头脑，不用说出来就能感受到。不论有意还是无意，这种信念都是一种强效药。如果我们拥有自我效能，那么自传式回顾和眼动脱敏与再加工疗法对我们就可能更为有效。如果我们没有自我效能——甚至相反，如果我们在骨子里就疑神疑鬼，觉得创伤后的恐惧会对我们造成永久伤害，而我们根本无能为力——那么就会产生相反的效果：我们通过自传式回顾和眼动脱敏与再加工疗法重返创伤的过程就会令人恐慌，甚至产生危害，不仅不能缓解症状，还会加重病情。

2500 年前，希腊人似乎就意识到了这一点。因为在希腊悲剧的演进过程中，它发展出一种增强自我效能的机制。亚里士多德在《诗学》里明确指出了这种机制。

他指出"净化"的治疗效果可以通过一种特定的悲剧情节被放

大：在这种情节里，主人公遭受了创伤，但过了一段时间才意识到。亚里士多德称这种延迟的意识为"发现"，我们可以称其为"痛苦延迟"。

为阐明什么是痛苦延迟，亚里士多德援引了索福克勒斯的《俄狄浦斯王》。该剧创作于《阿伽门农》合唱的三十年之后，讲述了俄狄浦斯与忒拜迷人的寡居王后结婚生子，而这个寡妇却是他的生身母亲。由于这场灾难性的悲剧，整个忒拜城笼罩在瘟疫中。然而俄狄浦斯对这一切毫不知情。他对娶了自己的生母一无所知，还愤怒且粗暴地否定了一位试图提出警示的预言者。直到整部剧接近尾声时，俄狄浦斯才明白他究竟经历了什么恐怖的遭遇。随着一声可怕的惨叫，他终于意识到多年前的那场大灾难。

这是一个极其错综复杂的故事结构。它要求叙述者步步为营，既要让人物遭到创伤，还不能让人物知晓情况。因此索福克勒斯运用了预言者和预言，预示在俄狄浦斯看不到的未来，一场灾难必将降临。这种时间扭曲的写作手法在现代课堂上常被用以吸引学习俄狄浦斯故事的学生，让他们思索命运和自由意志无穷无尽的哲学迷宫。但它的叙事目的却一点儿都不复杂：为了将我们这些观众置于先知地位，在创伤成真之前预知其出现。

这一先知境地在我们的大脑前额叶皮质中的"观点采择"系统激发了一种巨大的讽刺之感，给予我们一种上帝视角，使我们能够俯视俄狄浦斯作为凡人的悲剧。这一上帝视角的优势减弱了我们大脑中深层情感区域的活动，为面对创伤事件的我们提供神经上的缓冲。同时，它还可以提升我们的自我效能。

这种自我效能的提升始于痛苦延迟的最高潮，也就是俄狄浦斯恍然大悟的那一刻。为了逃避自己犯下的可怕罪行，俄狄浦斯用一双金色胸针刺瞎了自己的双眼。然而这一绝望的举动并没有达到预期目的。虽然眼睛看不到了，但俄狄浦斯仍痛苦地呼喊着他已"被记忆刺伤"。那记忆便是创伤后恐惧的深层来源，当它的利刃刺透了俄狄浦斯，他就注定将在无尽的闪回中度过一生。身体的眼睛再也无法看见的，心灵的眼睛将永世不忘。

但就在这时，解脱出人意料地以合唱形式降临了，合唱团对俄狄浦斯大声唱道："我们理解你的痛苦，那是灾难中的灾难。"俄狄浦斯充满感激地答道："朋友啊，你们还是坚定不移地守护着我。"

合唱团之所以能给俄狄浦斯这样的抚慰，是因为其成员对俄狄浦斯的悲剧拥有一种他自己没有的思考。这种思考来自合唱团成员自身的创伤记忆，当他们来到舞池的一刹那，这记忆就被揭开，唤醒他们对自身痛苦经历的恐惧。这个记忆被剧里的情节重新唤起，使合唱团成员不断因恐惧而战栗，感受过去的闪回。直到最后，在俄狄浦斯迫切需要帮助的时刻，记忆意外地转化为治愈的源泉，给合唱团以力量，让他们能够给俄狄浦斯这个劫后余生的人以抚慰：**你不是一个人。**

"痛苦延迟"赋予我们相同的力量。通过一种具有讽刺意味的高高在上之感，激发我们大脑中的"观点采择"系统。痛苦延迟使我们感觉仿佛乘着一架高空中的飞机，像合唱团那样，从宏大的宇宙视角俯视俄狄浦斯的灾难。我们同时能伸手够到俄狄浦斯，把他救上来。这种能够救助俄狄浦斯的神经感受具有深厚的疗愈功能：

当我们明白自己有能力帮助他人走出创伤时，我们也会愈加坚信我们也有能力治愈自己的创伤，而这就是自我效能的提升。在临床群组治疗场景中，自我效能的提升和创伤治愈率的增长有密切的联系。因此，尽管我们同俄狄浦斯一样无法阻止悲剧的发生，痛苦延迟仍然可以在悲剧降临时增强我们的应对能力。它可以将我们面对悲剧的无助转化为一种有益的心理感受，让我们发自肺腑地坚信自己拥有治愈的力量。

在《诗学》中，亚里士多德称赞这种创新的疗愈功能使希腊悲剧臻于完美。但单就希腊悲剧的医疗效果而言，这一说法还是过誉了。事实上，还没有哪部文学作品能成为一种包治百病的灵药。不过，关于痛苦延迟增进了希腊悲剧的净化效果，亚里士多德还是说对了。在《诗学》众多令人眼界大开的细节中，这一医学进步是最具启发性的。它揭开了希腊悲剧舞台作为实验室的神秘一面，在这个实验室里，更多的文学创造亟待涌现。同时，它还奠定了希腊悲剧的伟大地位。在**夸大**的作用下，希腊悲剧的治愈功能随着时间的流逝不断增强。

尽管有这些从古至今的实证性研究，你可能还是会想："且慢，且慢。我也曾翻阅过那么一两部古希腊悲剧，可这并没有令我感觉更好。就算我现在重新回顾，也仍未找到抵达理想之境的方法。"

如果你抱有这些想法，也别急于就此放下此书。你还是可以从希腊悲剧中获得精神收获。发掘创造之法会告诉你如何做到这一点。

用发掘创造之法从文学中获益

并非每个人的大脑都以同样的方式运行。我们每个人的大脑其实都有那么一点儿不同。有些不同来自我们的遗传，有些则来自我们的文化，还有些来自我们的个人经历和人生选择。

这些不同对于作为物种的我们来说大有裨益。它们意味人类的神经拥有巨大的多样性，利用这种多样性，我们得以在时间和环境的变迁中不断适应、成长。但这些不同也对我们的日常文学活动提出了问题：既然每个人都不尽相同，那我们怎么能欣赏同样的诗歌、小说、影视或戏剧呢？

针对这个问题，大体有两点回答。第一，我们的大脑是可变化的，这种变化并非没有边界，我们的大脑也有其局限。但人脑就是通过不断适应而存活的，因此它总可以适应不同种类的文学。第二，文学也是可变化的。一项基本的文学创造可以通过不同的风格和类型来呈现。因此，即便我们没法使我们的大脑适应文学，文学也会自己来适应我们。

发掘创造之法可以促进上述两种适应过程：

1. **大脑对文学的适应**。通过向我们提供文学创造的运作方式，该方法使我们免于像对待陌生科技那般同古典诗歌和剧作互动：随意在每个按钮上乱按一通，看看会发生什么。相反，我们能够与文学保持同步，严丝合缝地紧跟它的思路，达到有效互动。

以《俄狄浦斯王》的痛苦延迟为例，它指引我们：（1）预先知道俄狄浦斯的灾难，使我们体会到上帝视角的讽刺；（2）跟合唱团一起伸出援手，承认俄狄浦斯遭受的痛苦；（3）体会俄狄浦斯的感激之情。如果我们能做到以上三个步骤，就能增强希腊悲剧的净化作用。

2. **文学对大脑的适应**。通过授予我们文学创造的深层原理，让我们能从那些更合我们口味的当代文学作品中找到对应版本。

仍以痛苦延迟为例，大量现代小说同样有此功能。从 1925 年菲茨杰拉德的《了不起的盖茨比》，到 1989 年石黑一雄的《长日将尽》，再到 2012 年约翰·格林的《无比美妙的痛苦》，这些作品无一例外地运用了打乱时间的手法。在主人公意识到之前，创伤就已经发生了。这样的手法使我们体会到一种造化弄人的力量。希腊悲剧这种通过创伤的互动体验给予另一个生命以支撑的案例还多见于现代戏剧，如 1999 年玛格丽特·埃德森的《心灵病房》结尾处，休·莫纳汉护士加入了合唱；或是 1983 年玛莎·诺曼的《晚安，妈妈》结尾处，妈妈凯茨孤独地打着电话；或者在 1956 年尤金·奥尼尔的《长夜漫漫路迢迢》剧终大幕落下时，我们转头看向旁边座位的人。在这些例子中，我们都能感受到另一个人的感激，在他们遭遇悲剧的时候，有我们陪在身边，这同时也为我们自己注入了一股提升自我效能的精神力量。

这就是该方法的适应能力。它能加深我们对古典作品的理解，或指引我们发现具有同样心理益处的新作，通过一大批久经检验的文学创造来丰富我们的生命。

像痛苦延迟那样能改善我们心理健康的创造。

像夸大那样能让我们获得更大福祉的创造。

接下来的章节布局

亚里士多德是个实用主义者。他将文学视作一个能使生活更美好的多用途工具。因此，本书将秉着同样务实的精神，把《诗学》扩展为二十五项文学创造，以供读者即刻使用。

其中一些发明将关注那些经现代精神病学家认证的常见精神压力，如哀伤、怨恨、悲观、羞愧、悲痛、思虑、应激、自我怀疑、麻木、孤独。另一些发明赋予我们经现代心理学家认可的，可以增强幸福感的品质，诸如勇气、爱、好奇心、信念、精力、想象力。还有一些发明通过培养实用的人生技巧，间接改善我们的心理健康，这些技巧包括：发散思维、解决问题、消除偏见、反事实推理、认知灵活性、再学习法、自省。

这些益处绝不可替代现代精神病学。它们只是补充，就像健康饮食和适量运动作为医院治疗和药物的补充一样。在日常生活中，阅读文学的好处一点儿都不亚于日常饮食。为了尽可能多地传递这些好处，接下来的每一章都将探索一项不同的文学发明，讲述运用该发明时不容错过的三点事项：（1）这项发明重要的原因；（2）这项发明的作用原理；（3）读者可以在何处找到这项发明。

原因部分将以故事的形式呈现。换言之，人类创造这项发明的历史背景。像所有历史叙述一样，这些故事不过是一种猜想。最早的创造者也许早已消失在记载中，创造者的天才将永远隐藏于后世的歌颂和传说里。即便我们有较大把握确定最初的创造者是谁，创造的过程也不可避免地笼罩在谜团里。这种创造究竟是出于有意识的追求，还是潜意识的直觉？是个人的智慧，还是文化的传承？是严谨的实验，还是幸运的巧合？有时候，创造者一心追寻某种疗效，却误打误撞发现了另一种疗效。有时候，创造者根本没有意识到该创造的心理学意义，这些意义只能等待后人揭开。但尽管创造的过程往往疑点重重，本书仍秉持慷慨之理念，将其归功于创造者的意志与才智。这样做，是为了歌颂人类的文学创造力，而这正是本书更深层的主题。

原理部分将讲述这项发明的作用机制，包括其背后的神经科学原理。神经科学是一个独特的领域，充满晦涩难懂的术语和错综复杂的谜团，所以接下来的章节不会作过多技术层面的探讨。这一部分将从我们熟知的精彩部分展开，用尽可能通俗易懂的方式，帮助读者有效利用这些创造。

何处的部分是一些阅读建议，帮助读者在小说、诗歌、电影或连环画中找到这些创造，以便亲身体验这些创造的效果。

各个章节彼此关联，又相对独立，像书架上的一本本书。因此，倘若读者想从文学里获取某一特定的好处，大可现在就跳到相应的章节。如果想体验惊喜，则可打乱顺序阅览。假如你是一个坚定不移的"书虫"，那么可以从第一章开始，一路读下去。

一开始，我们将回顾亚里士多德那个时代的更多创造，从铸就于地中海沿岸的"勇气提升机"，到创造于中国河谷的"爱情增长剂"，再到诞生于《圣经》王国的"共情促发器"。接下来，我们将穿过历史长河，去揭开更多创造：中世纪的、文艺复兴时期的，还有现代的。

　　一起来探究人类祖先的文学秘密吧。

　　一座更大的图书宝库正等待我们去探索。

第一章　唤起勇气

荷马的《伊利亚特》与"全能之心"

　　这个有着深邃的棕色眼眸的男孩死到临头了。

　　他的几个哥哥姐姐都被吃掉了。如今，他的父亲正在抓捕他，长长的獠牙寒光闪闪，手中的镰刀血迹斑斑。

　　然而男孩没有退缩。他站在山巅，直面他的父亲。天空火光翻涌，深谷张口怒号。这一天，男孩受到命运的眷顾。他将父亲开膛破肚，拽出被吞掉的兄弟姐妹，然后把他的父亲抛入地狱。

　　这个男孩就是宙斯。经过这场天神之战，他成为希腊的绝对主宰。自此他将统治希腊，从公元前 4000 年新石器时代后期，历经世世代代，直到公元 4 世纪铁器时代，罗马帝国挥动长鞭、在路边竖起十字架，强加给希腊人一个新的神——耶稣基督。

　　在宙斯统治的年月，希腊人不断讲述着他如何在山顶上将他的父亲开膛破肚的故事。关于宙斯，还流传着很多其他故事：比如宙斯如何给地球降下洪水，淹死数以百万计婴孩；又如宙斯如何因嫉妒而用天雷暗杀了世界上第一个医生——医神阿斯克勒庇俄斯；再如宙斯如何化作天鹅强暴了斯巴达女王丽达，化作半羊半人的萨梯强暴了忒拜的安提俄珀，化作女神样貌强暴了阿卡狄亚童贞的卡利斯托，化作公牛强暴了从黎巴嫩漂洋过海而来的欧罗巴，与哈迪斯共谋强暴了自己的女儿珀尔塞福涅，化作老鹰强暴了目光深邃的特洛伊美少年甘尼米德。

希腊人为什么要讲这些故事？他们为什么要把自己的天神想象为一个在暴力中诞生的孩子，一个长大后还要无止境地延续暴力、令其子民生灵涂炭的孩子？每当希腊人聚集在火红的壁炉边、阴凉的喷泉边、满是红色罂粟的祭坛前，他们为什么要用那个恶魔的故事来使彼此感到恐惧呢？

希腊人讲这些故事，是因为他们相信这些故事。他们也许没见过欲火焚身的天神穿过云层从天而降，但他们见过不少夭折的婴孩、死去的医生、无谓牺牲的年轻生命。他们体味过凡人的脆弱和上位者的冷酷无情。总而言之，他们体验过恐惧。他们对宙斯的描述正折射了这份恐惧，那是一幅与他们的现实生活相呼应的天堂景象。

这些可怖的故事，是古希腊人在文学道路上迈出的第一步：描绘生活。不过到公元前 750 年左右，那时候的希腊人便会知道，文学还可以更进一步。文学可以做的远不止表现尘世的恐惧——它还能帮助我们消除这些恐惧。

公元前 750 年，或前后一二十年，一个全新的故事从东方传到了希腊。这个故事来自一个吟游诗人的想象，他迅速成为街谈巷议的焦点："他的名字叫荷马……""他害了眼疾，年少时便失明了……""他曾经在学校里做教师维生，编造河蛙和老鼠的童话……"也是从那个久远的时代起，更多的传言纷至沓来："他是一众民谣歌手的统称。""他的诗作半数都是剽窃他女儿的……""他并不是一个诗人，而是许许多多诗人。"

也许这些故事有真实的成分，也许它们只是迷人的想象，但有一点是毋庸置疑的：这位诗人的作品叫《伊利亚特》，故事背景设置在青铜时代，讲述了希腊人对贸易之城伊利昂（我们熟知的特洛伊）发起进攻的故事。这场战争场面宏大，一个个能力超凡的英雄出现在我们眼前：阿喀琉斯、赫克托耳、埃阿斯、埃涅阿斯、奥德修斯、阿伽门农、墨涅拉奥斯、帕特洛克罗斯、狄俄墨得斯——这个名单还能列出很长。

近三千年来，这个英雄名册令无数读者眼花缭乱。然而《伊利亚特》的成功之处绝非这些英雄。《伊利亚特》的真正成功在于它的文学创造，它给我们的大脑注入勇气，让我们敢于对抗闪电、死亡，甚至宙斯，最终成为英雄。

此项创造的起源

勇气这项创造始于一个文学技巧，也就是我们今天所说的"叙事者"。

叙事者是一个故事背后的思想体现。它是故事讲述者的情感、记忆、直觉、态度、热情、欲望，以及信念。叙事的思想，同所有思想一样，是肉眼不可见的。它只能通过公开的行为展现出来，以故事为例，这种行为的呈现形式就是叙事者的**声音**。

回到故事最初，在石器时代的摩洛哥树丛里，或是在中国湖南道县泛着红色火光的洞穴中，声音还只是字面意思上的声音。一切故事都是以口头形式讲出来的，由活生生的人口口相传。悠悠众口，形态万千，被讲述的故事也千变万化，生机勃勃。其中最主要的两个要素就是语气和口味。

语气是声音的特质和音色。讲到可怕的东西时，可能战战兢兢；讲到荒唐的巧合时，可能咯咯发笑；描述贫苦时，可能饱含同情；讲到神明时，可能充满惊叹。

口味代表声音的主观偏爱。也许声音想要专注自然和季节；也许声音愿意长叙爱情或战争，或城市建筑，或海中巨怪。

每个故事叙述者都有其自身的语气和口味，从而使这个世界充满不同的声音。因为叙事的突破，世界变得丰富美妙，令人赞叹。

这一突破始于公元前 8000 年的一个模糊的时代。彼时，在印度的比姆贝特卡石窟和印度尼西亚的苏拉威西岛，故事叙述者就已明白如何将他们的口头声音转化为绘画、雕塑、舞蹈等视觉媒介。为了以视觉呈现声音，故事叙述者设计出许多富有创意的特征，每个别具风格。为了呈现口味，他们创造出了绝妙的方法，即我们今天所说的叙事焦点。这使他们可以像摄像机镜头那样，把焦点集中在某些事物上——突出它们，淡化其他，从而令他们的故事更精准、更清晰。

故事叙述的第二个突破出现于 5000 多年以前，伴随着书写的诞生。书写同绘画一样，是一种视觉媒介，它是苏美尔泥板上的楔形文字，是古埃及石块上的象形文字，是古代中国绢帛上的文书，是古代中美洲木板上的符号。古代的书写者充分利用了风格和聚焦这两种绘画的创作方式，创造出了一种全新的叙事：文学叙事——

从字面上讲，即"书写的叙事"。

文学叙事看起来是一件不可能实现的事情。它以单一的语调了无生气地存在于书页上，但是通过风格和聚焦这两种方法，它可以表现温暖的情感，可以表达庄严的态度，可以害怕地窃窃私语，可以冷静地褒贬评述……它可以实现一张活生生的嘴能做到的一切。

我们不知道最初的文学叙事者是谁，那些记有各种文字的泥板、石块、布匹和木板也已被淡忘。但我们仍然可以大胆猜想，它们是那些创造它们的人类的心理外延。假如那些人对生命的无常抱有冷静的态度，他们可能会采用一种超然且略带讽刺的第一人称口吻，比如下列古老的非洲阿坎人故事的现代演绎版：

> 我们的本意并不是，我们的本意并不在于叙述真实。
> 一个故事，一个故事。随它来，随它去。

假如那些人相信自然的巨大力量，那么他们可能会将超自然的力量模糊化（甚至排除在外），转而详细描绘自然角色的欲望、行为和记忆。比如下面这则古代切罗基创世故事的 19 世纪版本：

> 从前，天底下只有水，动物们栖居在穹顶之上的天界。但天界太拥挤了，于是动物们想要更多的空间。它们想知道水底下有什么，最后，还是海狸之孙——这个"小水虫"——站出来，表示要到水下探查一番，看看能不能有所发现。它在水面上到处扎猛子，却找不到一个坚固的能

住人的地方。然后它潜到水底，挖了一些软泥上来，这些软泥开始变大变多，终于变成了一个岛，也就是我们今天所称的"地面"。后来，这个岛被四根粗绳子固定住，和天系在一起，但是没有人记得是谁这么做的。

从这些有关起源的故事出发，我们的祖先进一步在风格和焦点上发挥，创造了文学中最初的叙事者。这些叙事者听起来和其真正的作者毫不相干，其声音来自树木、河流或野兽。

更了不起的是，这里还有神的声音。

叙事之神

"要有光。"

这是一个至高无上的神的声音。这个声音的风格直截了当、简洁有力、不容分辩。它的焦点是银河，是满天繁星的光亮。

神不一定非要以这种方式说话，神就是神，他们可以想怎么说就怎么说。但世界上最古老的宗教典籍普遍采用"要有光"这种叙事方式。从古埃及的《金字塔文本》（约公元前 2400 年），到梵语的《梨俱吠陀》（约公元前 1500 年），再到希伯来《创世记》（约公元前 750 年），不一而足。这些典籍文风强而有力、庄重严肃、清楚明白。它们聚焦于宏大的实体：生命、真理、天堂、美、法则。这样的风格和焦点相结合，创造出一种能洞察万物的至高存在。正因如此，我们将这种至高无上的存在称为"上帝视角叙事"，或者更准确地说，"上帝之声"。

上帝之声是一项了不起的文学发明。它让任何手握纸笔的人都能发出神的声音。只要能发出神的声音，任何人都能用以下两种强大的情感直指读者的心灵：

首先是**惊叹**。惊叹，正如我们在前言中说过的，是由**夸大**产生的。**夸大**正是上帝之声发挥作用的方式。真理经**夸大**变成天理，法律经**夸大**变成天条，光亮也变成极致的光明。**夸大**，使生活中的一切事物都变得宏大，赋予我们生活中的熟悉之物以神性。

然后是**恐惧**。恐惧是惊叹的近亲，它能唤起敬畏之心。宏大的力量对我们的大脑很容易起到警醒作用。因此，只有把叙事者想象成万能的神灵，操着低沉有力的语气说话时，才能让我们紧张起来。它的宏大足以引起我们的恐惧，令我们脉搏加速、脊背发凉。

惊叹和恐惧这两种情感，都是由最早一批运用上帝之声的作者精心培育出来的。惊叹之情的培育并没有那么引人注目。几乎所有文学，不论其所处的历史时代还是文化渊源，都用惊叹来引诱我们去聆听。但对恐惧之情的培育**的确**非常了不起。恐惧总是令人不快的：它停留在人们的记忆中，反复引起痛苦和沮丧，甚至造成创伤。

事实上，在古代的"上帝之声"中，这种沮丧感似乎往往是创作的目的。《吉尔伽美什史诗》（约公元前 2100 年）就曾这样描写死神的样貌："他黑沉着脸，有着狮子般的脚掌、鹰一般的指爪，走在通往布满尘埃的神庙道路上。"古埃及《亡灵书》（约公元前 1500 年）也曾告诫道："冥界之神奥西里斯天国的居所外，把守着一张火焰之口、一把灵魂之刃、一个心之毁灭者还有一个鲜血吞噬者。"

一些古代的作者可能觉得，这种由上帝之声激发的恐惧感对我们是有好处的。但是另有一些作家却抱有一种更邪恶的目的。恐惧曾经是（现在也还是）一种常见的心理控制工具：在古埃及如日中天的第二十王朝，在底比斯遍地黄金的山谷墓地中，高级祭司操弄着可怖的《亡灵书》的阴魂，自我吹捧着，甚至凌驾于法老之上。更有无数古代暴君和传道士利用上帝之声压迫其治下的子民。

但是其后诞生了《伊利亚特》。不同于用恐惧践踏他人，它的缔造者（为了便于指代，我们称他为"荷马"）揭示了上帝之声可以做到完全相反的事。它可以用勇气提振我们的精神。

勇气及其神经来源

英语中"勇气"（courage）一词来自古法语的"cuor"，而这个古法语词可溯源至古拉丁语的"cor"，这两个词的本义都是"心脏"。因此，对古法语和古拉丁语的造词者而言，勇气并非什么宠辱不惊的美德，也不是什么出于理性的选择。它是一种情感，在危险时刻伴随着恐惧在我们的血管里涌动。勇气和恐惧这两种情感互相牵制，唤起我们坚守阵地的心理愿望。

造词者对勇气的古老洞见在现代神经科学里得到进一步研究。勇气的神经来源在我们大脑深处的原始中心，在那儿，有一个水滴形状的双人王座，一个懦弱的暴君稳稳当当坐在里面，那就是我们说的杏仁核。杏仁核一感知到危险，立刻惊慌失措。它着急忙慌地切断我们手上的一切动作，唤醒我们那富有同理心的神经系统、中脑导水管周围灰质，还有大脑威胁应对网络的其他组成部分，进而释放一种肾上腺素和具有天然麻醉镇痛效果的混合物质，使我们感到心跳加速，麻痹我们的痛感，让我们充满能量。这种从恐惧中获取力量的炽热情感不是勇气。事实上，它最初的生物功能是帮助我们逃避危险。但是如果给它加上一味神经配料，就能将其转化为勇气，这味配料就是催产素。

催产素是一种连接母亲与新生儿的激素。神经科学家研究发现，人在面临威胁时，也会释放催产素。催产素由脑垂体分泌。脑垂体是一个更勇敢无畏的部位，它位于我们大脑的底部，在杏仁核的后方一个叫"蝶鞍"的骨质掩体中。在这个掩体里，脑垂体小心翼翼地收集着我们周遭的"情报"。一旦发现我们附近有人面临险境，它就会释放催产素。

催产素的释放，使我们在面临危险时会产生与大多数动物不同的反应。大多数动物——狮子也好，啮齿动物也罢——面对威胁的第一反应是试图逃走。狮子先是待在原地不动，希望能不被发现。如果这样做不管用，狮子就试图溜走。只有当无法逃避时，狮子才会掉头应战。即便如此，这也不是一场全心全意的战斗。只是一通疯狂的乱抓乱挠，一种企图吓退敌人的花架子，好让狮子伺机溜掉。

有赖于这一出出"逃不掉才开打"的独角戏，狮子和啮齿动物才得以存活至今。但催产素的社交纽带为人类带来了一个更加有效的生存策略，即科学家说的"关怀他人，广交朋友"。面对饥馑、瘟疫等长期危险，在脑垂体感知到其他深处险境的人时，"关怀与交友"鼓励我们把食物和药物分享出去。而在紧急险情中，比如遭遇埋伏时，"关怀与交友"则激励我们团结起来，共御外敌。结成团体，我们才更可能克服困难，单枪匹马反而容易失败。只有这样，我们才能抵挡甚至战胜那些在我们势单力薄时会将我们吞噬的威胁。

这一共生策略并非普遍存在于人类面临的每一种情况中。有证据表明，睾酮水平越高，人们越不倾向于关怀交友；当事态极其糟糕时，所有人的大脑都会变得自私，促使我们囤积资源、背叛战友。尽管如此，催产素的效力仍很高，足以保证我们的友谊在遭到攻击时依然牢固。历史长河中充满了无数这样的时刻，人们甘愿冒着生命危险与陌生人并肩作战。团结起来，令我们感觉自己比任何威胁都更加强大。团结起来，令我们感觉即使自己身死泥沼，伟大的人性光辉也会长存于世。

一旦这种伟大的人类情感与恐惧催生的神经化学物质相结合，便会在胸中产生一股暖流。这股暖流包含三个部分：肾上腺素飙升导致血液流动加速的暖流、可以麻痹疼痛的内啡肽暖流，还有催产素产生的社交纽带带来的暖流。这一神经化学的万能灵药使我们感觉到充满能量、百害不侵，从而心甘情愿牺牲自己。这团胸中的火焰就是我们赞颂的勇气。

荷马和其他古希腊人对后世的这些发现一无所知，但是和其后的拉丁语和古法语造词者一样，古希腊人将勇气与心脏联系在一起。《伊利亚特》开篇就是阿喀琉斯对阿伽门农的咆哮："啐！你这个人，生了一张狗的脸，却长了一颗鹿的心，从来没有勇气去和你的战士并肩作战。"

与现代神经科学家一样，古希腊人也意识到可以通过添加催产素把危险时的紧张情绪化为大无畏的英勇气概。当然，古希腊人并不称其为催产素。正相反，他们用一个富有文学性的词来称颂它：颂歌。

颂歌及其神经化学效果

颂歌是一种唱给神的歌。

公元前 480 年，在一场紧张的战争序幕中，一首颂歌在一个雅典人的胸腔里唱响。这就是萨拉米斯海战，这场战斗中，数百个划着桨帆船的希腊人竟然敢与波斯帝国的战舰分庭抗礼。这个雅典人是四十五岁的剧作家埃斯库罗斯。在世界现存最早的戏剧作品《波斯人》中，他将郑重唱起这首点燃勇气的歌曲：

> 恐惧攫住了波斯人，扰乱其心智，
> 因为希腊人高唱着战歌，
> 英勇无畏地冲向战场，怀着勇敢的心。

这一对颂歌提升勇气功能的古老描述，在现代科学里有两种相互交叉的研究支撑。第一种研究表明，面对威胁，合唱能够增强脑垂体对其他受困灵魂的亲近感，提高我们血液中的催产素水平。第二种研究表明，通过祈祷，我们能感受到一位无处不在、与我们患难与共的神灵，这同样能刺激我们产生更多的催产素。

颂歌将齐声合唱与神圣祈祷这两种提高催产素水平的方式融为一体。就这样，萨拉米斯海战的颂歌得以成为一个强效的秘密武器，把希腊人的恐惧转化为冲锋陷阵的勇气。

这一有关"神经—文学"的创造可以追溯至比埃斯库罗斯还要远古的时代。它是如此古老，连早于埃斯库罗斯数百年的荷马可能只是对它做了改进。荷马在《伊利亚特》的大约第五百行中用了"颂歌"这个词："对着阿波罗，希腊人唱起他们庄严的颂歌。"不过，《伊利亚特》的第一个"颂歌"出现得比第五百行更靠前一些——它其实就在史诗开篇的第一个词。因为整部《伊利亚特》就是一首颂歌，一首长达一万两千行的鸿篇巨制，其创作目的就是激发潜藏于我们内心的勇气。

就篇幅而言，这首史诗可谓卷帙浩繁。然而《伊利亚特》绝不只是一首长篇歌谣。它还是一部创新的歌谣，这首歌谣推动了全球文学的变革。它创造的颂歌，使我们不用歌唱就能释放催产素。这一表述看似完全矛盾：不唱出来怎么能叫歌？但在风格和焦点的作用下，这一矛盾得到了解决。荷马之前的作者已然证实，这两种方法可以把口头叙述的力量转化到叙事者身上。因此，为了再现颂歌的力量，荷马只需创造一个叙事者。颂歌能做到的，这个叙事者也能做到：让我们感觉自己仿佛成为身处险境的颂歌合唱团的一员。

荷马在《伊利亚特》的开篇就做到了这一点：

"唱吧，愤怒女神！"

短短六个字，让读者立刻置身于一场恢宏的战歌合唱，直面强敌的威胁。《伊利亚特》用区区几个音节，成功激发了我们的热血，使我们的脑垂体进入一种"关怀与交友"的状态。

《伊利亚特》的开篇绝不是一个转瞬即逝的花招，它奏响了宏大勇气乐章的首个强音。

宏大的勇气乐章

在掀开这首宏大乐章之前，我们先把《伊利亚特》开篇和《创世记》开篇的"要有光"放在一起，对比它们的风格和焦点。

《创世记》：

> 起初神创造天地。
>
> 地是空虚混沌，渊面黑暗；神的灵运行在水面上。
>
> 神说："要有光"，就有了光。

《伊利亚特》：

> 唱吧，愤怒女神，唱出珀琉斯之子阿喀琉斯的愤怒，
>
> 这摧毁一切的愤怒，带给人类无尽的痛苦，
>
> 无数坚毅的灵魂将被提早送往哈迪斯的冥府，
>
> 他们的英雄之躯变作豺狗恶鹰的食物。

二者开头都用到了深沉的"上帝之声"。不过它们的深沉是不一样的。在《创世记》的开篇，有"天地"。在《伊利亚特》的开篇，

则反复出现"愤怒"。可见，荷马的叙事不是源自神光、天理或其他什么真理。相反，其来源和目的都是一种凡人的感情。说得直白些，它的焦点是人心。

从风格角度而言，《伊利亚特》还通过大量形容词达到了对人类心性的观照。形容词在《创世记》的开篇是缺席的。《创世记》的开篇由一个接一个的名词组成：神、天、地、形、空虚、黑暗、水面、深渊、大洪水。这些名词，与所有名词一样，是客观存在的，它们因此带有真实感。

这种客观性不独存在于名词。许多形容词（比如《创世记》后文用到的那些）也有此特性："圆的""活的"或"蓝色的"，这些词或多或少代表了其修饰事物的真实属性。但是形容词同时能反映一种主观性，即我们个人眼中事物呈现的样子："高"和"快"只有在"矮"和"慢"的衬托下才存在。

在《伊利亚特》开篇用到的形容词中，就能体会到上述感觉："摧毁一切的"（愤怒）、"无尽的"（痛苦）。一边是对阿喀琉斯愤怒程度的直观感受，一边是对其毁灭效果的精确量化，这些形容词打通了二者间的壁垒。叙事者只能说那愤怒看起来足以毁灭一切，杀人无数。倘若我们目睹了阿喀琉斯杀人如麻的现场，这也会是我们的感受。因此，与雅典娜、阿波罗，以及希腊神话中其他人格化的神一样，《伊利亚特》虽然广泛运用了"上帝之声"，但仍充满人性。这不是一种超然物外的声音，它是我们自身的放大。在面对战争和死亡时，一颗"全能之心"发出了我们自己的情感呐喊。

这一人类的"上帝之声"是荷马的创举。早在荷马以前，文学就开始运用人类或上帝的视角叙事了。但《伊利亚特》将这两种视角合二为一，将凡人情绪和宏大宇宙融为一种人格化的神之远见。

《伊利亚特》以风格和焦点刻画勇气，纵观全文，我们还可以发现一些较小的文学创造，其中包括荷马最富传奇色彩的修辞：史诗明喻。荷马之前的作者已对史诗明喻有所了解，《创世记》中就有一处用例，讲述了弥留之际的雅各对儿子们的预言和祝福：

> 犹大是个小狮子。我儿啊，你抓了食便上去；你屈下
> 身去，卧如公狮，蹲如母狮，谁敢惹你？

尽管荷马不是史诗明喻的发明者，但因其对"上帝之声"的独特运用，荷马已成为它最著名的实践者。他的手段就是人格化。我们可以在荷马的"人—狮"比喻中见到这种人格化手段，比如《伊利亚特》第三卷的选段：

> 如同一头饥饿的狮子发现野鹿或野山羊的尸体，
> 欣喜若狂，贪婪地狼吞虎咽着，
> 全然不顾猎人和他那飞跑的猎狗正朝自己飞奔而来，
> 这正是斯巴达王墨涅拉奥斯见到阿勒珊德罗斯的狂喜。

这一比喻不同于《圣经》中雅各的比喻结构。《圣经》中的比喻由人写到狮子，即从我们熟悉的事物入手，通过夸大，走向神秘，用我们眼下不甚了解的宏大真理制造惊叹（关于这一文学技巧对虞

敬之心的激发原理，详见第六章）。

荷马式的比喻则相反。它从狮子过渡到人，通过凡人的内在情感抓住外在事物的意义，这种情感就是"欣喜"。因此，当我们在荷马的比喻中看到狮子或树木、禽鸟、野猪、烈火、昆虫、群星，乃至神明等事物时，我们看到的并非高深莫测的神迹，而是一介凡人的情感。我们也好，狮子也罢，自然万物都是这个生机勃勃的世界的一部分。天空、树叶、光明、生命，一切都是我们自己。

这种联结宏大群体的感受对我们脑垂体的刺激，无异于一场颂歌合唱，或面向慈悲神灵的祈祷。它复制颂歌的心理学功效，提高我们血液中的催产素水平。正如你现在能直接体验到的，《伊利亚特》能做到的远超颂歌：即使我们独自默读，纸端的那些话语一样能激发更多的催产素。

这是一种不可思议的手法，但其通过想象达到的功效，不亚于一个藏身散兵坑的孤独战士在回想家中心爱之人时收获的鼓舞和慰藉。在《伊利亚特》的史诗中，当骇人的战争描述启动大脑的肾上腺素与镇痛剂这一对"威胁—逃跑"组合时，这一功效就开始显现。当荷马的"全能之心"加上勇气的第三个神经配方时，这一功效便达到顶峰，恐惧随之在我们的血液中逆流而上，化为一股藐视死亡的狂热力量。

如何自行运用"全能之心"

1915年，一个蓄着红胡子的英国水兵来到了当年特洛伊战争爆发的爱琴海边，他的名字叫帕特里克·肖－斯图尔特。

那个海边又一次沦为战场，可能还会更糟："我们戴着防毒面罩，到处都是死尸的味道。子弹横飞，动辄把人的头打掉；苍蝇成群，让我们张不开嘴。"但是在那个恐怖的地方，肖随身带着《伊利亚特》。他一边回想着荷马的诗句如何振奋了他的勇气，一边提笔开始创作自己的诗：《战壕里的阿喀琉斯》。

> 这么难吗，阿喀琉斯？
> 死，有这么难吗？
> 你知道，我却不知，
> 我是何其幸福。
>
> 天亮我就要归来，
> 从伊姆布罗斯越过重洋。
> 战壕中的阿喀琉斯，
> 头顶着熊熊火焰，为我呐喊吧。

在诗的第一节，我们感到与阿喀琉斯的距离很遥远，当我们想到死亡时，内心是很恐惧的。但是在第二节的最后几行，我们想象到英雄由心底爆发出呐喊，于是，一股勇气从恐惧中生发出来了。

即使你在读《伊利亚特》时并没有体会到颂歌的力量，你仍可以在后世的万千诗歌、小说、电影等作品中发现荷马的这一发明。不妨在书架上找找，总会发现一个拥有凡人之心和神之远见的叙事者。比如，查尔斯·狄更斯《双城记》里那句上帝视角的慨叹："这是最好的时代，也是最坏的时代。"或托尼·莫里森1987年的小说《宠儿》中的那句史诗明喻："像一个孩子的屋子，一个个头非常高的孩子住的屋子。"

你也可以不拘泥于纸端，去关注一些其他体裁的文学作品。比如，去看一场戏剧版的《伊利亚特》，体验荷马最初的诠释。还有许多现代的影视作品，从雷德利·斯科特的战争史诗《角斗士》，到《冷暖人间》这样的黄金档电视剧，通过聚焦于平凡人物的镜头，以及能促进催产素释放的音乐，在神经上达到了一种人格化上帝视角的效果。

当你在一些书籍或影视作品中发现了荷马式叙事，锁定其中最逼近你内心恐惧的故事。如果你害怕生命漫无目的，那就去看《权力的游戏》；如果你害怕我们注定要成为寄居在他人生命中的陌生人，那就去看《实习医生格蕾》。

然后去感受那个与你相连的宏大声音。

在这个充满恐惧的世界里，振作起来。

第二章　点燃爱火

萨福的抒情诗、东周的爱情颂歌，以及"隐秘袒露器"

当20世纪的狂风骤雨席卷了欧洲，西方文明疯狂地跌入大战的旋涡，到处都是铁网密布的战壕和可怖的枪林弹雨。这时，两个英国人扬帆启航，向埃及驶去。

这两个英国人是朋友，或许不止于此。在尼罗河西岸的大运河的延伸地带——那里栖息着神圣的象鼻鱼——他们有了令人震惊的发现。

并非这个发现本身有多么令人震惊。乍一看，这不过是一堆已经发霉的废纸，是几千年前，托勒密王朝的会计们清理文件垃圾的时候倒在这里的。但当这两个英国人小心翼翼地在这故纸堆里翻找时，一个发现令他们立刻停下了手上的活计。这是一首写在草纸上的诗，比代数、马镫，甚至水车的发明都要古老。

这首诗的墨迹是古希腊文的，但不是这两个英国人在学校里学的那种古希腊文。他们曾在学校研读过荷马的战争史诗《伊利亚特》的古希腊语版本。但这首垃圾堆里的诗有一套完全不同的词汇体系，两人都认为这套词汇体系非同寻常。他们彼此给对方读诗里那些非凡的语句，越读越兴奋，全然忘记了遥远故国那日趋激烈的战争。

他们在沙漠中乐而忘返，沉醉在一种甜蜜的奇妙感觉中。

那便是爱情。

爱情及其文学起源

爱情的奥秘是什么？

好吧，爱情有许许多多的秘密源泉。尼罗河的古老居民认为爱情产生于鳄鱼的主动脉，中国的炎帝神农氏在人参中发现了爱情，墨西哥古代的阿兹克特人从大量的热巧克力中获得爱情，居住在撒哈拉以南的班图人从育亨宾树的树皮中提取爱情。而在 19 世纪的美国，唯灵论者安德鲁·杰克逊·戴维斯则提出一种爱之起源，自此以后广为流传："我们无论如何也不该忽视的就是：同类相斥、异类相吸。"

不过很遗憾，上述任何一项古老的理论都没能得到现代科学的证实。许多时候，科学实验的结果反而与上述理论相悖。科学实验表明，鳄鱼的主动脉并不会引起令人晕厥的狂喜，而两颗想法相异的心往往更容易互相排斥。

科学虽然给我们泼了一瓢冷水，但也并非让我们漫无目的地摸索爱情。21 世纪的神经科学家在揭穿往日春药的假象的同时，还揭示了爱情的一个真正来源：以第一人称"我"写就的诗篇。

"我"的诗学力量

自我们已知的历史起，文学就包含了第一人称"我"的叙事口吻。

公元前 2600 年苏美尔人的《苏鲁巴克箴言》可以为证："我的儿子啊，我来对你讲。不要拿我的话当耳旁风！"还有公元前 2000 年左右的《吉尔伽美什史诗》中的古巴比伦英雄如是说："我的母亲，我梦到满天的星星坠落，砸在我身上。"

尽管这些"我"的口吻皆来自传说和经文，它们的力量仍然较弱，无法独立存在。毕竟，它们不过是一些独立的声音，尚未形成一个宇宙的真理。它们仅仅表达了一种个人的观点。它们是有限的，也是脆弱的。

因此，在《苏鲁巴克箴言》和《吉尔伽美什史诗》中，第一人称"我"均有史诗式的第三人称——"他""她""他们"做支撑。从《苏鲁巴克箴言》的开头，这些史诗人称就从天而降："逝去的年代久远漫长，巧舌如簧的智者居住在苏美尔大地上，他有箴言如许对儿讲，读者诸君请听详。"

在《吉尔伽美什史诗》里，史诗人称以一种更振聋发聩的方式出场：

> 众神缔造了吉尔伽美什，他们让他生得举世无双。
> 太阳神赋予他无上荣光，风暴神赐予他神勇无量。

世世代代，第一人称"我"就这样在史诗人称"他""她""他们"中赓续至今。在那些古老的年代，极有可能存在着敢于独立使用第一人称"我"进行创作的作者。但他们的诗作却无一留存，似乎佐证了"我"是无法独立长存的。

紧接着在东方，在中国的桑树林里，《吉尔伽美什史诗》诞生千年以后，一位女子轻吟浅唱道：

> 大车槛槛，毳衣如菼。
> 岂不尔思？畏子不敢。
> 大车啍啍，毳衣如璊。
> 岂不尔思？畏子不奔。
> 榖则异室，死则同穴。
> 谓予不信，有如皦日。[1]

这首诗能流传至今，不可谓不绝妙。另一部年代久远程度可与之媲美的、以第一人称"我"写成的诗歌是希伯来语的《诗篇》。同《苏鲁巴克箴言》和《吉尔伽美什史诗》一样，这些诗篇带有史诗感。它们属于一种受到神启的经文，借由《圣经》中的王之口说出。

而中国《诗经》中的那首爱情颂歌则不同。它的作者是一位惧怕因爱情而遭受惩罚的凡俗女子。与《诗篇》不同，她的诗并不能公之于众，它是张偷偷递给所爱之人的小字条。另一处与《诗篇》的不同在于，这位女子的感情不为崇高的权威所容。她唯一的支撑，就是她自己的那句："谓予不信，有如皦日。"

我们也许会相信这个誓言，也许不会。但不论怎样，这首诗都给了我们选择的机会。它没有用类似"这个女子所言非虚"这种不容置疑的口吻迫使我们去相信。它完完全全是一个来自"我"的表达。

1　出自《诗经·王风·大车》。

这一个体的声音怎样流传于世，又为何能流传至今？

我们在下文中会看到，这首中国古诗之所以能穿越历史长河，有两方面的原因。我们先从更激动人心的方面讲起：这首诗触碰到了我们冰冷的神经系统，并用爱温暖了它。

爱的神经科学

你也许听过这样一种说法：从科学角度看，爱情本质上是一种化学吸引。"我们的皮下腺体会产生一种看不见的信息素，经由皮肤散发，而我们未来伴侣散发的信息素可以刺激我们大脑的愉悦中枢……"云云。

这个过程听起来一点儿都不浪漫，甚至可能不符合事实。尚无证据表明人类信息素的存在。如果它真的存在，求爱就会变成一件容易得多的事。不过，确实存在一个关于爱的科学配方。它无关乎育亨宾树的树皮或巧克力，也无关乎其他实物，它关乎言语。它不是什么魔咒，只是你熟知的话语表达而已。

爱情表达的科学配方包含秘诀，第一个是：自我袒露。

自我袒露是指暴露你自己的事情。任何时候，当你和他人分享自己的私生活细节时，你就是在自我袒露。不管是告诉别人你的出生地、年龄，还是你上周二干了什么，这都是自我袒露。

任何一种自我袒露都能成为爱的源泉，但其中一些自我袒露具有更强大的功效。这些自我袒露更加隐蔽、更加私密。它们不是你的出生地或出生日期，而是你不会轻易承认的隐私。它们或许是一些为大众所不齿的怪癖，或许是你想要珍藏于心的珍贵记忆。它们可能使你感到窘迫难堪，也可能揭示你隐秘的愿望、欲望、恐惧、错误。

不管这些秘密是什么，它们都是强有力的爱之源泉，越是私密就越是有力。如果你有一个深藏多年的秘密，那这个秘密就是一个拥有巨大潜力的爱的秘方。

但是，千万不要贸然使用这个秘方！如果你不把它和另一个秘诀结合起来，你的秘密就白费了。这第二个秘诀就是：惊叹。

惊叹是一种敬畏的感情，一种别样的情愫。它不会轻易出现，但正如我们在引言部分说过的，惊叹有其稳定可靠的产生机制——夸大：选取某一特定的风格、角色、故事，或其他文学元素，然后将其进一步扩大。

如果没有惊叹的夸大过程，自我袒露不仅不会点燃爱情，甚至可能适得其反。如果一个人总是用自己那不甚美好的隐私将我们淹没，这会让我们不舒服。我们并不想与之一起躲进"香闺"，我们只想逃离。

但是当某人用带有夸大的自我袒露向我们表达爱意时，二者的结合会带来意想不到的神经作用：它使我们大脑奖赏中心的多巴胺神经元做好准备，好让我们的大脑体会到一丝愉悦。我们的大脑在感到快活的同时，也明白假如蓄势待发的神经元被进一步点燃，这种快乐将更为强烈。

能点燃那些神经元的是另一种自我袒露，但其主体不在对方。为了使浪漫这件事形成一个完整的闭环，第二种自我袒露须出自我们自身。通过回应求爱者的爱意，我们释放大脑中被激发的多巴胺，它用甜蜜的化学反应让我们获得愉悦。这种自我取悦不是爱情，它只是一时的情迷和挑逗，是开启更多精彩的序章。不过想要获得更多精彩，我们也无须改变手段。我们可以持续与对方袒露彼此，以进一步激起对方的好奇，形成一个你来我往的良性循环，不断激活和释放多巴胺。这让我们在一起越来越幸福，进而激励我们相互袒露更多的个人细节，最终建成一条牢固的亲密感情纽带。

这种亲密而幸福的感情状态就是爱情。必须承认，依照刚刚那番科学解释，爱情不过是一种腺体信息素，毫无浪漫可言。它满是公式和模型，还揭示了爱情里相当一部分的幸福皆来源于我们自身的袒露。因此，毋宁说是我们的大脑在利己地自我陶醉："当我和你在一起时，我变得更加喜欢我自己了。"

尽管科学让爱情变得与浪漫无缘，但它至少还揭示了一点：当爱的感觉更加强烈时，作为第二种秘诀的夸大就变得不那么重要了。我们不会再变着花样去吸引已经到手的爱人，而是坦然承认自己那些小秘密是多么平平无奇。即便如此，感情的纽带也日益牢固。这才是爱情的美妙之处：爱情中，没有什么比我们自己更重要、更奇妙。

既然你已了解科学的爱情原理——自我袒露与惊叹的结合——现在可以出去满世界求爱了。只需在袒露过程中加入一点儿夸大。如果这听起来不是很靠谱，或者你只想取悦自己，那也不必烦恼：你能从诗里得到你需要的全部的爱。

因为在科学问世以前，诗人们就已研制出这个配方。他们将两大秘诀叠加，创造出中国古代爱情诗歌这样的"心灵捕捉器"。

诗歌中的两个爱情秘诀

《诗经》里，这位诗人开篇即运用了自我袒露："难道是我不想你吗？是我想到这森严的律法就害怕得瑟瑟发抖。"[1]

接着，诗人运用**夸大**进一步细化袒露而出的情感，让我们插上想象的翅膀，穿越黑夜和死亡："死则同穴……有如皦日"。

这位中国诗人巧用爱情的科学配方，揭开了一个令我们肃然起敬的秘密。她激活了我们大脑中分泌多巴胺的奖赏中心，引发我们想象一场互利共赢的自我袒露过程，使我们感到愉悦：感谢她的真诚，并承认自己隐秘的欲望，继而报以忠贞不渝的承诺。

这份爱就是这首诗歌在当时被反复吟唱的原因。它吸引着听众，令他们感受到"我"的力量。但就算这份爱再强大，也不足以让这首诗歌仅凭一己之力而流传至今。这首诗能留存下来，还有第二个比较让人扫兴的原因：它吸引了周朝那些学者的注意力，他们看中了诗里那压抑浪漫的道德审判："我虽然想和你在一起，但当我想到礼法时，我犹豫了。"[2]

怀着对这份犹豫的欣赏，中国的学者把这首诗收入儒家"五经"之一的《诗经》。"五经"中的行为规范一直传承至今（欲知这些行为规范的详情，请见第十章）。这说明中国情诗中的"我"其实并不是凭自己的力量流传于世的。它的留存恰恰是因为有一个强大的"他"限制了"我"的行动。

1　原诗为"岂不尔思？畏子不敢"，意为"是我不想你吗？是我怕你不敢与我相爱"，此处系本书作者进一步阐释。

2　原诗为"岂不尔思？畏子不奔"，此处情况同上，系作者本人的进一步阐释。

但是，"我"才不会甘于一直处于这样的颓势。在《诗经》后大约一百年，又一位诗人唱响了心中的歌，她就是萨福。她的作品之所以能保存下来，不是因为其背后有一个更为宏大的他者。

它全然靠爱存活。

萨福的力量

萨福的一生多是谜团。一般认为她出生于莱斯沃斯岛，那是一座位于爱琴海东北部的弓形岛屿——特洛伊战争中，赫克托耳和阿喀琉斯曾在该岛对面的海滩上对战。我们还知道她生活在公元前 7 世纪中叶，大约在荷马写成《伊利亚特》一百多年后。

萨福对《伊利亚特》再熟悉不过了，可她摈弃了它的史诗风格。相反，她用第一人称"我"来创作。或者用古希腊人给它的名字，抒情诗，字面意思是"伴着七弦竖琴吟唱的诗歌"。

萨福不是第一个创作抒情诗的希腊诗人。比萨福早二三十年，曾上过战场的阿尔基洛科斯就已有闻名于世的抒情诗作品了：

狐狸计策多多，刺猬只有一招。

生命起起落落，不必胜骄败恼。

我躺在此地，饱尝欲望之苦。众神把这苦痛灌注入我骨。

敌人持我盾，弃盾我逃走。

弃之欲何为？我自有理由。

盾弃可重买，此生不复有。

我多想摸摸纽布蕾的小手。

以上列举诗行的最后一句似乎因袭了中国爱情诗歌的浪漫："我多想摸摸纽布蕾的小手。"然而此处浪漫其实是个笑话。纽布蕾是一个编造出来的名字，意为"水性杨花的女人"，阿尔基洛科斯对她连篇累牍的描写也极尽色情挖苦之能事，不见一丝亲密："她的身体像干瘪的果子……咂着湿答答的嘴唇，贪婪地吮吸我的枯茎。"

阿尔基洛科斯的其他诗句同样缺乏真正的个人袒露。它们没有展示脆弱的心灵，而是遵循了《诗篇》和《苏鲁巴克箴言》一类的古老表达，用第三人称"他""她""他们"内含的戏剧讽示或宏大真理来支撑"我"的表达："狐狸计策多多""生命起起落落""众神把这苦痛灌注入我骨""盾弃可重买"。

因此不难想象，当希腊人看到萨福的如下诗句时，他们是多么惊诧：

> 他于我就像神一样，
> 那个人。
> 听到你
> 甜如蜜的话语，
> 如音乐般的欢笑，
> 令我心碎。
>
> 当我看到你，
> 我无法说话。

我的舌头仿佛断裂，

我的皮肤如燃烧般滚烫。

这才是真正的自我袒露。萨福是在将某种个人隐私公之于众：她对一个有夫之妇的爱。这样的开诚布公可能会反过来伤害萨福。她的爱可能不是那个女子想要的。那个女子笑颜灿烂，幸福洋溢，她已经有了一位英勇神武的爱人。她对萨福又有何求？她也许不为所动，没准还会嘲笑萨福的诗呢。

如果萨福仅仅是在袒露自我，那我们也会嘲笑她的。但是萨福没有一味地暴露个人隐私，她还加入了令人惊叹的要素。她将自己的内心情感夸大为简单而动人的比喻——心碎、皮肤燃烧。

这种将惊叹和自我袒露相结合的方式与《诗经》里那首爱情诗异曲同工。而且，同中国的爱情诗一样，萨福的爱情诗历经岁月的刻刀流传至今，因为它被一位文人记录了下来。但与中国爱情诗的记录者不同，这位文人不是统治者的卫道士。相反，他是个文学迷：罗马帝国的朗吉努斯，不过这个充满谜团的称呼很可能是个假名。

朗吉努斯在公元 1 世纪的专著《论崇高》中赞颂萨福的诗歌所蕴含的强烈情感可与荷马的《伊利亚特》和希伯来文的《圣经》比肩。且现代科学进一步表明，萨福不仅与荷马和《圣经》力量平齐，她完全颠覆了后二者。史诗从宏大中获取情感力量，而萨福的抒情诗从亲密关系中汲取情感力量。

如果这是萨福创作的唯一的抒情诗，那它无疑是一个创新。这个创新就是彻底的自我袒露。这种彻底被早先的作者视作危险，它将内心敞开布公，迈向毁灭。受这种想法驱使，萨福之前的那些运用第一人称"我"的先驱选择用讽刺、对道德的恪守，或是"他""她""他们"这些第三人称的厚重来调和自己最深处的情感。

萨福揭示了作者应该更加勇于展示私密。她发现一个出人意料的真相，这一真相后来得到了科学的支撑：自我袒露的事物越私密，它的功效就越大。她展示了抒情诗拥有不亚于史诗的力量，而且这种力量并不依靠神灵或其他外部声音的助力，它源于对自我的不断揭露。

接着，萨福前进了一步，那是很大很大的一步：她写了另一首诗。也就是在垃圾堆里发现的那首。

萨福的第二项创造

1905 年冬天来到埃及的两个英国人是莎草纸考古学家伯纳德·派恩·格伦费尔和阿瑟·瑟里奇·亨特。他们发现的那首诗这样写道：

> 有人说骑手是这世间的最美，
> 也有人说是步兵，
> 还有人说是舰船——
> 要我说，
> 你的爱才是世间最美。
>
> 难道不正因为如此，
> 海伦这个最美的女子

才离开世间最好的男子，
漂洋过海来到了特洛伊？

抛弃孩子，
不顾母亲，
只因匆匆一瞥中，
她感觉到了
爱。

　　这首诗优雅又简洁地重述了《伊利亚特》的故事。《伊利亚特》编造了一个故事，讲述一些骑手、士兵、战舰在特洛伊进行的一场战争，起因是一位被偷走的女人——海伦，墨涅拉奥斯的妻子、斯巴达的女王。但根据萨福的描绘，海伦并非被偷走的。非但如此，她是出于欲望主动漂洋过海的。因此，特洛伊故事的真正内核并非战争，而是爱。

　　如果我们是沉闷无趣的哲学家，或许会针对萨福对荷马史诗的重述进行一番讨论。我们可能会说："对！是一个爱情故事！萨福给特洛伊战争那沉默的心灵赋予了声音！"也可能会说："哼！净说傻话！战争就是战争，哪有什么浪漫可言！"甚或还会说："可能两者兼有！真相往往是多元的！伟大的智者要能看清事物的两面性！"

　　然而萨福不希望我们只做沉闷无趣的哲学家。她不希望我们只是理性地谈论她诗歌里的真理。她希望能感受到引发特洛伊战争的爱。这就是为什么她能用一种私密的袒露来打动我们。

这一袒露来自海伦，这无疑是个惊喜。因为在开头部分，萨福的诗跟袒露一点儿关系都没有。诗歌没有呈现海伦的口吻，而是用史诗的第三人称"他""她""他们"来展现她。诗歌也没有揭示海伦的内心，而是上下打量她的外表："海伦这个最美的女子。"

这个"最美"的女子是《伊利亚特》的海伦，是那个因美貌被掠走的海伦。萨福的诗歌呈现的画面世所共知，效果却史无前例：它让我们的目光穿透海伦的外表，直指其内心。在这个外表下，我们看到了一个世所不容的真相，任何希腊母亲都会为之不齿：海伦忘记了她的孩子，飘着长发、骑着马儿的赫耳弥俄涅。

这和《伊利亚特》的故事完全相反。《伊利亚特》第三卷描述海伦"撕心裂肺地渴望见到丈夫和家人"。在古希腊人的期望中，这种对家庭的渴望每一个女性都应具备。倘若不一心侍奉父亲为其精挑细选的男子，不做一个相夫教子的贤妻良母，一个女人活着的意义何在？所以，尽管《伊利亚特》看似观照了海伦的内心，但并没有袒露海伦的个人情感。恰恰相反，它将海伦塑造成一个众所周知的刻板形象。

而萨福打破了这一刻板形象，揭示了海伦心底真正的秘密：她被爱情冲昏了头脑，以至于忘记了自己的亲生女儿。萨福这样的做法，无疑会令一些早期的希腊读者拂袖而去。深层的个人隐私通常会招致众叛亲离，这也是为什么隐私会成为隐私。但我们的朋友和爱人会因为这些我们自己不愿承认的事给我们关爱。同样，萨福的一些读者也被海伦这种超出母爱的感情打动。从这份感情里，他们发现了海伦内心的独特之处，触到了她的爱情里隐秘的律动。

这种对海伦的亲近是诗学的革新，不仅因其挑战了《伊利亚特》旧有的情感，还大大扩展了抒情诗的可能性。过去，抒情诗被诗人用来袒露自己的心声，而今萨福用它来袒露别人的心声。她创新地用史诗式的"他""她""他们"来揭露历史上为人忽视的"我"，展现了一个不会为自己发声的角色的情感。

从这一创举可以看出，萨福做的远不是重写《伊利亚特》。她给文学打开了大片崭新的视野。既然文学可以代替海伦袒露心迹，那么它也可能代替每一个"她""他""他们"袒露心迹。

它可以选取任意故事，并为之注入爱情。

如何自行运用"隐秘袒露器"

爱不是我们对别人表达关怀的唯一方式。除了爱，我们还能感受到同情、同理心和友谊（这几个文学秘诀，我们将分别在第三章、第十九章和第二十五章展开详细讨论）。

但爱又是一种极其丰富的感情，其形态千变万化，既有萨福笔下活色生香的爱，也有中国诗歌里缠绵悱恻的爱，还有狄伦·托马斯的《不要温和地走进那个良夜》中的家人之爱，更有艾米莉·狄金森的《我不敢把朋友撇下》和沃尔特·惠特曼的《过布鲁克林渡口》中的众生之爱。

爱也是我们的大脑能感受到的最有力的情感之一。科学已经证实，爱能改善我们的情绪、提高我们的活力，让我们更好地享受万事万物。（不过，你可能也不需要由科学来告诉你这一点。）

　　如果你想要生活中多一些爱，在这些公元9世纪早期的离经叛道的诗句中，你一定会寻到由袒露和惊叹构成的爱的踪迹，它们的作者是阿拉伯帝国阿拔斯王朝的公主乌拉娅·宾特·迈赫迪：

　　　　我把我们的爱藏在这首歌里
　　　　一如银子藏在口袋里
　　　　……

　　又如 E.E.卡明斯的对史诗的反转：

　　　　这是内心深处无人知晓的秘密
　　　　我带着你的心（放在我心里）

　　你也可以在很多小说的第一人称叙事和对话中看到爱的原型，从夏洛蒂·勃朗特的《简·爱》中优雅从容的告白（"读者们，我和他结婚了。我们举行了一场安安静静的婚礼"），到欧内斯特·海明威的《永别了，武器》中护士凯瑟琳·巴克莱那痛苦的柔情表白（"我不再勇敢了，亲爱的。我遍体鳞伤。它们毁灭了我。我现在知道了"），再到薇拉·凯瑟的《我的安东妮亚》中少年吉姆·伯登忧郁浪漫的袒露：

　　　　有一个梦，我做了无数次，总是重复同样的梦境。在一片满是谷垛的丰收田野里，我靠躺在其中一个谷垛上。莉娜·林加德光着脚，踏着收割后的庄稼茬走来，穿着一件短裙，手里拿着一把弯弯的镰刀。她就像晨曦一样泛着红光，周身被一层明媚的玫瑰色光晕包裹着。她坐在我身旁，转过脸来对着我微微叹了一声，说道："现在他们都走了，我可以肆无忌惮地吻你了。"

我曾希望我在这样一个令人愉悦的梦境中遇到安东妮亚，但我从来没有。

最后，你可以和萨福一道，踏上抒情诗以外的爱情旅程。她对史诗的独到化用、代替别人袒露心声的创举，一直延续到现代音乐的歌词中，比如珀西·斯莱奇 1966 年的节奏布鲁斯歌曲《当男人爱上女人》中唱的："当一个男人爱上一个女人，他的头脑再也无法装下别的事情。"

在各种使人敬畏的瞬间，这种手法都得以留存：不论是运用了叙事聚焦的小说，还是镜头特写的电影。我们从中可以窥见角色不为人知的秘密。其中就包括文学史上最动人的爱情场景之一——简·奥斯丁的《傲慢与偏见》中，伊丽莎白·本内特和达西先生最终在一起时的情景：

伊丽莎白听了他的话，不由得感到越发窘迫与焦躁，于是只好开口说话了。尽管她说得有些吞吞吐吐，达西先生仍立即领会了，她的心意自他刚才提及的那个时候以来已经发生了实质性改变，而且听到他如今又一次表露心迹，她感激不已，欣喜万分。听到她的回答，他感到从未有过的快乐。他趁热打铁，倾吐衷肠，那份狂热，非一个深陷爱河的人不能有。假使伊丽莎白能直视他的眼神，就能发现他是何等热情洋溢，那发自内心的喜悦映满了他的脸庞。不过，虽然她不敢看他，却能听得出。他不住地倾吐着衷曲，向她诉说着她在他心目中是多么重要，这让他的绵绵情意弥足珍贵。

正如特洛伊的海伦一样，伊丽莎白和达西先生羞于表达各自的真实心迹。但是作者替他们吐露了心声，唤醒了爱。

文学中充满了这些瞬间，比你穷极一生见过的还要多。任何一种抒发私人情感的抒情诗口吻都能让你体会到亲密的感情。任何一个以"他""她""他们"的口吻袒露人物情感的故事都能点燃情感的联结。这种亲密联结以无数全新形式呈现，每种形式都和内心深藏的秘密一样独一无二。

所以，每一天，你都能像那两个在埃及的英国人一样。

去探索美妙的亲密感吧。

第三章 远离愤怒

《约伯记》和索福克勒斯的《俄狄浦斯王》，以及"共情促发器"

在乌斯，住着一个信奉上帝、远离邪恶的人。然而上帝并不相信他的虔心，决定考验这个来自乌斯的人。

为了考验他，上帝夺走了他的一切：他的家园、他的健康、他的孩子。由于失去太多，这个人的妻子抛弃了信仰。她诅咒上帝，宁愿受死。但这个人毫不动摇，他斥责妻子愚蠢至极。跪在炉灰中的他，心里仍然虔敬地信奉上帝。

至此，上帝才相信这个人是真正的正直之人，把他的一切都归还于他，甚至赐予他更多。后来，这个乌斯人有了一万四千只羊和六千头骆驼。他后来有了七个儿子、三个女儿，在暮年时享受了儿孙满堂的天伦之乐。

这个来自乌斯的人就是约伯。这个故事创作于几千年前。作者不是犹太人，他住在死海盆地附近，那里有布满桃林的峡谷和种植葡萄的高地。那里也许居住过以东人、摩押人、亚扪人，或是阿拉伯人，他们的生存年代可能在铁器时代，或是更早的青铜时代。约伯的故事太久远了，我们已无法窥其源头。其起源已消失在时光的尘埃里。

尽管我们无法考证约伯故事的源头，我们仍然能够重构其创作的初衷：加强我们潜意识里对正义的坚守。故事开篇，这一坚守即受到看似非正义的挑战：上帝给一个无辜的人降下灾祸。但当看到故事结局，灾祸得以解除，这个人的信念也得到了加倍补偿，我们的大脑便得到了安慰：正义的灵魂终将受到鼓舞。因此，和约伯一样，我们也被这个故事带入一个两步走的过程。我们对生活的公平正义的信念也经受了考验，我们的信仰得到了回报。

这种信念对死海峡谷里那些人来说非常重要。他们一遍遍重复着约伯的故事，使它穿越世代，流传于不同民族。人们相信生活是正义的，他们尽自己的全力活在公平正义之中。

直到有一天，一位诗人做了一件出乎意料的事：他选取了约伯的故事，并重新改写。

这位诗人及其改写

我们不知道这位改写者是谁。但我们认为他是一位生活在公元前 6 世纪的希伯来人。当时，巴比伦人攻占了犹大王国，摧毁了耶路撒冷的第一圣殿并驱逐其人民。五十年里，那些被驱逐的耶路撒冷人颠沛流离，直到波斯的居鲁士大帝率领他不朽的铁骑征服了巴比伦。其后耶路撒冷人才获准重回故园，并于公元前 537 年开始重建第二圣殿。

约伯故事的最初版本一定在这一时期建造圣殿的那些人心里产生了极大共鸣。和约伯一样，这些人也经历过家园毁于一旦、子女惨遭残杀、骤然失去健康的痛苦。同样和约伯一样，他们又经历了命运的触底反弹：他们重建圣地、儿孙绕膝，家里又一次积满了财富。他们对正义的信仰经受住了考验，他们重拾了信心。

尽管结局如此完美，那位希伯来诗人还是改写了这个故事。为什么？他为什么要干涉约伯的正义故事？为什么要破坏这个正义的典范？

一切始于这样一个认识：光靠正义，巴比伦人入侵前的生活是回不来的。正直的耶路撒冷人受到正义的召唤，屠杀巴比伦人的孩子，为死去的希伯来孩子报仇。不可调和的仇恨受到杀戮的滋养，上升为以眼还眼的报复与冲突。

要想恢复从前那没有暴力的平静生活，必须用另一种情绪来调和正义：宽恕。宽恕可以将受伤的心从愤怒中解救出来，终止冤冤相报、杀戮不断的境况，恢复失落的美好时光。

正因如此，那位希伯来诗人决定创造一种全新的宽恕技艺，并将其植入旧有的异教徒创造的约伯故事中，以和平促正义。

诗人的新诗篇

为了保持正义，这位希伯来诗人原封不动地保留了最初的约伯故事。但是为了增加宽恕的要素，他在原诗中插入了上千行新的诗句。这些新加入的诗句把整个故事的篇幅变成了原来的二十倍，把一首散文式的寓言变成一部史诗。

在扩充版的故事中，约伯在面对上帝的考验时并没有那么坚韧不拔。相反，他问道："为何赋予苦难的人以生命，而赋予痛苦的生命以灵魂？"没有得到回答的约伯沮丧不已，哀伤道："我向你哀告，主啊，而你却听而不闻。我经受考验，你却视而不见。"

以这种对上帝的质疑，约伯偏离了坚定的正义之路。我们的大脑开始感到约伯没有经受住考验。当上帝愤怒的反诘响起时，我们的感觉得到进一步确定：

> 你可有上帝那般的力量？还是你能如上帝般声震如雷？你能用鱼钩把海怪利维坦钓出来吗？

这一连串的诘责告诉我们的大脑："你认为约伯做错了，这个想法是对的。约伯必须受到惩罚，正义要求他受罚。"但是紧接着，正当我们的心站在约伯的对立面时，诗人用他的新技艺补充道："我憎恶我自己，我要在尘埃中忏悔。"

这些话语由约伯说出。它们听上去很简单，也并非原创。约伯不是在表达一种新的宗教信仰，也不是在创造一个全新的哲学观点。他只是在不断重复着我们的大脑已经得出的结论：约伯有罪，他堕入尘埃是罪有应得。

不过，尽管我们对约伯的话再熟悉不过，这些语句具备的意义仍是空前的：它们用一种能带来原谅的感情缓和我们大脑中对正义的渴求，这种感情就是现代神经科学家所称的同理心。

同理心是一种让我们能理解他人行为的感情。这种感情并不是让我们认可这些行为。它并非让我们觉得和他人同病相怜，或对他人的价值观和信念感同身受。而是允许我们虽不认同一个人的行为，但同时接受那个人行为的合理性。

我们怎样才能有这种感受呢？约伯的话又是如何引起我们大脑的这一体验的呢？为了搞清楚这些问题，我们来快速浏览一下宽恕的神经科学。首先是宽恕的产生：大脑对正义的渴求。

正义及其神经起源

我们的大脑对正义有一种天然的渴求。

这种渴求深深植根于我们的天性，甚至早于我们人类的出现。黑猩猩、大猩猩、猕猴等都对公平正义有着与生俱来的渴求。这种渴求来自某种在丛林间荡来荡去的古老猿猴。一千万年之后，人类才创造出一些维护正义的工具，如保护寡妇的《乌鲁卡基那法典》（苏美尔，约公元前 2400 年）和规定"以眼还眼"的《汉谟拉比法典》（巴比伦，约公元前 1750 年）。

我们的大脑对公平正义的渴求不仅古老，还非常强烈。现代心理学家发现，出于对正义的强烈追求，我们甚至不惜押上自己的财富和性命，尽管有时遭受不公的并不是我们自己。如果有人欺骗我们的邻居，我们会发自内心地感到不公。这种感情如此强烈，让我们不惜身陷险境，也要给予作恶者以正义的制裁。

为了搞清楚为什么我们的大脑进化出对公平正义的强烈渴求，请想象在一个村庄里，你我都摈弃正义，我们的一切行为都从自己的切身利益出发。而对任何不直接影响我们自身的欺骗行为都采取事不关己的态度。如果我被骗了，我就去抓肇事者；假如你被骗了，我就隔岸观火。在这样一个村庄里，只有强者能保护自己。弱者不得不寻求身边强者的庇护，支付保护费，加入其团伙。长此以往，我们的村庄逐渐分化成一个个彼此对立、相互攻击的小团体，我们的街道也将沦为战场。

我们再来想象一下，还是刚才那个村庄，这次正义不再缺席。我们中的一人欺骗了另一人，其他所有人联合起来对付那个欺骗者。这种对欺骗的惩处让我们的村庄团结成一个整体。通过一起做事，我们之间的联系更紧密，从而建立起信任和群体凝聚力。既然我们的力量源自社会，我们也就不需要把武力奉为首要的社会品德。相反，我们可以生活在一个各种品质都得到认可的文化里：会烤面包、会种庄稼、会做陶器、会治病、会讲故事。

这就是对"为什么我们的大脑渴求正义"这个问题的生物学解答。为使一个健康、多元的社会能永续发展，正义大有裨益。为了得到这种长久的裨益，我们的大脑会非常强烈地渴望正义。毕竟就短期而言，正义并不总能给我们带来利益。它不能保护我们在替邻居伸张正义时免遭伤害或杀戮。为了克服自我保护的短期冲动，我们的大脑必须真正**渴望**正义，必须对公平正义有深厚的情感驱动。

我们人类曾得益于这种深厚的情感驱动。它驱使我们建立起更公平的人类社会，同时不断用正义的寓言来巩固它，比如原版的约伯故事。但生物学的黄金定律是，事物是随环境变化的。不同的事物要在不同的环境里才能发挥积极作用。因此，从科学角度讲，好事也可能过犹不及——包括正义。

正义过度

我们对正义的渴求可能会引发两大问题。

第一个问题是社会层面的。当我们的大脑被"某人做了错事"这一信念点燃时，我们想要指责这一错事的欲望会疯长，令我们误入暴乱、残酷且过度惩罚的歧途。继而引发全民的恐惧和苦难，消解信任与和平。

第二个问题是个人层面的。我们的大脑对生活的不公执念越深，我们就越容易被愤怒和痛苦这些消极情绪吞噬。我们对正义的情感投入非但不能让我们的生活充满深层的信任和交流，反而会滋生孤独和仇恨。

正因为正义会导致这两个后果，我们的大脑便会产生共情予以抵消。共情受到我们最新的神经回路的驱动：大脑皮层的观点采择系统。这个系统从作恶者的角度想象恶，同时寻找减轻罪责的因素。而这种因素几乎总是存在。也许作恶者的行为是出于无知或绝望，也许那是任何人都会犯的错误，也许他决心痛改前非。如果这样，我们就能原谅他，既避免了绝对正义带来的严重的社会后果，又使我们的大脑免受愤怒、猜忌等负面情绪的持续影响。

这种在肇事者的脑海中进行的神经跳跃是一项惊人壮举。它使我们的大脑在做自己的同时，也可以成为别人。然而，同正义一样，单纯的共情也远非完美。由于我们的观点采择神经元不能直接和他人的大脑联结，我们也就无法确知其他人在想什么。我们最好的方法就是猜，而我们的猜想又注定是以自我为中心的。我们站在肇事者的角度演绎：假如这件事情是我做的，我一定是因为这个。而事实上，他人有着属于自己的动机。而且我们自己的错误常常伴有一些自我中心的倾向，认为他人那么做都是因为我们。于是，我们可能会想：她那么做无非是为了伤害我！殊不知，她根本就没想着我们，她对我们的伤害也纯属偶然。

共情的这种不可靠使我们陷入窘境。一方面，共情对我们的社会和心理健康而言是一个福祉；另一方面，它又是那么变化无常，使我们对变态者宽宏大量，对无辜者铁石心肠。

于是，我们的祖先发明了一项古老的工具来改良我们的共情能力。这一古老的工具就是：道歉。

道歉的科学

道歉是对指责的认可，也是悔恨的表达。"我为我那样做而感到抱歉。我再也不会那么做了。"

这一句简单的话语能触动我们大脑的观点采择系统的一个复杂区域，让我们感觉自己能站在犯错者的角度去看待错误。我们看到，犯错者并非有意做这件事而造成令人痛苦的局面。他做了一件追悔莫及的事，如今他赌咒起誓，乞求原谅。

这就是道歉背后的神经作用机制，但是道歉并不总是有用，毕竟犯错者可能会撒谎。我们的大脑面对这样的谎言时也很英明。它知道一个蓄意欺骗的人惯会一边翻涌眼泪，一边故技重演。因此，我们的大脑只有先问过共情系统的意见后，才会接受道歉。如果我们的共情系统确信此次恶行是有意为之，那么我们的大脑将会无视犯错者花言巧语的忏悔。但假如我们的共情系统无法判断——如果它认为犯错者可能确实在为其过错悔恨不已——那么我们的大脑就会相信并接受道歉，将我们内心的正义天平倾向宽恕的一侧。

这不是一个十全十美的体系。但历史经验证明它经久耐用、屡试不爽。当犯错者的罪责确凿无疑时，它让我们伸张正义；当我们尚存疑虑时，它让我们倾向宽恕。道歉就这样不断滋养着社会：在确定有罪时，它带来最大限度的正义；在可能有罪时，它带来最大限度的宽恕。它让我们的大脑达到最大的公平，也让我们的生命获得最多的宽容。

而且，道歉不仅有益于社会，还能为我们个人带来好处。当我们的大脑接受道歉时，愤怒和吃亏这样的负面情绪就会减少，而信任和爱这样的积极情绪会高涨。我们会感到释然，甚至愉悦，从而放下惩罚的迫切心理。这样，我们的心理健康就会得到整体改善。

这就是我们在听到约伯对上帝说的话时产生的作用。

《约伯记》中的道歉

约伯说的话是一种道歉："因此我厌恶自己，在尘土和炉灰中懊悔。"

这就是一种对指责的认可，也是悔恨的表达。约伯承认他错了，并许诺再也不会那样做了，他的话语触动了我们的共情系统，促使我们用宽恕来缓和义愤。

我们稍后会详细分析，约伯的话并不一定会对我们的大脑产生这种影响。大脑因人而异，一些人可能觉得约伯的道歉远远不够。但是在古老的希伯来故事语境下，这个道歉显然是奏效的。这就是为什么上帝原谅了约伯，并且让他重回昔日的荣光。所以，结尾时约伯的地位得到提高，不仅是因为上帝是公正的，还因为上帝富有同情心。

上帝的同情心促使古代希伯来人也接受了约伯的道歉。他们在公元前 6 世纪编纂《希伯来圣经》的第三部分，即"圣著"时，将修订后的约伯故事（现正式称为《约伯记》）同《诗篇》和《箴言》一起收录其中。随着这些经卷传遍全世界，文学的宽恕范本也流传开来。在这个过程中，一系列智慧的创新使其传播范围更广、影响力更大。

第一个创新就发生于那位希伯来诗人身后将近一个世纪，距其住处一千三百公里的西方。那是雅典城郊的一个小小山村，有一位能言善辩的诗人住在那里。

他的名字叫索福克勒斯，是一个古希腊悲剧作家。

古希腊悲剧的道歉范本

古希腊悲剧问世于公元前 6 世纪晚期，就在约伯的故事被改编后不久。没有证据表明古希腊悲剧的始创者们了解约伯的道歉。在古希腊语中，"apologia"这个词的本义指一种对自己行为毫无歉意的辩护，并不表达悔恨之意。在已知的最古老的古希腊悲剧三部

曲之一《俄瑞斯忒亚》中，原谅的产生非常引人注目，而并无约伯
式的悔恨表达。相反，女神雅典娜用武力威逼复仇三女神——一个
象征着正义的小团体——迫使她们弱化对绝对正义的坚持。

但是在公元 5 世纪中叶，《俄瑞斯忒亚》出现后大约五十年，
道歉被索福克勒斯引入希腊悲剧。索福克勒斯可能是从《圣经》里
直接借鉴的这一范式：他的白色小山村就坐落在比雷埃夫斯港东北
方向大约十公里，这个港口往来不断的腓尼基货船，连通着同犹大
王国和以色列王国的商业贸易。又或许，索福克勒斯是通过一种非
文学的渠道获取了这一范式：口头道歉已在当时的地中海地区流行
多年，希腊人受此启发，创造了"suggnômê"一词，字面意思为"设
身处地的思考"，在索福克勒斯的时代用以表达"与被我伤害之人
共情"。

不管通过哪种方式，索福克勒斯在其剧作生涯的早期即已开始
运用道歉的范式。在其悲剧《安提戈涅》中，他刻画了一个因为过
于严苛地推行正义而被诟病为"渎神又残暴"的国王。这个国王一
开始对别人的指责不以为意，但当他对正义的追求导致冤冤相报、
妻离子散时，方才发出了悔恨的哀号：

> "啊，是我的罪孽啊，是我一个人的罪孽！我永远无
> 法洗清罪孽！我是个傻瓜，是个傻瓜啊。我的妻子！我的
> 孩子！是我杀了你们啊！"

通过这个道歉，索福克勒斯引发了我们对一个触怒天神之人的

同情，就像一个世纪前那位希伯来诗人做的那样。索福克勒斯接着更进了一步，他创新性地改良了道歉的范式，让它变得更加有力，所向披靡。

索福克勒斯的创新

只有一种道歉是所向无敌的，它总能引发我们的同情：一个能立刻让我们相信其诚意的道歉。

在现实生活中，没有任何道歉能做到这一点。道歉总会伴随着怀疑，而且这样才合理。道歉的真谛不在于其语言，而是寓于这些语言背后的思想，而思想从来都是难以捉摸的。

但是在文学中，总有一些道歉能立刻让我们相信它的诚意。因为文学能让我们看穿人物的思想，审视他们的内心，寻求道歉的神经佐证：悔恨。如果我们看到悔恨，那我们就知道这个道歉是真的。甚至说，如果看到这份悔恨，我们也就不需要形式上的道歉了。

人物只需要简单表现出哀号、崩溃，或是语无伦次，我们就可以感受到：那就是他对其所作所为的悔恨。那就是因为他接受了指责，为他的错误而忏悔。

这正是我们对索福克勒斯的悲剧《俄狄浦斯王》中同名主人公的想法。同约伯一样，俄狄浦斯也做错了事：他杀掉了自己的父亲，并和自己的母亲产下子嗣。所以当俄狄浦斯走上舞台时，我们大脑里的正义系统开始灼热、燃烧。直到最后，俄狄浦斯悲号着："呜呼哀哉！呜呼哀哉！是真的！我是一个不肖子！"

这不是道歉。俄狄浦斯没有说"对不起，我不会再这样做了"，也没有将这番话诉诸某个审判者或神灵，或任何一个有权宽恕他的人。他只是在狂乱地哀号着。

但这似哭非哭的呼号，其效果丝毫不亚于形式上的道歉。事实上，它比道歉来得更有力，起码对我们的神经系统而言如是。俄狄浦斯狂乱恣意的号叫恰恰体现了他的幡然悔悟：*我憎恨我自己，我要在尘埃中忏悔*。约伯大声喊出来的，正是俄狄浦斯的心声。内心的信念无法作假，所以俄狄浦斯的哭喊自然唤起了我们的同情。

这种对人物悔恨心理的透彻观察就是索福克勒斯的一大发明。我称其为"共情促发器"。它凭借文学的特殊力量让我们走进他人的内心，见证一个人确凿无疑的悔恨之情，让我们敞开心扉，对这些人抱以同情。

一旦索福克勒斯达成了这一文学上的突破，后世的作家们便将其发扬光大。俄狄浦斯身后两千年，莎士比亚带领观众们认识了一个更加罪孽深重的暴君——英王理查三世。理查三世不只是杀戮，他杀戮的还是儿童；他不仅乱伦，更是有意为之。因此，理查三世让我们的正义情绪分外高涨，狂热地渴望看到他受到惩罚。直到最后，理查三世意识到了自己的罪行：

> 我合该陷入绝望。没有一个生灵是爱我的；
> 如果我死去，没有一个灵魂会怜悯我：
> 不仅如此，就连我自己都无法对自己产生一丝怜悯，
> 他们又为何要怜悯我呢？

此处理查犯了一个错误。我们是怜悯他的。他的一番悔悟激发了我们大脑中的共情力。也正因此，这一文学创造让我们不再重蹈理查三世的覆辙，从而使我们免于变得和他一样残暴。

莎士比亚之后两百年，索福克勒斯的创造又经历了一次改良，这次改善针对的是它的作用机制。一开始，索福克勒斯和莎士比亚等剧作家对"共情促发器"的设置主要用于舞台，悔恨的唯一表达途径是剧中人物的大声自白。但 19 世纪的作家，如简·奥斯丁、乔治·爱略特、查尔斯·狄更斯等，已熟练驾驭了一种全新的文学表现手段——小说。小说能够表达爱玛·伍德豪斯、麦琪·塔利弗、大卫·科波菲尔等人物无声的悔恨：

> 她的心反复咀嚼着每一次痛苦的责备和哀伤的悔恨。
>
> ——《爱玛》，简·奥斯丁

> 这首歌唤起了清晰的记忆和思绪，默默的悔恨随即取代了兴奋。
>
> ——《弗洛斯河上的磨坊》，乔治·爱略特

> 每当我来到这里，离艾妮斯如此之近，长久以来吞噬着我的悔恨之情就会重燃。
>
> ——《大卫·科波菲尔》，查尔斯·狄更斯

通过使这些内心情感在我们脑海中闪现，小说直接把我们的思想与他人的思想连通，让我们相信这些人物的悔意是真实可信的。

因此，索福克勒斯的发明使得作家能以前所未有的方式激发共情。他们不仅可以为乌斯那个正直的人呼唤正义，还能唤起对理查三世这样十恶不赦之人的同情。他们让同情的心绪势不可当，比精心设计的道歉更能激发我们的神经系统。

然而，索福克勒斯并不满足于此，他还想让世界产生更多的共情。于是，他持续创造，笔耕不辍。

索福克勒斯的又一创造

索福克勒斯的第二项创造也许只是歪打正着。不过，一位博学多才的学者认为这确系索福克勒斯的独创，因此，我们也遵从这位学者的观点，将其归功于索福克勒斯。

这位博学多才的学者就是亚里士多德，他认为索福克勒斯笔下那些充满悔恨的人物所犯的其实从来都不是道德层面的罪孽。他们只是犯了一种被亚里士多德称为"hamartia"的错，即"判断失误"。这个词的意思长期以来都被误解作"悲剧性弱点"，致使一代又一代文学教师都指导其学生严苛地对文学进行筛选，以期为那些命中注定的失败者找到导致他们悲剧结局的心理特征。但是"hamartia"的本义其实并不涉及道德层面的褒贬：它只是一种失察，就像听岔一句话或是短暂的视物模糊一样。

就拿俄狄浦斯来说。俄狄浦斯并非**有意**要和其母媾合，他只是错把她当成了一般女人。俄狄浦斯也没有**蓄意**弑父，是他的眼睛欺骗了他，让他以为他的父亲是别人。

亚里士多德的这个例子仍值得商榷。他指出俄狄浦斯的罪孽并非有意为之，这一点是对的。但即便如此，这一事实似乎与索福克勒斯的悲剧没有多大关系。俄狄浦斯本人也并没有将其无辜视作一个缓解罪责的因素。相反，他秉持着一种老派的公序良俗观念，令**他的犯罪原因远没有罪行本身**那么重要。

尽管我们能和亚里士多德据理力争一番，他另一个更大的观点无疑是正确的：文学能激发我们对那些犯了微小罪行，或根本没有犯错的个体的同情。在文学中，同情的对象不一定是那些通过违逆上帝或犯下其他可悲罪孽而破坏我们正义感的人物。文学的同情可以延伸至那些仅仅是很愚蠢的人物身上。

自亚里士多德之后，作家正是这样拓展的。他们运用索福克勒斯的发明，让我们为书中那些犯了一点儿小错就悔恨不已的人物而心软，比如在西奥多·德莱塞的《嘉莉妹妹》中，酒廊老板乔治·赫斯特伍德因酒后失德、犯下贪污的罪行而忏悔；或是路易莎·梅·奥尔科特的《小妇人》中，乔·马奇为不小心烧了姐姐梅格的头发而懊恼不已；又或露西·莫德·蒙哥马利的《绿山墙的安妮》中，主人公安妮在冷冷地说出下面一番话后产生了悔意："不，我永远不会和你做朋友，吉尔伯特·布莱思，我压根儿就不想！"

不止于此，作家们走得更远：他们激起我们对人物的共鸣，这些人物什么都没有做错，只是对自己的某些特质感到自惭形秽。也许是因为自己耳朵太大而心意难平，或是因为自己穿了家人传下来的旧衣服而羞赧，或是因为自己的笨手笨脚而不好意思。他们也会为自己的渴念、兴奋，抑或一份得不到回应的爱而差愧。

不管因何事而愧悔，其功能都与道歉无异。它开启我们的大脑，让我们和一个不完美的人产生共鸣……并原谅他们仅有的错误——生而为人。

如何自行运用"共情促发器"

几乎每一部创作于过去两百年间的作品都拥有一个触动我们内心情感的人物。也就是说，几乎每一部现代小说、回忆录、漫画书、儿童文学、电影、情景喜剧，都包含一种对人物心底悔恨的观照。

这项发明的广泛影响并没有把所有人都变得富有同理心。我们的大脑仅容得下有限的共情力，而且每个人共情力的限度也不尽相同。一些人天生铁石心肠，一些人则天生宽宏大量。

同情不是一定越多越好，正如正义不能过度一样，同情心也不能泛滥。我们有时会对那些不配或不想被同情的人感到遗憾。也有时，我们自认为很了解别人，而实际上并不是，从而使出于共情的关怀沦为伤害他人的虚情假意，比如一个自由的人对一个奴隶说："我完全能体会到你的感受。"

但是不管怎么说，多一点儿同理心总归对这个世界是有益处的。因为身为灵长类，我们对正义的渴求比我们大脑中的观点采择系统要强烈得多，所以同理心并不如理想中那么普遍。借助文学来练习原谅，我们可以调节自己的神经，使其更有力也更频繁地做出共鸣反应，降低我们的愤怒和个人压力，同时让我们的社会更加包容、更加丰富多彩、更加其乐融融。

假如你没有从约伯和俄狄浦斯那里得到同理心带来的益处，也许是因为《约伯记》的诗歌特质和《俄狄浦斯王》的戏剧特质让两位主人公的道歉显得矫揉造作、情感泛滥。如果是这样，可以找找那些将坦白表达得更为微妙的作品，比如伊迪丝·华顿《纯真年代》的最后纽兰·阿切尔做的那样，或者詹姆斯·鲍德温的《去山巅呼喊》中加布里埃尔·格兰姆斯做的那样：

> 他抬起头，她看到他的泪水与汗水交织在一起。
>
> "上帝，"他说道，"他能看透人心，他能看透人心。"

或许你对人们悔意的真实性天生持怀疑态度。如果是这种情况，可以找一个主人公通过自我惩罚来证明悔意的故事。比如，托马斯·哈代的《无名的裘德》中，一个男孩无意间听到他的父母悲苦地承认他们没有足够的钱来养活更多的孩子。父母的苦痛让男孩感到深深的自责，于是他吊死了弟弟妹妹后，自己也上吊了，留下一张手写的字条："这么做是因为我们太多于（余）了。"

不管你多么铁石心肠，你总能在文学中找到真心忏悔的人物。因此，你不仅能感受到追求正义的一腔热血，还能体会到人性的一丝善念。

第四章　缓解痛苦

《伊索寓言》、柏拉图的《美诺篇》和"安宁飞升器"

这种毒药以使人痛苦而著称。

它散发着烂萝卜的气味，恶臭扑鼻，顺着喉咙缓缓流下，抵达肺部后开始产生药效，令双肺渐渐麻痹。呼吸一阵紧似一阵，越发困难，直至完全停止。空洞的双眼无助地大睁着，待到渐渐窒息至死，可怕地闪过最后一丝活气。

此刻，这杯毒酒被递到年迈的苏格拉底手上，有人粗暴地呵斥着让他快喝。

这是公元前399年民主的雅典城。几周前，苏格拉底遭到公诉人阿尼图斯的指控，这个巧言的公诉人来自南郊一个以贩卖皮革发家的家庭。据阿尼图斯称，苏格拉底犯下了严重的大不敬之罪：他否定宙斯，还诱导一些没有判断力的青年信奉一种虚无缥缈的玄学。

这项指控令苏格拉底颇为不解。他从来没有质疑过宙斯的存在，他敢打包票。他只是对几个祭司存疑。那几个祭司，你问什么他们都答不上来，他们才是真正对神一无所知。

接下来的审判出人意料：光是陪审团就有五百个市民，他们中的很多人都站在苏格拉底这边。然而这还不够。最终，这位年长的被告人以占微弱优势的票数被判有罪。获胜的阿尼图斯命人将一杯事先准备好的毒酒端上来。

但是阿尼图斯还得再等等。根据当时的规矩，只有载着芹菜花环的航船环绕提洛岛一周，让雅典城得到净化后，才能进行公开处决。为了完成航程，城里的祭司颇费了些时间，然而奇怪的是，风总是把他们吹回港。就好像天上的神明也不希望苏格拉底被处死。

这正是苏格拉底的朋友们想要的效果。他们悄悄告诉苏格拉底他们的计划。他们会偷偷地把他救出监狱，再送他去斯巴达或德尔斐，抑或任何他想去的地方。

苏格拉底微微一笑。他感激朋友的关照，但他认为没必要逃跑。他的肉体在哪里，这不重要。重要的是他心灵的境界。他的心灵已经高高地飞升了。它不会受到恐惧、疼痛或毒药的侵害。它已经像云端的众神一样坚不可摧。

于是，苏格拉底接过阿尼图斯的毒酒，欣然喝下。毒药恶臭的味道和越发艰难的呼吸都没能让他退缩。他的思绪早已飘入云端。他的肉身惨烈地死去了，他的灵魂高高飘浮，寻得了没有痛苦的安宁。

苏格拉底的秘密

苏格拉底明白，世人一定想知道他能坦然赴死的秘密。因此，他留下一个简单的答案："真正的哲学家通过哲学来训练自己做好死亡的准备。"

然而，同苏格拉底所有的简单回答一样，这个回答实际上并没有那么简单。苏格拉底从来没有解释过他的哲学是什么。他说得最多的一句话就是："我知道我一无所知。"这句话在逻辑上是自相矛盾的，至少是令人费解的。因此直到今天，苏格拉底的哲学仍然是个谜。一个头脑聪明的人给你解读苏格拉底的哲学，旋即又有另一个头脑聪明的人给你完全相反的解读，各有各的理。

毫无疑问，这些聪明的头脑最终会解开这个谜。但与此同时，我们这些人可以利用一个不那么神秘的方法去探究苏格拉底深层的平和。这一方法被一位重获自由的奴隶——埃利斯的斐多保存下来，他见证了苏格拉底的死，并把他的所见告诉了柏拉图。柏拉图是苏格拉底的学生，但因胃疼而缺席了老师的死。

埃利斯的斐多告诉柏拉图，苏格拉底在他生命的最后几个小时里都在"模仿伊索"。"模仿伊索？这太奇怪了。"柏拉图想。伊索并不是一位受过赴死训练的"真正的哲学家"。他只是一个讲故事的，甚至因为他那些描写愚蠢动物的寓言而招人讨厌。那些寓言里，有够不着甜葡萄的狐狸——反而气急败坏地说葡萄是酸的；也有希望换个新主人的骡子——结果发现新主人比原来的主人还要坏；还有被爱情冲昏头脑而答应拔掉自己利爪的狮子——结果导致自己受到攻击。

柏拉图百思不得其解，为何苏格拉底要把生命最后的时刻浪费在这些小儿科的动物故事上呢？埃利斯的斐多也说不出个所以然，但他想起苏格拉底说过，伊索的寓言并非表面上虚构的动物故事，它们其实暗暗地反映了人性。伊索只是假托狐狸、骡子、狮子，因为他知道，如果直接指出人类的错误，他们会生气的。

柏拉图终于明白：苏格拉底不仅是在说伊索，苏格拉底也是在说自己。与伊索一样，苏格拉底终其一生在讽刺人们的愚蠢；与伊索一样，苏格拉底也极力避免引起人们的怒火，所以一直假装自己是一只无害的牛虻；与伊索一样，苏格拉底也是暗讽的好手。

柏拉图为这一发现深受触动。他开始思考，或许苏格拉底能超然赴死的秘密就隐藏在他最后几小时对伊索的"模仿"中。通过研究曾给伊索和苏格拉底以灵感的古代讽刺作家，也许能了解获得永久安宁的奥秘。这种可能性点燃了柏拉图的好奇心，他决定走下哲学那理性的神坛，屈尊潜入声名狼藉的讽刺文学的洞窟去一探究竟。

这次探寻果然有惊人的发现。柏拉图在幽暗的文学洞窟里摸索前行，努力寻找苏格拉底解除痛苦的奥秘。他发现，讽刺的奥秘绝不止一个。它有三个奥秘，分别表现为三种不同的创造。

讽刺的第一项发明：戏仿

讽刺最为本初的发明当数戏仿。

戏仿是一种夸张的模仿。当你夸张地模仿朋友的说话或走路方式时，那就是戏仿。

文学的戏仿相当古老，希腊人认为可追溯至荷马。据说，荷马刚刚完成《伊利亚特》，就突发奇想要写一部戏仿式史诗，题目叫《蛙鼠大战》，讲的是青蛙和老鼠之间的故事，蛙族严重侵害了鼠族利益，两大族群因此发生了一场蛙鼠版的特洛伊战争。

荷马后世的作家发现，戏仿不仅可以戏谑地表现史诗的严肃，还能用夸张的手法表现宗教。希腊的祭司庄严宣称，众神呈现人类的样子：宙斯、雅典娜，以及其他所有的神都具有人类的心肠，还长着人类的肢体，甚至穿着人类的衣服。

这样类似人间的天堂会不会是我们自欺欺人、自视甚重的象征？"正是。"诗人色诺芬尼断言，"这就是事实。"荷马之后几百年，色诺芬尼写了一部戏仿作品，其中马和奶牛画出来的众神像——真是奇了怪了！——竟然跟马和奶牛一模一样。

《蛙鼠大战》和色诺芬尼的诗作引发了对战争故事和人类典籍的嗤笑。但人类仍在胡作非为，戏仿没能医好他们的蠢病。

于是，讽刺作家继续创造下去。

讽刺的第二项发明：影射

荷马之后一个世纪，古希腊抒情诗人、著名的讽刺诗人阿尔基洛科斯创造了讽刺的第二项发明：影射。

影射暗含羞辱，通过运用逻辑学家说的"不完整的三段论"来完成。换言之，就是让我们大脑中的两个点联系起来。以下是阿尔基洛科斯给出的一个例子：

> 我不喜欢趾高气扬、梳头剃须的高个子将军，我喜欢腿站不直但不会掉头逃跑的矮个子将军。

第一点：诗人喜欢不会掉头逃跑的将军。第二点：诗人不喜欢趾高气扬的高个子将军。**两点联系起来**：趾高气扬的高个子将军一定会掉头逃跑。

如果这两点在你这里无法产生联系，以下是离当下更近的一个影射，来自19世纪美国的幽默作家马克·吐温：

> 读者诸君，请想象自己是个白痴。然后请想象自己是国会议员。不好意思，我话说重复了。

第一点：你是个白痴。**第二点**：你是个国会议员。**两点联系起来**：国会议员是白痴。

影射有着双重作用：它拆解了愚蠢，让讽刺者显得很机灵。机灵是影射里不可或缺的条件。和戏仿不同，戏仿又被称为"猴子学人"[1]，因为任何灵长类动物都能做到。而影射需要更高层次的智慧。正因如此，当我们读到马克·吐温的羞辱时，不仅会偷偷嘲笑国会议员，还会佩服马克·吐温的巧思。所以，影射远不止抨击这个世界的愚蠢。它试图通过一种更高明的表现来改变这些愚蠢。

然而，愚蠢的事仍层出不穷。讽刺作家便创造了最后一项伟大发明。

1　原文动词为ape，本义是"猿猴"，做动词时意为"笨拙地模仿"。

讽刺的第三项发明：反语

讽刺的第三个也是最有力的发明是反语。

反语的文学原理是揭示别人没有发现的事实。这一揭示可以激发我们大脑中的观点采择系统（在引言中有述及），让我们感觉自己对当下的情况有一种"上帝视角"。因此，它能给我们的神经一种切实的飞升之感。

以下这个古老的例子很可能是柏拉图在研究中发现的，作者名叫希波纳克斯，来自公元前 6 世纪的地中海东部海港城市克拉左美奈。他生性暴躁，生活被银币厂和腌鱼调料所包围：

> 一个女人有两次最令男人高兴：
> 他的新婚之夜和她的葬礼。

反语落在最后两个字上。没说这两字之前，希波纳克斯看似在真诚地赞美婚姻的乐趣。但是当他说出"葬礼"两个字时，他把我们带到一个更高的层面，让我们意识到底层的蠢新郎们尚不知晓的讽刺真相。（如果你不喜欢希波纳克斯这个例子中恶心的厌女气息，我们马上就会讲到，它还暗藏着更深层次的女性主义反讽。）

柏拉图从古代的讽刺作家那里发掘出了反语、影射和戏仿时，他想："就是这个！这就是苏格拉底如何获得了自我解脱！讽刺让你飘浮在俗世的愚蠢之上，让你超凡脱俗！"

但是紧接着柏拉图顿了顿，"不对"，他意识到，苏格拉底不仅仅利用了讽刺，还进行了创新。

苏格拉底的创新

苏格拉底的创新被柏拉图以苏格拉底式对话的形式阐释出来。这些对话被设置在苏格拉底和雅典民众之间。而今，只有二十几篇对话得以流传，其中最为基础的就是《美诺篇》。

《美诺篇》开头就是苏格拉底对年轻的学生美诺说，世界上最聪明的人也不知美德为何物。美诺对此的回答是，他十分确信，雄辩家高吉亚斯就知道美德是什么。苏格拉底答道：

> "不巧，我忘了高吉亚斯是怎么想的了。你能提醒我一下吗？或者，美诺，你何不告诉我你对美德的想法。我敢说你和高吉亚斯的想法一致。"

你发现其中的讽刺了吗？这是一种影射，其实是两个影射。苏格拉底巧妙地将两对关联点嵌入了对美诺的回答中：

第一对：

首先，智者无法定义美德。其次，高吉亚斯能定义美德。两点联系起来，高吉亚斯不是智者。

第二对：

首先，高吉亚斯不是智者。其次，美诺和高吉亚斯看法一致。两点联系起来，美诺也不是智者。

而美诺没有察觉这些影射。此处我们又发现了讽刺的另一个技巧：戏仿。柏拉图的文学模仿夸大了美诺的头脑简单，把一个天真的青年夸张地描绘成一个一无所知的傻子。

最后，柏拉图加入了讽刺的最后一个要素：反语。在美诺承认自己的确对美德有一些见解后，苏格拉底说道："那么，亲爱的美诺，你就行行好，告诉我你都知道什么。我指天发誓，我希望你能教教我。"反语就是，苏格拉底要做的其实恰恰相反，是他要教美诺。因此，潜在的事实就是提问方才是真正的老师。

这段对话至此，足以证明柏拉图已经是讽刺手法的行家里手。他将古代讽刺作家创造的三种讽刺要素融于一段对话中，无情地嘲笑了可怜的美诺。不过，这里看起来也没有什么重大创新，没有不寻常的文学突破，也没有苏格拉底的秘密。

其实还真有。柏拉图所做的不只是把之前色诺芬尼、阿尔基洛科斯和希波纳克斯的方式融于一体，他还加入了反转。他以一种全新的方法运用了古老的讽刺技术。

你发现这种创新了吗？你找到苏格拉底式的反转了吗？如果没有，请继续读下去，你马上就会见到。

讽刺中的苏格拉底式反转

这个反转就是，你就是美诺。这就是为什么你没有察觉这个反转。美诺是个呆头鹅，他什么都无法察觉。但也别为你是美诺而难过。

我们的智力都有所不足，每个人都是（甚至包括苏格拉底在内）。

好吧，我知道我说得太快了，美诺。接下来我会慢慢给你解释，你就能听懂了。

在《美诺篇》里，柏拉图反用了讽刺的几项发明。他没有用它们来讽刺我们的敌人，而是用它们来讽刺我们自己：

第一，*戏仿*。柏拉图在美诺身上戏仿了我们的行为。我们大体上倾向于认为自己确实掌握了那么一两件事。不管我们多么谦逊，也不会有人承认自己是一无所知的傻子。所以当有人问及我们对某个话题，比如对美德的看法时，我们非常乐于分享。可我们分享得越多，产生的矛盾和疑惑就越多，说的话也会颠三倒四、不知所云。这就说明其实我们比自己以为的更无知。

第二，*影射*。柏拉图通过给我们两个相联系的点来影射我们就是美诺。*第一点*，美诺是一个寻求启发的学生；*第二点*，我们读《美诺篇》是因为我们是寻求启发的学生。*两点联系起来……*

第三，*反语*。柏拉图引诱我们走进反语的圈套。我们自认比美诺聪明，正如美诺以为他比苏格拉底聪明。因此，隐藏的真相就是，柏拉图用苏格拉底捉弄美诺的方式捉弄了我们。

这下你明白了。我们就是美诺。

起初我们还不知道，正如我们不知道《伊索寓言》里的动物就是我们自己。不过，既然我们大脑的迟缓齿轮终于转起来了，两个选择摆在我们面前。第一个是，像雅典人对苏格拉底做的那样，恼羞成怒，把作者处死。（顺便说一句，这也是伊索的听众对他做的。据传，德尔斐的民众对伊索那些借动物之名的讽刺非常愤怒，于是将他推下悬崖。）第二个是，接受讽刺，讽刺自我。

既然我们是美诺，第一个选择听起来似乎很不错。但是近期的神经科学家发现，第二个选择才是指引我们的大脑解开苏格拉底缓解痛苦之谜的关键。

缓解痛苦的奥秘

讽刺原本是让我们嘲笑别人的。但是科学研究揭示了嘲笑别人并不总是对我们的健康有益。当然，嘲笑别人的感觉很好。它给我们一种优越的快感。但这种快感只是一时的。长期嘲笑别人会产生负面影响：居高临下的态度和对他人的消极判断（我们会在第二十一章深入探讨）与焦虑和高血压密切相关，会增加我们罹患心脏病和脑卒中的风险。

但这也不是说讽刺一定对我们不好，因为科学还表明，当我们把讽刺的矛头对准我们自己时，则不论从眼下还是长远角度来讲，它都是有益健康的。就眼下而言，自嘲可以释放让我们感觉良好的神经麻醉剂，降低我们血液中的皮质醇水平，从而缓减压力。长远而言，自嘲可以减少焦虑，提高情绪平复能力，帮助我们与他人建立亲近感。

这并不能让我们一举成为苏格拉底，但已经是个不错的开始。苏格拉底平静而坚韧，在他最后的时刻有朋友陪伴左右。苏格拉底还不会受到疼痛的侵袭，事实证明，这也是自嘲带来的另一个益处。心理学家发现，当我们和他人一起大笑（而不是嘲笑别人）时，我们的大脑会释放内啡肽，它能显著提高我们对疼痛的耐受力。心理学家还发现，这种镇痛效果会通过自嘲得到进一步增强。自嘲围绕着我们的大脑额叶来回跳跃，让我们感觉仿佛跳出自身来看着自己。这种置身事外的疏离视角能降低我们对情感伤害的感知程度，这也是为什么讽刺与幽默会在士兵、护理人员和其他一些时常与死亡打交道的工作中如此普遍。他们的讽刺是一种功效强大的精神麻醉剂，用来对付战场和急救室的恐惧。

因此，通过讽刺自己，我们给大脑注入苏格拉底式的解脱感和缓解痛苦的神经药物。而讽刺他人，则是使自己堕入焦虑和心脏骤停的深渊。

现在你能明白了吧，为什么希波纳克斯因藐视女性而使自己沦为笑柄。他自以为能让自己高高在上，而真正讽刺的是，那只会让他自己令人作呕。

如何自行运用"安宁飞升器"

苏格拉底非常善于自我讽刺。他太擅长自嘲了，所以他比祭司甚至众神还要超脱。想要感受到一丝这种超然的平静，只需要接受自己是美诺的事实。郑重地对自己说："我就是美诺，美诺就是我。"然后去找一本《美诺篇》来，把"美诺"（Meno）这个名字后面的两个字母去掉，这样苏格拉底就在和"我"（Me）对话了。如果这样还不奏效，再仔细研读一遍对话，并把美诺的名字换成你自己的名号。

或许柏拉图不是你的菜，那就深入文学的洞窟，寻找一些将戏仿、影射和反语融为一体的较晚作品。这些作品的初衷大多在于讽刺，而不是为了像苏格拉底那样得到灵魂的升华，但是它们仍能帮助你获得平静。只需找一本取笑你的某种思想倾向的作品读下去。如果你认为学校是有用的，不妨读一下古希腊阿里斯托芬的喜剧《云》。如果你认为逃离老师、周游世界能让你学到更多，那就读读 18 世纪乔纳森·斯威夫特的游记体小说《格列佛游记》；如果你觉得集权主义是我们这个不完美的世界的最好选择，可以读一下俄国科幻小说作家叶甫盖尼·扎米亚京 1921 年的小说《我们》。如果你觉得资本主义才是更好的，可以读一下辛克莱·路易斯 1922 年的小说《巴比特》；如果你想要寻求古代圣贤的智慧，试试 G.V. 德萨尼 1948 年的《H.哈特尔大全》；如果你相信自行用药和流行娱乐能修复大脑，读一下大卫·福斯特·华莱士 1996 年的《无尽的玩笑》；如果你确信要是你说了算，事情一定会好得多，那就读一下乔治·奥威尔 1945 年的《动物庄园》。

假如你并没有什么目的，只是想体验一番飞升的感觉，可以读一下道格拉斯·亚当斯 1979 年的《银河系漫游指南》，书中当地球人阿瑟·邓特从外星人研究员福特·派法特那里得知宇宙电子百科全书对我们美丽地球的描述时，有如下场景：

> "'无害'？！这就是它的全部描述吗？无害！就一个词！"
>
> 福特耸耸肩，说道："要知道，银河系有上千亿个星球，

而书里的微处理器空间有限，当然，也没有人对地球有更多了解了。"

　　"好吧，看在上帝的分儿上，我希望你能想法子改改。"

　　"那好吧，我想办法把新词条发给编辑。他略做了一些修改，不过总归是改得更好了。"

　　"那现在是怎么说的？"阿瑟问道。

　　"基本无害。"

　　那么就去感受这个基本无害的世界吧。把自己从凡俗的琐屑和痛苦中解脱出来。要做到这一点，只需一本能帮你嘲讽自己的书。

　　要做到这一点，只需要知道，我们自己才是宇宙最大的笑话。

第五章　激发好奇

《松迪亚塔》史诗和现代惊悚故事，以及"来自未来的故事"

一切都要从发疯的山羊讲起。

那只山羊盯着青铜时代的帕尔纳索斯山的山坡，下方是科林斯湾的深灰色海滩。后来山羊悠闲地向西走去，一路嗅闻着秋天三叶草的芬芳。突然，它遇到一条参差不齐的大裂缝，将山坡拦腰斩断。

这条裂缝深不见底，似乎要通往地心。一股奇异的蒸气从它黑夜般的深渊飘出，使得山羊两眼冒泡，脊背扭曲，发出一声可怕的惨叫，活像一个将死的孩子的骇叫。

听到叫声，一个牧羊人冲过来相救。但是紧接着，他自己也陷入险境。闻到那股蒸气，他在一声尖叫中瘫倒在地。他一边尖叫着，一边见证了山羊看到的：一个充斥着红色、黑色与火的未来；一个充斥着蓝色、白色与冰的未来。

牧羊人终于恢复了意识，他抓起山羊，快速抄一条羊肠小道，来到附近一个叫德尔斐的栖居地。那里的村民无法理解牧羊人大叫的火与冰的故事，但他们确信那一定是上天的启示。于是，村民们在裂缝附近建了一所临时的"神庙"。在神庙的中央，他们让一位老妪坐在三脚凳上。

老妪终日呼吸着那山里的蒸气。而蒸气则带来各种各样的蛛丝马迹，预言着一个又一个非凡离奇的真相。像那个牧羊人看到的一样，真相以谜语的形式出现："一头骡子会成为国王""石像会站立起来""大风会拯救这片土地"。

这些谜语是什么意思？没有村民可以解答。但他们明白有一件事是确凿无疑的：预言里的那些谜语一定、一定会成真。

以上就是德尔斐如何成为举世闻名的预言之地的。在将近两千年里，从特洛伊的海伦所处的神话时代到罗马帝国的末日，德尔斐神圣的石阶上曾踏上过斯巴达的国王、腓尼基的哲学家、凯尔特的女王、雅典的民主人士、埃及的奴隶和印度的王公贵族。所有这些人，都前来一瞥往后的岁月。

你也可以加入这支求知若渴的队伍。本章将会告诉你有关预言的所有奥秘——还有一些其他的秘密。接下来，调动你的好奇心，在心潮起伏中追逐明天、后天，乃至更远的未来吧。

走进未来

一开始，许多人曾警告称探寻未来并非明智之举。

最惨痛的教训来自克罗伊斯，古代吕底亚一位极其富有的国王。公元前大约 550 年，他曾到德尔斐去请神谕："我应该进攻波斯帝国吗？"脸对着蒸气的老妪抬起头答道："如果你进攻了，一个伟大的帝国将会覆灭。"

"天助我也！"克罗伊斯心中窃喜，"这就是说我会灭了波斯。"

于是，他驾上镶满钻石的战车出征了。结果克罗伊斯一败涂地。他的大军溃不成军，他的黄金帝国沦陷了。预言里的谜题成真了，但是克罗伊斯把谜题解反了。**他的帝国才是覆灭的那一个。**

克罗伊斯的灾难和他的财富一样广为流传，但这丝毫没有阻止前赴后继赶往德尔斐的人。直到今天，人们依然跋涉在走向未来的老路上。也许知晓未来事会带来危险，但这些远道而来的人越是走近裂谷，他们的脉搏就越是因兴奋而狂跳不已。"我的命运将如何？我会获得财富、爱和喜悦吗？我会不会恶名远播？"

预言之所以能撄住这些充满好奇的心，秘诀就在于一种叫作"惊叹"的感情。我们在引言中已经对惊叹的文学范式进行过探讨，即便如此，我们却还是没有掌握预言的奥秘。这是因为惊叹有两种截然不同的神经类型：

第一种类型是**被动**惊叹。即我们在引言中探讨过的那种惊叹。这是一种被敬畏之情吞没的感觉，是奇迹袭来时的惊愕。

第二种类型是**主动**惊叹。这就是被德尔斐神谕点燃的惊叹。这种惊叹指的是诧异与求知。这是一种出于好奇的钻研，是探究、是向往，是朝着奇迹的指引方向奔跑。

既然第二种类型的惊叹是不同的，它也有不同的文学范式。我们可以从预言最常用的修辞方式——谜题，来推见这一范式。

谜题的作用原理是展示一件事物彼此矛盾的两个方面："门什么时候不是门？""什么东西越干就越湿？""为什么我有嘴却从不用来吃饭，有床却从不用来睡觉？"（有一个东西，既是门又不是门；有一个东西，越干反而越湿；有一个东西，看似有嘴有床，却不进食和睡眠。）

　　这种引起主动惊叹的谜题极其古老，甚至可以追溯至德尔斐神谕之前。公元前 1750 年的一块苏美尔楔形文字残片上刻着这样一个问题："盲人到哪里可以看见？"这种谜题发轫于遥远的古代，历经岁月，广为流传。我们可以从太平洋岛的葬礼、古代中国的节日、纳米比亚的婚礼，以及印度的《梨俱吠陀》中找到它。古英语有诗云："我像鱼儿般从水里游出，但火焰让我洁白如雪。"古雅的阿拉伯语亦云："不吃不喝，我在长大。"

　　就算谜题再怎么普及于世，这也只是惊叹的起点。预言采用了这个公式，还给它加上了一个反转。

预言的反转

　　预言的反转就是从未来发来一个谜题。

　　来自未来的谜题自然有着来自未来的答案。所以，要想得到"骡子如何当上国王"或者"石像如何站立起来"这些问题的答案，唯一的方法就是等待未来的降临。于是我们等啊等，等啊等……大脑中的好奇日益强烈，成为一种叫作"悬念"的感情。

　　悬念就是答案马上揭晓，却又迟迟不揭晓时那种迫不及待的心情。我们在悬念中空等越久，就越想脱离我们现在的境况，恨不得探出身子，立刻踏入未来。也就是说，悬念让我们的好奇心愈加浓烈。它使我们充溢着一种渴望，恨不能越过时光，尽快得到谜底。

　　现在你也许能感受到一点儿那种主动的惊叹了。毕竟这一章里出现了一连串谜语——"盲人到哪里可以看见？"——却促狭地不揭晓谜底。不过别急，谜底很快就会出现。

有多快？这要取决于你读得有多快了。继续往下读吧，读快一点儿，把百无聊赖的阅读化作一段扣人心弦的旅程。

文学中的预言

在德尔斐神谕给谜题加入反转后，这个反转又在文学中找到了它的栖身之所。索福克勒斯的《俄狄浦斯王》（公元前 429 年）中有大量来自未来的谜题，由盲人预言家——忒拜的忒瑞西阿斯讲出：

> "我的智慧在你看来是无知。"
> "你有双眼，却看不见。"
> "这将是你的生日——也是忌日！"

这些未来的谜题在俄狄浦斯心中燃起难以忍受的悬念之火，他急切地想知道答案。起初，他逼迫忒瑞西阿斯解开谜团。这个方法不奏效，俄狄浦斯重蹈了克罗伊斯的覆辙：他得出了错误的结论，使用了错误的解法。

同样的情形在两千年后莎士比亚的《麦克白》中又一次上演，这次是三女巫不无喜悦地叫道：

> "善良即丑恶，丑恶即善良。"

　　"失败之日便是胜利之时。"

　　"麦克白永远不会被打败，除非勃南树林朝着邓西嫩
的高山移动。"

　　三女巫关于明天的谜题使麦克白迫不及待地想知道答案，他比
俄狄浦斯还要残暴。为了得到答案，这个曾经无比高贵的苏格兰人
杀死了国王，又杀死了他的朋友，后来还试图杀死一个孩童。但就
像先前的俄狄浦斯和克罗伊斯，麦克白解错了未来的谜题，一头冲
进厄运。

　　为了让你不要陷入相同的悲剧，还是把本章前面的那些谜题解
答给你吧：当门"洞开"时，就不是门，因为它是"洞"；毛巾拧
"干"时反而更湿；河"口"和河"床"不是用来进食和睡觉的；"文
盲"到学校就能看见；当海水被火烤过，蒸发留下的盐巴洁白如雪；
指甲不吃不喝也会生长。

　　现在你已知道所有答案，可能觉得读下去的兴致大减。但不要
就此作罢，因为还有一个谜题有待解开：《俄狄浦斯王》和《麦克
白》都复刻了古老的神谕，可观众的体会却与德尔斐神庙的访客大
相径庭。

　　为什么？

第一批关于未来的谜题

一个谜题可以产生两种截然不同的结果。因为哪怕是同一谜题，

其受众也可能完全不同。

《俄狄浦斯王》和《麦克白》就是如此。这两部戏剧的观众和那些去德尔斐神庙探求未来的人不同，因为观众知道谜题的答案。

《俄狄浦斯王》的观众知道结果，俄狄浦斯的传说早在索福克勒斯动笔之前就已非常出名。当俄狄浦斯被未来的悬念扼住喉咙时，他的观众已经稳坐他的未来，怀着一种完全不同的感受：讽刺（其范式请见第四章）。

莎士比亚的观众看到麦克白搞砸勃南树林的预言时，也有同样的讽刺之感。这一预言早在很多著名的历史书籍，如 1577 年的《霍林舍德编年史》中就有记载。针对没有读过这些史书的观众，莎士比亚则在一个场景中把"勃南树林"描绘成利用树枝做伪装的军队，以便其理解。因此，当麦克白被悬念折磨得身心俱疲，想要解开树林移动之谜时，观众正处于一种全知的位置上。

赋予观众带有讽刺意味的先知体验是悲剧的一大特点。通过把观众的思想提升到神圣的命运层面，它赋予了悲剧一种医学意义（详见引言）。但这一体验完全不同于奔向德尔斐神庙的旅程。这是一种由已知产生的无奈，而非主动的惊叹。这是蒸气中的预言家的感受，而非克罗伊斯的感受。

所以，世上的作家要想让观众体会到克罗伊斯那种迫不及待的好奇心，他们就要比索福克勒斯和莎士比亚更进一步。他们得停止对那些古老而著名的预言的重述，让自己成为预言家。

"来自未来的故事"

讲故事的人要想使自己成为预言家，就得自己创造那些人们尚不能解答的未来谜题。

作家要做到这一点，最基本的操作就是编造一个虚构的预言，生于叙利亚境内的作家琉善在其小说《真实的故事》（约公元160年）中正是这么做的。《真实的故事》一点儿都不真实。这是一部荒诞不经的历险记，主人公一行人甚至航海到了月球。书中有许多编造的荒唐故事，其中一位预言家预言主人公最后能回家，只要他不用钢铁来生火。这个谜一般的预言到底是什么意思呢？即便是最早读到故事的读者也无法告诉你。像故事的主人公一样，他们唯一的选择就是在强烈的悬念驱使下继续前行，一页页快速读下去，直到答案揭晓。

制造这样的悬念是一种高明的文学技巧，但它也有明显的局限：它需要在作品里虚构预言家。如果你不想在故事里加入那些占卜的角色呢？如果你想通过更灵活的方式来激起人们的主动惊叹呢？

世界各地的口述者都找到了自己的答案。因为这些叙事者从不把他们的发现写下来，而是任它们自行流传（或是散佚），我们的历史学家也就无从考证最初是谁发现了这个答案——或许只有预言家才能知道。

那我们就去拜访一位预言家吧，这个人也许是世界上最古老的预言家。撒哈拉以南是最早出现人类的地方。在那儿，在伊博兰的东西边缘，坐落着古老的占卜屋，这些占卜屋直至今天还在使用。

这些屋子的北边是尼日尔河两岸土黄色的稀树草原,传唱着名为《松迪亚塔》的史诗。

《松迪亚塔》诞生于 13 世纪的马里王国,其作者是一位"格里奥",即西非地区讲述历史文化的说书艺人。这部史诗讲了一个孩子因身体羸弱被嘲笑,但是长大后却成为一个骁勇善战的国王的故事。尽管也运用了惯常的虚构预言的方法,但它开创性地解决了"如何在不虚构预言的情况下激起主动惊叹"这一问题。它给出的答案就是:采用一种将观众的未来注入叙事者的现在的叙述口吻。像这位格里奥做的那样:

> 谁想知道的,就听我说。从我的口中,你将会知道马里的历史。从我的口中,你将了解整个故事。

我们"将会"了解——这就让我们突然意识到"原来我们还不知道呢"。

是什么启发了那位马里的格里奥用这样的方式讲话?他是自己发明了《松迪亚塔》中预示未来的口吻吗?还是从更古老的口述者那里学到的?我们不得而知。我们对那位格里奥一无所知,不知道他的影响,不知道他的生平,甚至连他的名字也不知道。我们只知道他的发明是如何对我们的大脑产生作用的。

格里奥的创造是如何发挥作用的

生命有三个必不可少的要素：食物、繁衍，还有信息。

信息在上述名单里似乎有些格格不入。毕竟，世界充满了一无所知却可以轻松存活的细菌。它们不用上学，也不用看书，整日四处游荡，在一种微观的无知状态下幸福地生活着。但是，如果我们凑近仔细看，就能看到，即便是那些什么都不知道的生物也需要信息。它们可能没长脑子，但是在它们的身体中心，穿梭游弋在它们原生质最深处的，是一个数据存储设备：脱氧核糖核酸和核糖核酸。没有这个设备上的信息，细菌就不能代谢食物和繁衍。它们会像石头一样没有生命。

数据对生命的重要性解释了为什么最初的脑细胞进化后的第一件事就是信息收集。信息收集一直都是我们发达的大脑皮层的首要功能。我们头脑中大部分神经存在的目的就是（从我们的眼睛、痛觉系统和其他感官那里）收集情报，然后将其储存在各种记忆库里（有短期记忆、情景记忆、语义记忆，还有程序记忆）。

为了帮助完成这一维持生命的事业，数百万年的自然选择精准地调整了我们大脑中的信息收集系统。这个系统不想把宝贵的时间浪费在不可知或无关紧要的事情上。为了避免陷入这两个死胡同，我们大脑中的信息收集系统进化到了一种状态，当我们感觉自己好像有一点儿头绪时，它就会尽最大的努力去探索，但同时又对答案到底是什么没有信心。至少，如果我们有一点儿头绪，那么答案很可能近在咫尺；如果我们没什么信心，那答案很可能和我们已知的事物大不相同。这就令那个答案成为改变我们世界观的珍贵信息。

当达到这两种情况时，我们大脑的奖励中心就会悄悄做一件事：给我们很小剂量的多巴胺。那个量就像啃了一小口蛋糕一样，能尝到甜头，但无法满足胃口。事实上，这只会让我们比一口不尝感觉更饿，用一种极其强烈的好奇心折磨我们的大脑。

这种极其强烈的好奇心就是谜题激发的感觉。一方面，谜题通过提供答案的蛛丝马迹，如"一头骡子会成为国王""输掉战争才是胜利"，来让我们"有一点儿头绪"，分泌多巴胺，达到仿佛咬一小口蛋糕的状态；另一方面，谜题通过提供一些不合逻辑、前后矛盾的线索，让我们"不那么自信"：骡子怎么可能统治人类王国？失败怎么可能是胜利？两种状态组合起来，让我们感觉仿佛抓住了一个将会改写逻辑的真相，让我们的大脑不可抑制地充满信念：这个近在眼前的线索将会改变一切！

格里奥那预示未来的语气也可以创造出同样复杂的神经体验："你将了解整个故事。"这一文学创造将整部《松迪亚塔》变成了谜题，把一个故事变成了两个故事。其一是正在发展的故事，它给我们提供关于结局走向的一些线索；其二是完整的故事，它有一个我们不确定的结局（正如预示未来的语气让我们意识到的那样）。因为解谜的关键就是故事的结局，而这个结局只有那位格里奥知道，这就给格里奥笼罩了一层预言家的光环。

当然，这一光环是种文学的欺骗。格里奥并不能真正预见我们的未来；他在通过一个占据我们未来数小时的故事编造着我们的未来。但是，格里奥的承诺仍能像德尔斐神谕那样震撼我们的大脑。

它使我们意识到，将来的某个时刻会发生一些事，而眼下只有那位格里奥能看到。这就设下了悬念，让我们迫切地想要听下去。

格里奥在《松迪亚塔》的开篇用悬念勾起我们的好奇心，接着他通过谜题编织起现在和未来，从而增强悬念对神经的作用。这些谜题有关于物品的，比如"用最硬的银制成的软弓"；有关于动物的，比如"饱餐餍肥却仍然饥饿的水牛"；还有关于人物的，比如"如狮子般冲刺的跛足孩童"。这些由一组组矛盾构成的谜题就像尝不够的蛋糕，不断激起我们更大的好奇心，牵引着我们的大脑不断向前，使我们迫不及待地想知道故事会如何收场。

那么，未来会如何收场？未来的答案究竟是什么？

我们将继续向前，穿越时光，一探究竟。

故事叙述的革命

和谜题一样，格里奥的这一文学创造以文化交流和独立发现相结合的方式传遍全球。在英语文学中，这一创造最早见于 14 世纪讲述亚瑟王和圆桌骑士传说的叙事诗《高文爵士和绿衣骑士》：

在所有的英国国王中，我听说亚瑟是最高贵的那一个。所以我要向你们展示一些令许多人瞠目结舌的事，一段充满传奇色彩的奇异冒险，如果你愿意听我的歌谣，哪怕只是一点点，我也会把我从镇子上听来的原原本本告诉你。

在这段文字的最后，你就能看到那个"关于我们未来的故事"："如果你愿意听我的歌谣，哪怕只是一点点，我也会把我从镇子上听来的原原本本告诉你。"

这个"关于我们未来的故事"只是一种修辞手法，并不需要真的预知未来。它的谜语口吻还会在各类作品中出现，比如侦探小说、现实主义小说、历史传记，以及其他一些既没有绿衣骑士，也没有巫师和魔法的现代文学中。它甚至还催生了一种新的类型——惊悚文学。

惊悚文学发明于 19 世纪晚期，代表作品有亨利·赖德·哈格德 1885 年的探险小说《所罗门王的宝藏》：

> 我将要讲述我记忆中最奇异的故事。说起来似乎是一件怪事，尤其是故事里竟然没有女人——除了弗拉塔。不过，等等！还有加加乌拉，如果只当她是个女人，而不是魔鬼的话。但是她少说也有一百岁了，已经不适合谈婚论嫁了，所以我没有算上她。

这里的谜团太多了，一个接一个，令人应接不暇。我们会在叙事者的过去找到我们的未来，在那里，我们会遇到的女人只有一个——还有一个女魔鬼。

同样在开头运用浓浓的预知口吻来激发我们兴趣的，还有苏格兰作家约翰·巴肯 1915 年的知名悬疑小说《三十九级台阶》：

　　我刚把钥匙插进锁孔，就惊觉胳膊肘撞到了一个人。

　　"对不起，"他说道，"我今晚有点儿紧张。要知道，这时候我应该已经是个死人了。"

　　一个大活人怎么可能已经死了？往下看吧，谜底就在之后的不远处。为了激起我们对这个谜题的好奇心，作者比我们提前到达了那个未来，了解了那个人的故事，又从那边向我们转述：

　　　　"讲讲你的事儿吧。"我说道……

　　　　他似乎费了好大力气才鼓足勇气，接着滔滔不绝地讲起这个离奇曲折的故事。起初我并不是很能听得懂他说的，只好打断他，又问了些问题。他讲的故事大概是这样的……

　　这个引人入胜的故事在1935年被阿尔弗雷德·希区柯克改编为同名悬疑电影，其中层层递进的悬念技巧已席卷了如今的书店和银幕。几乎每部犯罪小说或探险小说的开篇和每部悬疑剧或动作片的开头，都会对接下来的故事做一点儿超前叙述。比如斯蒂芬妮·梅尔的《暮光之城》系列就是这样开头的：

　　　　我从来没有怎么想过我会如何死去——尽管过去几个月里我有足够的理由——即便我真的死了，也绝对想象不到会是这种死法。

这些惊悚文学都可看作马里那位格里奥的发明的现代形式。但无论上述作品如何能带动我们的好奇心，这一发明最为不可思议的运用，还是要看那些引人入胜的非虚构作品。

引人入胜的非虚构作品又是一个谜题。就其本身而言，非虚构作品是悬疑的对立面。这个领域包含了教科书、指导手册和其他满足你求知欲的书籍，人们对它的印象只有枯燥乏味。但一旦非虚构作品和"我们未来的故事"相结合，最乏味的事物也能让你心跳加速。

以下是查尔斯·达尔文在1859年的经典科学著作《物种起源》的开头设置的悬念：

> 当我以博物学家的身份登上皇家军舰"贝格尔号"时，我被一些所见所闻深深震撼了，于是萌生了一个念头：研究物种起源——这个被一位伟大的哲学家称为"万谜之谜"的问题。

这个"万谜之谜"的答案就隐藏在达尔文接下来的话语中："由此我们可以看出……"和马里那位格里奥一样，达尔文接下来用一个又一个谜题加深了悬念：

> 一种鸟拥有啄木鸟的形态，却要在地上捕食昆虫；高地的鹅几乎从不游泳，却长了一双带蹼的脚。这是多么奇怪的事啊。

什么啄木鸟从来不啄木头？什么生物长了带蹼的脚掌却不游泳？或者用达尔文最有趣的谜题来说就是：

> 也许很难做到，但我们不得不佩服蜂后那本能的强烈仇恨，这仇恨驱使她一生出女儿，就想立即杀死她们，甚至不惜在战斗中自我毁灭。

我们都很熟悉母爱。除了蜂后，她一生下女儿就要本能地引发一场生死大战。因此，蜂后的心里包含一个谜题："母恨"。

如何解决这些科学之谜？只有"未来的你"知道答案。那个"你"已经读完了达尔文的书，正在等着你呢。

如何自行运用"来自未来的故事"

好奇心对我们的生命至关重要，对我们的幸福也至关重要。它能激起心理学家所说的"积极情绪"，让我们更加愉悦、热情、有活力，总体上活得更开心。它让我们每天早上都怀着热切的梦想起床，在对新鲜事物的渴望下摆脱那些消极厌世的心绪。

如果你无法从《松迪亚塔》《三十九级台阶》《物种起源》中得到这种积极情绪，那么还有无数其他作品也运用了那位格里奥的发明来激起好奇、增加悬念。

如果你喜欢罪案故事，何不试试有史以来最畅销的侦探小说家阿加莎·克里斯蒂的作品？她1939年的小说《无人生还》就是一部运用了"未来故事"的经典之作。小说开头就是一首预示明天的儿歌，接着就像《松迪亚塔》那样，创造了源源不断的谜之世界和谜之人物来加深悬念：一座充满矛盾事件的孤岛，一位被热心温暖的冷血女教师，一位谨慎却什么事都要掺和一下的上校。

如果阿加莎·克里斯蒂太过传统而不符合你的口味，那就试试现代的悬疑小说吧，比如吉莉安·弗琳的《消失的爱人》。或许你更倾向于从非虚构作品中获得紧张刺激的新奇体验，那你可以去读杜鲁门·卡波特 1966 年的《冷血》，它的开篇如下：

> 当时，还在沉睡的霍尔科姆没有一个人听到那四声枪响，后来大家才知道，了结了六条人命。在此之前，小镇居民互不提防，甚至很少有人费神锁上自家大门。可是从此以后，夜不闭户的小镇居民们不断被恐怖的幻想侵袭，那几声沉闷的枪响在邻里之间擦出了不信任的火花，许多老邻居开始用打量陌生人的古怪眼神看待彼此。

或者可以看一下 1983 年取材于真实事件的电影《太空先锋》，电影由汤姆·沃尔夫的畅销书改编，讲述了 20 世纪 50 年代美国选拔第一批航天员的故事：

> 空中住着一个魔鬼，据说任何胆敢忤逆他的人都会死。

你也可以读一读弗朗西斯·伯尼 1768 年的《早期日记》中来

自未来的柔情蜜意：

> 哦，亲爱的，多么美好的一天啊！昨晚——我想，你
> 应该把一切都安排妥当了吧——如果我没记错的话。

　　如果你想体验一番双重预言，可以读一下利顿·斯特雷奇 1918 年的传记文学《维多利亚名人传》，小说将未来叙事、人物谜团（"他们既重要，又不重要；既稀奇古怪，又司空见惯；既实事求是，又浪漫不羁"）与忒瑞西阿斯和三女巫悲讽的凝视融合在一起："他的命运和帝国的狂热、人民的厄运交织在一起。最后，他在恐惧和毁灭——而不是平和与安宁——中走完了一生。"

　　不管哪一类作品对你的胃口，只要看了开头，你就能立刻看出它是否惊险刺激。作者是否从未来进行叙事？是否提供了未来的蛛丝马迹？

　　如果是，那么这个作者就吸入了山上的蒸气。

　　而且这个作者已预见了你即将踏入的神秘之旅。

第六章　放飞思想

但丁的《地狱》、马基雅维利的"创新者"，以及"警觉触发器"

1513年7月，在托斯卡纳向日葵地里一座凉风习习的旧农场里，一个新的计算引擎正在转动。当时，还没有"引擎"这么超前的词汇。不过语言随后就会赶上脚步，这个超前的装置后来会有一个流畅优雅的名字：现代思想。

操作这个装置的人是尼可罗·马基雅维利。1469年，他出生在一座逼仄拥挤的木制住所里。从佛罗伦萨优雅的古桥出发，往西南方向走两个街道，就可以到达那里。他一生都没离开那些拱桥，也没离开他的城市。他在佛罗伦萨做过抄写员、外交官，还做过民兵指挥官。一直到四十四岁那年，他遭到意大利最有权势的美第奇家族的逮捕，受到严刑拷打，随后被驱逐。根据美第奇家族的指控，马基雅维利企图煽动革命，犯了"谋反罪"。不管马基雅维利如何喊冤，他在放逐期间的种种行为都表明指控者的判断不无道理。因为，尽管在金黄色的向日葵田地里，已经没有人可以同马基雅维利策划"谋反"，他仍然拿起笔，饱蘸墨汁，用一个词发起了革命：innovatori（创新者）。

"创新者"这个词本身并无任何新意。它此前在意大利语和拉丁语中已经存在了几百年。但当这几个字从马基雅维利的笔端流淌出来，它们就被赋予了史无前例的意义。过去，这个词一直是一种不好的指控。成为"创新者"，就意味着成为一个篡权的人，一个渎神的人，一个反叛上帝的灵魂。路西法在挑战天堂的统治时，他就是一个创新者；夏娃吃下伊甸园的苹果时，她也是一个创新者。这些创新的举动都是与上帝的绝对权力相悖的。实际上，他们的新想法制造了地狱。

马基雅维利选择了一个相对不那么涉及是非对错，而更加实用的创新思想。他在佛罗伦萨的政治和战争中摸爬滚打的年月教会了他，世界是一直处于变化中的。没有一个帝国可以永远屹立不倒，一切生命都在不断变化。为了不被滚滚潮流吞没，我们必须去适应、去实验、去创新，开创新的法律、新的技术、新的生存方式。这就是创新，这也是毁灭。

马基雅维利对创新的热衷在今天看来已经不再显得那么离经叛道。事实上，它看起来平平无奇。很久以前，无数科学家、历史学家和商界领袖就已经用现代思想证明了我们的命运是不断流动的，万物都非亘古不变。但是在16世纪，马基雅维利对创新者的赞颂是那么惊世骇俗，以致他被视作"人类公敌"，一个无神论者，一个崇尚邪祟者，甚至是一个反基督者。他的作品在1559年被教皇保罗四世判为异端，并于1564年被正式列入罗马教廷《禁书目录》的黑名单。

是什么促使马基雅维利和同时代的人的信仰背道而驰？是什么让他胆敢和古之圣贤作对？是什么驱使他加入创新者的行列？

马基雅维利的思想有很多来源。但是在他心里，没有一个能比得上另一个被放逐的佛罗伦萨人——但丁·阿利吉耶里。在马基雅维利之前两个世纪，但丁也同样遭到放逐，被当时的权力集团归尔甫黑党赶出了这座四河之城。在随后的流亡生涯中，他排除万难，开启了惊世骇俗的"游击战"：他以史诗为掩护，创造了一项解放思想的伟大发明。尽管表面上看起来，它非常符合正统，甚至最迂腐守旧的图书馆都欣然接受了它。

而暗地里，它却启迪了无数个马基雅维利，让他们像夏娃一样，咬下第一口自由思想的智慧果。

伊甸园里的正统文学

但丁的游击战要想取得成功，就必须采取一种经过伪装的文学形式，以避免至高的罗马教廷的怀疑。因此，但丁选择了讽喻手法。

讽喻这个词在古希腊语里是"借此喻彼"的意思，其原理是在叙述一件事时暗指另一件事。以下是一个讽喻的例子，由但丁从古拉丁语史诗奥维德的《变形记》中选取："俄耳甫斯用他的竖琴不仅驯服了野兽，草木和石头也为之动容。"

但丁是这样解读以上讽喻的：

俄耳甫斯代表智者，他的竖琴代表智者的声音，他用这个声音来软化那些如同"野兽"般残酷之人的心灵，让那些头脑如"草木"般愚钝而无法获取任何知识的人开化，甚至令那些"铁石心肠"之人也为之动容。

这样的讽喻是中世纪的教会喜闻乐见的,因为它们能激起惊叹。而惊叹来自叫作**夸大**的文学发明(详见引言)。从但丁的解读中,你能感受到这一发明,他把一个关于诗人俄耳甫斯的简单故事**夸大**成一个讲述全能智慧的伟大寓言。

这种由**夸大**引发的敬畏之情能激活我们大脑的智力区域,让我们感知到更深远的意义,从而丰富我们的思想意识。因此,为了用这些意义填满我们的思想,中世纪的教会尽其所能地把讽喻编织进他们的一切行动。周日弥撒的每一个仪式、祭司长袍上的每一条流苏、祭坛的每一处建筑细节……一切都代表了**更深远**的意义。

讽喻不仅帮助教会本身变得强大,还帮助它削弱敌人的势力,其中就包括异教徒文学。长久以来,异教徒文学以其斗争的勇气、深情的爱意和苏格拉底式的解脱(关于这几种文学原型,请见第一、二、四章)等另类的生活方式挑战着教会的道德准则。为了压制这些危险的异教徒情感,教会四处设限,颁布如《禁书目录》之类的禁令。不过大多数情形下,教会发现比起对异教徒作家的抑制,讽喻要有效得多:它可以窃取他们的声音。

为了成功夺走他们的声音,教会学者会选取诸如阿波罗、俄狄浦斯或特洛伊战争的异教徒故事,并运用讽喻给它们镀上一层光泽,比如:**按道德讲,狂妄自大是致命的罪恶!**这些镀光是一种真正的"借此喻彼",将非基督教徒的话改装成教会的口吻。为了使改装取得更好的效果,学者们偶尔也会更进一步,对故事本身进行大刀

阔斧的修改，把讽喻嫁接进去。至今，我们仍能在最著名的盎格鲁 –
撒克逊史诗中看到这种嫁接的痕迹，这部史诗就是《贝奥武甫》。

《贝奥武甫》的故事背景设置在公元 6 世纪的斯堪的纳维亚，
讲述了主人公贝奥武甫帮助丹麦国王杀死妖怪的故事。为了激起我
们的豪情壮志，和《伊利亚特》及其之前的其他史诗一样，《贝奥
武甫》的叙事旨在点燃我们大脑中的勇气（关于勇气的原型，请见
第一章）。但在 7 世纪的某一时刻，彼时英格兰已在基督教的统治
之下，《贝奥武甫》又被修订，加入了天主教关于"**警示**"（oferhygd）
的教义。"oferhygd"一词意为"狂妄"或"傲慢"，尽管它听起
来有正统的盎格鲁 – 撒克逊渊源，但实际上是教会语言学家生搬硬
造的词。在这些语言学家之前，傲慢曾被盎格鲁 – 撒克逊人视作一
种象征勇士精神的健康元素（具体原因，我们会在第十章中详细分
析）。可是在拼凑而成的教义里并不是这样：

> 啊！备受爱戴的贝奥武甫，切莫被狂妄这个魔鬼冲昏
> 了头脑！不要向傲慢低头！此刻你尚且强壮，转瞬，你就
> 会衰朽死去。睁大眼睛，看看万能的造物主吧！

通过这样一番改装，一个神气的降妖者变成了虔敬的基督徒，
诗歌原有的异教英勇变成了一种基督崇拜的洗礼。

教会通过讽喻对异教寓言的改造是但丁再熟悉不过的。在他遭
到放逐前的那些岁月，他自己就曾用讽喻的方式对维吉尔的《埃涅
阿斯纪》、卢卡努斯的《法尔萨利亚》，还有斯塔提乌斯的《忒拜

战记》做过夸大处理，把这些作品中的军事征服、降妖巫术，还有野兽神话改编成虔诚的基督教说教。在这样的改编中，但丁透彻地掌握了讽喻的技术。他对讽喻的运用驾轻就熟，甚至可以反其道而行之。

但丁对讽喻的逆向运用

1308 年前后的某年，正在意大利北部的阴云下流放的但丁写下了《地狱》。同《贝奥武甫》一样，但丁的《地狱》也是一部史诗。但它的结构是完全颠倒的。《贝奥武甫》中，基督教的讽喻被嵌入异教神话，而《地狱》则是将异教神话嵌入基督教的讽喻中。

《地狱》的基督教讽喻在一开始就把我们带到一道门前，门上写着几个字："正义铸就了我"。穿过这道门，我们继而发现九层地狱，每一层都采用了《圣经》的《出埃及记》中关于正义的描述——"如果受到伤害，就要以命抵命、以眼还眼"——然后将其夸大为最初的"以眼还眼"的刑罚。因此，在但丁构筑的地狱的第一层，那些在人间令上帝蒙尘的灵魂，如今在地狱里被打入永久的黑暗。在第二层地狱里，那些曾经用疯狂的欲望搅乱世界的灵魂，如今自己被永无止境的击打折磨着。其他几层也是如此，每一个新的惩罚都以新奇的反转来阐释正义，让我们的大脑充满对宗教的惊叹。突然，讽喻裂成两半。透过裂缝，我们看到一堵燃烧的墙，那里有三头怪兽张着血盆大口尖叫着："快把这个入侵者变成石头，美杜莎！"

与可怕的地狱不同，美杜莎并不是《圣经》中上帝的造物。她的名字在《出埃及记》或教会的其他典籍中都不存在。但是，但丁在青年时代对奥维德《变形记》的研读中发现，美杜莎是一个遭到严重不公的异教徒：在被海神波塞冬性侵后，身为受害者的她反而遭到雅典娜的惩罚，变成蛇发女妖戈耳工。

那么这个非基督传统的故事为何会出现在这部"转世"了的基督教作品中？上帝伟大的末日审判中如何会混入一个遭到不公的异教徒？《地狱》中没有给出答案。它只是带我们见识了更多的异教生物：第七层地狱的断壁残垣中，牛头人在啃噬着自己的血肉；可怕的地狱血河边，一帮半人马正在巡逻；自杀者的树林中，一伙鸟兽女妖以荆棘为食，身上的羽毛沾满粪便……这些景象都给我们一种奇异之感，打断了我们对宗教的惊叹。

《地狱》中的奇异之感及其神经学原理

在我们的大脑中，事物可以通过两种方法凸显出来。第一种，这个事物我们很熟悉，却处于陌生的环境中；第二种，这个事物我们很陌生，却处于熟悉的环境中。

第一种方式中，凸显出来的事物令我们想起家中的物品。我们的大脑感觉我们的家仿佛在向外延伸，来到一片陌生的土地上接近我们，从而激发一股神经的新奇感。

这种感觉正是经基督教改编后的《贝奥武甫》带来的体验。在这一改编中，我们在遥远的公元 6 世纪的斯堪的纳维亚自由穿梭，却感觉到一丝来自故土的宗教讽喻，这给我们的大脑灌注了一种令人敬畏的启示："你的信念无处不在。"（起码，假如我们曾生活在中世纪的基督教氛围中，我们的大脑便会体验到这点。如果你想看到一个更靠近当下的例子，可以读一下玛德琳·英格 1962 年写给青年人的小说《时间的折皱》。）

第二种凸显的事物——熟悉环境中的陌生物体——能产生一种非常不同的情感：妄想。

妄想源于我们大脑中最古老的组成部分：威胁探测系统。这个神经系统几亿年前就进化而成了，早于我们的人类时期、哺乳类动物时期，甚至爬行动物时期。当我们还是一群鱼形的无腭脊椎动物，在原始海洋游来游去时，这个神经系统就已存在。海洋里充满危险，于是不论何时，只要有任何东西靠近，我们的威胁探测系统就会立刻大声发出警报：小心！小心！小心！

我们离开原始海洋时，也把威胁探测系统一并带走了。但是神经系统原有的回路不足以在新环境中保卫我们。因为在新的环境下，有一种更复杂的潜藏危险。这种危险默默垫伏着，只待我们转过身去，乘我们不备，它再慢慢地靠上来，张着吞噬的巨口……

为了保护我们免遭这样的伏击，我们的威胁探测系统逐渐进化出了一个更加复杂的思维机制，一旦我们的大脑顶叶意识到动态的"栖息地图"上出现了一个凸显出来的陌生事物，这个思维机制就开始工作。可能是在我们本以为光亮的地方出现了阴影，可能是在我们本以为黑暗的地方出现了光亮。不管这个事物是什么，它都跟我们平时熟知的环境格格不入，它表明我们身边某个静止的东西可能动了一下。如果这个东西动了一下，那么它就有可能会动第二下、第三下，直至我们放松警惕之时，它就扑上来。

　　为了避免这种情况发生，我们的精神栖息地图通过向我们的意识灌输一种妄想的感情来唤醒我们的警惕性。妄想，就是一种怀疑，觉得在我们目不可及之处潜伏着什么东西。我们的大脑越是相信有东西潜伏着，我们的妄想就越深重：小心！小心！小心！

　　随着我们大脑的进化，这种"小心！"的警示也在进化。如今它可能被周遭环境中微乎其微的异常激发：一个有些别扭的微笑、一个过于完美的商品广告，或者地狱里的蛇发女妖美杜莎。

《地狱》中的妄想

　　但丁从来没有听说过大脑的威胁探测系统，但他深知自己为什么要把美杜莎嵌入地狱的故事。就在创作《地狱》之前，他在百科全书式的作品《飨宴》中说过："教会人士运用讽喻的目的与诗人不同，而我倾向于诗人的目的。"

　　但丁认为，教会人士和诗人之间的不同并不只是细微的差异。事实上，教会人士和诗人运用讽喻的方式完全相反。教会人士用讽喻来揭示隐藏的真相；而诗人则用讽喻来掩盖隐藏的真相。因此，教会用讽喻来创造神启带来的惊叹，而诗人的讽喻让人意识到事物的表象之下潜藏着什么。也就是说，它们会挑起妄想。

　　我们在《地狱》里看到美杜莎时，就会经历这种妄想。美杜莎是一个不合时宜之物，是基督教世界中的一个陌生事物。她激活我们的威胁探测系统，让我们思考：为什么地狱里会有一个异教怪物？

但丁是在悄悄给我们传递某种信息吗？美杜莎会不会是一个陷阱？她是不是和撒旦一样，是被派来歪曲事实，引诱我们远离真相，蒙蔽我们的双眼的？

美杜莎和她的古希腊罗马神话同伴们并非《地狱》里唯一激发我们威胁探测系统的事物。我们阅读整个诗篇时，有一个更令人不适的潜伏者在如影随形——维吉尔。

维吉尔是我们地狱之行的向导。但他是一个奇怪的向导。他既不是天使，也不是虔诚的基督教徒。他是异教史诗《埃涅阿斯纪》的作者，正是这部作品，使得他在但丁构筑的地狱中占有一席之地。那么，我们可以相信维吉尔吗？或许不可以？如果我们跟随他的引导，我们能走出地狱吗？还是会和维吉尔一样，被上帝永久抛弃？

这就足以令我们对整个游历充满妄想了。而维吉尔并没有做什么事情来减轻我们的担忧。他解释说，他之所以被选中护送我们在地狱游历，是因为他"雅致的言辞"。这一解释激发了我们的威胁探测系统，它提醒我们，会说漂亮话的人不一定就是说*真话*的人。他们会巧言令色，欺骗我们，正如维吉尔当着我们的面，用模棱两可的话欺骗地狱的居民。

那么，维吉尔也是在骗我们吗？他是在用他对语言的驾驭能力来诱使我们走入歧途吗？当他警告我们不要同情地狱里那些被折磨的灵魂时，我们应该相信他吗？他那些"雅致的言辞"是在引诱我们远离基督教的善良与怜悯吗？

《地狱》不仅没有给出答案，反而用一个不知从哪里传来的声音加剧了我们的妄想：

头脑健全的聪明人啊，

揭开陌生诗行的神秘面纱，

去寻找潜藏在那里的道理吧。

《地狱》为什么要这样对我们？为什么要让这些"怪事"在我们的大脑中若隐若现？为什么它承认有"潜藏"的秘密，却又不说那个秘密是什么？

我用我自己"雅致的言辞"来解释一下：《地狱》暗示了秘密的存在，却从未透露，是因为但丁认为秘密本身远没有探寻秘密来得重要。正如他日后写给维罗纳城声名狼藉的"狗亲王"——斯加拉大亲王的信中所说的："我的诗是一种讽喻，写了我们因自主选择而受到正义的惩罚或奖赏。"

这话听起来就像中世纪那些修士会给异教徒神话镀上的那层光泽："接下来要讲的这个故事是关于正义的。"但如今我们的大脑已经被但丁的诗唤醒，我们能看到他镀的那层光泽中的关键词并不是"正义"，而是"自由"。我们的自主选择决定了我们会受到"惩罚"还是"奖赏"，决定了我们是会被天堂的光芒照耀，还是会被地狱的火焰吞噬。

这就是为什么《地狱》解放了我们的思想。通过向我们描述地狱里的美杜莎、花言巧语的向导，还有预示着秘密的警告，这部作品激发了我们妄想的警觉，打开了我们往日的思想桎梏，让我们开始为自己考虑。

这种思考的自由或许会让我们更加笃信教会的教义，也可能会把我们推向一条与主流思想背道而驰的道路。但不管哪条路，都是我们得到救赎的唯一希望。

也是我们走出地狱的唯一途径。

如何自行运用"警觉触发器"

1513 年，马基雅维利在其政治论著《君主论》那令人震惊的第六章中赞颂了"创新者"：

> 全世界最著名的创新者当数摩西，创建了以色列的君主；居鲁士大帝，创建了波斯的君主；还有罗慕路斯，创建了罗马的君主；以及忒修斯，创建了雅典的君主。

他还给一位朋友写了一封密信：

> 我住在我的农场，用粘鸟胶捕捉麻雀。每天清晨，我会到树林里散步一两个小时，然后先到小溪边待一会儿，再出发去把鸟窝挂起来。我的口袋里，就揣着但丁的《喜剧》。

但丁的《喜剧》，即由《地狱》和其后的两部续作《炼狱》和《天堂》组成。

在马基雅维利写这封信时，但丁的《喜剧》已经在其家乡佛罗伦萨被视为经典。在接下来的几个世纪中，《喜剧》在天主教会的推广下声名远播。教会接纳了但丁《喜剧》中的基本道理。《喜剧》甚至有了一个新的名字：《神曲》。其后几个世纪，教会使这部作品传遍全国、走向世界。终于，但丁那触发警觉的创造传到了这些人手里：杰弗雷·乔叟、马尔科·马鲁利奇、马丁·路德、伽利略·伽利雷、徐光启、弗朗西斯·培根、约翰·弥尔顿、詹巴蒂斯塔·维柯、伊丽莎白·英奇博尔德、威廉·布莱克、奥诺雷·德·巴尔扎克、卡尔·马克思、乔治·桑塔耶纳、儒勒·凡尔纳、F.斯科特·菲兹杰拉德、E.M.福斯特、豪尔赫·路易斯·博尔赫斯、贾希特·塔朗吉、萨缪尔·贝克特、普里莫·莱维、约翰·肯尼迪·图尔、詹尼纳·布拉斯基，以及无数其他作家。

如果从但丁的诗作中，你的思维仍无法得到足够的自由，后世还有很多受其影响的文学作品。你可以在其他作品中发现讽喻带来的凸显效果，比如 19 世纪纳撒尼尔·霍桑的小说《红字》，或另一部 19 世纪的作品，夏洛特·珀金斯·吉尔曼的《黄色墙纸》："有一处，一个图案反复出现，像一个脖子断了的人，眼球突出，在倒挂着盯着你。"

你也可以在 20 世纪的文学作品中发现这种奇异的情节，比如弗朗茨·卡夫卡的《审判》、肯·克西的《飞越疯人院》、威廉·巴勒斯的《裸体午餐》、菲利普·迪克的《尤比克》、奥克塔维亚·巴特勒的《血孩子》，以及阿米塔夫·高希的《加尔各答染色体》。

此刻，成千上万放飞思想的作品就在图书馆等着你，找到一本你想读的绝非难事。你喜欢的那本书在书架上一定相当显眼。

那一定是一个惹人瞩目的神话。

第七章　摈弃悲观

乔瓦尼·斯特拉帕罗拉、原版《灰姑娘》，以及童话式反转

有人允诺夏尔·佩罗一定会治好他可怕的悲观情绪。

做出这个承诺的人，是他的侄女。她步履轻盈地走进他门窗紧闭的房间，命令他穿上最精致的马裤，戴上最华美的假发。很久以前，他曾戴着那顶假发到过凡尔赛宫，连路易十四都为之赞叹。由于年代久远，假发已经变成硬壳。马裤穿在佩罗瘦弱的腰身上，也显得松松垮垮。不过他还是叹了口气，遵从了侄女的建议。"和她那童稚的想象争执是毫无意义的，"佩罗一边从生锈的铜镜里注视自己，一边想，"也许，她那些想象中也包含着一丝智慧。"这套装束尽管陈腐老旧，仍不免搅起了他心底一些往日的乐观：他也曾让太阳王赞叹，或许他还能重现昔日的风采。

随后证实了，这次改变装束的尝试只是侄女救治大业的开始。她把佩罗赶上一辆四轮马车，拉车的是几匹白马。于是他们驾着马车，悠闲地穿过 17 世纪的巴黎城。一路经过热闹的花园和仲夏的烟花，径直来到充满魔力的市中心。在市中心的黎塞留街，佩罗迷迷糊糊地穿过一道豪华的大门，进入一个隐秘的房间，里面有饰有金叶钟表，还有土耳其地毯……就在这时，一道亮光闪过，一个长着狡黠小眼

晴的女人从天而降，自称是"在逃公主"。

佩罗感到自己一定是在做梦。不过一切都是现实。那个在逃公主是安热利克－尼科尔·蒂凯，因为在将要被丈夫囚禁时成功挣脱而闻名巴黎。这个隐秘的房间里，是四十二岁的朗贝尔夫人主办的周二沙龙。这是一位性格活泼、思想前卫的女爵，读过大量经典之作，并且觉得它们都冗长乏味。1692 年 12 月，女爵创办了这个沙龙，以鼓励更新奇的作品出现。此刻从门帘后走来的，就是女爵赞助的众多先锋作家中的一位。她脸庞丰满，表情愉快，穿着粉红色的便鞋。在一把白金扶手椅里安坐后，她拿出一卷她最新创作的手稿——《格拉西奥萨和珀西内的故事》。

佩罗意识到，这就是他的侄女承诺的治愈。这么想着，他心一沉，感到沮丧起来。佩罗原本以为会是一种更可信的治疗，比如一种久已失传的波斯灵药，或是一个长生不死的帕多瓦医生，再或是一种不知来处的神奇药草。当那个穿着粉色便鞋的作者开口朗读时，佩罗更失落了。她的故事里有一个公主、一个恶毒的继母，以及一系列令人眼花缭乱的离奇巧合。总而言之，那是一通长篇累牍的胡说八道。佩罗现在有点儿后悔，不明白自己当初为何要取出落灰的假发跑到这里来。他居然燃起了希望，这本身就是错的。希望必定导致失望，黎明是一天中最危险的时刻。

但随后，这位穿着粉拖鞋的作者读到最后一句话："永远幸福地生活下去。"佩罗感受到了一阵出乎意料的愉悦。打从他被一个年轻人取代了法庭的职位，打从十五年前他心爱的妻子去世，他第一次感到明天可能会更好。

　　这是一种奇妙的感觉，但是它可信吗？不，佩罗自忖道。不管那个穿粉拖鞋的作者做了什么，那一定只是个转瞬即逝的小把戏。佩罗蜷缩在沙发里，紧紧攥着天鹅绒垫子，准备接受卷土重来的忧郁。然而奇怪的是，忧郁并未袭来，那种美妙的感觉一直持续着。正如佩罗的侄女承诺的那样，她的治疗见效了。

　　佩罗终于相信了，他从沙发上一跃而起，赶向作者致谢。他有好多问题：她是谁？她那神奇的良药究竟是什么？作者笑着回答。她是退隐的间谍，玛丽－凯瑟琳·多尔诺瓦夫人。至于她那神奇的良药……人们给它取了好多名字，但她最喜欢称之为——童话。

　　佩罗欢快地叫来马车送他回家。现在他的悲观情绪没了，梦想重新在他脑海中绽放。他要把这个神奇的灵药传给更多受苦的灵魂。他会出名，他会有钱。他抓起羽毛笔，开始创作他自己的童话三部曲。他在创作时，有意对多尔诺瓦夫人原来的配方做了一点儿改变，并坚信这个改变会加强它的药效。

　　佩罗的童话故事正如他梦想的那般见效了，他的作品一炮而红。过了几年，1697 年时，他又创作了《睡美人》《穿靴子的猫》和《灰姑娘》，这些作品为他带来了持续不断的美名。几个世纪以来，这些故事被翻译成一百多种语言。直到 1950 年，《灰姑娘》被迪士尼改编为动画片，成为佩罗的一大辉煌成就。动画片《灰姑娘》挽救了沃尔特·迪士尼制片公司，不仅使其免于破产，还成为童话王国的标志，为数十亿心灵带去快乐，一如佩罗在周二沙龙上感受到的那样。

　　然而好景不长，这服灵药似乎有一些古怪。日久天长，人们渐渐开始发觉：佩罗的灵药里暗藏着一根尖刺。

灵药里的尖刺

《灰姑娘》里的那根尖刺是这样的：电影激发了乐观的希望，但对于许多人来说，希望是短暂的。当希望消失，留给我们的是更深的沮丧。

自《灰姑娘》在好莱坞首映以来，它就因脱离现实而受到批评。好莱坞的影评人批判迪士尼"娃娃脸"的公主；苏联公开发表评论，指责这部作品是资本主义幻想；《亚特兰大宪法报》指出，片中的继姐妹并不总是人丑心狠。因此，1950 年以后的创作者对佩罗的故事进行了改写，加入了更多贴近现实的角色、更黑暗的故事情节，以及更激烈的道德冲突，编织了一个个现代灰姑娘的故事，比如《魔法黑森林》《灰姑娘》和《新灰姑娘》等。

这些贴近实际的童话故事缓解了我们因自己不是迪士尼公主而产生的怨怼。然而遗憾的是，这种方法虽然消除了《灰姑娘》的弊病，却并未还原周二沙龙的治愈功效。相反，它使我们离多尔诺瓦夫人的灵药越来越远。毕竟，这个灵药的来源不是现实，而是乐观。也就是说，把注意力从严峻冷酷的事实挪到积极阳光的前途上。所以，为了找回多尔诺瓦夫人的灵药，我们可以从对迪士尼的现代批评进行倒推。下面，我们先回头看看佩罗都做了哪些改写。

接着我们再撤销他的改写，恢复童话原本的疗效。

佩罗的改写及改写前发生了什么

佩罗对他的行为丝毫不加掩饰。在童话故事集《古老故事之道德教育新编》中，他兴致勃勃地宣称自己将会对《灰姑娘》做一些改编，加入以下有益的道德训诫：

> 一个女子的美貌是稀缺的财富，但是更加有价值的是礼节。"礼节"来自宫廷，是一个用于皇室的词，这个词使灰姑娘变成皇后。所以，注意了！假如你想要赢取一位王子的真心，彬彬有礼远比优雅的发型来得更重要。这就是童话里那些仙女的真正天赋。拥有它，你就能实现一切梦想。

这里的具体道德准则是：高雅的行为会让你成为皇后，假如你表现得合乎礼节，就会让自己置身于宫廷。更宽泛的道德准则是：生活中，我们得到的赏罚都是公道的。这是一种诗的公正，即善有善报、恶有恶报。

佩罗怀着最大的善意赋予这个童话故事以教育意义。他出生于启蒙运动时期，该运动一般被认为起于 17 世纪中期，由勒内·笛卡儿等思想家发起。这些思想家推演出理性的重要性，理性又进一步推演出更多的真理。一些真理证明了诗的公正是有益的："善有善报，恶有恶报。"换言之："好事会发生在好人身上，那些讲好人好事的故事也会创造出好的读者。"

尽管这一理论看似合理，现代神经科学却发现，在一种情况下，诗的公正对我们不是那么有益：我们感觉低落的时候。这种情况下，"善有善报，恶有恶报"的逻辑会让我们的大脑产生这样的想法：

> "既然我的努力没有好结果，那一定是我这个人不好。我本身就是一个失败的人，所以才导致了我的失败。如果我确实是一个失败的人，那么我会永远失败下去。"

这种想法无异于一场灾难，只会让事情变得更糟。它与启蒙运动那种"善有善报"的理性逻辑相同，它是由佩罗《灰姑娘》这样的童话故事产生的一种常见的神经副作用。我们之所以去看这样的童话，就是因为我们的生活不完美，我们想要得到情感上的解脱。但当童话故事里慢慢诉说着"善恶有报"时，我们的大脑开始感到焦虑："也许我的伤心就是报应，也许我和灰姑娘不一样。"

这种灾难性的自我评判和悲观、焦虑、抑郁的情绪密不可分。这只是佩罗的道德训诫带来的问题的冰山一角。佩罗的道德训诫不仅把一些有害的东西加入了旧有的童话故事，还去除了一些有益成分：多尔诺瓦夫人那些予人希望的独特成分。

这个独特成分是什么？它的作用原理和诗的公正有何不同？我们无法从多尔诺瓦夫人那里听到原本的故事了。她像一个真正的间谍，从来不会泄露自己的秘密。为了解开谜团，我们可以从周二沙龙的另一位成员入手，她就是亨丽埃特－朱莉·德·缪拉女爵。

缪拉女爵喜欢装扮成异性，崇尚不受婚姻和法礼约束的爱情。

1699 年，她发表了第一部个人童话故事集。在这部作品的推广文字中，她对那些认为她抄袭了多尔诺瓦夫人作品的指控进行了辩驳，论据是她俩都抄袭了另一个人的作品：

> 我必须提醒读者，其中一些故事的灵感是我从一本古老的书里借鉴的，那就是斯特拉帕罗拉的《欢乐之夜》。截至 1615 年，这本书已经加印了十五次。不过多尔诺瓦夫人也借鉴过那本古书。所以，尽管我们讲了几个相同的故事，但我从来没有抄她的。我们都是从斯特拉帕罗拉那里抄来的。我们为什么不能抄呢？加印了这么多次，《欢乐之夜》一定火爆异常。

这位斯特拉帕罗拉是谁？多尔诺瓦夫人和周二沙龙的其他人究竟从这本《欢乐之夜》中抄了什么？我们将前往历史的另一篇章去寻找答案。

神秘的斯特拉帕罗拉

1553 年，乔瓦尼·弗兰切斯孔·斯特拉帕罗拉走到了生命的尽头。老实说，他的一生并不是成功的一生。在还是个意气风发的青年时，斯特拉帕罗拉出版了一部诗集，但随即就被忘却了。在生命剩余的五十年里，他都在默默地埋头苦干。也许他后来在宫廷里供职，也许他成了一个看门人，或者书记员。不管他以何为生计，那些工作都不值一提，所有踪迹都被历史长河吞没了。

在斯特拉帕罗拉寂寂无名的那些年，他所处的历史时代也日渐落寞。那是意大利的文艺复兴时期，或者说"文艺复兴运动"。在14至15世纪，文艺复兴运动正如火如荼，彼特拉克的爱情诗歌、多纳泰罗的铜塑像、马萨乔的透视画驱散了中世纪的黑暗。接下来的大约一个世纪，意大利的未来似乎充满无限可能：莱昂纳多·达·芬奇画出了蒙娜丽莎那富有感染力的微笑；米开朗琪罗画出了西斯廷教堂天顶画中最为湛蓝的天空。

但是在斯特拉帕罗拉生命的最后几年，那片蓝色天空带来的希望蒸发了。法国的大炮猛轰着那不勒斯的城堡；瑞士的雇佣兵占据了米兰的树林；西班牙的骑兵践踏着威尼斯价值连城的葡萄园；法国的弓箭手用达·芬奇的名作当作练习的靶子。罗马陷落了，都灵被攻占，佛罗伦萨遭到围困。到1553年冬天，意大利已经满目疮痍，陷入绝望。文艺复兴结束了，到处都是冰天雪地，黑暗无边。

一片萧索阴郁之中，意大利往昔的希望行将消失殆尽。这时，久被遗忘的斯特拉帕罗拉出现了，带着一剂良药。同众多文艺复兴作品一样，这剂良药也是从一个古老的文学范本开始的。但这个范本不是后来的周二沙龙提到的那些"枯燥乏味"的经典。这个范本是一种纵情欢闹的舞台娱乐形式，它的名字叫"喜剧"。

喜剧发明于公元前5世纪的希腊，并在其后的三百余年间被米南德、普劳图斯、泰伦斯等希腊和罗马作家不断创新。他们匠心独运地创造了各种文学手段来提振读者的精神，如打闹剧、双关语、滑稽模仿、俏皮话、梦幻、阴谋、和解、笑话等。在这一长串的欢笑催化剂中，唯独一个引起了斯特拉帕罗拉的格外注意：大团圆结局。大团圆结局令人愉悦，予人希望。为了最大限度地制造希望，斯特拉帕罗拉研读了大量虫吃鼠咬的古代喜剧剧本。最终他有了重大发现，即大团圆结局的快乐奥秘就是"幸运的转机"。

幸运的转机是对理性法则的随意破坏。不经意间得到的好运会推翻一切逻辑，传递最不可思议的愉悦。幸运的转机很是荒谬，它诞生自一个个阴差阳错的巧合。按我们的惯常思维，幸运的转机一定是由喜剧作家发明的，然而事实并非如此，它的创造者其实是悲剧作家。

从定义来看，"悲剧"，似乎注定以悲惨的方式结局。但一些古希腊悲剧，比如埃斯库罗斯的《复仇女神》和欧里庇得斯的《俄瑞斯忒斯》，其结局都有情节的突转：天神下凡，扭转乾坤，皆大欢喜。这种神力的突然降临后被称作"机械降神"，即"用机械使神降临"。通过机械装置，把戴着神的面具的演员从舞台上方放下来，强行改变故事结局。在公元前4世纪的某个时刻，喜剧作家们重新启用了这种神力临凡的方式，并做了更加恣意的发挥。悲剧里的神来自奥林匹亚山，庄严神圣，用普遍真理强制地创造和谐；而喜剧里的神会带来幸运，随意地用愉悦颠覆理性。在米南德的《盾牌》的结尾，幸运女神突然出现——"啪"的一声作法，葬礼奇异地变成了婚礼。在普劳图斯的《一坛黄金》中，一个淘气的精灵轻轻一挥魔杖——"嗒哒！"一个守财奴就用满满一坛黄金送上婚礼的祝福。

这些幸运的转机恰恰是诗的正义的对立面。它们不遵循善有善报的逻辑，而是随意地从恶中得到善果。尽管这种随意的改变被许多古代剧评人诟病为逃避现实的愚蠢做法，现代神经科学家仍然发现它对我们的健康有一些实实在在的益处：它能激发我们心底的乐观情绪。

乐观情绪的科学依据

我们每个人心底都有乐观情绪。

即便我们想不起来最近一次充满希望的思绪，那个思绪此刻就稳稳地在我们大脑里。它绝不是虚无缥缈的，而是一大块灰质。它就是我们的整个左脑。

没错，诡异又神奇的是，我们的左脑居然比右脑更乐观。人们在19世纪开始逐渐发现这一奇特的事实。当时欧洲的两位医生和卡尔·韦尼克发现我们大脑的两个半球各自分担着不同的任务。这一现象后被称为大脑偏侧化，到了20世纪末，它已经上升为一个奇妙的神话，认为我们的左脑逻辑性更强，而右脑则更富有创造力。会计们自认是"左脑型"人；而在南加利福尼亚，一位叫贝蒂·爱德华兹的美术老师在其1979年的畅销书中则称，我们可以通过"调动我们的右脑"来激发创造力。

这一神话已被揭穿很长时间。但21世纪的神经科学仍然表明，我们的左脑和右脑确实有着巨大的差异。这些差异让我们大脑的两个半球长期复制彼此的功能，并彼此交战。其中一个显著差异就是，我们大脑的两个半球对风险的评估完全相反。这一风险评估的差异通过一系列特定的实验得以量化：神经科学家将我们的右耳堵上，而向左耳传输危险信号；他们采访疑病症患者，以搞清身体的哪一侧包含最多的幻想中的痛苦；他们还对悲观者的头部施以电磁振动。神经科学家从这些实验中得知，我们的右脑和共情神经系统联系更密切，后者能用恐惧激发我们"反抗或逃跑"反应。而我们的左脑则与能让我们冷静下来的副交感神经联系更紧密。换言之，我们的右脑更倾向于关注"哪些可能是错的"，而我们的左脑则更倾向于关注"哪些可能是对的"。

这种分工使我们的大脑能同时专注于风险和机遇，所以我们能平衡生活中的阴暗面和光明面，在保持警惕的同时不断试探，而不是走向某一极端。这也就意味着，不管我们此刻感觉多么悲观，我们的大脑其实有一半是没有任何悲观情绪的，反而还充满了乐观。要想获得这些乐观情绪，我们只需将大脑换个角度，稍微做一下调整，让大脑的左半球处于上风。

实验证明，有几种方式可以实现这种调整，包括对颅骨右侧进行电磁振动。但如果你想得到一种同样科学，且没那么剧烈的持久刺激，可以试试让自己想象一下运气因素。正如以马丁·塞利格曼为代表的现代心理学家们发现的，我们的左脑喜欢以运气来解释失败："我那次不太走运，那天只是时机不对，也许明天我的好运气就来了。"

左脑对运气的重视使我们更加易于恢复：它鼓励我们把困难视作一时的挫折，让我们振作起来，直到好运降临。它还能让我们更开心，让我们习惯于世事的无常，也防止我们觉得自己已获得的美好是理所应当的。相反，它鼓励我们感受获得那些积极事物的幸运，从而激发我们的感恩之心（这是一种能改善生命的感情，我们将会在后面的第十五章中深入探讨）。因此，即便我们的希望不会全部实现，一点儿对运气的想象仍然能够增强我们的满足感。充满希望的思绪比自我实现的预言更具功效。

这些心灵的益处都是通过幸运的转折来传达的。这一转折可以阻断令大脑小题大做的理性思维，促使我们转而这样想："诚然，恶有恶报是符合逻辑的，但生活并不总是符合逻辑。此刻可能就有好运从天而降。"

尽管这一使人乐观的来源在中世纪被基督教和伊斯兰教的哲学家谴责（他们认为幸运是对上帝万能的一种亵渎），它仍然在意大利文艺复兴时期得以复活。1509 年，卢多维科·阿里奥斯托用一部喜剧《冒名顶替》令费拉拉人心欢腾。在该剧中，灾难突变成喜悦的庆祝。1543 年，詹巴蒂斯塔·杰利改编了普劳图斯的经典喜剧《一坛黄金》，让整个佛罗伦萨欢欣鼓舞。1548 年，帕多瓦的语法学家弗朗西斯科·罗伯特罗，以"句法之犬"之名蜚声意大利，他"吠叫"着表示，喜剧的本质就是"从幸运转折中得到意想不到的愉悦"。

幸运转折的复兴振奋了斯特拉帕罗拉。在 1553 年那个死气沉沉的冬天，他想："我怎么就不能增强那个转折呢？我怎么就不能让它变得更大、更振奋人心、更能予人希望呢？"

这是一个乐观的想法。自然而然地，斯特拉帕罗拉的左脑告诉他应该一试。

振奋人心的突转

斯特拉帕罗拉发现了幸运突转提振情绪的两种方式。

第一，他可以增强这种转折赋予的好运气。在传统的喜剧中，好运往往以一场婚礼或从天而降的黄金来体现。于是，斯特拉帕罗拉把这种好运扩展为一场皇家婚礼和数不尽的金银财宝，把一个大团圆结局上升为永恒的幸福。

第二，他可以让他笔下嫁进皇室的新娘不甚完美，甚至有些无能。这样，她童话般的成功才会在我们的脑海里形成这样的印象：她是因偶然而非美德才成为王妃的，这是一种会降临在任何人身上的好运。

带着这两种创新方式，斯特拉帕罗拉坐在桌前，创作了一个名为《阿达曼蒂纳和布娃娃》的童话故事。故事的开头，是两个饥饿的小女孩：阿达曼蒂纳和她的姐姐。实在饿得受不了的姐姐派阿达曼蒂纳去市场买些吃的。但是阿达曼蒂纳没有听从姐姐的嘱咐，去买一些面包、鸡蛋、牛奶之类的，而是被一个傻傻的布娃娃迷住了，并鬼迷心窍地把它买了下来。

等到阿达曼蒂纳带着布娃娃回到家时，她姐姐大失所望。这下两个人就等着饿死吧。但是令人惊讶的转折出现了，这个布娃娃是个有魔力的布娃娃，会不时地吐出金币，阿达曼蒂纳和姐姐迅速变得富有起来。这就是一个神奇的偶发好运气。更神奇的是，阿达曼蒂纳的好运气持续不断。她的神奇布娃娃被偷走，丢进垃圾车，又被倒入垃圾场。那么，谁会恰好在那片垃圾场溜达呢？不消说，是一位未婚的国王！突然，布娃娃用它的牙齿紧紧咬住国王的屁股，惊恐的国王发现自己无论如何都不能让这个布娃娃松口，于是他迫不及待地昭告天下："谁能帮我摆脱这个讨厌的布娃娃？"阿达曼蒂纳当即接下了这个告示，施法把布娃娃从国王身上解下来，令其重新开始吐出金币。欣喜若狂之下，国王娶了阿达曼蒂纳，因为他确信，她会让他的王国财源滚滚，还能助他永绝被魔法牙齿咬住的后患。

这就是幸运的突转被放大为"童话故事的转折"。阿达曼蒂纳和灰姑娘正相反，她之所以得到永远的幸福，不是因为美德，而是因为运气。因此，与《灰姑娘》给人的思考完全不同，她的故事提供了一种全新的神经感受，强化了我们左脑的希望之感，而丝毫不会引发右脑那种自我审视。

斯特拉帕罗拉的这篇《阿达曼蒂纳与布娃娃》收录于1553年出版的多人作品合集《欢乐之夜》中。尘封了一个半世纪后，他的发明经多尔诺瓦夫人之手重见天日。多尔诺瓦夫人因剽窃斯特拉帕罗拉的故事情节而被指控获罪。更严重的是，她剽窃了斯特拉帕罗拉将偶发情节运用于童话式结局的叙事技巧。多尔诺瓦夫人的偶发情节并不像《欢乐之夜》中的那般随意。她认为自己和朋友们是贵族，所以她只赋予公主"永远的幸福"，而非平民女子。但那些永远幸福的结局仍出于极大的随意与偶然。

在《格拉西奥萨和珀西内的故事》的故事中，一个公主被可怕的继母抓住，话锋一转，她被一个突然出现的精灵搭救了："我的公主！我是你的，我将永远属于你！"公主大吃一惊，我们也是。

这个精灵是谁啊？他从哪里来？他为什么会对这位公主深情发誓？故事没有多做解释，只是说："唉，公主啊，倘若不是这位精灵永不止息的爱情拯救了你，你的命运该何去何从？"唯一能从故事里得知的，就是公主很幸运，有一位精灵爱她到永远。她受益于神奇的转折，破坏了理性的法则——这是一出童话版的"机械降神"。

这种天降神灵的转折是多尔诺瓦夫人治愈悲观的秘诀。尽管看起来极为不合逻辑，但我们可以从两个现代的转折感受到其强大疗效，这两个转折鼓舞了数百万沮丧的心灵。

两个现代转折

第一个转折由 20 世纪初一个神奇的新技术创造——电影。依靠银幕上闪动的无声短篇神话，电影吸引了大量观众。比如《牛仔百万富翁》和塞利格公司的《绿野仙踪》（故事的结尾是一种新的机械降神安排，一个稻草人被一位骑着气球的巫师赐予了王位）。1922 年，自学成才的德国特效天才洛特·赖尼格创作了第一批由《睡美人》和《灰姑娘》改编的电影。直到 1925 年，世界上终于诞生了一部具有童话转折的长篇电影——查理·卓别林的《淘金记》。

《淘金记》的主角是卓别林系列最著名的喜剧形象——流浪汉。卓别林曾解释说，流浪汉本身就是幸运转折的产物：

> 在催促下，我匆忙置办了一身古怪的行头。我走进试
> 衣间，穿戴上一条宽松的裤子、一件紧身上衣、一个小礼帽、

一双大大的鞋……这副样子惹得每个人都大笑不止，这身打扮似乎给我灌注了人物的灵魂。他突然变成一个有灵魂的人，变成一个观点。

试衣间的一次偶然尝试，一个新的"灵魂"诞生了。

同样的机缘巧合散布在《淘金记》中。电影中的流浪汉是一个愚笨的穷小子，在克朗代克的暴风雪中接连受到好运的垂青：他来到一个温暖的小木屋，见到一个获得一大笔金子的淘金者。自此以后，更多好运接踵而至，使流浪汉暴富。最后在电影结尾处，流浪汉碰巧遇到了他失散已久的爱人。更巧的是，她和他登上了同一条船。然后，"嗒哒！"就像阿达曼蒂纳那样，流浪汉突然收获了财富与爱情。

《淘金记》大获成功。它一举进入默片影史上的收入前五。由于受到持续不断的欢迎，卓别林于 1942 年重新发行了该片。在它的众多影迷中，有一个十一岁的男孩，他将在之后创造出第二个伟大的现代转折。

这个男孩就是杰里·西格尔。他在俄亥俄州的克利夫兰市长大，是一个立陶宛移民家庭的第六个孩子，父亲是老实本分的布料商。西格尔读高中时，他的父亲在跟一个商店扒手对抗后死于心脏病。家里由此断了经济来源，西格尔的大学梦也破灭了。然而西格尔并没有放弃希望。他和朋友乔·舒斯特搭档，开始创作漫画谋生。两人最早的尝试是不那么成功的《史努比和史迈利》。西格尔后来称其为"对卓别林流浪汉的一次失败模仿"。但是不久，西格尔和舒斯特就创造出了一个更加成功的系列——超人。

超人问世于1938年的《动作漫画》创刊号和1939年6月的第一号《超人》。初次登场时，这个角色套用了童话故事中经典的将悲剧突转为喜悦的形式：在一个即将毁灭的星球上，一个母亲将一个婴儿放入太空飞船，希望他能遇到"命运的转折"。他也的确遇到了。当太空飞船在我们的地球上坠毁后，他被开车路过的肯特夫妇救起。谢天谢地，他们还成了他的父母。肯特夫妇就是童话里的那种养父母，他们把这个外星孤儿养育成一个钢铁的男子汉。大功告成！这个孩子在自己的母星只是普通人，在地球上却成为最不平凡的英雄。

这一叙事突转强烈地点燃了人们的希望，使得超人成为大萧条时期最受欢迎的漫画角色。和卓别林的流浪汉一样，超人由悲到喜的转折方式也被证明极其有效。它启发了斯坦·李和其他漫画创作者，创造出了闪电侠、变蝇人、神奇四侠、绿巨人、蜘蛛侠，以及其他几十个超级英雄形象。他们都通过某种命运的突转——实验室爆炸、宇宙射线、辐射蜘蛛的咬噬等——获得了各种神奇的力量，变得力大无穷，可以飞天遁地。20世纪50年代到60年代出版的无数彩色漫画中，这些幸运的超级英雄利用命运的突转，自身化为童话里的养父母，像舞台上戴着面具从天而降的神灵那样，解救大众于危难之中，让他们从此拥有幸福的一生：嗖！啪！嗒哒！齐活儿！

不论是卓别林的作品，还是西格尔和舒斯特的超级英雄，他们都以出人意料的大团圆结局，提振了众多沮丧者的心灵。正如在那个阴郁的星期二的午后，多尔诺瓦夫人故事里的诸多机缘振奋了夏尔·佩罗的心灵一样。于是，问题自然而然就变成：夏尔·佩罗为什么要改变乐观的配方？他为什么对这种神奇的治愈力横加阻拦？

因为夏尔·佩罗听到了怀疑的声音。这个声音也在我们每个人的脑海里回响。事实上，这个声音很可能正萦绕在你的耳畔。

对转折的怀疑

夏尔·佩罗离开周二沙龙时，他的心里对童话的转折产生了两个疑虑。

他的第一个疑虑是，童话转折是一种拙劣的叙事。试问，除了那些能力不足的作家，谁会允许笔下的人物随手一挥，就可以把灾难变成狂喜呢？他的第二个疑虑是，童话转折会助长不负责任的行为，它让我们对可笑的幸运充满信念，鼓励我们成为冒失的阿达曼蒂纳，草率地挑拣商品，进而抛弃对愚蠢的感知。

你一定对佩罗的这两点疑虑多少有一点儿共鸣。因为这些疑虑产生自右脑，而我们的右脑是非常有说服力的。右脑不仅让佩罗拆解了多尔诺瓦夫人的 17 世纪童话，还拆解了好莱坞和超级英雄的转折。

这种拆解始于1930 年的《海斯法典》和1954 年的《漫画法典》。这两部法典用一剂"善恶有报"的苦药生硬地消除了好运的作用："在任何情况下，美好都应该战胜邪恶。"即便多年后，这两部法典被废除，世界上的右脑们依然认为运气是拙劣的叙事方式和人生建议。这也就是为何今天，电影里那些超级英雄和迪士尼公主的大团圆结局都清一色地被归因于智慧、勤奋、坚毅、爱等美德。斯特拉帕罗拉的童话转折完全败给了佩罗的"善有善报、恶有恶报"。

这一胜利无疑和启蒙运动一样受到理性的主导。但这并不意味着它是正确的，毕竟我们的右脑只有一半的正确概率。这也是为何数百万年的生物进化赋予我们另一个具有不同观点的大脑半球。因此，我们先别忙着摒除童话里的转折，不妨花上片刻时间思考一下另一种情况。让我们听听左脑是怎么看待佩罗的疑虑的。

首先，我们的左脑不会过于费心地纠结不合逻辑的叙事。左脑并不认为故事必须严格符合逻辑。事实上，左脑不会认为故事必须是怎么样的。对左脑来说，绝对铁律并不存在于故事里。故事是一片充满无限可能的场域，它能拓宽生命的广度，正如《阿达曼蒂纳与布娃娃》《淘金记》《超人》所做的那样。

其次，我们的左脑不认为相信运气是危险的事。诚然，对运气的信念伴随着危险，那是一种赌徒的谬误。但童话的转折并非鼓励我们把最后一点儿财富都押在赌场上。它只是提醒我们，我们可以是幸运的，我们一直都是幸运的。这种提醒是健康无害的，它增强了我们的恢复力，帮助我们珍惜已有的美好事物。正如我们的左脑看到的那样，真正威胁我们的健康的不是乐观，而是悲观。悲观会提高我们患上心脏病、脑卒中，乃至走上自杀之路的概率，从而大大拉近我们与死亡的距离。在右脑拒绝相信运气时，我们的左脑会警告我们这种消极思绪潜藏的害处。

当然，我们的右脑也会反驳，坚称此举不是在针对悲观，而是在抨击现实。像我们右脑的所有论据一样，这种现实和悲观之间的差别的提法颇具说服力。不过它也有一个缺陷：我们大脑中没有一个部分可以如实看到事物。我们的大脑太渺小，而世界又太大。我们最接近真相的方式就是平衡右脑的审慎和左脑的乐观。因此，当我们思想失衡、陷入绝望时，最明智的做法就是自我调节，摸索一个中间值。

凭借一点儿童话里的运气，我们就能做到这点。

如何自行运用童话式转折

从前，在苏格兰边境长满野蓟的土地和尖顶的教堂间，诞生了一个英俊的黑眼睛小男孩。

男孩由一位善良智慧的母亲——启蒙思想抚养长大，她教会男孩"自然万物皆由理性所造"。她慈爱地教导他："美好生发美好，丑恶滋生丑恶。"

这个英俊的黑眼睛男孩就是安德鲁·朗，在他生命的前十五年，他过着无忧无虑的快乐生活。但就在1859年，灾难降临：启蒙思想被一个可怖的继母推翻。这个继母猝不及防地从一本令人幻灭的书页中扑面而来——英国博物学家查尔斯·达尔文所作的《物种起源》。达尔文质疑启蒙思想"自然由理性创造"的观点。相反，他讲了一个故事，讲了生命如何通过数十亿次的随机突变和自然选择而产生。每一只鸟、每一朵花、每一颗人类心脏，皆因运气而诞生。

这个叫作"运气"的继母，令安德鲁·朗和许多维多利亚时代的同胞感到悲痛。在一个"全凭运气的世界"里何谈"希望"？因此，长大后的朗开始试图消除这个悲剧，他向佩罗那些理性主义的古老童话寻求解决之道。在佩罗的故事里，美德总是最后的赢家。1888年，在达尔文那本绞杀希望的书问世二十九年后，朗声明道："夏尔·佩罗是一个好人、好父亲、好教徒、好伙伴。"第二年，朗在自己的书中复活了佩罗童话里"善恶有报"的诗性公正，这本书就是《蓝色童话》，它向新一代读者讲述了《小红帽》《睡美人》《阿拉丁和神灯》《侏儒怪》《美女与野兽》《灰姑娘》等故事。

接下来的二十年里，安德鲁·朗继《蓝色童话》后又创作了不少童话故事集。这些故事对现代世界施以一记神奇的魔咒。包括J.R.R. 托尔金、沃尔特·迪士尼在内的其他众多童话创作者都为之深深着迷。这些童话故事对美德以奖赏，对纯洁以鼓舞，驱走了"运气"这个不受欢迎的继母。

就这样，佩罗渗入了我们现代的童话故事。但如果你想排除他的影响，有一个简单的方法可以恢复斯特拉帕罗拉原本的良药，即掺入更多的偶发事件。这样一来，我们既能接受多尔诺瓦夫人那不合逻辑的童话，也能拥抱达尔文创造的名为"运气"的继母。我们可以将运气织入一个神奇而严谨的童话的开头。在这个童话里，你我都通过无数个随心所欲、不合逻辑的瞬间，享受着生命的宝藏，不拘于任何偶然。我们生命中的每一次欢喜、每一个微笑、每一个吻，都是一个不可思议的达尔文式转折，其奇妙足以令多尔诺瓦夫人瞠目结舌。

这是一种有科学依据的希望。如果你想得到它，无论何时，只需走近书架，一点儿童话的转折就能帮你消除负面情绪。若想要这些转折发挥最大的效用，你可以从一个尤为让你怀疑的童话入手。给情节突转加入一点黑色幽默，好抵消你的右脑消极的曲解，就像罗尔德·达尔的《查理和巧克力工厂》中派发金色奖券那样。或者找一些能够驳倒右脑那些理性的反对的故事，像2008年丹尼·博伊尔执导的电影《贫民窟的百万富翁》里精心设计的各种巧合。或者选取一篇年代久远的喜剧作品，再通过歌舞给你的右脑做一些准备活动，比如在音乐剧《安妮》中，孤儿们突然获得了新家。

如果你的右脑还是不肯罢休，那就再给它展示一些曾拯救了无数沮丧心灵的童话电影。比如皮克斯的《飞屋环游记》。这部电影一开头就承认了厄运的存在。但随之而来的是一个轻松愉快、充满巧合的故事。主人公是一个脾气暴躁的人，他最大的优点就是"话少"。也就是说，他在美德上的修养其实不值一提。他只是一个普通的灵魂，有幸被一个自由幻想的年轻女子看中，一如我们这样的普通人会意外地被幸运女神赐予幸福。

所有这些童话的转折都摆脱了《灰姑娘》的影响。如果你发现任何残留影响，可以用最后一个故事驱走它——原版《灰姑娘》的故事。

在原版故事中，灰姑娘生活在比夏尔·佩罗身处的年代早一千年的时代。她的名字叫罗陀比思，意为"涂着粉红胭脂的女孩"。她的身份和佩罗的灰姑娘大相径庭，她是个专业的交际花，一名自谋生路的性工作者，专在宴会上引诱酒醉的男子。这不是一个简单的职业，她要面对数不清的困难。每天，她的客人都在告知她的姿色正在消逝，随之消逝的还有她的赚钱机会。于是，每天清晨醒来，罗陀比思都发现她的运气越来越差。

　　突然有一天，她的命运发生了巨变。罗陀比思正在外面洗澡，一只鸟儿飞落在她堆放的衣服上，叼走了一只鞋子。那不是水晶鞋，只是一只皮拖鞋。但时来运转，小鸟咬住的这只鞋掉落在一位埃及国王的膝头。国王看到这只"从天而降"的鞋子，大为吃惊，于是命令随从四处搜查它的主人。随从找到罗陀比思后，国王立刻迎娶了她，一个交际花就这样变成了"埃及艳后"。

　　这听起来似乎是一个比斯特拉帕罗拉还要早的斯特拉帕罗拉式的美好结局。但这不是文学童话，而是记录在古希腊历史学家斯特拉博的《地理学》中的一则史实。这表明灰姑娘的原型并不是一个神话故事。她是一个有血有肉的女子。尽管现代学者也曾怀疑罗陀比思的故事有多大的真实性，但毋庸置疑，斯特拉博抓住了一个基本事实：幸运真的可以像一只小鸟一样从天而降。

　　这就是为什么运气创造了无数实实在在的奇迹。这也是为什么运气造就了无数真实的灰姑娘。所以，如果你运气不佳、生活不顺，不要一蹶不振、自暴自弃，好好看看这颗星球上的生命历史吧。记住：好运会像闪电一样骤然降临……

　　明天的灰姑娘没准儿就是你。

第八章　治愈悲伤

莎士比亚的《哈姆雷特》和"悲伤疗愈器"

8 月里炎热的一天，一个孩子去世了。

那年是 1596 年，地点是一间抹灰篱笆墙筑成的英国乡村小屋，屋外流淌着淡蓝色的艾芬河。那个孩子是十一岁的哈姆内特，安妮·哈瑟维和剧作家威廉·莎士比亚的儿子。

莎士比亚没有创作公开的文字来纪念自己的儿子。他甚至做了和哀悼看起来毫不相干的事——播撒欢乐。他在《温莎的风流娘儿们》中塑造了愚蠢可笑的约翰·福斯泰夫爵士。他在《无事生非》中描写了贝特丽丝和本尼迪克充满希望的求爱过程。

终于，直到 1599 年夏天过去后的某个时刻，在哈姆内特死后三年，莎士比亚才放下喜剧之笔，转而开始创作一部充满哀伤的悲剧——《哈姆雷特》。

哈姆雷特、哈姆内特，其中的关联看似那么明显，又那么神秘。如果莎士比亚真想悼念自己的儿子，为什么不写一部以他儿子的真名为题的诗呢？为什么要写一部关于一个王子的历史悲剧，而这个王子又几乎和他的儿子同名？为什么当时要写下那些富有喜剧色彩的俏皮话？为什么过了三年之久才开始哭泣？

一切看起来充满谜团，而答案就藏在这三年的时间里。从这段时间可以看出，《哈姆雷特》不是丧子后直白的哀悼。《哈姆雷特》是对悲伤的接受，以及进一步的疗愈。这种疗愈就是莎士比亚在哈姆内特离世后数月的艰难时光里学会的。

这也正是《哈姆雷特》对我们的助益。

《哈姆雷特》的创造性突破

《哈姆雷特》不是第一部与悲伤展开角逐的戏剧作品。悲伤是一种古老的情感，它构成了历史上已知的最早剧种——古希腊悲剧的核心。

古希腊悲剧中，许多角色都失去了父母、子女或兄弟姐妹。尽管这些失去亲人的角色对苦难的反应千差万别，但有一种最为基本的模式：哀伤总以密谋的形式出现。长久以来，密谋都是文学中对灾难的标准反应，每当有什么事情不对劲儿时，主人公总是立刻投入战斗、杀死怪物，或是采取其他任何行动，千方百计让事情重回正轨。那什么样的行动可以消除悲伤呢？答案就是古希腊悲剧的出资方——民主雅典赞助的一系列丧礼仪式：哀歌、火化、奠酒祭神。而古希腊悲剧自己也提供了一种不甚文明的解决方案，即复仇密谋。

复仇密谋可以追溯到埃斯库罗斯写于公元前458年的《俄瑞斯忒亚》三部曲，这是现存最古老的古希腊悲剧。《俄瑞斯忒亚》开篇，悲痛欲绝的母亲克吕泰涅斯特拉精心布局，为她的女儿报仇：她引诱凶手走进浴缸，用一张网缚住他，然后用斧子砍向他的头。

从此以后，悲剧舞台上塑造的复仇情节变得越来越精巧复杂。在《俄瑞斯忒亚》上演二十五年后，雅典的观众们又认识了欧里庇得斯笔下的美狄亚。这位野蛮的公主为报复不忠的希腊爱人，捅死了和他所生的两个儿子，用有毒的结婚礼物杀害了他新娶的妻子，最后驾着从神灵那里劫来的龙车逃走了。

美狄亚不同寻常的复仇看似是在用一个阴谋终结另一个阴谋，然而它却启发了其他更大的阴谋。莎士比亚时期影响甚大的《梯厄斯忒斯》就是其中之一，这部复仇喜剧由古罗马剧作家塞内加所著。塞内加是罗马皇帝尼禄的老师。尼禄本人就是一个出众的阴谋家，他精心设计，意欲用改装的卧房谋杀自己的母亲。当这个弑母奸计落败后，尼禄又想出了一个更复杂的装置：一艘可折叠的游艇。但和塞内加的比起来，这些阴谋诡计顿时黯然失色。塞内加参考了美狄亚的复仇，并可怖地扩大了她的复仇计划。在他的《梯厄斯忒斯》中，复仇计划不是杀死两个男孩，而是三个。而且其手法也更为复杂骇人，孩子们遭到烹煮，还被送进了毫无戒备的父亲口中。

一千五百年后，《梯厄斯忒斯》重新出现在伊丽莎白时期的英格兰时，观众们震惊万分，却又不由得感到惊喜。多么古怪又出人意料的阴谋啊！其后，伦敦的剧作家纷纷开始自行创造精巧的复仇计划，一大批阴谋诡计出现了。有的阴谋里，复仇者诱骗受害者亲吻有毒的骨架；有的阴谋里，复仇者用致命的舞台道具偷袭受害者；还有的阴谋用到了坚硬的钉锤、滚烫的大锅、掉落的门板。形形色色的阴谋数也数不尽，除了阴谋还是阴谋。

莎士比亚对这些阴谋了如指掌。早在二十岁出头时，他就经常花上几分钱，买票去看这些悲剧里的阴谋，如《西班牙悲剧》《哈姆雷特的悲剧》（前者的作者是书记员托马斯·基德，后者的作者很可能也是他）。这些情节令莎士比亚大受震撼，他开始创造自己的阴谋情节。广为人知的是，他在二十五岁生日之后，把《梯厄斯忒斯》中的复仇扩写为《泰特斯·安德洛尼克斯》中的狂怒与暴力，其中包含各种可怖的情节创新，甚至把尸体当作枕头。因此，当莎士比亚透露他正在自创一版新的《哈姆雷特》时，伦敦的观众们自然开始期待一场真实恐怖、精彩绝伦的阴谋。

然而，令他们震惊的是，他们并没有看到期望中的阴谋。相反，他们看到的是一个拖拖拉拉、磨磨叽叽，甚至不见进展的阴谋故事。这是一个看上去没阴谋的阴谋。

《哈姆雷特》奇异的去阴谋化

《哈姆雷特》是环球剧场上演的第一批剧目之一，这座露天剧场建在伦敦南部辟为娱乐区域的泥沼芦苇地里，于1599年由莎士比亚所在的宫内大臣剧团用回收的废旧木材建造而成。《哈姆雷特》首演时，对于现场的三千名狂热观众来说，它看起来似乎有一个清晰明确的阴谋。

这个阴谋始于剧作开始的一幕，一个丹麦国王的鬼魂对他的儿子显形，告诉他：

我为何长眠而无法瞑目，是遭到亲弟兄的毒手，生命、王冠、妻子，顷刻间化为乌有。

听到这里，观众立刻认定哈姆雷特会想一个复仇的计谋，杀掉真凶——他的叔父。剩下的问题是：哈姆雷特会谋划一个什么样的计谋？他会借鉴美狄亚的做法吗？他会仿照《梯厄斯忒斯》的记载吗？他会投毒、在浴室设伏，或是用暗器刺杀吗？他会制造一个恐怖的致死利器，让尼禄都自愧不如吗？

观众伸长脖子期待着。但是并没有发生壮观的复仇场面，相反，哈姆雷特宣布他决定"装疯卖傻"。观众大惑不解，什么是装疯卖傻？只见哈姆雷特举止古怪，无忧无虑。他在丹麦城堡里走来走去，捧着一本书，别人问他在读什么，他就回答："文字！文——字。文字？"

此后，阴谋进一步瓦解。很长一段时间内，哈姆雷特只是在喋喋不休。他咆哮着内心的疑虑。他怒吼着对生命的憎恶。他怪里怪气地喝住了一队正常表演的伶人："请表演得自然一些……让你们那些小丑严格按照写定的台词去说！"

这就是哈姆雷特"装疯卖傻"的表现吗？他是不是觉得告诉演员们他们应该如何表演是一件有趣的事？还是说哈姆雷特真的疯了？谁也说不准。最后，还是鬼魂自己终于受不了了，打断他道："我这次来就是为了明确你的目标！"

然而哈姆雷特却继续喋喋不休。他没有复仇，而是在楼梯井里杀死了一个无辜的人，骗得两个偶遇的人被滥杀，然后跳进坟墓："哀哉，可怜的约里克！我认识他，这家伙有说不尽的笑话。"

"简直是疯了！完全乱套了！"其他剧作家嗤之以鼻。

《哈姆雷特》不是悲剧，它是一场闹剧。是莎士比亚自己亲手毁了它的剧情。

可是后来，令莎士比亚的对手们吃惊的是，这部剧取得了极大的成功，获得了如潮水般的加演机会，超过《亨利五世》和《无事生非》，甚至超过了《罗密欧与朱丽叶》。它对观众的冲击远远超出了传统的复仇戏剧。它比史上任何一部悲剧都影响深远。它使观众在内心深处悲泣，又给人们的心情以平复——甚至安宁。

这怎么可能呢？这种没有阴谋的阴谋究竟有何力量？

摒弃阴谋

莎士比亚的案头放着一本助他抚平丧子之痛的书。这本书就是16世纪的畅销书——《卡尔达诺的慰藉》。该书因其从古之圣贤那里提炼出的人生忠告而享有盛名。这个忠告就是："回想一下，有多少仁人志士遭到命运残酷而不公的打击，却仍在耐心忍受着。"

换言之，不要总对逝去的孩子念念不忘，想想其他那些同样失去孩子的人，想想他们是如何不动声色地忍受着。或者概括来说，要坚毅地承受悲剧。

莎士比亚仔细思索这一古老智慧，然后把它丢开，痛苦地哀叹，日后他将把这份哀思改编进《麦克白》。在该剧结尾，忠诚的战士麦克德夫被贵族洛斯警告称他的耳朵将会听到"最沉重的声响"。麦克德夫隐约猜出那个声音是什么了："嗯，我大概猜到了。"但他还是没能做好准备。洛斯接着说道："你的城堡已遭偷袭；你的妻子和孩子们都已被残杀。"这番话令麦克德夫绝望崩溃："所有我珍爱的人？你是说所有吗？"

这个当口，未来的国王马尔康王子也加入了对话，劝慰麦克德夫道："把它夺回来，像个男子汉。"对此，麦克德夫反驳：

> 我是应该这么做，
> 但同时我也要有人的情感，
> 我绝不会忘记，
> 这些是我最珍爱的事物。

在莎士比亚的所有作品中，没有任何一个时刻比此刻更为令人震惊。麦克德夫顶撞了君王，还抛掉了坚毅隐忍这些属于男子的古老美德，转而断言："我也要有人的情感。"尽管在文艺复兴时期的医生们看来，这一叛逆的言论会招致更多的伤感；现代心理学家却发现，它恰恰是痊愈的开端，这一痊愈过程分为两部分：

第一部分即对丧亲之痛的承认。这种承认让我们的大脑深处，如杏仁核的情感中枢和丘脑的记忆网状结构得以放松，从而减轻我们的悲伤。这一过程需要一定时间，而我们也永远无法忘记伤痛。但我们因悲痛产生的极端症状会逐渐减轻，我们的情感最终会恢复到正常的平衡状态。在这种变化中，对伤痛的承认还以另一种方式减轻我们的痛苦，它安慰我们的大脑，告诉它"*被悲伤侵袭不是什么错事，也不是软弱无能的表现*"。这种安慰可以提振我们神经的自我价值，降低陷入抑郁的风险，同时防止我们的悲伤情绪里掺杂羞愧之情。

第二部分是对那些——借用麦克德夫的话来说——"最珍爱的"人的美好回忆念念不忘。所有美好回忆都能促使我们的大脑释放多巴胺，从而促进神经的自我快感。多巴胺的目的在于训练我们的大脑从那些过往的快乐里找到更多美好。因此，尽管我们看似在回味过往，但实际上却是在驱动未来。当我们在追忆往昔的美好时，多巴胺逐步地推动我们采取行动，乐观地想起逝者。多巴胺把我们从哀伤的孤独中拉出来，让我们投入前方的生活中。它通过我们对逝者的感恩来减缓我们的痛苦。

早在莎士比亚之前很久，这个两步走的治愈方式就被葬礼这种仪式吸收了。葬礼具有抚慰生者和纪念死者的双重目的。同样的治愈功能潜藏在古希腊悲剧的深处，从其核心而言，它给生活的喧闹按下暂停键，让我们的思绪被死亡的场面占据。在这种间歇的状态下，我们感受到自己难以化解的哀痛，同时缅怀那些远去的生命与美好。

《哈姆雷特》加强了这一古老方法的疗效。这种加强源自莎士比亚对阴谋的舍弃。在古希腊悲剧中，阴谋是最妨碍记忆间歇的要素。阴谋位于间歇的对立面，它把大脑迅速带向别处，把我们的注意力从哀悼的沉思中转移开。从《美狄亚》到《梯厄斯忒斯》，再到《西班牙悲剧》，随着悲剧中充斥着更多精巧的阴谋，我们的注意力被不断转移。我们慌乱地陷入一种旋涡，而悲伤获得的关照却越来越少。

《哈姆雷特》摈弃了这一分散注意力的技术。数小时内，我们都被困在原地，什么都没有发生。而当一些事情发生时，却不是哈姆雷特有意为之的结果。第二幕里，一个戏班子转变了情节的方向，一名丹麦王室成员偶遇了他们，哈姆雷特惊呼道："这是怎样的一伙伶人？他们怎么会在这里闲逛？"第三幕里，哈姆雷特意外杀死了躲在帷幕后的波洛涅斯，情节再一次偏移。到了第四幕，当奥菲利娅溺亡时，情节又一次发生了转折。如此，莎士比亚的这部剧被分成两种观剧体验。首先，一系列意外和其他杂乱无章的事情发生，把叙事的悬念变成了荒诞。其次，哈姆雷特长久地在行动和对死亡的沉思之间犹疑不决，这些沉思勾起了我们对已逝亲人的追思：*充满美好……充满爱意……珍贵的生命……*

　　长久的凝神赋予了《哈姆雷特》变革性的疗愈效果，其情感作用立竿见影、持久有效。1604 年，拙劣的诗人安东尼·斯可洛克曾说，在所有"友好的莎士比亚悲剧作品"中，《哈姆雷特》是最受普罗大众钟爱的，这些人能感受到悲伤和震惊，而不同于《卡尔达诺的慰藉》中那些冷静的圣贤。过了六十年，当莎士比亚的其他悲剧作品都被删改或遗忘时，《哈姆雷特》得以重新上演，起先是在伦敦市中心养牛场摇晃的舞台上，后来在牛津寂静的夏夜，再后来到了泰晤士河的滨河地区。它受到了广泛赞誉，剧院常客约翰·唐斯开心地断言："近几年不会再有一部能如此名利双收的悲剧了。"

　　莎士比亚没有阴谋的剧情展现出了极佳效果，但它不是《哈姆雷特》对哀悼的唯一创新。这部剧的神奇之处在于，它同时巧妙地解决了悲伤引发的另一个问题：一旦泪水决堤就无法停下。

悲伤的另一个问题

如果停止悲伤是困难的，那么继续前行则是难上加难。

这个问题对古希腊的悲剧家们而言再熟悉不过了。《梯厄斯忒斯》的作者曾这样想："在动物身上，悲伤很剧烈，却也很短暂，而在人身上，它可以持续数年不散。"哈姆雷特也意识到了这个问题，他的行为恰恰符合麦克白和现代心理学家提出的：承认自己的伤痛。然而他似乎从来就没有治愈。在他周围，所有难过的人最终都痊愈了，而他却被悲苦吞没。

为什么会这样呢？如果我们的大脑能通过停止悲伤、追忆逝者来驱走痛苦，那么哈姆雷特为什么不能？是他的杏仁核或丘脑出故障了吗？

不是的，哈姆雷特的神经系统没有出任何问题。他无尽的悲痛是由一种情感引发的症状。和无法化解的悲伤大不相同，这种情感被现代心理学家称为复杂性悲伤。

复杂性悲伤是一种不会随着时间流逝而自愈的悲伤。它会持续存在，甚至历久弥坚，从而引发抑郁、冷漠、暴怒等心理障碍。这些心理障碍纠缠着哈姆雷特，导致他思虑不断、犹豫不决、暴跳如雷。一如现实生活中的通常情况，在莎士比亚的剧中，复杂性悲伤的罪魁祸首是罪恶感。

罪恶感从一开始就攫住了哈姆雷特的良心。在该剧第一幕，他就一直坚称，停止对失去父亲的悲伤是不对的。他为母亲继续自己的新生活而愤怒："天哪！一头野兽……都会比她哀悼得更久。"

他还对着鬼魂发誓，他自己会永远记住：

> 记住你吗？
> 我会的，我记忆的石碑上
> 将扫除一切微不足道的琐屑记录，
> 一切典籍格言，
> 一切陈词滥调，
> 一切过往印象，
> 我年少时光的一切痕迹。
> 只有你的诫示
> 占据我大脑的书卷，
> 不掺杂一丝卑贱。
> 是的，我指天发誓！

　　哈姆雷特用这种非同寻常的承诺，发誓他将清空头脑里的一切，只留下关于他父亲的想法。哈姆雷特一直保守着这个承诺。他完全投身于泪眼蒙眬的回忆中，不断地提醒自己，在一个没有父亲的世界里保持快乐是一种罪恶。

　　哈姆雷特的充满罪恶感的反应令剧中其他角色感到困惑。母亲判定他"不同寻常"，其叔父认为他"乱发脾气"，其他人则一致称他"疯了……疯了……疯了"。然而，哈姆雷特的罪恶感没有任何任性或反常之处。在我们几乎所有人看来，停止哀悼而继续过自己的生活是不对的。这种感觉会让我们像哈姆雷特一样，加剧悲伤、愤怒、悔恨以及复杂性悲伤的其他症状。

除非我们找到罪恶感的解药。

罪恶感的解药

罪恶感是一种复杂的情感。

它产生于一个错综复杂的庞大神经系统，贯穿我们大脑的前端，包围外部，然后向上直达头顶的后丘脑。这一系统有着繁杂的交际功能，它小心监视着我们和外界的关系，一旦出现裂痕，便发出警报。在我们的意识里，这种警报被标注为做错事后的罪恶感，即便这个所谓"错事"仅仅是在与他人分别后我们继续过活而已。这种罪恶感不断刺痛我们，迫使我们向他人奉上道歉或礼物，或是做出其他意欲消弭我们之间距离的动作。

罪恶感是一种极其强烈的感情，数百万年来，它帮助我们维持着家庭、友谊和良好的社会关系。但心爱之人的离世，使我们的罪恶感系统发生扭曲。当罪恶感系统察觉到心爱之人的离开时，就会开始这种扭曲，并向我们发出警报："你必须填补这个裂痕！"这时候，我们就发现自己陷入了两难境地：既然逝者客观上已经不在了，不管道歉还是礼物，他们都无从收到，那么我们怎么能继续保持和他们的情感联结，向他们保证我们会像从前那样深爱着他们呢？

正是为了解决这一两难问题，我们的祖先发明了一系列针对身后事的祭奠，比如安葬时的祭酒、祭奠时的上香，最重要的还有某种公开的纪念。这种公开的纪念有千万种形式：悼词、诗歌、葬礼、坟墓、塑像、以死者名义进行的捐赠。但所有形式都是一份礼物，给死者在人世留下一席之地，把因分别导致的负疚感变成团聚的甜蜜想象，从而使我们逐渐走出悲伤，回到自己的生活轨道。

就这样，远古的祖先发现了这种解决丧亲之痛的科学方式。但正如哈姆雷特发现的，这个科学的方式做起来并不容易。大多数纪念都不足以表达我们对逝者的爱。另外，和在世的接受者不同，逝去的人没有办法对我们的祭品回馈感激的微笑，以此安抚我们的疑虑。因此，我们用来对逝者表示责任的礼物反而会使我们的负疚感为焦虑淹没：这是一份好的礼物吗？我们筹办的葬礼、写的悼词够亲密、够体贴吗？悼念逝去的挚爱之人，我们真的做到位了吗？

哈姆雷特对这个问题的担忧是显而易见的。他对哀悼者陈腐的黑色穿着嗤之以鼻："这些不过是象征苦难的衣服罢了。"他决定对得起自己的良心，采取一种像他父亲一样特别的纪念方式。这个心愿是真心实意的。但是哈姆雷特马上就会明白，他根本没有能力实现这个心愿。

哈姆雷特刚想试着按照父亲鬼魂的要求送上纪念礼物时，就遇到了困难，这个礼物就是复仇。复仇只有像它的对象那般独一无二时，才是恰当的纪念。正如塞内加在《梯厄斯忒斯》中写的：

> 我的想象力啊！埋下一颗不同寻常的种子吧，让后世永志不忘。

这实在是一个非常高的阴谋标准。它要求复仇者创造一个血淋淋的场面，骇人听闻且匠心独运，足以永载史册。它要像一块墓碑，上面的铭文深深烙印在每一个过路人的心上。最要紧的地方在于，"装疯卖傻"的哈姆雷特是可以做到这一点的。在舞台上，确实有一场前所未有的混乱复仇，涌动着各种算计，比美狄亚还要无法无天，比《梯厄斯忒斯》还要丧心病狂……

但是这个希望最终还是落空了。哈姆雷特的"装疯卖傻"有一套完整的体系，他拒绝采用任何一种先例，既没有毒药和匕首，也没有杀人的游艇。他离经叛道，一连几个小时怒吼着奇怪的诗句，中伤每一个人，但就是不遵循父亲的指示，以致杀父之仇全然未报。

复仇计划的崩塌使哈姆雷特深陷愧疚的狂潮。他为自己的不孝深感自责，他在对父亲的未尽义务中踟蹰，他感到良心在啃噬着他。直到戏剧进行到差不多一半时，他误打误撞发现了另一种使他父亲的记忆复活的方式：演一出剧。

一开始，哈姆雷特本想把这种文学形式当作工具，用来探究其叔父的良心。但一如哈姆雷特的其他行为，当哈姆雷特将自己的悲伤灌注其中时，戏剧就慢慢变成医治愧疚的良药。或许正如莎士比亚一边在脑海中想着儿子哈姆内特，一边创作《哈姆雷特》那样，当哈姆雷特怀着对父亲的思念努力地排演戏剧时，他开始意识到，纪念逝者的一种方式就是把他们的生平编排成公开的演出。幸运的是，对哈姆雷特来说，不同于他那注定失败的复仇计划，这样的编排不需要艺术上的独创性。它恰恰采取了完全相反的艺术标准——现实主义。由于哈姆雷特的剧重现了他父亲生命中的一些独特细节，它是一个恰当的证明、一份精确的悼词，记录逝者独一无二的生平，庄严地将其载入史册。

然而，尽管这一新的纪念方式起初看起来充满希望，但其结果仍注定失败。正如哈姆雷特发现的那样，任何表演都不能完全真实地反映生活，任何剧作都不能完全真实地洞见本质。同所有艺术一样，戏剧的作用是塑造，是聚焦，是澄清，是揭示。戏剧把我们的注意力集中在更小的事物上，让我们认清比本质**更本质**的东西。哈姆雷特试图逃避这一令人不快的事实，于是威逼演员**完全遵照他的**指令。但尽管哈姆雷特极尽严苛，演出还是出了岔子。哈姆雷特的叔父把它理解为对自己生命的威胁，而哈姆雷特却笑称他的剧本为他在剧团争得一席之地。哈姆雷特的剧与其说是对逝者特质的纪念，不如说是典型的艺术：它的重点在于艺术家的塑造之手。

不论是复仇还是戏剧，哈姆雷特都失败了，他想完成一场公开纪念的希望似乎破灭了。他的尝试既是一场独出心裁的艺术挽歌，反过来又严格遵照了现实。两种方式业已失败，这位悲痛欲绝的艺术家似乎没有更多选择了。

然而在莎士比亚这出剧的最后，哈姆雷特发现了第三种方法。这第三种方法起于这样一个事实：哈姆雷特的复仇计划和纪念戏剧的失败源自同一个问题，确保父亲不被遗忘是哈姆雷特的职责。这种出于本能的想法并不正确。公开纪念之所以成功，并非因为艺术家，而是因为**公众**。有赖于公众的坚持，逝者才能千古留名，哪怕墓碑已残败不堪，哪怕花圈已黯然褪色。是公众收集起雕像的残片，用以纪念往昔："这位是恺撒……这位是克莉奥佩特拉。"

因此，哈姆雷特要想完成他的纪念，需要的并不是更大的创造力，也不是创作的控制权。他真正需要的，是一批他可以信任的观众。在第五幕，当哈姆雷特在奥菲利娅的葬礼上遇到丹麦骑士雷欧提斯时，他才找到这样一批观众。他们相遇时，雷欧提斯和哈姆雷特失去的一样多，甚至比哈姆雷特更多：他的父亲和妹妹奥菲利娅都死了。尽管一开始哈姆雷特指责雷欧提斯是假惺惺的悲伤，他很快就明白了，那位年轻骑士的痛苦是真实的："透过我自己的悲愤，我看到了他经历的苦痛。"

这是这部剧的一大转折点。自从他的父亲死后，哈姆雷特第一次知道有人能和他感同身受。这一认知促使哈姆雷特转变了自己的行为。他孤独的罪恶感消失了，他向好友霍拉旭坦承自己感到内心的平和："既然无人能带走人世的东西，何不及时脱身离去？"

哈姆雷特从罪恶感中解脱得如此迅速，简直和他鄙视的葬礼的陈词滥调一样不自然。但当我们发觉自己的悲伤为他人共有时，这正是我们的大脑会经历的。这表明在悲伤中，我们并非孤立无援，其他人也能理解失去至爱意味着什么。有了他们的理解，公众不仅支撑我们走出丧亲之痛，还帮助我们消除焦虑，因为我们总觉得自己对逝者的纪念还远远不够。

公众可以体会到我们的本心，他们的感同身受可以弥补我们对逝者纪念的不足，我们开始感到释然。随着公众把我们的心意带到更遥远的时空，这种释然也逐渐加深。这种共同的缅怀被传播开来，让我们的罪恶感得以缓和。我们发现自己不用每时每刻都沉浸在悲伤的纪念中，我们可以回归日常生活的节奏。纪念存在于远大于我们自身的人类社会中，认识到这一点，我们便获得了安全感。

从罪恶感中解放出来的哈姆雷特是无比幸运的。他和失去至亲的雷欧提斯之间的冲突并非起源于任何有意的安排。他的幸运是场意外，是场侥幸，是天神的显灵。正如哈姆雷特有幸得到治愈，甚至偶然得近乎荒谬，莎士比亚作品的神奇之处就在于它也为我们带来了好运，误打误撞地消除了我们自己的负罪感。

为了达到这个误打误撞的效果，我们需要再现哈姆雷特的侥幸。我们向前冲锋，渴望阴谋，最终遇到一位意外之人。这个人和我们拥有相同的感受：和我们一样，这个人厌恶陈腐的纪念活动，背负着伤痛和愧疚，并且认为咆哮与粗鲁要好过对逝者的背离。

当然，这个意外之人就是哈姆雷特。哈姆雷特之于我们，就好比雷欧提斯之于哈姆雷特。他的存在证明了"在这个涣散的星球"，有人理解我们：每个生命都是独特的，每个死亡都是前所未有的悲剧。因为那些善解人意的人，我们才免于给自己套上永久的枷锁，困在对于逝者的愧疚中。帮助我们渡过这关，是哈姆雷特们的共同心愿。

这些哈姆雷特可能也背负着灵柩，可能拥有岁月的力量。

他们可能已超越此生。

如何自行运用"悲伤疗愈器"

《哈姆雷特》结尾处，遍体鳞伤的王子祈求道："把我的故事流传下去吧。"又一次，一条生命即将消失；又一次，一场公众纪念亟待开始。

霍拉旭承诺会完成这样一场纪念："就让我来向尚不知情的世人昭告一切的来龙去脉，你们将会听到……"然而话还没说完，霍拉旭就从舞台上消失了。于是，这项任务就落在你我的肩上。我们能记住哈姆雷特吗？我们能概括他一生的独特性吗？

我们当然不能。一代代纪念者都试图抓住莎士比亚这一伟大作品的独特性，却都以失败告终，本章亦不例外。但尽管如此，我们的努力并没有白费，因为哈姆雷特的独特性并未消失。历经世世代代，他的个性得以流传千古，在集体的纪念中永葆鲜活，而我们贫乏的言语却难以表述其中的精髓。

集体的纪念不仅让哈姆雷特长存于世，还保留了另一样东西：莎士比亚用来应对丧亲之痛的创造。正如我们看到的那样，这一创造由两部分组成。首先是"痛苦缓解器"，它摒弃了推动剧情的一系列寻常阴谋，取而代之的是一个顺其自然、来回翻涌、不断膨胀的故事。它给我们时间去承认悲伤，回味有关逝者的记忆。然后是"愧疚消除器"，这是一个角色，分担着我们在面对迂腐葬礼和老套悼词时感受到的轻蔑、沮丧，甚至愤怒。这个角色还决心要和这个世界的冷漠和虚伪斗争到底，以表达对无可替代的逝去生命的敬意。

这些创造共同构成了"悲伤疗愈器"。莎士比亚之后的几个世纪里，"悲伤疗愈器"的基本范式——进展缓慢的情节和悲恸欲绝的角色——在很多作品里都得到了详细阐释，比如歌德的《少年维特的烦恼》、海明威的《太阳照常升起》、罗伯特·雷德福的《普通人》、琼·迪狄恩的《奇想之年》、玛利亚玛·芭的《一封如此长的信》等。如果你为那些心门紧闭、冰冷坚毅的圣贤困扰，这些作品可以帮你解放心灵，体味悲伤。

如果你苦于哈姆雷特封闭的内心，这些作品会让你那颗孤独的心如释重负，从回忆中给予你治愈的力量。

第九章　消除绝望

约翰·多恩的诗歌和"心灵之眼开阔器"

17世纪早期，在帕多瓦大学门廊前的广场中央，一位年届中年的教授决定研究天空。

当时，大多数人都通过预言家的言辞来研究天空。但这位中年教授有些不同。他的名字是伽利略·伽利雷，喜爱鼓捣一些钟摆、温度计、罗盘之类的小装置。他没有研读宗教典籍，而是做了一架用来看星星的机器。

这架机器有两个特殊的透镜，小一点儿的是凹透镜，大一点的是凸透镜，两个透镜镶嵌在一个由三脚架支撑的木筒里。1609年，这台"望远镜"制成后，伽利略迫不及待地把它对准天空的中心——太阳——期待看见某种神迹。

伽利略期待的奇迹正是"以太"，或称"第五元素"。以太受到过古希腊天文学家的赞美，北非僧人的歌颂，还有波斯炼金术士的敬仰。不同于其他四种俗世元素[1]，第五元素是永恒不变的。它是天国的纯净火焰，是星星的基本原料，是上帝的完美永恒。

可是当伽利略用他的木筒对准太阳时，他没有看到以太的神迹。

1　指气、火、水、土。

非但没有神迹，他还看到一块污迹，确切来说是很多污迹。

迷惑的伽利略擦净望远镜的镜片。但是不管他怎么擦，那些污迹还在。慢慢地，伽利略终于明白：那些污迹不在他的望远镜上。**它们在太阳上**。太阳金光闪闪的表面有了污点。

这是一桩奇怪而恐怖的发现。它意味着第五元素不再完美无瑕，不再比其他四种污浊元素优越。它意味着星星也会被客观的存在侵蚀，会像果实一样腐烂，像心脏一样停止跳动。直白地讲，它意味着天堂根本就不是天堂。

伽利略把这些令人幻灭的污迹称为太阳黑子。当他向世界宣告太阳黑子的存在时，人们和伽利略一开始时一样难以置信地眨巴着眼。在伽利略之前，人们一直对那些天文学家的古怪言论置若罔闻。就在伽利略造出观星机器前几个月，约翰尼斯·开普勒刚刚写成《新天文学》。这是一部鸿篇巨制，试图证明地球高速围绕着太阳旋转。开普勒笃信这一论断，并能用复杂的数学运算来支撑它。然而，那只证明了数学是多么无用。只需向窗外看一眼，便能知道地球不可能正以每秒三十多公里的速度在宇宙中飞过。如果这是真的，那生活将是一场飓风，晾衣绳、广告牌、吃草的绵羊……一切都将飞在空中。

至少当时的世人都会这么想。但他们无法像忽视开普勒那样忽视伽利略。不像开普勒，伽利略没有要求人们相信数学运算。他只是让人们相信自己的眼睛，这正是他们说服自己相信地球静止不动时用到的惯常方法：**看一眼天空就会发现，它并不如你们被教导的那样完美**。

人们抬头看了。即便不用望远镜，他们也能看到月亮的斑斑点点，星群不规则的形状。过去，这些麻烦事都被创造性地解释清楚了，但当天国金灿灿的心脏有了污点，这该作何解释？

犹疑的人们伫立不动，一位诗人用两句诗捕捉到了他们的恐惧：

> 新的哲学质疑一切，
> 火之要素惨遭扑灭。

这位诗人是约翰·多恩。多年前，他出生于伦敦布雷德街的一间产房。而此时，多恩和伽利略一样处于人生的中年，他的人生并非一帆风顺。他早年风光无限，因出众的语言才华而做了一名廷臣。每一位王公贵族都对他青睐有加，每一位宫女都被他迷得神魂颠倒。可是后来，他爱上了安妮·莫尔，后者是国王宠信的老师的侄女。二人在未经许可的情况下成婚了。多恩为此被送进了监狱，虽然最终他被释放，但宫廷的职位是保不住了。他堕入贫困的生活，和安妮一起生活在狭小的城镇公寓，带着他们那不断壮大的儿女队伍：康丝坦斯、约翰、乔治、弗朗西斯、露西、布里奇特、玛丽、尼古拉斯、玛格丽特、伊丽莎白。多恩难以照顾这一大家子，他在绝望之下创作了为自杀辩护的《论暴死》。当他的一个孩子得了绝症时，他阴郁地安慰自己终于可以养活其他孩子了，然而直到后来他才知道，一副小小的棺材就足以使他破产。

然而不管事态多么糟糕，多恩总是能溜出去，抬头望着天。"总有一天，"他想，"我们会爬出这个泥潭，到那个美好的世界。总有一天，我们的厄运会被神圣的光芒驱散……"

可好景不长，伽利略的望远镜问世了。对多恩来说，这是最令他绝望的打击。他的俗世梦想破灭了，如今就连天堂也已崩塌。群星闪烁中没有来世，再也不会有救赎的神话了。

不过值得庆幸的是，多恩的绝望很快就消失了。就在多恩就新的天文学发表悲恸欲绝的诗句那年，奇迹终于有了奇迹的模样，它冲破逻辑的法则东山再起。奇迹以一种新的形式复活了，其精美不逊于伽利略的任何一件机器。这件发明可不像望远镜，它不是由玻璃和木头组成的小玩意儿，它是多恩独创的文学装置。在常人看来，这个装置和开普勒的数学运算一样不靠谱。但只要看上一眼，便能发现，它和伽利略的长筒望远镜一样令人信服。只需一眼，星星的火焰便重新燃起。

只需一眼，你就会重新相信第五元素。

多恩发明之源起

早在伽利略的观星装置发明多年以前，多恩就已发现一个消灭以太的方法。在其情色诗句中，他羞怯地将这个方法称为"日出"。

这首诗的开篇，诗人睡眼惺忪地依偎在爱人的臂弯——突然，幸福的时刻被打断，太阳在屋外升起，好事的阳光钻进卧室，惊醒了这对爱侣。诗人恼火地指责这刺眼的闯入者：

无法无天的太阳啊，你这个庸庸碌碌的老傻瓜，

你为何这么做，

穿过窗透过帘，把我们叫醒？

太阳无视这一指责，仍用它讨厌的光芒刺痛这对爱人的视网膜。最后，诗人感到必须采取行动了。他起身威胁要让太阳"黯然无光"，叫它的光芒消失不见。

太阳未受丝毫影响，依旧璀璨闪耀。诗人只好进一步采取行动。他躺倒在枕头间，太阳一下黯然无光，它的第五元素陷入了黑暗。

诗人是如何做到这一丰功伟绩的？他如何熄灭了永恒的天空之王？狡猾的诗人解释道，自己只是眨了下眼。合上双眼，太阳便熄灭了。

过了一会儿，诗人再次睁开眼，他说自己无法忍受视线里没有他的爱人，他的诗于此蓦然掉转了方向。多年后，当多恩从抽屉里拿出这份泛黄的诗卷时，他察觉自己彼时夸口消灭太阳的行为似乎包含着一股神力。这股神力来自文学里的"悖论"，这是一种粗放的文学修辞，可追溯至西塞罗的《廊下派的悖论》中古老的俏皮话，又在文艺复兴时期的娱乐中得以复活，如1544年奥尔腾西奥·兰多的《悖论》。这种修辞用诙谐的论据寻求逻辑，试图"证明"冰比火更热、羽毛比石头更快落地、夜晚比白天更加明亮。

这些对理性文学的否定令大学时期的多恩倍感快乐，他自己也试着创作了一些，随后就将它们抛诸脑后。直至他死后，那些泛黄的手稿落入印刷商伊丽莎白·珀斯洛之手。当珀斯洛将那些手稿以《约翰·多恩青年时代之作》之名出版后，大众才惊讶地发现，老年的多恩远比青年的多恩更富想象力。老男人总是爱上年龄只有他们一半的女子，这不是事实吗？还有什么比认为这般凋零的爱恋会被回以热吻更需要想象力呢？

多恩对悖论修辞的痴迷令他的朋友迷惑不解。出于怎样的目的，才要为谎言而拒绝真相？但多恩在悖论的修辞中察觉到了更为新颖的东西。他意识到，悖论从未颠覆我们对真理的信仰。不论这个悖论的技巧多么高明，辞藻多么华丽，它都无法使我们相信冰不是冷的、夜晚不是黑的。它能做的，只是打开我们的思路，让我们接受事实的另一面。尽管我们仍认为"冰是冷的"，但同时也开始承认"冰是热的"。

因此，悖论的修辞并没有推翻真理，而是使真理加倍。它让我们相信：夜晚是黑暗的，也是光亮的；左是左，也是右。

当多恩再次读起他面对太阳夸下的海口时，他意识到那也产生了悖论修辞的效果。我们并未相信太阳真被遮蔽了，我们知道太阳就在天上，放射光芒照耀人间。然而尽管我们坚信这个真理，多恩的夸口还是让我们相信，我们可以遮蔽太阳：只要闭上眼睛，太阳和它的光芒就都消失不见了。

在眨眼的瞬间，我们一下拥有了对太阳的两种相反感知。我们仿佛有两双眼睛，一双在身上，一双在心里。身上的眼睛看到太阳被遮蔽，心里的眼睛看到太阳仍在闪耀。

假如我们用伽利略的望远镜就能收获这种神奇的矛盾体验，那会怎样呢？假如我们坚持科学的真理，但同时也接受古老的信仰，那会怎样呢？假如我们能观察以太的斑驳，但同时又感知其无瑕，又会怎样呢?

这个奇迹比被伽利略消灭掉的奇迹更了不起。过去的奇迹仅仅是在陈述"天空就是天空"。那没什么大不了的,仔细想想,那甚至称不上什么奇迹。那无异于说"水是水"或"土是土",不过是个平淡无奇、显而易见的事实而已。

而这个新的奇迹完全不同,这是名副其实的奇迹,是第五元素构成的天空,也是四大要素构成的大地。它结合了对立的真理,背离了表面的逻辑。它是打开我们身心之眼的悖论,它让我们肃然起敬。

但多恩能写出一首诗,带给我们上述感受吗?他能写出一首诗,向我们展示伽利略的望远镜呈现的宇宙,同时描绘出天使构想的宇宙吗?

可以,多恩深信自己可以。这是一首不可能之诗,但他还是要写。

多恩的不可能之诗

多恩这首不可能之诗就是《别离辞:节哀》。他于1611年或1612年创作了这首诗,距离他熄灭天火的诗作发表还不到一年。诗作开篇描绘了这样一幅景象:

> 正直的人安然离去,
> 轻轻对灵魂唤声走,
> 哀伤的朋友守一旁,
> 有些说气已绝,有些说还没有。

这是一幅稀松平常的情景。在我们周围，每天都有人逝去。然而这又是一幅非比寻常的情景，因为逝去的人依然活着。《别离辞》把我们带入了悖论，它让我们想象一位濒临生的最后瞬间——同时也是死的最初瞬间——的朋友。接着，诗里问道：这两个瞬间里，我们的朋友有什么不一样呢？

答案是：没什么不一样；答案还可以是：一切都不一样。

第一个答案来自我们身体的眼睛，这双眼睛眨一下就能把太阳熄灭。据这双眼睛观察，我们的朋友在逝去的那一瞬间丝毫没有变化，简直宛如生前，似乎接下来就要继续呼吸了："……有些说气已绝，有些说还没有。"

第二个答案来自一双不同的眼睛，即我们心灵的眼睛。这双眼睛看到一切都变了。此刻，在我们眼前的是一具空壳，我们的朋友已经离开了。

这种双重视角和我们熄灭太阳时的感受一样，仿佛将两相对立的真相合二为一。这种双重视角可能像是某种诗歌把戏，但它还是揭示了有关大脑的某些真相：我们的大脑确实拥有两套视觉系统，这两套系统能看到不可能存在的事物。

看见不可能

我们的大脑能看到不可能存在的事物，神经科学家将之称为"不可能之物"。不可能之物就是那些可以被画在二维的纸上，但在三维世界里无法存在的物体，如下图：

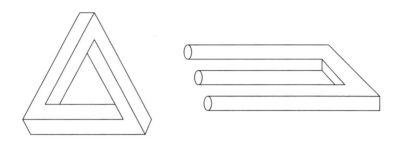

这些物体看上去非常别致，但它们根本无法存在。它们都是将两个可能存在的事物以不可能的方式结合在一起。左边的物体可能是一个向左突出的三角，也可能是一个向右突出的三角；右边的物体可能是一把有三个齿的叉子，也可能是一把有两个齿的叉子。每个不可能之物都有一半是可能的，是二者的结合打破了物理规律。

不可能之物精准地打破了物理规律，激发了大脑视觉系统里一个非常短暂的回路。这个视觉系统有两个主要组成部分：视觉皮层和眼睛。我们的眼睛就像相机，随时为周遭物体拍下照片。和相机拍的照片一样，眼睛捕捉到的画面是扁平的，它们以二维的形式存在，就像投射在屏幕或胶卷上一样。但这些物体并非真正扁平的，为了让我们看清其样貌，眼睛捕捉到的二维照片被大脑输送到强大的视觉皮层回路中，进一步被合成为三维立体的图像。

这个将三维转化成二维，接着又转化成三维的过程是生物进化的奇迹。由于自然万物都属于可能之物，这个奇迹也就顺利维持了数百万年——直到艺术家发明了不可能之物后，这个奇迹越发变得不可思议。既然不可能之物不可能存在于三维世界，我们的视觉皮层也就无法把二维照片转换成完整的图景。它反而存在于无限的循环中，在两件可能之物间循环往复。

这种无限循环使我们的视觉记忆产生了一种连锁反应。视觉记忆的任务是将我们看到的新事物记录下来。为了确保事物被正确记录，我们的视觉记忆会少量释放一股神经化学物质，使我们惊叹，告诉大脑的其他部分："我们在这里发现了一些新鲜事儿！"我们的大脑在敬畏中暂停，给我们的眼睛和视觉皮层多一点儿时间来仔细核查它们的照片和想象模型，从而提升记忆的质量。

这就是不可能之物通常的运作方式。但当不可能之物使我们的视觉皮层陷入循环时，我们的视觉记忆就被打开了。它无法完成对物体的记录，因为它不知道这个物体是什么。因此，我们的视觉皮层不停地发出惊叹，告诉我们的眼睛："还要暂停！还要观察！我们需要更多的时间来正确记录它！"

这种神奇的视觉体验在我们的大脑中创造出一种特殊的感觉，这种感觉非同寻常，它拥有一个独特的名字——致幻剂。

致幻剂及其科学原理

致幻剂这个词，是 1956 年由英国精神病学家汉弗莱·福蒂斯丘·奥斯蒙德创造的。

奥斯蒙德在二战期间曾是一名海军的精神科医生。战争结束后，他对致幻药产生的幻象有了浓厚兴趣。他有些草率地断定，这些幻象是对精神分裂症带来的谵妄的模仿。当伦敦医学界对这一结论表示困惑时，奥斯蒙德决定移民到加拿大萨斯喀彻温省一座铁路小镇上，那里有寒霜覆盖的草原。在那里，他在一所阴森巨大的砖砌精神病院——韦伯恩精神病院找到了工作。

韦伯恩精神病院关着数百名长期酗酒者，他们被认为不适合出院接触公众。这些人终日打牌、洗冷水澡、接受电休克头部治疗，但这些方法都没能治愈他们。奥斯蒙德看到一丝希望，用以检验他关于致幻剂的理论。他推断，致幻剂引发的精神分裂恐惧可能会让酗酒者受到惊吓而保持清醒。为了检验这个冷酷的假设，奥斯蒙德在 1954 年至 1960 年用致幻剂协助了大约两千名萨斯喀彻温省的酗酒者。令奥斯蒙德欣喜的是，这个疗法奏效了，有四成以上的患者都戒了酒。但令奥斯蒙德惊讶的是，他的患者并不是因为受到惊吓才戒酒的。他们戒酒，是因为致幻剂带去的惊叹，这种感觉驱走了两个导致酗酒的心理因素：抑郁和焦虑。

听到一个又一个患者兴奋地描述这一神经转变后，奥斯蒙德决定用"灵魂视野"来指代致幻剂带来的幻象。因为这个名字听起来毫无医学术语的艰涩。愉快的奥斯蒙德把它译回古希腊文：psyche（灵魂）和 delos（可视的），即"可视的灵魂"，致幻剂（psychedelic）由此得名。

尽管这个名字听起来很官方，在奥斯蒙德的有生之年，致幻剂始终处于医学的边缘地位，且致幻药物于 1968 年在美国被定为非法。但在这个时代，关于致幻剂又有了新的发现。一些研究认为致幻剂

和不可能之物有着相同的基本原理：它们都用大量违背现实的画面
冲击我们的视觉皮层，让我们的大脑陷入一种惊异而开阔的状态。

这种惊异感非常强烈，它已被临床试验证实能减轻焦虑和抑郁
达数天甚至数周。但它并非没有缺点，致幻剂的药效是无法预测的，
它可能引发精神病、恐慌、眩晕和孤独，在药效过后，还会出现可
怕的幻觉。因此，为了减少这些缺点，心理学家开始探究"微量"
致幻剂的效果。如果你想尝试微量的致幻效果而不引起任何副作用，
可以靠约翰·多恩的《别离辞：节哀》得以实现。

《别离辞：节哀》通过描述虽死犹生的躯体来达到致幻效果。
这副躯体以不可能的方式将两个可能之物——已经逝去的朋友和正
在进行的呼吸——合二为一。当我们的大脑察觉到这个不可能之物
时，它就会触发和灵魂视野相同的神经回路，只要我们一直看下去，
它就能不断激起惊叹。

在《别离辞：节哀》里，虽死犹生的躯体并不是灵魂视野的唯
一来源。这首诗的结尾造就了更为强大的幻觉：人间和天堂以不可
能的方式合二为一。

诗的致幻剂

为了把我们带入人间天堂的幻觉，多恩让我们的视觉皮层想象
一样简单的工具——几何学家的圆规。这个圆规有两只尖尖的脚，
固定成一个倒"V"字形。如果我们把其中一只脚固定住，旋转另
一只脚，就可以画出一个正圆。

这个画圆工具被引用到《别离辞：节哀》的结尾，诗人要启程踏上漫长的旅途，他叫妻子把他们二人的灵魂看作圆规的双脚：

> 如果（我们的灵魂）分开，那便分开
>
> 好像圆规的两只脚；
>
> 你的灵魂是固定的脚，坚定不移，
>
> 倘若另一只脚要移动，它便移动。
>
> 尽管这只脚稳坐圆心，
>
> 可当另一只游走四方，
>
> 它就倾下身子，追随着，倾听着，
>
> 那一只若回到圆心，这一只也直起腰身。
>
> 你对我便是如此，我就像
>
> 圆规的那只脚，倾着身子奔跑；
>
> 你坚定，我的圆便完美，
>
> 我才好抵达出发的起点。

当读到最后一行"我才好抵达出发的起点"，我们会想到什么？诗人抵达的起点是什么？圆规最终画出了怎样的形状？

答案是：我们的大脑看到了两样事物、两种结局，它看到了圆规的两个形状。我们大脑的一半用身体之眼看世界，这双眼睛看到圆规的另一只脚转了一整圈，画出一个"完美"的圆；大脑的另一半用心灵之眼看世界，这双眼读到"抵达出发的起点"时，想到的是诗人回到他告别时的地方，即妻子的怀抱，圆规的两脚至此合拢到一点。

因此，我们看到了一个圆，也看到了它的圆心。我们看到天空中太阳划过的弧线，也看到阳光下的世界。换言之，我们看到两项可能之物以不可能的方式得以结合，天与地融为一体。

如何自行运用"心灵之眼开阔器"

你的头脑本身就是一个不可能之物。它将复杂的大脑神经和丰富的思想阅历结合起来，这两样事物各自都是可能之物。但如果把这两样事物结合在一起呢？无知觉的智力和有知觉的意识结合在一起会怎样？

从 17 世纪开始，这一由大脑和思想组成的不可能之物就引起了哲学家的兴趣。19 世纪时，它又引起了心理学家的兴趣。接着在 20 世纪 50 年代，就在汉弗莱·奥斯蒙德开始致幻剂的研究时，它又受到了一个全新学术领域的探讨——神经解剖学。该领域涌现了一批有成就的学者。如曾担任英国皇家内科医学院院长，姓氏恰巧有"大脑"（brain）之意的英国神经解剖学家罗素·布雷恩博士，他指出，尽管冷静的科学揭示了大脑的所有奥秘，思想仍只能通过诗学才可以解释。还有从纳粹德国流亡的神经解剖学家哈特维希·库伦贝克博士，他对"脑死亡"的开拓性研究得出了不同寻常的结论，即思想存在于一个平行空间。以及影响力甚大的美国神经解剖学家罗杰·沃尔科特·斯佩里博士，他曾获得 1981 年的诺贝尔生理学或医学奖。

　　斯佩里的研究生涯始于一场疯狂的科学研究，他把一只蝾螈变成了一个不可能之物。通过娴熟的手术技巧，他把蝾螈的眼球摘除，并把它们旋转 180 度，然后重新装了回去。其结果就是得到一只终身处于幻觉的蝾螈，它的心灵之眼看到的世界是正常的，而它的身体之眼看到的世界却是倒置的。1952 年，斯佩里用这些视觉研究结果写了一篇关于"思想—大脑问题"的文章，发表于《美国科学家》杂志。彼时人们普遍认为思想是大脑的镜像描述，斯佩里在文章中驳斥了这一观点。斯佩里认为，我们的思想看到的是事物，而大脑看到的是动作，比如当我们的思想看到"水"时，我们的大脑就看到"喝"，我们的头脑就这样被赋予了无穷的双重视觉。

　　从此以后，斯佩里的研究变得更加迷幻。他找来一只猫，切断它的胼胝体，分开它的左脑和右脑，然后惊讶地发现两个半脑都是有知觉的，**但它们都感受不到另一半的存在**。那么哪一半才是这只猫的知觉？某种意义上，两半都是，这只猫拥有两种不同的思想。

　　接着，斯佩里又完成了迷幻之旅的最后一步。他将注意力转向人类，发现我们也和那只猫一样。我们拥有两套不同的知觉区域，也就是右脑和左脑，只不过我们把它们视作一体："左脑和右脑可能同时经历着不同甚至相互冲突的思想体验，这两种体验在平行进行着。"

　　如此说来，我们的头脑比哲学家和心理学家知道的还要更令人难以置信。生命的每个瞬间都是结合的瞬间，精神生活的每一秒都是悖论。

　　如果你的大脑还不知道自己的这个特点，你可以用多恩的发明来帮它睁开心灵的眼睛。这个发明在18世纪至19世纪被废弃了两个世纪之久，但在一些现代派的视觉诗歌中重见天日，像威廉·卡洛斯·威廉斯的印象派诗歌《便条》：

> 我吃了
> 冰箱里的
> 那些
> 李子
>
> 它们
> 可能是
> 你留着
> 当早餐的
>
> 原谅我
> 它们真好吃
> 那么甜
> 那么凉

你的身体之眼是不是能感受清凉和甘甜，而心灵之眼又知道"李子没有了"？

你还可以在其他悖论视觉叙事中发现多恩的双重视觉，比如画家M.C.埃舍尔的《相对性》和《瀑布》。这种双重视觉在电影中也有涉及，比如泰伦斯·马力克执导的电影《细细的红线》，运用复调式的画外音把死者的思想和生者的视野混合起来，带给我们惊异的双重感知。你越是张开心灵之眼，去体验这些不可思议的艺术，就越接近那些打破物理的真相，那是一个超越了金色太阳和无瑕元素的奇迹。

　　你就是那个不可思议的奇迹，那个拥有双重视觉的奇迹。

第十章　接受自我

曹雪芹[1]的《红楼梦》、庄子的浑沌的故事，以及"沉浸式化蝶器"

　　山林掩映下，一个书生在摇摇晃晃的榆木书桌前羞愧地低下头。

　　这个书生是年轻的曹雪芹。日后，他将成为中国最伟大的小说家之一。但在那个 18 世纪的午后，关于自己的未来，垂头丧气的曹雪芹唯一担心的就是科举未中的可怕结果。

　　那天早上，他的父亲刚刚教诲他："唯有高中，你才能身着绫罗绸缎，在皇宫面见圣上。"

　　他的叔父则温柔地鼓励他："考取功名，就能当一个巡盐御史，一辈子衣食无忧。"

　　可假如曹雪芹没能考取功名，那该怎么办？他将永远一事无成，一辈子困在北京西郊这片破败的荒地。

　　想到这里，曹雪芹只觉得腹中缩成一团。他努力把注意力集中在《大学》《中庸》《论语》这些书本上，它们包含了孔子的古老训诫。孔子活跃于公元前 6 世纪至公元前 5 世纪，也就是春秋时代末期，他曾指导王公贵族，提出了诸多道德概念，如"智""忠""耻"。

　　过了多少个世纪，到了曹雪芹生活的时代，这些道德概念成为

1　本章中对曹雪芹的人生描述均为作者原文。但需注意，关于曹雪芹的个人经历尚存许多不明之处，作者的描述或不符合历史的真实情况。——编者注

科举考试的内容。数百万学子虔敬地背诵着"智""忠""耻"的教诲，然后跻身政府官员之列，主管赋税、盐务等工作。而可怜的曹雪芹深知自己永远不会加入这一备受敬重的集团。他无法记起哪怕一句孔子的教诲，他的科考结果一塌糊涂。

科考失利的曹雪芹令家人既震惊又不悦。倒不是曹家人认为科举是容易的，他们知道赶考的举子连日被关在一个专人把守的小隔间，身边只有一个水壶、一把夜壶、一张草席，多数赶考者会名落孙山，个别人甚至会死在里面，尸首也只是用草席胡乱一裹，放到考场外的墙脚下。虽然科举考试有着这些恶名，曹雪芹的父亲和叔父还是取得了出色的成绩。他们刻苦地将孔子的教导烂熟于心，在政府中获得了显赫的地位。

最终，曹雪芹的父亲和叔父失去了他们的地位，堕入眼下的潦倒窘境。但他们相信在不久的将来，曹家一定会东山再起。毕竟他们一直长于考取功名。因此，早在曹雪芹年幼时，他们就教导他熟读孔子的典籍。曹雪芹聪敏过人、勤学好问，他们认定他会让家族重获昔日的荣耀。

但事实并非如此。不管曹雪芹怎样死记硬背，他的一切努力付出唯让他记住了"耻"。孔子曾在鲁国的竹简上写下"有耻且格"。孔子的追随者孟子也极力推崇这一观点，他认为羞恶之心是"四端"之一，"无羞恶之心，非人也"。这些教导在两千多年后曹雪芹生活的时代仍广为流传。当时的皇帝时常派遣官员训诫百姓：永远以自己的错误为耻，向朝廷看齐，那才是正途。

皇帝根本不用担心曹雪芹会忘记。单就"耻"而言，曹雪芹绝对是孔子的忠实拥护者。他为考试失利而耻，为母亲的失望而耻，为家人陷入的困境而耻。然而不幸的是，曹雪芹的羞恶之心并没有像孟子教导的那样使他生出人性的"四端"，只是让他深感自己百无一用。在这种沉重的压力下，可怜的曹雪芹最终放弃了自己。他合上孔子的书，丢下那张晃动的榆木桌子，遁入书房最阴暗的角落，等待着被湮灭、被吞噬。

然而在这个角落里，曹雪芹有了意外发现，那是一卷泛黄褪色的古书。半个世纪以来，它就躺在那里，不为任何人留意。1670年，康熙皇帝颁布圣谕，要求中华子民尊崇真正的儒家学说，废黜伪道异端，这卷古书也因之被弃置。此时的曹雪芹不顾圣谕，他打开了尘封已久的书页，随即看到……

古书重见天日

南海之帝为倏，北海之帝为忽，中央之帝为浑沌。倏与忽时相与遇于浑沌之地，浑沌待之甚善。倏与忽谋报浑沌之德，曰："人皆有七窍，以视听食息，此独无有，尝试凿之。"日凿一窍，七日而浑沌死。

读完这些遭禁的文字，曹雪芹清楚地知道自己的感受：彻头彻尾的羞恶。他又一次违抗了朝廷的旨意，读了那些不该读的东西。

但随后，出乎曹雪芹的意料，他不再感到羞耻。他产生了一种完全相反的感受，他心中的羞恶与苦闷减轻了。不知从何时起，他发觉自己哪怕当不了一个完美的书生，也可以是自在的。

是浑沌的故事影响了他吗？是浑沌的故事移除了曹雪芹心中的羞恶之心吗？为了搞清楚，好奇的曹雪芹把这些书卷搬到他摇摇晃晃的书桌上。他怀着前所未有的热情，如饥似渴地钻研起这个被遗弃的故事，直到他瞥见一个潜藏的发明。

浑沌的范式

浑沌由神秘的先哲庄子发明。世人认为他生活在孔子之后大约一百年的战国时代，当时七个大国（还有几十个小诸侯国）争夺着今天中国的中部和东部地区。混战频仍，暴乱不断。战士们操弄着铁枪铜戟相互残杀，死亡人数达到前所未有的程度，白起这位残酷的将军甚至号称歼敌百万。直到白起效力的秦国征服列国，这场大厮杀才得以平息。至此，一统四海的秦王开始自称"皇帝"。

孔子的追随者谴责这一时期的暴力。秦始皇认为人性本恶，所以需要律法和武力来作为道德的支撑。与他的思想相反，孔子主张中华子民本性良善，只要统治者行为仁爱，子民自然恭敬顺从。孔子和各国国君的想法相去甚远，秦始皇统一天下后，便下令活埋了数百名儒生。

尽管如此，孔子的思想中仍有一些符合君主的认识，他们也相信应有一套统一的法则统治华夏。孔子把这个法则称为"道"，即"宇宙运行的方式"。顺应这个方式，我们就能在亘古不变的正义、诚信和仁爱的法则中长存；违背这个方式，随之生成的羞耻之心就会敦促我们返回高尚的道路。

庄子深知孔子有关宇宙法则的思想。他还知道，孔子认为羞耻是一种当头棒喝，驱使我们远离违抗传统的危险道路。然而庄子无法说服自己同意孔子的观点。在他看来，羞耻感这种心灵的责罚，像统治者的铁律一样是违反自然的。于是，庄子离开课堂，离开战场，漫无目的地游历于山间的莲花和淅沥的梅雨中。直到一个温暖的午后，悠闲的庄子看见池塘里游弋的锦鲤和天空中飞过的麻雀，仿佛突然受到神启，他恍然大悟：锦鲤和麻雀是不一样的！锦鲤和麻雀各有其生存之道，它们的"道"并不适于彼此。若锦鲤试图以麻雀的道生存，它们不会飞向高空；若麻雀试图以锦鲤的道生存，它们会淹死在水中。

"因此，世间本不止一种生存之道，"庄子想着，"而是有千千万万种道，每种生物都有其独有的道。"

受到刺激后的庄子决定把这个发现与世界分享："我也该编写智慧的著作，教导几十个弟子，远播我的见识，给人们带去智慧……"

不过，庄子突然意识到他绝不能那么做。如果他拿自己的思考方式教导他人，那他就和自己悟出的道理自相矛盾，就重新踏上了孔子和纷乱战国的错误老路。

庄子坐在池边思忖着。他怎么才能帮助人们找到属于自己的道呢？他如何才能赋予他们引导自我的能力呢？他既要传道授业，又不能传道授业。这是个悖论……

接着，庄子灵机一动，他想：我不会传道授业，我将不传不授，我将摒弃孔子的方式，放飞人们的思想，让他们回归本心。

为了完成这种教育的颠覆，庄子回到孔子之前，一路回溯到公元前 2000 年的黄河河谷。在那里，商朝的占卜师在龟甲上刻上一对符号，即"阴"和"阳"。"阴"代表"夜晚"，"阳"代表"阳光"，它们一起代表自然界宏大的二元对立。正如黑夜相对白昼，自然界的每件事物都有其对立面：炎夏对寒冬，光滑对粗糙，清醒对做梦。

孔子的追随者在解释这些概念时，给每一对都分出了高下：炎夏好过寒冬，光滑好过粗糙。而庄子要改变这种做法。他认为阴和阳没有优劣之分，夏天对瓢虫来说是好的，冬天对猞猁来说是好的；一棵光滑的梧桐树是好的，一棵粗糙的榆树也是好的。一旦人们掌握了这种二重性，孔子构建的单一性便会瓦解，分解成无数种独立的"道"。

但庄子又犹豫了，他意识到自己又困在教导别人的老路上了。如果他真想破除世界的单一性，他就不该四处宣讲阴和阳。他唯一的可行之法就是反其道而行之，传授那些"非阴"和"非阳"。

构思这些颠覆性的学理令庄子颇为头疼，他觉得自己陷入了哲学的空谈。他应该停下这些劳神的思考，回归自己的本真之道。于是，庄子清空思绪，沉浸本心，提笔写作。

庄子的创作

庄子提笔写就了"浑沌的故事"。这个故事不传授阴与阳，它不教导任何规则。通读下来，我们心中充满对浑沌的惨死的惶恐，我们会觉得浑沌不应因为和南北大帝的不同而死。

于是，恰如庄子没有计划的计划，这个故事讲了"非阴"和"非阳"，它瓦解了我们对单一之道的绝对信仰。

写完浑沌的故事后，庄子没有就此停下，他还在一个劲儿地创作着。为什么？庄子自己都不知道，他只是跟随本性，不做多想。但只要细细思索，我们就能看到故事里那股神经力量是有潜在代价的：我们为两位大帝而惊恐，甚至会谴责他们。我们不仅认为浑沌应以自己的方式存在，同时还觉得两位大帝是坏人。假如这样想，我们就又回到了老路上，堕入了单一的思维模式，相信一些"道"是好的，而另一些"道"是坏的。

于是，庄子又写了以下故事，来平衡浑沌的故事：

> 昔者庄周梦为胡蝶，栩栩然胡蝶也，自喻适志与！不知周也。俄然觉，则蘧蘧然周也。不知周之梦为胡蝶与，胡蝶之梦为周与？周与胡蝶，则必有分矣。此之谓物化。

这就是"庄生梦蝶"的故事。与浑沌的故事不同，它不包含任何可以视作恶人的角色。相反，它把我们带入两种不同的生命体验。我们是梦到蝴蝶的庄子，又是梦到庄子的蝴蝶。这两种情况下，我们都恰然自得。我们由此物变成彼物，但其间并无损益。好比从夏日的瓢虫变成冬日的猞猁，我们可以享受生命的两面。

至此，如果你还在苦苦思索庄子讲的故事，你可能已经开始想：既然"庄生梦蝶"更为完满地连接了两种生命体验，那么庄子为什

么不抹去浑沌的故事呢? 问得好,我亲爱的瓢虫。这个问题的答案是:"庄生梦蝶"或许比浑沌的故事更完满地连接了阴阳,但这并不意味它比浑沌的故事更加优秀。每个故事都有它自己的"道":

浑沌的故事的神经作用更为精确有力,它强力拆毁了我们对单一性的信仰。

"庄生梦蝶"的神经作用更为宽泛柔和,它让我们的心门向二重性敞开。

如果庄子只写了"庄生梦蝶",其力量还不足以打破单一性的桎梏;如果他只写了浑沌的故事,其开放也不足以体现二重性的意义。因此,庄子写了两个故事,让我们的思想跨越光滑与粗糙、炎夏与寒冬。

通过这些阴和阳的故事,庄子还给予我们大脑一些别的馈赠:青年曹雪芹在古书里找到的自我接受的神经体验。

自我接受及其神经科学原理

正如青年曹雪芹所发现的,对自我的接受受困于羞耻之心。

羞耻是我们的"道德"情感,其他重要的道德情感还有内疚和自豪。这些情感并非真正的道德,它们不源于普遍的是非,而只是我们大脑的想法,且像人类个体一样千差万别。但现代心理学家仍然把羞耻、内疚、自豪等和道德关联起来,因为这些情感加强了我们所处社会的道德准则。羞耻和内疚阻止我们犯下社会认定的恶行,而自豪鼓励我们实践社会认定的善事。

　　自豪通常会受到哲学家和神学家的谴责。长久以来，集体自豪感都在助长诸如性别歧视、流氓习气、民族主义等破坏性倾向。但现代心理学研究表明，个人性格中的自豪感——不论是奇异的想法，还是独特的癖好，抑或是古怪的技能——都能改善我们的情绪、增强我们的毅力，甚至使我们成为一个更加可靠的朋友。自豪感使我们对自己的生存之道抱有平静的自信，让我们不至于把不同的"道"视作危险，鼓励我们珍视别人的不同之处。

　　两相比较，羞耻却总是对健康不利的。它削弱我们的自尊心，导致焦虑、抑郁、药物滥用等问题，甚至对人际关系造成破坏。这些问题都根源于羞耻这种恶劣的神经机制，它对我们的伤害比内疚还要深重。内疚只是让我们对自己的外在行为感到不安，而羞耻则让我们对自己的内在天性感到痛苦。因此，羞耻并不能激起有益的悔过之心，帮助我们改正撒谎和欺骗等错误行为。相反，它刺痛我们，让我们憎恶自己的本性："我太丑了。我太蠢了。我真是一无是处。"

　　因此，如果我们非要对自己有不好的感受，内疚要比羞耻更健康一些。我们自身的生理因素似乎也认可这一点。内疚似乎是更近期在大脑中进化而来的，使羞耻退化成某种像扁桃体或智齿一样的残留"器官"。尽管羞耻无法像这些残留器官一样通过手术移除，它带来的负面作用却是可以降低的，只要我们精准打击其神经来源，即我们内心的文化规范。

　　文化规范存在于额内侧回等负责记录的大脑区域。它的存在根深蒂固，无法完全清除，一些起码的文化规范也是大脑的需要。尽管如此，我们仍可扩充内心的文化规范来减轻羞耻，即增强大脑对社会可接受行为的感知。要增强这种感知，一个简单又保险的方法就是善待那些和我们举止不同的人。我们的同伴及其背后的文化规范越多样，我们的大脑就会越自在。

在减轻羞耻这一点上，"庄生梦蝶"拥有同样的疗效。在由庄子化为蝴蝶的过程中，我们从一种"道"转向了另一种"道"，内心的规范随之扩充，自我指责也相应减少。这也就是为什么这个故事减轻了青年曹雪芹背负的羞耻。

然而，就算这种方式治愈了青年曹雪芹，它的疗效仍然受限于大脑的运作原理。阅读一则简短的化蝶故事，并不能直接把我们的大脑从不健康的羞耻中解救出来。我们的额内侧回要对文化规范进行数小时沉浸式吸收。因此，要想真正接受自我，我们需要在整个文学体系中"化蝶"一阵子。为了帮助人们获得这种广阔的文学体验，庄子又写了几十篇类似的故事，组成被后世称为《庄子》的长长书卷。然而直到十几个世纪后，这种化蝶技术才在另一项文学发明里取得长足发展。曹雪芹后来在书房的另一处幽暗角落里寻到了这项发明。

在被曹雪芹发现时，没人知道该如何称呼这项奇特的发明。它不是诗歌、不是戏剧，不是当时的文人赞颂的任何一种文艺形式。曹雪芹去世后，这项发明才收获了一个直白但恰好体现了其新颖的名字。[1]

这个名字就是"小说"。

1　英语中"小说"（novel）一词兼有"新颖"之意，故言。

中国小说的发明

中国的小说诞生于 14 世纪，比欧洲的小说早许多个世纪。

其公认的发明者是剧作家罗贯中，一个颇负盛名的传奇人物，号"湖海散人"。在忽必烈帝国黄金时代的尾声，或是拥兵百万的明朝刚刚建立之时，罗贯中停止了浪迹天涯的闲散生活，开始创作《三国演义》。这是一部结合虚构和历史的小说，讲述了蜀汉、曹魏、东吴三国鼎立的故事。大约与罗贯中创作《三国演义》同时，另一位作家（也许是罗贯中的老师，也许是罗贯中本人）正在创作中国的另一部古典小说——《水浒传》，讲述一群落草为寇的英雄好汉以戴罪之身归顺朝廷的故事。

《三国演义》和《水浒传》，青年曹雪芹都读过。曹雪芹埋首于这些书卷中，他意识到它们比"庄生梦蝶"更具度化心灵的作用。这种作用起源于两项文学创造。其一是"隐秘袒露器"，它能产生爱，催生文学的浪漫基础（详见第二章）。其二是"共情促发器"，它能激发同情，催生文学的悲剧基础（详见第三章）。在这些发明的刺激下，曹雪芹深深喜爱上了《三国演义》和《水浒传》中的人物，这份喜爱也掺杂了几分《水浒传》中隐隐的情色要素。

曹雪芹被这种交织着爱、同情和情色的情感力量所震慑。然而他留意到，这两部古典小说都诱发了另一种不十分积极的感情——羞耻。《三国演义》和《水浒传》都围绕秩序与混乱的矛盾展开，且两部小说都鼓励我们追求秩序，而非混乱，它们褒阳贬阴，向我们的大脑灌输着单一性。

因此，曹雪芹决定将《三国演义》和《水浒传》中的文学技术用于新的目的。他写了自己的小说——《红楼梦》，创造了一个阴阳平齐的二元世界。里面出现了众多复杂的人物，他们既不是英雄，也不是坏人，每个人都以自己的"道"存在。为了打开我们的思路，接受这无数的"道"，曹雪芹反复运用了"隐秘袒露器"和"共情促发器"。通过他的叙事，我们爱上了这些各具特色的人物，并为种种不同的人生道路吸引。

这一文学创新开放了我们的大脑神经，将我们置身于更为宏大多元的体验之中。《红楼梦》的每个角色都在慢慢地扩充我们内心的文化规范，带领我们接触广袤多彩的人性天地，我们像为一大群性格各异的朋友所围绕，可以更自在地做自己。

曹雪芹在重新定位了庄子和古典小说的文学技巧后，又进一步优化了他的发明，独创了两种减轻羞耻的方法，第一种就是"世界的梦境"。

世界的梦境

你也许已经注意到了，曹雪芹的这部小说的名字《红楼梦》，和"庄生梦蝶"一样都有个"梦"字。那是因为曹雪芹稍稍借鉴了"庄生梦蝶"，只不过两者存在一个巨大差异：曹雪芹构筑的梦关乎的是世界，而不是角色。

其中一个世界是清王朝，另一个世界是"太虚幻境"，两个世界互为虚实。在《红楼梦》的第一回，一个清朝人梦到了太虚幻境，幻境中的一个事物则转世来到清朝。角色们在两个世界的穿梭贯穿了本书其后的内容。

这两个世界感觉起来都是那么真实。太虚幻境里包含了清朝世界的凡人的所有秘密，因此它一定是真实的；而清朝世界又是幻象的爱恨情仇之地，因此它一定也是真实的。

两个世界共同合力，使我们沉浸在一种"庄生梦蝶"的体验中。我们往来于两个世界，一会儿是此方的做梦者，一会儿又是彼方的做梦者。两个世界虽迥然不同，却同样真实可感。每个都以颠覆的方式展现着"非阴"和"非阳"。

为了让这一过程持续下去，小说展示了第二项创造——"等边三角恋"。

两心之道

"等边三角恋"是三角恋的一种特殊形式。

在一般的三角恋中，一个男孩爱上两个迥然不同的女孩，但只有一个是他的真命天女。另一个女孩看似合适，但那只是因为我们的男孩不够聪明。

在等边三角恋中，一个男孩爱上两个迥然不同的女孩，可这两个女孩都是他的真命天女。对他来说，她们一个是"阴"，一个是"阳"。

（等边三角恋并不一定发生在一个男孩和两个女孩之间，它可以是男孩与女孩的任意组合，甚至可以是任意角色。只是曹雪芹书中的等边三角恋是发生在一个男孩和两个女孩之间的，为了阐释清晰，我们选用了这一模式。）

在《红楼梦》中，这个男孩就是贾宝玉。贾宝玉本应饱读经典，考取功名，在朝廷谋取一官半职。然而事与愿违，他背地里偏偏喜欢读一些"浑沌的故事"。也许因为他的阅读口味，贾宝玉有着双重的天性：他是个典型的男孩，却喜欢女孩的脂粉裙钗。

这段等边三角恋中的两个女孩是贾宝玉的表姐妹，薛宝钗和林黛玉。薛宝钗博学稳重，圆滑淳厚；林黛玉聪慧多才，敏感小心。两个女孩大相径庭，但贾宝玉对她们的感情却同样炽烈。其实，他名字的两个字就分别取自她俩的名字。

小说鼓励我们亲身体会这之中的爱意。根据天性，许多人最初都会在薛宝钗或林黛玉中有偏向。但为了开阔我们的心灵，让我们见识等边三角形的另一侧，《红楼梦》运用了"隐秘袒露器"和"共情促发器"来表达两个女孩发自肺腑的告白和难以言说的哀伤，令我们对两个迥异的灵魂都产生深深的怜爱。

因此，我们不仅是这段三角恋的观察者，还是参与者，我们将亲身投入这段阴阳并济的爱情中。

如何自行运用"沉浸式化蝶器"

为了找到自己的"道"，你必须遵从自己的本心。在读《红楼梦》时，你不能像本章这样钻研"等边三角恋"或"世界的梦境"，而是得彻底地享受，使自己沉浸在那些书页中，感受其中的爱与共鸣，以及香艳的点缀。

读完《红楼梦》，还有很多文学作品可以减轻你的羞耻，帮助你接受自我。"等边三角恋"还可见于1942年的电影《卡萨布兰卡》、米兰·昆德拉1984年的小说《不能承受的生命之轻》，以及奇玛曼达·恩戈兹·阿迪契2013年的小说《美国佬》等作品。"世界的梦境"则可见于拉尔夫·艾里森1952年的小说《看不见的人》、菲利普·迪克1990年极富灵感的科幻小说《全面回忆》、大卫·米切尔2004年的小说《云图》，以及雅克·范·多梅尔2009年执导的电影《无姓之人》等作品。任何一部悲剧故事，只要其发生在一个与你的文化规范相悖的环境里，沉浸其中，你总会为自己的"阳"找到对应的"阴"。

因此，像浑沌一样去阅读吧，像蝴蝶一样去阅读吧。离开这个晨昏分明的世界，在另一处梦境中醒来。

第十一章　抵御心碎

简·奥斯丁、亨利·菲尔丁和"爱情盔甲"

在史蒂文顿市场的中世纪木制屋顶下，二十一岁的简身披绿松石色的丝带，在烛光映照下一闪而过。简把戴着手套的手搭在汤姆·勒弗罗伊的胳膊上，他不久前刚从都柏林圣三一学院毕业。伴着乡村小提琴的演奏，简和汤姆舞动了起来。

简喜欢汤姆身上的诸多品质，不过最喜欢的是他对书的品位。他俩都喜欢诙谐的小说《弃儿汤姆·琼斯的历史》。汤姆太喜欢这本书了，于是他模仿里面主人公的打扮。简也太喜欢这本书了，于是她决定成为一名小说家。

而后，距汤姆和简的那次见面不过几周，二人的共舞便结束了。简给她的大姐卡桑德拉去信道："我和汤姆·勒弗罗伊恩断义绝的时刻还是来了……一想到这件事，我就不由得眼泪横飞。"

简真的涕泪横流吗？还是她早已经一笑置之？卡桑德拉对此不得而知。简对爱情抱有些讽刺之情。那是她用来医治心碎的良药，而卡桑德拉并不知道她是从哪里抓来的那服药。

不过，简自己十分清楚这剂疗药的来源——那本《弃儿汤姆·琼斯的历史》。这本书被翻阅了无数次，早在这剂良药加入其中之前，它就已经在遥远的南方被发明出来了。那是氤氲着地中海温暖气息的卡斯蒂利亚城，位于西班牙的巴利亚多利德。在一座据说兼作妓院的长长砖房里，退伍自西班牙海军陆战队的失意收税员米格尔·德·塞万提斯用一支破旧的记账笔写下了《堂吉诃德》的开篇。

堂吉诃德毅然出发

塞万提斯在 1604 年创作《堂吉诃德》的草稿时，脑海里有一个清晰的目标：要让世界摆脱浪漫传奇文学引发的痛苦。

浪漫传奇文学可追溯至两千多年前的荷马史诗《奥德赛》。这是部一万两千行的长诗，讲述了一个凡人的故事，他上能智胜天神，下能对话亡灵，一路上饱享美食佳酿，尽览世间妙音，在经历与巫女仙姑的纠葛后返回故里，与忠贞不渝的妻子团圆。

这一连串事件后，不仅主人公奥德修斯终得所愿，我们的大脑也开始相信自己的愿望终会实现。这正是"全能之心"（详见第一章）的作用。"全能之心"会让我们产生一种人类本位的感觉，认为宇宙和我们拥有相同的关心。我们所热爱的，天空也热爱；我们所渴求的，群星也为我们渴求。因此，当我们阅读《奥德赛》时，我们的神经会感到内心的渴望根植于外部的自然法则。正如太阳会在黎明升起，我们渴望的东西也会在泥土里生根发芽，我们的愿望总能得到回应。

这种悦人体验使浪漫传奇文学不仅广泛流传于古希腊的酒肆，在中世纪的欧洲贵族间更是大受欢迎。从 11 世纪法国的《罗兰之歌》，再到 12 世纪西班牙的《熙德之歌》；从 13 世纪德国的《维勒哈尔姆》，再到 14 世纪卡斯蒂利亚的《高卢的阿玛迪斯》；从 15 世纪英国的《亚瑟王之死》，再到 16 世纪意大利的《疯狂的奥兰多》……这些故事的创作者们将奥德修斯改造成一个个封建贵族骑士，比如富有勇于冒险的亚瑟王、忠贞不贰的阿玛迪斯、风度翩翩的罗兰骑士、心灵手巧的熙德。他们斗败恶龙，解救少女，在宴会上狼吞虎咽，掠夺金银财宝，天庭甚至都为他们敞开……而这一切是可怕的灾难。这场灾难的事件被一一写进《堂吉诃德》。这部小说的同名主人公如痴如狂地读着那些骑士故事。由于深受"全能之心"洗脑式机制的毒害，堂吉诃德抬头望向窗外，看到的皆是他想看到的：一片骑士的幻想乐土，他将在那儿成为第二个熙德。于是，这位未来的骑士抛下书本，毅然出发，去拯救他的拉曼查的落难少女了。

堂吉诃德的英勇却落得遍体鳞伤的下场。他吃尽了生活的苦头，如狮子的啃咬、朝圣者的拳头、风车的重击。一次次战斗换来的是鼻青脸肿、骨头散架。然而所幸，我们这些读者被塞万提斯重构的骑士故事从同一个命运中解救出来。他的故事拆毁了"全能之心"，取而代之的是种全新的叙事技巧：

> 我们这位衣冠楚楚的冒险新人出发了，还自言自语着："再过上若许年月，当我的丰功伟绩公之于众时，那位圣贤定会这样记下我清晨出发的盛况：绯红的太阳神伸展他那美丽的金发，映照着广袤的大地，鸟儿们开动它们灵巧的舌头，唱起甜美动听的歌儿，歌颂即将到来的玫瑰色黎明。

这位黎明女神离开她那善妒的夫君的眠床，向拉曼查大地上千家万户的凡夫俗子展现她的面庞。这时，大名鼎鼎的骑士拉曼查的堂吉诃德早已离开松软的羽绒被窝，跨上他的良驹驽骍难得，在古老而著名的蒙铁尔原野游荡。"没错，他的确在那片土地游荡。

这里运用了我们在第四章中探讨的那项发明——讽刺，它戳破了骑士故事的朦胧幻象："绯红的太阳神伸展他那美丽的金发"，揭示了当时的真实情境："没错，他的确在那片土地游荡。"塞万提斯的讽刺将我们从堂吉诃德的凡俗妄想中解救出来，让我们恢复到上帝视角的冷静。

很快，《堂吉诃德》在西班牙大受欢迎，随即被翻译为意大利语、德语、英语、法语、丹麦语、葡萄牙语等多种语言。又过了几十年，它被带到秘鲁，被无法无天的盗版书商带到波士顿。它狂销五亿册，成为历史上第二受欢迎的书，仅次于《圣经》。

《堂吉诃德》不光受到广泛的喜爱，它更具有极大的疗愈价值。在17世纪，它的反讽功效对打破中世纪的骑士魔咒发挥了很大作用，为勒内·笛卡儿的理性方法论和艾萨克·牛顿爵士的《自然哲学的数学原理》扫清了障碍："我们现代人一直在不懈努力，以冲破超自然的力量，把自然召回到数学法则上来。"

经过漫长的努力，"全能之心"的妄想终于被驱走，启蒙运动的清醒目光战胜了巫术的黑暗。

起码看起来是这样。因为从短期来看，世界一度倒退了。笛卡儿还是认定魔法也是一门科学："同情和反感的玄妙力量将溯源至无涉感情的原因。"牛顿也将他的微积分抛诸脑后，加入炼金术士的行列，追逐点石成金的魔法："这是火星和闪闪发光的黄金星球。"

很快，浪漫骑士文学的疯狂就卷土重来了，且愈演愈烈。

重回疯狂

这股疯狂正式回归于 1740 年 11 月。那时，伦敦拘谨守旧的公报作者塞缪尔·理查逊出版了其第一部小说《帕梅拉》。尽管它的作者有保守主义的倾向，《帕梅拉》仍然是一部极富创新的文学作品。它的主人公帕梅拉·安德鲁斯是一位虚构的处女，以自己的纯洁引诱她嗜性成瘾的上司。这部作品选取了帕梅拉的私人信件和游记，并把这些私人的袒露"夸大"为一部二十二万五千字的鸿篇巨制。这个成果不亚于一部长篇史诗，是一部在长度上远超《奥德赛》的内心絮语。更严谨地说，《帕梅拉》对"隐秘袒露器"（关于这一激起爱情的文学创造，详见第二章）进行了扩充，直至其具有了"全能之心"的雏形。私人的隐秘袒露遇上得以实现的心愿，诞生了一个极具潜力的新的结合，它使我们的大脑相信整个世界就是一部十四行情诗。

乍一看，这种富于幻想的热情似乎不是什么坏事。表面上看，人们能从它获得愉悦和鼓舞，甚至一些新的启发。但是很快，我们就明白《帕梅拉》会带来又一个堂吉诃德。在这位新的堂吉诃德看来，每个男人都是殷勤的绅士，每个女人都是潜在的新娘，活着的每一秒都受到幸福婚姻的召唤。

正因如此，新堂吉诃德比真正的堂吉诃德还要倒霉。真正的堂吉诃德不过受到肉体的创伤，而新的堂吉诃德迎来的则是心碎。他们一次又一次义无反顾地冲入爱情，却诧异于世界本不是他们相信的样子，这里并没有命中注定的爱人。相反，世界上多的是拐骗肉体的老手、彬彬有礼的冷漠者，还有不般配的爱情。一次又一次，新堂吉诃德操之过急地陷入热吻。一次又一次，他们被抛弃，梦想在泪水中化为泡影。

这种乱象亟须纠正。必须有一剂良药来抵消《帕梅拉》那些引起痛苦的胡言乱语。而在伦敦，离塞缪尔·理查逊的报馆不远处，就住着这么一位文学的良医，他有一剂能令人恢复健康的良方。

这位良医自称科尼·科博，但这只是个假名，他真名叫亨利·菲尔丁。

飞奔施救的良医

亨利·菲尔丁拥有多重身份：剧作家、记者、十个孩子的父亲。

但最重要的，菲尔丁是《堂吉诃德》的忠实读者。二十二岁时，他创作了戏剧《堂吉诃德在英国》。后来，当他转而开始写小说时，还为其加上副标题"仿《堂吉诃德》作者塞万提斯而作"。

因此，当菲尔丁一拿到《帕梅拉》时，他立刻诊断出其问题在于过分的浪漫。其冗长的情感袒露让人们多愁善感、伤心欲绝。同时，菲尔丁对整治方案也已胸有成竹，他的手段就是反讽。《堂吉诃德》

的反讽治愈了那些被骑士精神弄得神魂颠倒的读者。如今，反讽对《帕梅拉》那些困于爱河的读者也会同样奏效。于是在 1741 年 4 月，就在《帕梅拉》问世半年以后，菲尔丁出版了一部反讽的戏仿之作。它的名字也直截了当——《莎美拉》。

《莎美拉》小有成绩，仅过了七个月就再版了。然而令菲尔丁失望的是，它在人气上还是难以企及《帕梅拉》。它那颇具疗效的反讽被广大读者视而不见，他们放任自己在更多浪漫故事中堕落下去，如《某位女爵的历险》《一个秘鲁女人的来信》，还有最败坏心灵的《范妮·希尔》，里面有这么一段："我身体的每一处都暴露在她淫荡的双手之下，那手像一团跳动的火焰，燃遍了我的全身，所到之处，一切冰冷皆化成暖意融融。"

与此同时，这股癫狂的始作俑者塞缪尔·理查逊仍顽固地耕耘着他的浪漫故事，完善其技术，扩大其领地。1748 年，他带着一部惊世之作走出书房——《克拉丽莎》。

《克拉丽莎》是一部卷帙浩繁的小说，将近一百万字，全书皆由私人信件组成，充溢着大量的自我袒露：

　　我心烦极了，烦透了，但我要是在这种情况下把心事向你们吐露干净，那将有失我的本分，所以我还是就此搁笔吧。不过也许——我最好还是就此搁笔吧！

然而笔没有被搁下，小说还是继续写下去了，又是五百来封信。这是一部超越史诗的内心袒露，是一座情诗堆砌的大山。

不可避免地，大众失去了仅剩的一点儿理智。他们完全被《克拉丽莎》里含情脉脉的想象迷住了。一时间，欧洲涌现了众多的新堂吉诃德，连那个年代的理性巨匠丹尼斯·狄德罗也未能幸免，他是百科全书的作者之一。他热情地说自己永远不会舍弃那本小说，如果他的挚友缺少食物，如果他的子女无学可上，他可以卖掉所有藏书，唯独留下《克拉丽莎》。

菲尔丁意识到他该行动了，他必须开出一剂比《莎梅拉》的反讽更有效的药方，他必须成为一名迎难而上的医者。

因此，菲尔丁带着疗愈的尖笔，躲进他的制药间。以英勇的气概写出了《弃儿汤姆·琼斯的历史》。

《弃儿汤姆·琼斯的历史》的良药

和《莎美拉》一样，《弃儿汤姆·琼斯的历史》也是对浪漫故事的戏仿。

然而，它又不仅是一部戏仿之作。它是**真真正正**的浪漫，讲述了一个温暖有趣的故事：一对青年男女，在历经重重磨难后，终于步入婚姻的殿堂。

亨利·菲尔丁这个浪漫小说的宿敌为何写下这样一部情感丰沛的故事？是他的棱角随着年龄的增长被磨平了吗？还是他决定放下顾虑，赚一笔快钱？

都不是。菲尔丁将《弃儿汤姆·琼斯的历史》创作成一部爱情故事，是因为他学聪明了。他意识到了《莎美拉》失灵的原因：单靠反讽是无法治愈普罗大众的。为了心灵的健康，坚持不懈地揭穿虚假的幻象是不够的，大众还需要一点儿温情、一点儿希望，以及一点儿愉悦。简单来说，就是一点儿浪漫。

菲尔丁意识到了这点，他降低了对大众的期望。不过随即他又想起了自己和美丽的夏洛特·克拉多克的婚姻，还有后来和更为动人的玛丽·丹尼尔的婚姻。想着那些美好的婚后时光，菲尔丁突然悟出一个道理：有两种浪漫故事，一种好的，一种坏的。坏的浪漫故事让我们寄情于不切实际的妄想；好的浪漫故事会提振我们的精神，而不是叫人忘乎所以。

那要如何写出一部好的浪漫故事，让人们在理智中获得提振？如何把菲尔丁婚姻里那种清醒的幸福融入文学？世界各地的书架上都从未有过这样一部作品。所以在《弃儿汤姆·琼斯的历史》里，菲尔丁大胆地创造了一个全新的范式，穿插运用"全能之心"（无法想象，还有什么场面比叔侄相见更为动人）和略带讽刺的叙事（琼斯来到布利非的房间，发现自己对他的处境颇为同情，尽管这会令许多旁观者不快）。

这样，就造就了一部自我袒露和反讽戏仿相结合的鸿篇——一部《帕梅拉》和《堂吉诃德》的折中产物。它激励了我们的心灵，同时又予以节制。

菲尔丁这部柔情和反讽的调和之作一经出版即取得了巨大成功。《弃儿汤姆·琼斯的历史》的表现意外地超过了《莎美拉》，成为最受欢迎的畅销书，被各地图书馆明智地摆上书架。读了这本书之后，亚当·斯密才开始创作实利主义经典《国富论》；托马斯·杰斐逊在长久玩味它的文段后，写下了《独立宣言》里那些不言自明的真理；爱德华·吉本为它逗趣的故事欣喜不已，然后创作了那部洞察事理的巨著《罗马帝国衰亡史》。不久后，另一位见识卓著的读者将会把这本书从书架上取下。起码在文学方面，这位读者比斯密、杰斐逊和吉本更有见地。

这个读者居住在乡间小镇史蒂文顿满园的野毛茛和野蔷薇间，那里位于伦敦西南方向七十英里处。她的母亲卡桑德拉·利是一位聪颖的女子，曾经大胆地前往牛津大学院长室去见自己位高权重的叔父西奥菲勒斯。她的父亲乔治·奥斯丁是一位教区牧师，姑姑费拉德尔菲亚则为了追求一位男子远赴印度。

1776 年 4 月，这位读者作为其父母的第七个孩子降生在橡树林旁安静的教堂里，她受洗并获得了一个普通的名字——简。

简·奥斯丁对《弃儿汤姆·琼斯的历史》的诊断

简·奥斯丁读了《弃儿汤姆·琼斯的历史》后，便被深深地吸引了。每重读一遍，她对它的兴趣就越发浓厚。她认为这部小说做到了文学上的突破。如亨利·菲尔丁期望的，它的构思非常巧妙，且适当地为浪漫文学加以了克制。

不过，当奥斯丁翻阅菲尔丁这部杰作时，她突然意识到尚有一种更深层次的突破还未达成。毋庸置疑，《弃儿汤姆·琼斯的历史》是成功的，但它的读者数量并没有超过《帕梅拉》和《克拉丽莎》。这两部小说十分畅销，在英文世界中催生了一大批模仿之作，比如莎拉·斯科特 1750 年的《科妮莉亚的故事》、弗朗西斯·谢里丹 1761 年的《悉尼·比达尔夫小姐回忆录》、弗朗西斯·布鲁克 1770 年的《埃米丽·蒙塔古的故事》、夏洛特·特纳·史密斯 1788 年的《埃米琳》，以及玛丽·罗宾逊 1796 年的《安吉丽娜》。理查逊的小说甚至冲出英国，远播海外，被引用进德国的布道和西班牙的法庭辩词中，还被改编成奥地利歌剧，并为未来的美国第一夫人用到情书上。

为什么《弃儿汤姆·琼斯的历史》里那悦人的灵药没有受到这般欢迎？奥斯丁起初还不知道，但经过苦苦思索，答案慢慢清晰起来：菲尔丁在柔情和反讽之间的切换让故事变得半浪漫半疗愈。如此一来，《弃儿汤姆·琼斯的历史》的人气只有《克拉丽莎》的一半，它对堂吉诃德们的疗效也打了半折。一部小说，要想争取到《克拉丽莎》一样众多的读者，并彻底帮到他们，就不能像《弃儿汤姆·琼斯的历史》那样两相掺半。它的每一页都应将浪漫和反讽一齐贯彻到底。

这当然是不可能的。一部小说可以是一首柔情似水的诗歌，也可以是一个讽刺故事，或者像《弃儿汤姆·琼斯的历史》那样，在两者之间来回跳跃。但它的语句不能既点燃爱意，又浇灭情思。

不过，简·奥斯丁意识到这是有可能实现的。只需一种全新的文学技术。或者说，是一种古已有之的文学发明。这项发明已被菲尔丁和历代讽刺作家所掌握，只是它还具有人们尚不理解的神秘功效。在奥斯丁之前，人们并不喜欢这一古老的发明，甚至没有给它取个名字。但在奥斯丁令这项发明声名大振后，这种轻视将得到修正。

那些长期以来被忽视的细节将得到一个煞有介事的学名——自由间接引语。

自由间接引语

自由间接引语发明于奥斯丁之前大约两千年。

它的发明者是那些古代的讽刺作家，他们想要一种能把反讽和自我袒露结合起来的文学机制。以下是一个早期雏形，引自贺拉斯的第一部讽刺作品，该作品讽刺了罗马黄金年代的虚幻：

> 为什么没有人感到快乐了？"哦，幸运的商人们！"士兵痛苦地呻吟道。他的肢体已不再年轻，如今被战争弄得残缺不全。被风暴折磨的商人叹口气，回道："哦，去打仗了！在区区一个小时里，一切将尘埃落定，是死还是光荣！"

这一小段文字看起来没什么不同寻常，但它运用了极为巧妙的叙事技巧。表面上看，它包含了三个独立的口吻：讽刺作家、士兵、商人。但事实上，所有口吻都属于作者，他只是模仿了士兵和商人的口吻，替他们发声。

这有什么大不了的？且听我说，作者一直在说话，还一直在用反讽的口气说话，通篇读下来，每一个字都透着讽刺。但是，当作者模仿商人和士兵的情感时，文章也关照到了两人的内心，从而给全篇的反讽掺入个人的心绪。

从贺拉斯对这项技术的运用可以看出，这项技术还相当简略。事实上，在这一阶段，它还没有成为自由间接引语，而只是自由间接引语的前身——双声语。不过，贺拉斯在后来的讽刺作品里将会改进这项技术，使其成为真正的自由间接引语。不久后，这一改进走入了英国文学。那便是杰弗雷·乔叟创作于 14 世纪的故事集《坎特伯雷故事》。

《坎特伯雷故事》开头向我们介绍了一群虔诚的朝圣者，而其中一个也许没那么虔诚：

> 还有一个修道士，一个威猛的修道士，
>
> 骑着马四处溜达，尤其热衷打猎。

正如贺拉斯的讽刺作品，这句小诗充满了反讽意味。打猎，无论如何也不符合修道士的行为规范。这套规范应该包含很多事情，比如祷告、劳作、读经等，但没有玩鹰、猎狐、射鹿。接着，《坎特伯雷故事》继续它那幽默的反讽，厚着脸皮假装为修道士的荒谬与散漫而辩护：

> 为何他要整晚费力研读，
>
> 让那些干瘪落灰的说教，
>
> 把自己搞得思绪纷乱？
>
> 何苦像奥古斯丁教导的那般亲自苦干？

> 这么做究竟对世界有何裨益？
>
> 奥古斯丁大可做他自己的工！
>
> 而他这个修道士合该纵情地策马驰骋。

这些内容非常有趣，直到作者突然语出惊人。在倒数第二行可以看到："奥古斯丁大可做他自己的工！"此处我们能真切听出修道士对圣奥古斯丁嗤之以鼻："这些工作对世界有什么好处？没什么好处，还不如我去好好打一场猎！"

可是我们怎么才能听到修道士的话？修道士其实一直没有说话。这里没有话语的引述，只有作者的叙事。

答案就是乔叟运用了自由间接引语。就像贺拉斯的第一首讽刺诗，在自由间接引语里，人物的心声在被代言时，没有标上正式的引号。叙事者在人物的心理活动中自由出入。如此一来，乔叟在给我们透露修道士的内心的同时，还保留了叙事者的反讽语气。

这项技术是个奇迹，它是文学史上最卓越的发明之一。它持续不断的反讽促使我们窃笑修道士的荒谬，而其中的自我袒露又让我们对修道士的自由不羁感到亲近。在这种双重意识闪过的一瞬，我们的大脑同时感受到修道士身上的讽刺和其内心的情感。尽管在《坎特伯雷故事》里，这种表里结合的神经触动只是一闪而过，它仍开创了文学上重要的可能性：一种让我们关照角色的反讽式浪漫。换言之，一种真正触动我们心灵的爱情讽喻故事。

贺拉斯和乔叟竟然都没有意识到这是个非同凡响的创造。近两千年来也没有迹象表明，哪一位尝试自由间接引语的作家想到过这一点。

但简·奥斯丁想到了。

简·奥斯丁的自由间接引语

1811 年，一部新的小说诞生了。这部小说是匿名发表的，它的题名页只写了作者为"一位女士"。它的销售稳中有进，首印的七百五十册在两年后就已售罄，随即开始加印。

这部小说就是《理智与情感》，它的神秘作者是简·奥斯丁。

奥斯丁在即将成年之际开始创作《理智与情感》。那时她借鉴了塞缪尔·理查逊的书信体浪漫故事架构，小说由达什伍德家的两姐妹——埃莉诺和玛丽安之间虚构的信件往来构成。但当《理智与情感》出现在书店时，它读上去并不像《帕梅拉》和《克拉丽莎》。它是这么写的：

> 四千英镑一年的前景，加上他目前的收入，还不算他生母那一半财产，这让(约翰·达什伍德)心里涌起一股暖流，他感到自己有能力表现得慷慨了。——"没错，他会给（他的姐妹们）三千英镑，这是多么慷慨大方！这笔钱准保让她们过得舒心。三千英镑！他不费吹灰之力就可以拿出这么多钱来！"——一连好多天里，他整日盘算着，而且没有反悔。

像贺拉斯和乔叟的讽刺一样，这段运用了自由间接引语来调侃一个愚人。这个愚人就是约翰·达什伍德先生，其内心的想法（引号中的部分）表明他对自己的"慷慨"有些得意过了头。

通过这种对约翰·达什伍德先生的深入刻画，奥斯丁成为第一个在爱情小说里运用自由间接引语的作者。旋即，她开始了进一步的创新。她把自由间接引语变得柔和，使其不像是一种宽泛的讽刺漫画，而更像是人物独特的内心袒露。1816年，《理智与情感》出版五年后，奥斯丁又发表了《爱玛》，它的第一章是这么开篇的：

> 忧伤袭来了——一股淡淡的忧伤——但也不是什么令人不快的事。泰勒小姐结婚了。失去泰勒小姐，爱玛第一次有了悲伤的感觉。

"泰勒小姐结婚了"，这句自由间接引语是爱玛·伍德豪斯的内心独白。那是她脑中的意识。只要我们愿意，它就可以被我们以一种略微夸张的语气读出来，但不是以约翰·达什伍德那种漫画式的荒诞方式。接着读下去，这种细微的差别就越发显现：

> 还不到两分钟，（爱玛）就发现哈丽特那跟屁虫和爱学人的毛病让她也跟了过来，而且要不了多久，另一个人也会追上来。这可不行。于是她立刻停下脚步。

在《爱玛》中，有无数这样挖掘爱玛个人情感的细节。我们越是感知到这些情感，我们的大脑就越能体会文学带来的一种全新神经作用。

简·奥斯丁小说的神经科学

在简·奥斯丁之前，从未有小说使我们同时感受到讽刺和爱。它们至多是在反讽的冷漠和爱情的热烈之间来回转换，比如《弃儿汤姆·琼斯的历史》。

然而，正如奥斯丁发现的那样，我们有能力同时感受到讽刺和爱。因为讽刺和爱存在于我们大脑的不同区域。讽刺出现在大脑皮层的观点采择系统（详见引言及第四章），而爱则潜伏在杏仁核的深层情感区域。因此，文学可以让我们的大脑皮层和杏仁核的注意力分别集中于不同的叙事对象，来刺激神经产生一种融合了讽刺和浪漫的感受。

这种对神经注意力的区分正是简·奥斯丁在《爱玛》里所做的。奥斯丁的讽刺叙事让大脑的观点采择系统集中于小说里的叙事世界。同时，她的自由间接引语又让大脑的情感区域集中于爱玛。

这个组合的前半部分是对世界的讽刺聚焦，恰好抵消了"全能之心"的作用。"全能之心"诱使大脑产生蓝天碧树都因人类的情感而存在的错觉，而奥斯丁的反讽打破了我们的幻象，让物理法则又回归到笛卡儿的逻辑和牛顿的微积分上来。

这个组合的后半部分是对人物的情感聚焦，在我们的心底（确切来说，是杏仁核）激起对人物的爱。我们对爱玛抱有怜爱，一如我们热爱帕梅拉、奥德修斯，以及其他浪漫故事的主人公那样。

大脑皮层和杏仁核的作用相结合,让我们感到亲密的人性联结,同时对广大的世界抱有讽刺的超然之感。也就是说,它让我们对他人敞开心扉,而不是让我们误以为自身的欲望就是现实法则。

这种双重的神经效果非常有益于健康。它能给我们带来爱产生的全部心理益处——愉悦、活力、对生活的热情——同时保护我们免受堂吉诃德式浪漫带来的心碎。它用关爱教会我们关爱。

奥斯丁作品对神经的益处可不仅如此。心理学家最近发现,《爱玛》的自由间接引语滋养了一种完全不同于《帕梅拉》的爱。理查逊的创作让大脑感觉帕梅拉是我们的情感延伸,而奥斯丁的发明则鼓励大脑认识爱玛与我们的不同,她有自己热爱的事物和热爱的方式。也就是说,和理查逊的小说不同,奥斯丁的小说不让我们在接纳别人的同时,把对方当作自己的翻版。相反,奥斯丁结合了私密的袒露和冷漠的讽刺,鼓励我们在接纳他人时承认对方的需求和欲望。《理智与情感》《傲慢与偏见》和《爱玛》都指引我们的神经回路,让我们学会出于别人的本真而爱他们,而不是出于我们对他们的期望。

这就是爱玛最终体验到的一种慷慨的爱。爱玛起初也是一个充满幻想的堂吉诃德,深信自己的感情就是世界"全能之心"的投影。所以,全书大部分时候,她都在掺和好友哈丽特·史密斯的爱情生活。哈丽特想要嫁给罗伯特·马丁,而在爱玛看来,罗伯特·马丁是最差的做丈夫人选。他无法让人心动,埃尔顿先生才更适合。于是,爱玛赶走了罗伯特·马丁,极力撮合哈丽特和埃尔顿先生。

可与爱玛的心愿背道而驰,婚礼的钟声并没有敲响。哈丽特和埃尔顿的爱情关系破碎了，这又让爱玛怀疑，哈丽特只有嫁给爱玛自己钟爱的奈特利先生才会得到幸福。毕竟，假使奈特利先生对爱玛来说是合适的，那他怎么就不能对别人也是合适的呢？

直至小说结尾，哈丽特对爱玛坦白，她最渴慕的人是罗伯特·马丁。尽管这让爱玛迷惑不解，但她最终还是接受了哈丽特与她心有不同的事实：

> （爱玛）终于有机会同哈丽特单独待了一个钟头，她立刻变得心花怒放了——多么不可思议啊！罗伯特·马丁竟完全取代了奈特利先生，成了哈丽特的心上人，她的幸福如今全部落到了他的身上。

爱玛虽然认为哈丽特的口味是"不可思议"的，但仍然爱着自己的朋友。奥斯丁的行文让我们对爱玛产生了同样的感觉：尽管她做了一些我们绝不会做的事，但我们仍然关爱着她。

这种关爱就是奥斯丁的小说给我们的馈赠。这是个绝妙的礼物，它帮助我们构建健康的关系，消除因将自身愿望强加于人而产生的分歧和怨恨。甚至可以说，它能带领我们向真爱更进一步。因为真爱不就该是这样的吗？真爱不就是忘掉自我中心的幻象，去接纳一个不同的心灵吗？

如何自行运用"爱情盔甲"

如果你希望自己的生活多一些浪漫,可以走进任何一间图书馆,那里有一书架一书架的塞缪尔·理查逊式的迷人之作。其中最富传奇色彩的当数夏洛蒂·勃朗特 1847 年的小说《简·爱》。这部小说对理查逊的发明做了两个巧妙的创新。首先,它将帕梅拉那一连串虚构的信件改为更加可信回顾式自传。其次,它摈弃了理查逊在浪漫上的克制:理查逊将《克拉丽莎》写成一个悲剧,在《帕梅拉》的结尾处借"上帝之声"之口呼吁抵制欲望,而勃朗特构造了一个持中的结局,让我们的心扉完全敞开。不过,在这些创新的底层,仍然潜藏着理查逊式小说里那令人心跳加速的内核:一部内心袒露的长篇史诗。事实上,《简·爱》和《帕梅拉》非常相像,在那个剽窃最为猖獗的时代,勃朗特甚至有抄袭之嫌。两部小说中,都有个照顾其主人私生子的女仆,都有个吉卜赛占卜者给予婚姻的忠告,而女仆在得知主人生病后也都回到了主人身边。

你还能在大量现代爱情小说里找到理查逊的发明,从安·帕契特的《美声》,到奥德丽·尼芬格的《时间旅行者的妻子》,到妮可·克劳斯的《爱的历史》,再到安德烈·艾西蒙的《夏日终曲》。假如你感受不到生活的热情,你可以在宽阔的文学告解室里重获悸动。

假如你感到自己被一种相反的痛苦——堂吉诃德式的过分浪漫——折磨,你可以在奥斯丁的作品中得到治愈。只需读一下《傲慢与偏见》的开头("这是一条世所公认的真理"),感受叙事者那略带讽刺的语气。沉浸在伊丽莎白·本内特和达西先生的内心袒露中，你会理解这些人物在一个不露感情的世界里的生活，同时获得对他们内心的关照。

如果你不喜欢简·奥斯丁的作品，或者你已对她的小说滚瓜烂熟，只是想在一个新故事里体会同样的情感，还有很多现代小说可供阅读。它们也运用了简·奥斯丁的发明，还传递了更理智而丰沛的爱情，如伊恩·麦克尤恩的《儿童法案》，或者杰弗里·尤金尼德斯的《婚变》，又或安妮·普鲁的《断背山》。

这些作品的自由间接引语会助你在爱情中变得更加明智和宽容。下一次，当你和自己的汤姆·勒弗罗伊共舞时，你大可从容护住自己的内心，并让它学会真正的爱。

第十二章　赋能生命

玛丽·雪莱的《弗兰肯斯坦》、现代恐怖故事鼻祖，以及"压力转换器"

弗兰肯斯坦博士希望能掌握创造生命的秘诀。于是，他"流连于潮湿的乱葬岗"，还"从停尸房收集来各种尸骨"。终于，"它喘着粗气，手脚僵硬地抽动了几下"。

活了！它活了！

弗兰肯斯坦博士的发明

1816 年 5 月，一个名叫玛丽·沃斯通克拉夫特·戈德温——后来闻名世界的玛丽·雪莱——的少女，与她的爱人和襁褓中的儿子到日内瓦湖的坡地度假。他们住在一幢高大威严的乡间别墅里，在那儿住着一位高傲的玄学者，还有他雇来的一位研究梦游的专家。

那是一个阴沉的夏天，空气因遥远的坦博拉火山的爆发而污浊不堪。这座火山在大气中释放了大量火山灰，乃至 6 月就出现了白霜。一天傍晚，将至的夜幕下，暗影混着熔岩的雾气在空气中浮动，雪莱一行人躲进别墅的书房，把门窗紧闭。在一个结满蛛网、落满灰尘的书架上，他们找到一部译成法语的德国恐怖故事巨著——《死神寓言》。翻开皮质书页，他们读到了以下故事：一个人挖出一颗会说话的人头；一幅用吻杀死无数婴孩的画；四处猎捕新郎的死神新娘；年轻女人得到灵魂的警告，说她将死于当晚9点：嘀嗒、嘀嗒、嘀嗒……

雪莱后来回忆称，这些故事"令人毛骨悚然……心跳加速"。在这种感受的促发下，她和朋友们开始创作他们自己的恐怖故事。那位梦游专家打磨出一部有关食尸鬼的故事，这种双眼深陷的怪物时常潜伏在墓地里。那位高傲的玄学者则创造出文学史上最早的吸血鬼。

那雪莱呢？别提了，她失败了。她头脑的创造力似乎哑火了。雪莱没能创造出超自然的鬼怪，而是想象出了一个科学家，一个彻头彻尾的普通人。雪莱掩盖着自己文思的枯竭，可就算她闭口不言，这个科学家还是在她的脑中挥之不去。又过了几晚，她突然入神地幻想起这位科学家的工作场景，他正操作一台"强有力的机器"："我在恐惧中睁开双眼……一阵战栗涌遍全身。"

这是一种比任何鬼故事都要强大的恐惧感。然而，它引发的"战栗"和《死神寓言》不同。它的恐怖是一种别样的恐怖。

别样的恐怖

恐怖故事给我们一种虚构的恐惧，欺骗大脑，唤起一种"要么反抗要么逃跑"的反应。它用激增的肾上腺素让脉搏加速，将令人愉悦的内啡肽注入脊髓，从而使我们迸发一种生理的亢奋。

然而，并非所有恐怖故事都能给我们同样的亢奋。有的恐怖故事激发有益的亢奋，为大脑赋能，帮助我们扩展生命；而有的恐怖故事则会催生不良的亢奋，损害我们的健康。

科学研究发现，这两种亢奋的不同，可以归因于一个奇异的解剖结构，它从我们大脑的下丘脑和腺垂体一直蔓延至肾上腺皮质。这个结构就是我们的"下丘脑—垂体—肾上腺轴"，它的一个基本功能就是调节皮质醇。皮质醇是一种刺激警觉的激素。当我们在夜里睡觉时，下丘脑—垂体—肾上腺轴会降低血液中的皮质醇水平。早上醒来，血液中的皮质醇水平又开始增高，在我们起床后大约半小时达到峰值。

在清晨升高的皮质醇可以视作人体的天然咖啡，它向我们传递能量，提高我们的注意力，支撑我们度过白天。但当我们受到惊吓时，这杯咖啡便开始疯狂释放能量。下丘脑—垂体—肾上腺轴会产生更多的皮质醇，像过剩的咖啡因一样作用于大脑，给我们更多的能量，让我们注意力更为集中，以帮助我们的身心逃离任何骇人之物。

这种皮质醇可能成为救命的良药。然而，它也并非毫无风险。皮质醇水平的升高短期内对我们有益，而长期就可能会损害健康。它能引起失眠、疲惫、焦虑、抑郁，甚至增加罹患糖尿病、心脏病和脑卒中的风险。

皮质醇这些潜在的不利因素是由 20 世纪中叶一位名叫汉斯·塞尔耶的优秀医生发现的。塞尔耶在罗马哨塔和南喀尔巴阡山脉以西的匈牙利城市科马罗姆古城的废墟间长大。20 世纪 20 年代，塞尔耶还是布拉格的一名医学生，他发现有些患者受到一些怪异疾病的折磨，而这些疾病又没有明显的身体诱因。1936 年夏天，塞尔耶迁至蒙特利尔一家新维多利亚风格的生化实验室，在科学期刊《自然》上发表了一封信，提醒人们要警惕"一种由有害化学制剂引发的综合征"，比如脊休克。或者借用这位良医的精简概括：人们正在生病——甚至死亡——其原因皆在于"精神压力"。

塞尔耶发现精神压力的危险后，其他医生也开始建议人们避开任何可能提高血液中皮质醇水平的事物："远离高压环境，少读点儿鬼故事吧！"然而，当塞尔耶继续他那离奇的解剖学研究，深入探究下丘脑—垂体—肾上腺轴的神经化学奥秘时，他发现精神压力也并非总是有害的。他在1974年的《没有痛苦的压力》一书中将压力分为两种。消极的压力是一种"劣性应激"，但是也有积极的压力，或称"良性应激"。

和消极的压力一样，积极的压力激发我们的下丘脑—垂体—肾上腺轴轴，升高我们的皮质醇。而与消极压力不同的是，积极压力不会引起失眠、焦虑、脑卒中、糖尿病等疾病。也就是说，积极的压力具有过剩皮质醇的全部好处——增添活力，提高注意力——而没有任何坏处。（不过积极压力确实会引起疲惫，毕竟我们不能不费吹灰之力就让大脑保持活跃。）

从原理上看，良性应激似乎好得有些不真实。而科学研究表明，它的益处甚至不仅如此：心理学研究发现，积极压力和消极压力的根本差异在于我们的大脑是否将压力视作自愿的。非自愿的压力，由潜在的掠夺者引发，比如暴虐的老板，或一场健康危机，这种压力是消极的。但自愿产生的压力，如开启新的事业、小心前往第一场约会，或为了梦想全力以赴，这些都是积极的压力。因此，如果我们想获得能使我们充满活力的良性应激，只需积极面对新的挑战。更神奇的是，如果我们想要消除消极的压力，只需心甘情愿地去接纳它。如果我们能下定决心，把职场受阻、情场失意，甚至癌症确诊都看作个人成长的机会，那么痛苦就会转化成良性应激，我们就会感到充满活力、精神集中，而不是辗转反侧、忧心忡忡。

当然，做出这样的认知转变绝非易事。但正如玛丽·雪莱发现的那样，文学可以帮助我们做到这一点。

最初的发现

早在玛丽·雪莱之前，已经有人发现了这一点。

我们不清楚是谁第一个发现的。但我们知道，这个发现时间应在简·奥斯丁那个年代。在奥斯丁即将出版第一部小说的 1811 年，再过七年才会有玛丽·雪莱。一个沉闷的午后，困在家里的简·奥斯丁决定去第一部哥特式小说的世界里一探究竟，这部小说就是霍勒斯·沃波尔 1764 年的《奥特兰托城堡》。奥斯丁很快便沉浸在这个古怪至极的婚礼故事中了。结婚典礼的一切都已准备妥当：新娘披好了婚纱，宴会准备停当，来宾在教堂里望眼欲穿。然而，就在新郎正要步入婚礼长廊时，他被一个从天而降的巨大头盔砸得粉身碎骨。大惊失色的侍者弄洒了饮料，一位宫廷仆人尖叫道："啊！那个头盔！是那个头盔！"

对于奥斯丁同时代的许多人来说，这都是个毛骨悚然的故事。苏格兰小说家沃尔特·司各特——他明察秋毫，一度要被委任追查失踪的国家御宝的下落——曾在 1811 年断言，《奥特兰托城堡》创造了一种难以言表的恐怖，那种感觉无异于从一幅古老的肖像画前漫不经心地走过，却发现画中人的眼睛正随着你移动。

然而奥斯丁并没有感受到这种毛骨悚然。相反，她忍不住暗笑：“啊！那个头盔！是那个头盔！”尽管在司各特爵士看来，奥斯丁的反应可能很奇怪，但当出现祸患时，人们微笑甚至大笑的情形并不罕见：生日蛋糕的蜡烛意外点燃了装饰彩纸；家里的宠物变得狂躁，疯狂攻击不幸的客人；边看手机边走路的游客撞到嘉年华上踩高跷的演员，人们纷纷倒地，四仰八叉。面对这些慌乱的场面，一部分人不会表现惊恐，而是碍于情面强忍着笑，或干脆笑出声来。

假如你也是这样一个窃笑者（或者假如你身边就站着这么一个人），也不要烦恼，这不能说明你精神不正常。这是一种正常的神经反应。尽管听上去很奇怪，这是因为我们在恐惧时和大笑时的思想感情系出同源，它们都出自我们大脑对某种反常的感知。

这也就是为什么“funny”[1] 这个词具有双重意味。当我们忍俊不禁时，就是搞笑；当我们汗毛倒竖时，就是诡异。当大脑感知到某种怪异时，我们的威胁探测系统得以触发，我们便有了这两种感受。正如第六章详细分析过的那样，这个系统会进行微调，以使我们察觉到周围环境的任何异常。面对这种异常，我们的危险探测系统向额叶皮质中的决策器官发出警告：“此处有异常！”然后额叶皮质会分析这个怪异事物，去分辨它是潜在危险，绝对危险，还是没有

1　英文词，兼有“好笑”“奇怪”等义。

危险。如果是**潜在危险**，我们的大脑会在担忧中暂缓行动。如果是**绝对危险**，我们的大脑会非常害怕，并催促我们逃走。如果**没有危险**，我们的大脑就会发笑。

前两种反应在恐怖故事的刺激下产生。恐怖故事带我们走近诡异的反常事物——会说话的骷髅、从天而降的中世纪头盔、残肢断臂拼凑成的"活人"——并让我们感受潜在或绝对的危险。危险越是捉摸不定，恐怖就持续得越久；危险越是确凿无疑，恐怖就越震撼人心。就这样，恐怖故事让我们一直心神不宁，甚至惊魂不定。

对怪异事物的第三种神经反应引发自一个全然不同的文学类型——喜剧。喜剧为我们呈现出古怪的角色或奇异的故事，然后又揭示出它们的无害，惹得我们开怀大笑。这件事情本身就很奇怪。为什么大脑会对古怪无害的事物感到好笑呢？生物学的解释是，我们大脑的幽默反应是一种进化，是为了消除由危险探测系统引发的压力。大笑的一个生理功能就是降低我们的皮质醇水平（如第四章所述），因此当下丘脑－垂体－肾上腺轴不小心升高血液中的皮质醇时，笑一笑可以清除这个过错。

恐怖和幽默共同的神经来源催生了大量刻意搞笑的恐怖电影，从《杀人番茄》到《鬼玩人2》。这一神经来源还能赋予我们力量，让我们在欣赏严肃的鬼故事时也能联想到简·奥斯丁的作品。假如消极压力增长到很高水平，我们可以为故事里的怪异而窃笑，这样的故事有《睡谷传奇》和《鬼入侵》。它们的怪异会变得无害，压力也会在嗤笑中消解，我们患上失眠和焦虑的风险也随之降低。

然而，正如玛丽·雪莱在奥斯丁之后发现的那样，我们对恐怖小说的精神视角会发生更大的转变。这种转变并不会清除我们神经系统中引起恐惧的皮质醇，而是将其保留并转化成一种有益的东西。

更大的发现

就在玛丽·雪莱被血液里的皮质醇搞得辗转难眠的那个夜晚，她的这个发现就已悄然生根。雪莱的脑海里翻腾着那个科学家的画面。她意识到，他的科学带来的震撼完全不同于《死神寓言》的妖魔鬼怪。妖魔鬼怪受到超自然力量的支持，其带来的感受是强制性的，而科学带来的感受则是人类内生的。那个科学家**自愿地**制造他的机器，**自愿地**探索生命的奥秘。

雪莱后来便会发现，这种自愿的感觉是种妄想。事实上，科学家受到了欲望、命运这些更强大的力量的驱使。不过，说到恐怖故事的生理效果，重要的不是生活的本真，而是我们大脑对现实的认知。正如雪莱从午夜幻象中领悟的，科学的独特力量就是通过一种信念振奋我们的大脑，这种信念就是我们可以随心所欲地达到任何目标：无所不能，长生不死，死而复生。

因此，当雪莱在两年后决定把那个午夜幻象扩写为小说《弗兰肯斯坦》时，她邀请读者想象一场北极的科学之旅：

> 在这一个白夜永昼之地，还有什么奇观不可想象？在那儿，我可能发现能把针吸起来的神秘力量，也可能见识上千次天体观测……这些都深深吸引着我，足以令我克服

对危险和死亡的一切恐惧。

这是像普罗米修斯一样勇于开创的科学之梦。梦想的力量在于给予我们信心，让我们相信自己能像神一样主宰自己的命运。所以，在逐梦的路上等着我们的"危险"并不会引发危害健康的焦虑。那是一种良性应激。通过想象"死"是我们的自主选择，我们会更加深刻地感受到生。

为了强化这种激励，雪莱将《弗兰肯斯坦》剩下的部分构建成一部扣人心弦的哥特小说，讲述了一个疯狂科学家的曲折故事。她颠覆了早期哥特小说的压力模式，让其产生良性应激。

早期哥特小说通过沉浸式的阅读体验来制造压力，读者往往全神贯注于一个故事。在《奥特兰托城堡》里，这种体验是通过序言里一位翻译家的讲述来实现的。他讲述他如何无意间"在一个古老的天主教家庭的藏书室"读到了从天而降的骑士头盔的故事。这个藏书室其实并不存在。翻译家和藏书室都是故事的作者霍勒斯·沃波尔凭空编造的。尽管如此，序言里的虚构仍有着现实世界的效果。它让大脑对接下来的故事产生一种深刻的沉浸式感受。

这种沉浸式感受源于这篇序言的两个特点。首先，翻译家说，尽管头盔掉落的故事"很显然是虚构的"：

> 但我还是不得不相信这个故事建立在事实的基础之上。这个场景毫无疑问设置在某个真实存在的城堡里。作者似乎自然而然地频繁描写着一些特定的细节。

　　这是一个高明的文学技巧，先发制人地消除了我们的疑虑，鼓励我们暂停怀疑，深入观察故事，寻找表面的离奇下隐藏的真相。

　　接着，这篇序言的第二个特点强化了我们大脑的沉浸式感受。这个特点就是对"故事中的故事"的运用。这是一种古老的文学技巧（更多例子详见第二十四章）。在故事中借人物之口讲述另一个故事，把我们的大脑带入第二重虚构。这种身临其境也是**夸大**（详见引言）的一种类型。和所有**夸大**手法一样，它降低大脑中"自我区域"的活跃性，消除意识和虚构之间的神经边界。在《奥特兰托城堡》中，当假托的翻译家的故事经**夸大**处理后，就成为他"翻译"的小说里的"故事中的故事"，它拉近了我们的自我意识和书之间的距离，使大脑深深沉浸在恐怖中。

　　在沃波尔之后，这一沉浸式恐怖的基本模式在很多作品中都被运用，如安·拉德克利夫 1794 年的《乌多芙堡之谜》、马修·格雷戈里·刘易斯 1796 年的《修道士》、E.T.A. 霍夫曼 1815 年的《魔鬼的迷魂汤》，以及其他众多模糊了故事和意识之间界限的哥特小说。这些小说让我们仿佛被眼前的书页吞没。在《奥特兰托城堡》之后的几十年里，恐怖故事把我们的大脑拖入更深的绝望和恐惧中，几乎将我们淹死……直到 1818 年，玛丽·雪莱的《弗兰肯斯坦》颠覆了这个模式，通过一些觉醒时刻阻断了我们的沉浸式阅读，让我们感到自主选择的力量。

《弗兰肯斯坦》对沉浸式恐怖的颠覆

玛丽·雪莱最富野心的创造是她对"故事中的故事"的颠覆。沃波尔在《奥特兰托城堡》的序言中让我们一头扎进人物的内心，却没有在最后借翻译家之口让我们回到现实。而雪莱在《弗兰肯斯坦》中给"故事中的故事"制造了两个出口。

第一个出口在小说第二卷结尾，当时我们正淹没在弗兰肯斯坦博士创造的怪物的心绪中：

> "我胸中的怒火重又燃起，我想起自己再也无法享受这些美丽的生物所给予的快乐……我只是感到奇怪，那一刻，我为什么只是在哀叹和痛苦中宣泄怒火，而竟然没有冲进人类，毁灭他们，与他们同归于尽。"

此处，怪物正全神贯注于一种深深的恐惧。突然，他获得了一种沉思的疏离："我只是感到奇怪。"过了一会儿，故事的叙事让我们也有了那种沉思的疏离感。怪物的"故事中的故事"结束了，我们被抽离出来，带回到弗兰肯斯坦博士的故事："（怪物）说完后，目不转睛地盯着我。"

这种抽离不仅把我们带回弗兰肯斯坦对外部的凝视，还触发了强烈的自我意识："目不转睛地盯着我。"这几个字打破了故事的"第四堵墙"，仿佛怪物正透过电视屏幕直视着我们。这几个字激起大脑自我区域的剧烈活动，打破"故事中的故事"的夸大效果。在这里，自我意识迅速代替了迷失书中的感受。

同样的突破出现在《弗兰肯斯坦》第二处"故事中的故事"，这个出口在小说第三卷，即最后一卷结尾。此处，我们从弗兰肯斯坦博士的故事中出来，回到了北极探险家的叙事中。我们一出来，就听到探险家对他的妹妹说："玛格丽特，现在你读完了这个恐怖又离奇的故事，你不觉得十分可怕，全身的血液都凝固了吗？我此刻想来仍心有余悸。"

我们的沉浸体验又一次被打破了。我们先是被提醒弗兰肯斯坦的叙述是一个"故事"。而后，我们被提议自主地分析我们的"恐惧"，这再次激活了神经的自我区域中对虚构的疏离感。

通过这些突破，雪莱用一种完全相反的神经体验——一种冷静的自我意识——替代了早期哥特小说里那种沉浸感。也就是说，雪莱发明了在我们今天被称为"元恐惧"的手法。元恐惧不用无法逃离的恐怖来将我们吞没，相反，它让大脑意识到恐怖是我们自主选择去欣赏的一种幻象，假如我们愿意，就可以一直欣赏下去。

这种选择的感觉可能是真实的，也可能只是人类的另一种幻想。但不管怎样，它都对我们的大脑产生了心理学效果。它改变了我们对弗兰肯斯坦的恐怖故事的神经体验。和那个翻开《弗兰肯斯坦》的探险家一样，我们自愿地去发现惊悚，不是危险和死亡在追逐我们，而是我们在追逐危险和死亡。玛丽·雪莱的元叙事让我们的肾上腺素飙升，唤醒我们的皮质醇，从而把我们的压力从一头可怕的怪物转换成友好的生物。

如何自行运用"压力转换器"

在《弗兰肯斯坦》的结尾，北极探险家的船只被困在冰里。他的船员纷纷反抗，要求返航。突然，弗兰肯斯坦博士从被困的船上跳了起来。

弗兰肯斯坦博士快死了，在怪物的折磨下，他的健康消耗殆尽。然而有那么一瞬，博士的眼里又闪现出昔日的火花，他转向暴乱的船员们，高喊道：

> "你们不是声称这是一次光荣的探险吗？光荣体现在哪儿呢？不是因为旅途坦荡，像南方的海面一样风平浪静，而是因为它充满了艰险与恐惧；因为每次遇到新的困难，你们都怀揣巨大的勇气，展现出无比的胆量；因为你们时刻被危险和死亡包围，却仍有勇气去克服它们。"

通过这样一番演讲，弗兰肯斯坦让船员们想起，是他们自己主动选择了危险和死亡。这是一种有益的选择，它充实了船员们的生命，提振了他们的精神，鼓舞了他们的士气。

如今，他们又一次面临着抉择。他们可以决定放弃探险，恢复理智与平常；或再次奋力而活，拥抱险境与恐惧。

所以，你会怎么选？是做一个退缩的船员？还是成为第二个弗兰肯斯坦？是掉转船头，远离死亡，退回温暖的港湾？还是穿过极地，驶入黑暗，追逐可怖的怪物？

如果选择后者，你将会得到良性应激带来的益处。如果你想得到更多的积极压力，你可以在运用了玛丽·雪莱的"元恐惧"的现代恐怖作品中找到它，赋予你的大脑一种自我意识，远离眼下的恐怖。这种疏离并不是让你暗自发笑，它不是喜剧、搞笑或讽刺。它是一种有效的神经作用，告诉我们恐怖是一种幻象，是一种我们自主选择的幻象。我们随时可以合上书本或关掉屏幕，重新回到没有恐怖的现实。

想从经典的"元恐惧"作品中汲取能量，可以看看1983年的恐怖片《阴阳魔界》的结尾。想在相对近期的恐怖作品中找些刺激，可以试试2012年的恐怖片《林中小屋》。想体验剧烈的"元恐惧"，可以看看《趣味游戏》。想体验轻微的"元恐惧"，可以尝试《惊声尖叫》。或者，你也可以从自己喜欢的恐怖故事入手，找到一个稍显疏离，又不至于引起大笑的故事。然后心甘情愿地奔向死亡、危险和噩梦，将压力变成有益健康的能量吧。

感受活着！

活着！

第十三章　解开奥秘

弗朗西斯·培根、埃德加·爱伦·坡，以及"虚拟科学家"

古老的日子里，记录着上帝创世的奥秘，挪亚方舟的奥秘，还有木匠之子走过加利利海的奥秘。

当这些《圣经》奥秘在周日的礼拜堂上被大声吟诵时，教堂里的会众渴望知道，"这一切怎么可能发生呢？"但人们没有得到答案。这些奥秘的关键就在于它们的不可解。它们拒绝一切解释，令全知的头脑自卑，让灵魂敞向信仰的有限恩典。

在罗马帝国的余晖里，《圣经》那些激起信仰的谜团让一种新的文学类型——神秘剧萌芽。大众惊异于神秘剧里的各种故事，如红海分开、天降食物、撒拉九旬怀孕、约拿逃生鲸腹、狮坑的但以理、清水变美酒、拉撒路起死回生等。这些故事里的神奇场面将成为中世纪欧洲最受欢迎的剧场消遣。在欧洲的各个城市，从西班牙的埃尔切到英国的约克郡，演员们身着摩西的长袍，装饰着夏娃的无花果树叶，头戴耶稣受难的荆棘冠冕，将这些故事搬上舞台。年少的莎士比亚极有可能看过这些剧，也极有可能是这些剧启发了莎士比亚写出那些绝妙难解的谜团：《哈姆雷特》的鬼魂、克莉奥佩特拉的美貌、普洛斯帕罗的魔法。

这些故事里的谜团历经岁月，代代相传，直到莎士比亚身后两个世纪，一位故事讲述者问自己：为什么不写一部文学作品，将这些谜团解开？这是最离经叛道的想法，没有任何证据表明有哪位作家曾抱有这种想法。但这个故事讲述者有着自由的思想，他决心一试。他想象出一对遇上怪事的侦探，接着提笔蘸满墨水，奋笔疾书接下来的故事……

突然，他停下手中的笔，脑中闪现出一个更令他激动的想法：为什么只写一个有关侦探的故事？为什么不写一个能培养侦探的故事呢？

为什么不写一个神秘故事，教会读者自己去探索并解开他们自己的谜团呢？

解谜者

解谜的范式起源于伦敦，在莎士比亚死后不到四年。那是1620年，一卷用优美的拉丁文写成的长篇散文手稿被递到了约翰·比尔的手上，他是黑衣修士院的皇家印刷商。手稿的作者是弗朗西斯·培根爵士。培根是英国的大法官，他凭借精明和灵活的道德准则得到了这个职位。培根最喜欢的哲学家是马基雅维利，不料短短一年光景，他就被剥去了礼袍，因为他犯了"重复收款"的罪——这是受贿的一种委婉说法。

世故的培根十分怀疑教会神父和他们口中那些无法解释的奥秘。他把神迹推到一边，坚持认为耶稣更大程度上是个社会变革家，而非善变戏法的人。为了褪去中世纪的迷信薄纱，揭开其后的原子构造，培根的业余时间都用来阅读那些火眼金睛的侦探的故事。这些侦探里有伽利略这样的天文学家，他解开了天上的奥秘；有威廉·吉尔伯特这样的物理学家，他解开了地球的奥秘；还有威廉·哈维这样的生理学家，他解开了心脏的奥秘。

侦探们是如何解开这些奥秘的呢？为了找到答案，培根回到位于戈勒姆伯里的别墅。在古希腊石柱和砖石建成的房间里，夜以继日地研读这些侦探特立独行的作品：伽利略的《星际使者》、吉尔伯特的《论磁》，以及哈维 1616 年在拉姆利讲座所讲授的《解剖学全集序言》。终于，培根想出了一个答案，他在 1620 年给约翰·比尔的那卷长长的手稿中进行了详细阐述。手稿名为《伟大的复兴》。答案就藏在几乎占了手稿全部篇幅的第二部分——《新工具》。

如书名所示，培根的答案始于以一种怀疑的眼光去看待"旧的"科学逻辑。旧的逻辑是演绎推理，是运用一般认知对个别案例得出结论。假设你拥有一般认知，知道英格兰北部的唯一一种黑色大型鸟类是乌鸦，而当你在周末愉悦地漫步于利物浦时，你看到一只黑色的大鸟，你会立刻推断出：**这一定是只乌鸦！**

中世纪欧洲的学子一直被灌输以这种演绎过程，从 11 世纪的博洛尼亚大学到 17 世纪的图尔库大学。学生起先会背诵一些经过审批的教科书，如《圣经》和亚里士多德的《形而上学》。然后运用课本上学来的一般认知来解答单个问题：为什么会有月亮？装有石头的桶的下落速度会比空桶快多少？针尖上能站下多少天使？这些问题均能用演绎推理解答，若无法解答，那就说明上帝有意使之无法解答。

　　几百年来，这似乎都是一个十分完善的系统。它能解释几乎一切事物，同时留下足够的神秘来激起对上帝的敬畏。但后来，在培根那本不同凡响的著作问世前的数十年里，这个系统受到了那些侦探的严重干扰。侦探们操弄着望远镜、手术刀，以及其他不为人知的工具。这些工具引出的答案与旧逻辑大相径庭：天上不只一个月亮，木星周围也有好几个月亮；装有石头的桶和空桶的下落速度完全一样；针尖上那些细小的东西其实是和天使毫不沾边的虫子。

　　这些答案本已足够令人震惊，然而它们仅仅是个开头。接下来，侦探们要用这些答案对中世纪学校里代代相传的一般认知提出异议。侦探们首先挑战了亚里士多德，嘲笑他的《形而上学》是胡言乱语。而后，他们还敢质疑《圣经》。《圣经》明确指出地球是静止的：

　　　　世界就坚定，不得动摇。

　　　　　　　　　　　　　　　　　　——《圣经·诗篇》

　　　　全地要在他面前战抖，世界也坚定不得动摇。

　　　　　　　　　　　　　　　　　——《圣经·历代志上》

　　但面对《圣经》的经典教义，那些侦探不为所动。他们挥舞着望远镜，大声宣告："地球在转动，太阳在宇宙中心岿然不动。"

　　不用说，大学里的教授对此大为震惊，用这个稀奇的圆筒就想质疑《圣经》？真是疯狂。

　　但这其实并不疯狂，起码对于弗朗西斯·培根来说不是。它有一套非常牢固的逻辑——新逻辑。

侦探们的新逻辑

培根认为，这套新逻辑就是归纳。

归纳和演绎恰好是颠倒的。演绎是从一般认知得出个别案例，而归纳是从个别案例形成一般认知。因此，我们可以说，当你在周末愉快地漫步于利物浦时，你注意到上百只白肚皮的水鸟，这些鸟都是鸬鹚。基于这一百个个案，你可以建立一个一般认知："英格兰北部所有白肚皮的水鸟都是鸬鹚。"就这样，你完成了一次归纳。

严格来讲，归纳法并不算是"新"逻辑。亚里士多德本人就曾实践过归纳，大学教授们掌握它也有几百年了。但尽管如此，在中世纪教育系统中，归纳法一直被人轻视。它被用来证实亚里士多德的《形而上学》和《圣经》中的一般知识的方法，而不是用来创造新的知识。当然，它更不是用来推翻那些千百年来为人笃信的伟大哲理的。

培根对此表示怀疑。他认为，归纳——而非演绎——才是习得知识的基础。他希望人们能发明出更好的设备，以收集个体的观察，再把这些观察归纳为一般认知。为了推动这场研究变革，培根创作了文学作品《新大西岛》，描绘了一个想象中的理想世界。在那里，侦探们创造出比肩《圣经》的奇迹，他们用新逻辑治好麻风，利用废水酿成美酒，还能创造出炫目的视觉幻象。在这个虚构的故事中，培根巧妙地融入了"警觉触发器"（详见第六章），引导读者开动脑筋，质疑旧的真理，寻找新的真理。

1660 年，培根已去世三十四年，一些富有质疑精神的读者成立了"物理数学实验学习促进学院"，即后来的英国皇家学会。该学会成员——包括艾萨克·牛顿、罗伯特·波义耳、罗伯特·胡克等杰出人物——撰写了一些有关新物理学、新化学、新医学、新生物学的著作。19 世纪早期，培根的归纳法启发了蒸汽船和蒸汽机车的发明。在这些强大机器的帮助下，英帝国在全世界开疆拓土，这个国家的侦探们紧随其后。他们在北美研究植物，在南亚研究香料，在中非研究岩石。他们就像《新大西岛》里描述的理想国居民一样，钻研世界的微小缝隙，创造宇宙的宏大理论。

突然，侦探们意识到一个可怕的问题：培根搞错了。

培根的错误

18 世纪，侦探们开始逐渐认识到培根的错误。直至 19 世纪 20 年代，人们再也无法忽视这个错误。

这个错误就是：归纳永远无法带领人们走向真理。根据逻辑，通过归纳得到真理唯一的途径就是研究所有个案。不是**许多案例**，也不是**大多数案例**，而是**所有案例**。想得到关于鸬鹚的真理，必须研究每只鸬鹚；想得到关于原子的真理，必须研究每个原子。而人类是无法做到这点的。一个普通人不论再怎么勤奋，也不可能考察所有英国北方的白肚皮水鸟，更别提所有微小的分子了。只有全能全知的存在，才能完成如此广博的观察。只有上帝才拥有归纳所需的无限慧眼。

因此，假如归纳是通往一般知识的唯一道路，那这些侦探可能本就无路可走。谜团再次生根，自然又笼上了她神秘的面纱……

直到有一天，在逻辑的奇迹中，侦探们得救了。1830 年，英国天文学家约翰·赫歇尔出版了《自然哲学研究初论》一书。尽管有个沉闷乏味的名字，《自然哲学研究初论》问世后旋即成为畅销之作，启迪了玛丽亚·埃奇沃思等当时广受欢迎的小说家，点燃了青年查尔斯·达尔文心中的"狂热激情"。在这本精彩绝伦的书中，最了不起的地方在于对培根的错误的弥补。正如赫歇尔所说，对于我们凡人来说，收集"大量特定事实，使其成为体系的一部分"，然后据此"未试验而预测事实"，我们也有可能得到宇宙的普遍真理。

"未试验而预测事实"这句话给人一种矛盾的感觉，似乎培根既是正确的，也是错误的。这是为什么呢？根据这句话，侦探们的方法可分为两步。第一步，侦探们收集了足够的"特定事实"来假定一套关于自然的一般"体系"（或称理论）。第二步，侦探们运用这个理论来"预测"新的事实。第一步是粗略的归纳，是培根推崇的基本方法。但第二步并不是归纳。它将一般理论转化为对个案的猜测。换言之，这是一种演绎，是培根拒斥的中世纪做法。

经过如此修改，赫歇尔将旧逻辑与新逻辑结合了起来。他向我们展示了如何将归纳和演绎合二为一，变成一种追寻普遍真理的方法，并通过"试验"来检验预测。于是，这个方法就变成：归纳、演绎、试验。或者通俗地说：收集事实、做出预测，然后进行试验，检验预测是否说得通。

这一方法是一项巨大变革。不过赫歇尔却谦虚地表示那不是他的发明，而是侦探们一直在践行的方法：

> 哥白尼的学说曾遭到反对。反对者称，如果他的学说是真的，那么金星会像月亮一样，有时变成弯角的形状。对此，哥白尼先肯定了这一结论，然后斩钉截铁地回应，假如我们能看到金星的实际形状，那它一定是这个样子。当望远镜的运用终于证实了这一预言，将金星以哥白尼和他的反对者一致认为的样子展现出来时，不难想见每个人都受到了多么强烈的心灵震撼。

这就是变革的开端。一个侦探预言了弯角的金星，这一预言之后被实验证实。

1833 年，赫歇尔出版《自然哲学研究初论》三年后，他的朋友威廉·惠威尔创造了"科学家"一词来代指侦探们。以后，侦探变革成为科学变革，赫歇尔的"先预测再证实"成为科学的方法。解决问题的时代来临了，往昔那一团迷雾的暗夜已然消散。

然而变革并非就此完成。尽管赫歇尔已经揭示了科学方法，仍需要将它播撒到世界各地的求知若渴的头脑中，教会他们用穿透迷雾的眼睛看世界。正如培根在创作《新大西岛》时意识到的那样，要实现这种教化，最有效的方法不是课本，而是一部虚构的作品。因此，必须创作一部新的《新大西岛》，引领读者超越归纳、走向科学。

新的《新大西岛》

1841 年的美国费城，埃德加·爱伦·坡，这位经军事法庭审判，从大学里被开除的青年，从赫歇尔的朋友——发明了万花筒的苏格兰发明家大卫·布鲁斯特——写的一本书里发现了科学的方法。这本名叫《自然魔法书信集》的书以解开谜团为主旨："一想到有那么多人糊里糊涂地为自己的无知而开脱，将他们懒于观察的现象视作奇迹或奥秘，就让人十分惋惜。"

在自行钻研时，爱伦·坡无意发现了一段打破魔咒的话语。他翻阅两便士一份的报纸《纽约观察家》和《国家情报员日报》，读到有关匈牙利下棋机器人的奇事。这个叫作"机械土耳其人"的机器人靠棋技让世界为之叹服。从本杰明·富兰克林到拿破仑·波拿巴，无一不是其手下败将。爱伦·坡迫不及待地想要知道：这个机器人的原理是什么？它为什么能取得这些惊人成就？

布鲁斯特的《自然魔法书信集》承诺可以解答这些问题，所以爱伦·坡翻开了这本书。浏览了内文后，他发现在一个段落里，布鲁斯特用科学方法阐释了"机械土耳其人"的奥秘。该段开头即以归纳法得出两种一般解释："说到'土耳其人'的操作，很显然，那盘棋要么是一个藏在箱子里的人下的，要么就是展览商自己下的。"

接着，作者沿着第二种解释——"展览商自己下的"——来做出演绎预测。但这个预测没有通过试验，这说明第二种解释不成立，于是只留下了第一种解释："那盘棋是一个藏在箱子里的人下的。"这就违背了一切常理，因为即使小矮人也不可能进入里面。然而经过验证，结果却是真的："机器人"里面确实藏有一个小人。

谜底揭开了。"机械土耳其人"不是什么精密的天才之作，而是一个骗人的把戏。

爱伦·坡被迷住了，而且迷住他的不仅是布鲁斯特对科学方法的运用，真正使他着迷的是布鲁斯特对读者的引导：一步一步，从归纳的观察和演绎的预测来教授科学的方法。这种引导方式可说是那个古老寓言的升级版本："授人以鱼，可解一饭之需；授人以渔，则终身受用无穷。"布鲁斯特不单为我们奉上了科学的食粮，更培养了我们的科学素养，让我们可以自主地满足求知的欲望。

这是一项非凡的成就。不过，爱伦·坡翻阅了布鲁斯特的书后，想到可以通过一种更加引人入胜的方式来教授科学的方法：给读者创造更加扣人心弦的谜团。毋庸置疑，"机械土耳其人"是个很好的谜题，但爱伦·坡有个更好的点子。这个点子包含一系列看似不可能的事物，甚至有些超自然：人的心思被看穿；密室中的杀手凭空消失；尸体被非人的力量撕碎。

看到这些事情，我们会想："一定是某个灵异的东西在搞鬼。那一定是一头来自彼世的魔鬼。"但紧接着，一个妙探大步地走来，像科学家一样揭开谜底，给我们展示比任何妖魔都要强大的力量。

文思泉涌的爱伦·坡奔向书桌。在一张破旧的报纸上，他奋笔写下一个名为《莫格街谋杀案》的故事。

爱伦·坡的新范式

《莫格街谋杀案》有一个奇怪的序言。它的开篇是关于国际跳棋和国际象棋的一些"随意的……观察"，认为国际跳棋在培养大脑的解谜能力上更胜一筹。随后，讨论又出人意料地转向惠斯特纸牌，说懂得"在沉默中反复观察和推理"的玩家方能取胜。

序言为什么要讨论这些？刺激的谜团和聪明的神探在哪儿呢？我们为什么要阅读关于游戏的闲言碎语？

这其实就是一个谜。所以，我们且用那些侦探的方法来假设一个答案：序言里这种随意的叙事是爱伦·坡的一种秘密训练工具，用来引导我们的大脑去按科学的方式思考。为验证这个猜想，我们得先把视野移向神经科学，去一探大脑的真相。

学习的科学原理

我们的大脑通过接连失败的预测来习得知识。失败带来的意外消极反馈会刺激我们的大脑，促使神经迅速开动更多的脑筋来做出新的预测。换言之，先粗略归纳，再演绎推理。

这是大卫·布鲁斯特发现的教学法的奥秘。他的《自然魔法书信集》不但引导我们的大脑先归纳再演绎，它还将我们的大脑带向旋即就被否定的错误假设——"那盘棋一定是展览商自己下的"。对假设的驳斥迫使我们的大脑改变早先的归纳和演绎，寻找更详尽的证据，做出更严谨的预测。这样，我们的大脑就会像科学家一样去学习。

　　这种对假设的推翻过程可以使我们的大脑变得更加严谨，其对大脑的作用甚大，也不需要借助布鲁斯特教学法的其他内容，如先归纳再演绎的模型。正如现代科学家发现的，其原因在于大脑先天就懂得侦破的方法。

　　近期，大脑视觉皮层的研究者揭开了这种与生俱来的能力。我们的视觉皮层拥有一套神经系统，可以持续预测双眼即将反馈给我们的信息。在我们还未实际看到时，这套神经系统就先对外部世界有所想象。如果没有这种"先见之明"，我们走路时会跌跌撞撞，走几步就要停下来，等待眼睛看清前方的地形。正是有了这种"先见之明"，我们才可以顺利看到期待中的世界。

　　我们视觉皮层的预测极其精准，但并非完美。它也会犯错，预测落空。出现这种情况时，我们的视觉皮层就会暂缓下来，仔细检查它接收到的意外的视觉信息，再利用这些信息做出新的预测，好使我们继续前行。因此，我们的大脑根本不用去刻意思考，就会利用科学的方法：先归纳，再演绎，然后试验，若试验失败，则再归纳，并做出更为严谨的演绎。

　　即便"机械土耳其人"不是个骗局，它也比不上这一奇迹。我们的大脑就像个自主开展预测的科学家，用着哥白尼当年预测金星的方法。但视觉皮层的奇迹也带来了一个有关神经的谜题：既然大脑是天生的科学家，那么为何科学还要等人来开创呢？为何人类没能早些就做出望远镜呢？

　　答案是，视觉皮层的自动化系统只负责我们学习过程的很小一部分。其余学习过程都由其他神经区域完成，这些区域大部分都关涉着我们的自我意识，而自我意识又常常是反科学的。我们的自我意识骄傲而脆弱，它像一个高高在上、心孤意怯的帝王，讨厌认错，经常回避科学方法的关键，即承认我们最初的假设是错误的。

为回避科学，自我意识用到的最恬不知耻的伎俩就是扭曲事实，使之满足错误的假设。这个神经弱点被称为"确认偏差"。在此过程中，自我意识筛选、闪避，并笼统地操控信息来支持我们最初的猜想。此外，自我意识还经常以两种方式扰乱我们天生掌握的科学方法。

第一种方式是逃避科学方法的困难。毕竟，将意料之外的信息转化成对现实的清晰认知是非常难的。这需要我们既严谨细致，又灵活发散，把牢固的证据变成创造性的理论。面对这个挑战，自我意识总是选择退缩。为避免败给科学，它总是无视预测的错误，假装一切尚在正轨。

第二种方式是沉浸在神秘思维中。神秘思维是指把客观结果归因于玄学，如命运、因果报应、天意、机缘凑巧、宇宙的嘲弄、星辰的力量，或一双受到诅咒的袜子。这些缘由不属于科学范畴，它们无法被科学验证，这令自我意识非常满意。如果神秘思维无法得到验证，那它也就不会被推翻，自我意识也就可以继续在无法求证的认知里怡然自得。

神秘思维、智识上的不安，以及确认偏差都是阻碍科学发现的巨大障碍，它们蒙蔽了哥白尼之前一代又一代天文学家的双眼。然而，正如 21 世纪的研究者发现的，一个简单的教学技巧就可以打破这三个壁垒——让大脑跳出我们身处的环境。我们的目的地可以是远离住处的一片自然保护区，也可以是电脑模拟的火星，可以是任何不会使自我意识和个人健康、社会地位、物质成功直接联系起来的空间。在那种环境，自我意识更不会倾向认为失败只针对自己。自我意识固然会为对自然保护区和火星的错误猜想而恼怒，但它不会过于投入最初的猜想。它为什么要关心那些和自己的名誉和福祉毫不相干的事呢？在这样一种冷漠的幸福下，自我意识更不易于走向操控信息、逃避挑战，或神秘思维的歧途。这样一来，我们大脑也更乐于摒弃错误的假想，敢于尝试新的假设。

这种方法可以卸下自我意识的疑虑，且十分有益于培养大学生、中学生，乃至小学生的科学技能。当身处野外的森林、虚拟现实的幻境，或其他可以解放自我意识的地方时，学生们明显更容易承认他们在预测上的失败，也明显更有信心做出新的预测，这些预测也更能经受住科学的检验。他们从日常生活的压力中解脱出来，更好地践行刻在基因里的科学方法。

在《莫格街谋杀案》的序言中，爱伦·坡也做到了同样的教育突破。一开始，这篇序言把我们带到一个全新的环境，那里充满无关紧要的事物：国际象棋、国际跳棋、惠斯特纸牌。像序言里说的那样，这些都是"微不足道的消遣"。它们不是真正的工作，它们只是游戏，是一些无足轻重的事。就算自我意识对它们得出了错误的结论，又会受到什么威胁呢？打消了自我意识的疑虑后，这篇序言引导我们得出一个错误的结论。序言先提到国际跳棋对洞察力的促进，看到这儿，大脑开始猜想："**这本书的目的一定是鼓励我们多下国际跳棋。**"可是转眼间，序言打破了我们的预言，又赞扬起惠斯特纸牌的价值了。序言的怂恿之下，我们的大脑抛除了刚才的假设，做出了新的猜测："要是我多打一些惠斯特纸牌，我的理解力就会变得更强了。"

给我们的大脑尝到一点儿科学学习的甜头后，爱伦·坡引领我们走出序言，来到一个更加有效的教育场景——19世纪的巴黎。这是个遥远的地方，它像棋盘和牌桌一样，不对自我意识构成威胁，但比起棋牌游戏，它能更好地锻炼我们对科学方法的运用。与那些游戏不同，19世纪的巴黎没有随意创造的规则，它是遵循现实法则的幻境。这个精美的幻境以现实为基础。在这里，我们这些"虚拟的科学家"可以锻炼自己的归纳与演绎能力，并掌握真正的科学。

为了帮助我们扮演科学家的角色，当我们一进入爱伦·坡的虚拟科学实验室，他立刻化身教学有方的科学老师，引导我们的大脑去犯一些预测上的错误。

我们犯的错误

我们的错误始于与一位角色的相遇。他是文学史上第一位侦探——奥古斯特·杜宾。

初次亮相时，杜宾的形象颇具"传奇色彩"，他如饥似渴地读了许多"迷信"且"怪诞阴郁"的书。换句话说，杜宾是一位读过很多哥特小说（第十二章曾介绍过这种文学类型）的年轻人，他的脑子里塞满了有关幽灵和吸血鬼的故事。终于，他的头脑"生病了"，且变得阴暗了起来。

不过，杜宾的大脑当然不可能一团阴暗。我们都知道，幽灵和吸血鬼都是些唬人的幻象。我们和杜宾不一样，我们的头脑没有被书吓傻。我们可是精明的科学侦探！

接着，自信的我们就颜面尽失了。杜宾果真像一团阴暗的幽魂，转头看透我们的内心。在我们和杜宾午夜漫步时，读心就发生了。有那么一刻钟，我们没和他说话，然而他却完全知道我们在想什么。他的全知让人惊诧不已，而且最使我们意外的是，我们正在想的是一件非常具体的事：关于一位修鞋匠的奇怪的案件，他痴迷于舞台，并想在克雷比荣 1714 年的悲剧《薛西斯》中扮演波斯暴君一角。

杜宾是怎么如此精准地看透我们的心思的？他有超能力吗？还是他本身就是幽灵或吸血鬼？

不，都不是。我们又一次得出了错误的结论。事实上，杜宾的读心术与纸牌高手掌握的科学方法并无不同。为了证实这点，他耐心向我们解释，好让我们能跟得上，"清楚地了解一切"。按他所说，当他看到我们低头看着路石时，他猜想那些石子会让我们联想到某颗星星。然后过了一会儿——奇了怪了！我们果然抬头望向天空中那颗星星。杜宾由此明白，他已经破解了大脑潜藏的逻辑。通过"先预测再证实"的方法，他揭开了思维的一个普遍规则。

同时，通过打断我们对杜宾的预测，《莫格街谋杀案》也在用同样的方式训练我们。我们当然不像杜宾那么擅长科学。我们还不能像他预测我们一样去预测他。不过情况马上就要发生变化了，《莫格街谋杀案》马上就要交给我们一个终极谜题。这个谜题极其令人费解，近乎《圣经》中的古老神迹。

我们能做到观察、预测、修改、再预测吗？我们能先于杜宾解开这个谜题吗?

解开终极谜题

当这个终极谜题被解明时,《莫格街谋杀案》也就毁了。为了从爱伦·坡的创造中获益,你必须自己去解开它。根据你发现的事实做出预测,当这些事实把你引向错误时,重新预测。

如果你已经读完《莫格街谋杀案》,却还想体验"虚拟科学家"的角色,可以在其他作品中发现更多爱伦·坡的这一创造,这种创造"打破了我们对虚拟环境的预测"。如阿瑟·柯南·道尔的夏洛克·福尔摩斯系列、阿加莎·克里斯蒂的犯罪小说,以及书架上数不胜数的侦探故事。你还可以在培根的《新大西岛》这个极其现代的预言中找到更多爱伦·坡的发明。其发明也多见于其他作品,如《法网》《法律与秩序》《美眉校探》《豪斯医生》,以及其他解明犯罪心理、案件现场和医学疾病的剧集。

多亏了爱伦·坡,这个世界才出现了这么多拟真的侦探故事,帮助我们安放与科学对立的自我意识。通过以下方法打破奥秘,这些故事都可以得到解决:

收集手头的信息,做出一个你能证实的猜想。

若猜想被证实为误,收集更翔实的信息,做出更可靠的猜想。

第十四章　获得成长

弗雷德里克·道格拉斯、圣奥古斯丁、让－雅克·卢梭，以及"生命进化器"

那是1854年7月4日，第七十八个美国独立纪念日。举国上下都是庆典的烟火。而白人废奴主义者威廉·劳埃德·加里森的行为却与节日气氛有些相违。在波士顿西边一个可供郊游野餐的小树林里，他站在一面倒挂的美国国旗下，高举一卷美国宪法。他谴责美国宪法是支持奴隶制的契约，随后划着一根火柴，点燃了它。

"烧毁这死亡的契约，这地狱的条款！"加里森高喊着，这卷载有美国立国之本的文件化为灰烬，"让全体人民发声，阿门！"

望着加里森的这场"烟火"表演，他的老朋友弗雷德里克·道格拉斯面露忧心。道格拉斯倒不是否认奴隶制的丑恶。他本人就出生于丑恶之中，那是马里兰州东部海湾一个贫瘠的种植园。他在那里忍受非人的对待，而他的遭遇也是宪法第一条的旨意——一个黑人等于"五分之三"的人。道格拉斯不否认美国在欢呼自由时的伪善。就在两年前，在纽约州罗切斯特这座"自由的城市"，在高大宏伟的厅堂，他登上讲坛质问："7月4日对奴隶而言意味着什么？"

尽管如此，当道格拉斯提出这个问题的时候，他的答案也不是烧毁宪法。他反而断言："宪法是一部光辉的自由之书。读读它的导言，想想它的宗旨，里面有奴隶制吗？它是在家门口？还是在神坛上？都不是。"

不要抛弃这部光辉之书，道格拉斯极力主张道。要去改变它，改变宪法的第一条。改变美国，使其成为它一直标榜的"自由"之国。

对于加里森而言，这幅图景太不可思议了。从诞生之日起就被奴隶制的原罪污染的美国，怎么可能会有变革呢？但道格拉斯有理由相信美国会做出改变，因为他自己就已有了改变，而且是重大的改变。不信你看，就在不久前，他还全然是又一个加里森呢，一边痛斥宪法是"地狱的条款"，一边疾呼要将其烧毁。

道格拉斯原本的观点

那是 1845 年，距离道格拉斯为了自由乘船逃离马里兰州的种植园，高呼要将宪法送进火堆已过去了七年。当时，他在加里森的鼓励下写了自传《弗雷德里克·道格拉斯：一个美国奴隶的生平自述》。如题目所示，这部自传在营销上被定位为奴隶叙事——一种在 19 世纪前期广为流行的文学体裁。举几个例子：

《逃亡奴隶威廉·格兰姆斯的生活》

《摩西·罗珀从美国蓄奴制下的逃亡与历险》

《锁链与自由：有色幸存者彼得·惠勒的历险生活》

《北卡罗来纳罗利往事——伦斯福特·莱恩自述》

这些叙事的流行，可以归因于其文学范式的两种要素。其一是对奴隶制的恐怖的详尽记录；其二是对贩奴者的道德败坏的控诉。

第一种要素可以激起人们对奴隶的同情：

> 对于还是小孩子的我来说，这实在是太难以忍受了……
> 我悲痛得心都要碎了……我生来就是奴隶——我无数次像
> 老约伯那样，诅咒我出生的那一天。

第二种要素挑起人们对奴隶贩子的愤慨与蔑视：

> 她会打我，直打得我几乎站不住了……他们用鞭子抽
> 我，抽得我几乎麻木了……主人完全是个恶魔——他往死
> 里打我和其他同伴。

这种有力的文学混合了多种情感，它本可以被用来撼动读者的
思想，然而它并没有。它被用于相反的目的——加深他们的固有信念。
这是因为奴隶叙事的目标读者是废奴主义者，他们在拿起一本奴隶
叙事作品之前，就坚信奴隶制是错误的。

那么，奴隶叙事的目的究竟是什么？为什么要给本已信教的人
传教？加里森给出的答案是"道德规劝"。道德规劝源于一个虔敬
的假设，即社会变革不是来自有德行的话语或行为，而是来自且只
能来自上帝。然而，尽管道德规劝是对上帝全能的完全否定，它也
没有免除我们克服邪恶的责任。相反，它呼吁我们抨击世界的恶，
考验我们的信念。其中，最轻微的一种考验就来自那些反对者愤怒
而赤裸的暴力恐吓。像很久前《圣经》里的殉道士一样，即使我们

的挚爱在经受刀山火海,我们也必须坚定不移。但是加里森提醒说,这些公然的侵害还不是全部考验。我们的信念还可能经受一种更隐晦却更常见的磨炼:腐化堕落。当堕落者把我们拖入他们的团体时,腐化的祸根就已埋下,在我们的仁慈中得到滋养。我们忘记天理是不容扭曲的,反把对罪人的包容当作宽仁。我们在商店和草坪和他们打成一片,遵循他们的法律,向他们缴纳利益,逐渐融入他们的社会,最终背叛我们的灵魂,堕入他们的地狱。

正是为了抵御这种潜移默化的腐化,废奴主义者需要阅读奴隶叙事。奴隶叙事予人警醒,坚定人们摇摆不定的内心,告诫他们跟罪恶的斗争不容妥协。为了打败世间的恶,我们必须坚定地与奴隶贩子、美国宪法,还有地狱的制度划清界限,像耐心的天使等待最后的审判那样,静候天降的神罚,好把邪恶一扫而净。

这种毫不妥协的美德便是威廉·劳埃德·加里森每周在南波士顿那间逼仄的砖砌办公室里歌颂的。他在那儿创办了自己的废奴主义报纸——《解放者》:"对奴隶制,绝不妥协!"这种毫不妥协的美德,也是道格拉斯的自传拥护的。在自传中,他旗帜鲜明地歌颂了加里森的报纸对这种文学上的道德规劝的驾驭:

> (该报)对同胞的同情,对奴隶主的强烈谴责,对奴隶制的无情揭露,及其对奴隶制拥护者的有力抨击,为我的灵魂注入惊喜,这是前所未有的感受!

如充满力量的奴隶叙事一般,加里森的报纸激起了读者对奴隶的同情和对奴隶贩子的蔑视，坚定了人们反对丑恶的正义之心。在自传里，道格拉斯重述了加里森的信仰。作为回应，加里森为道格拉斯的书撰写了序言，并在里面再次重申："对奴隶制，绝不妥协！对奴隶主，绝不姑息！"

然而后来，在加里森履行誓言、将宪法付之一炬的前几年，道格拉斯的所作所为却引起了道德规劝者的担忧：他开始变了。

道格拉斯的转变

道格拉斯的思想转变来自他与其他废奴主义者的交流，这些人持有不同的道德观点，其主张源自为了改正宪法的另一处不公——对女性选举权的否定——所做的努力。

美国女性对这项不公待遇的争论由来已久。1756 年，马萨诸塞州阿克斯布里奇的一名孀妇成功说服了镇上的长老同意她代表亡夫投票。后来在 1776 年，新泽西州"穿裙子的选举人"成功说服新泽西州赋予她们选举权，因为她们有足够的财力购买土地。但这些罕见的成功多属昙花一现，而且在道格拉斯的那个时代，女性仍没有选举权。她们面前有着数不清的阻碍，道德的规劝便是其中之一。

道德规劝教导我们，世俗的妥协是不好的。因此，它强烈反对参加包括选举在内的政治活动。选举是在两个不完美的政党之间做出选择，它用真正的美德换来较少的邪恶。在道德规劝者看来，它和一切道德上的讨价还价一样，是一种腐化。因此，对于 19 世纪早期数百万崇尚正义的女性废奴主义者来说，女性群体能免于选举箱的败坏是一件值得自豪的事情。在她们看来，参与投票并不意味社会的进步，反而是堕入地狱的开端。

然而时间到了1850年前后，就在道格拉斯发表了自传后不久，越来越多的美国女性开始改变看法。她们决定参与到民主过程中，她们也想促成实际的改变。"道德规劝就是道德废话，"一位女性改革家在1852年断言道，"这是个讲求实用的时代。"

其他女性纷纷称是。是时候让"实用"的改革替换道德上的理想主义了。是时候放下天使的姿态，和男人们一道走进选举场了。

这些女性主义改革者的声音触动了道格拉斯。1847年，他离开加里森的《解放者》，在罗切斯特创办了自己的报纸——《北极星报》。随着他的报纸办得蒸蒸日上，道格拉斯发现自己结识了许多观点各异的人："办一份公共报纸的责任……迫使我……面对这个国家的各种有关废奴主义的观点。"

与加里森不同，道格拉斯没有把这些不同的观点视作毒害。他把这些观点看成相互交流——乃至相互转化的机会。道格拉斯开始转变了。他一边转变自我，一边将目光投向其他事物：他的同胞、他的祖国、他的宪法。

然而，当道格拉斯还没有改变上述任何一项事物时，他意识到自己首先应该改变的，是他自己的人生故事。

道格拉斯的又一部自传

那是19世纪50年代早期，距弗雷德里克·道格拉斯完成他的自传不过十年。而他知道，自己必须坐下来再创作一遍。

他先前的自传运用了大量文学技巧，来阻止读者做出改变。道格拉斯首部自传的道德规劝催生了读者心中的同情和蔑视，巩固了他们的既有思想。这次，道格拉斯要改一下方针，他想提供一种新的文学技巧，就像其他废奴主义者刺激到他那样，为读者带去新的感触。换句话说，他想培育出有益的转变。

道格拉斯不知道那个能引发改变的技巧是什么。求知若渴的他离开书桌，寻遍纽约州西部的各大图书馆，希望从其他自传作品中找到那种催人向上的文学范式。在这种自发的学习中，道格拉斯惊喜地发现：那些最为触及心灵的自传并非只利用了一种书写成长的范式，而是两种。

第一种范式可以追溯至公元4世纪，那时，奥古斯丁从野兽横行的北非荒漠回到古港希波，开始撰写《忏悔录》。奥古斯丁的《忏悔录》并不是历史上第一部自传，但它在基督教西方具有传奇地位，常被称颂为最重要的一部自传。奥古斯丁以前，日记作者只是将他们的日常生活记录下来，但奥古斯丁发掘了自传文学的独特力量。

这股力量改变了众多读者，更改变了年轻的奥古斯丁本人。在青春时期，奥古斯丁曾误入歧途，他偷果子、逛戏院、四处寻花问柳。直到某天，他听到一声神秘的召唤："拿本书来读吧。"讶异的奥古斯丁照做了。他拿起手边一本书，这本书恰好是《圣经》。他读道："行事为人要端正，好像行在白昼。不可荒宴醉酒。不可好色邪荡。不可争竞嫉妒。总要披戴主耶稣基督，不要为肉体安排，去放纵私欲。"

这些话改变了奥古斯丁的信念。我们阅读《忏悔录》，也是在邂逅一种可以改变我们的文学技巧。这种文学技巧就是自我讽刺（我们在第四章中探讨过）。早在八百年前，当雅典哲学家柏拉图调整了一般的讽刺手法时，这种文学技巧便已出现。普通的讽刺让我们意识到别人不知道的真相，而自我讽刺则让我们意识到自己不知道的真相。自我讽刺刺激着我们额叶皮层的观点回路，赋予我们全知视角，让我们瞥见自身的无知，从而变得谦逊。

奥古斯丁敬仰柏拉图，在《忏悔录》中，他感谢上帝指引他读了"柏拉图学说的书籍"。贯穿整部自传，奥古斯丁不断运用柏拉图式的自我讽刺来激起我们对自己世俗状态的鄙视："我的肉体升腾起一股色欲……那时我的肉体十六岁……哦！那肉体的盲目啊！"严格来讲，奥古斯丁并没有将这种文学形式视为修身的手段，他相信只有上帝才能带来改变。尽管如此，奥古斯丁仍写了《忏悔录》，因为他认为上帝可能会以书籍教化世人。显而易见，当读者打开《忏悔录》，并皈依奥古斯丁虔诚的信仰时，自我讽刺就成了一股可以扭转思想的强大力量。

道格拉斯感受到了那股力量，他知道应当把奥古斯丁的文学范式纳入他的新自传。但道格拉斯同时也重视着自传的第二种范式。

这种范式的作用方式完全相反。

自传的第二种范式

自传的第二种范式诞生于 18 世纪 60 年代法国阿尔卑斯山脚下的河畔农场，它的创造者是让－雅克·卢梭。

卢梭给他的自传命名为《忏悔录》，并不是出于对奥古斯丁的致敬，而是因为他想用自己的作品颠覆奥古斯丁的自传。

卢梭果真实现了这份雄心壮志，他完全颠覆了奥古斯丁。奥古斯丁认为只有上帝才能改变我们，而卢梭认为我们可以改变自己；奥古斯丁拥护《圣经》的救赎恩典，而卢梭主张自然的救赎；奥古斯丁将内心欲望视作罪恶的诱饵，而卢梭将其视作得救的阶梯。

卢梭用一种截然不同的文学技巧取代了奥古斯丁的自我嘲讽与自我厌恶。那个技巧就是自我袒露（详见第二章）。在卢梭的《忏悔录》开篇，他开朗地坦承自己童年的错误："我是个话痨、贪吃鬼，偶尔还是个说谎精。"他甚至承认自己对爱情小说的喜爱，"我会整宿地读，欲罢不能。"

这种自我袒露激起了读者对少年卢梭的柔情。我们不会为他偷了糖果而诅咒他下地狱，而是欣赏他坦诚的品质。正如卢梭表现的那样，这种品质是我们人类的共性，它鼓励我们认可自己的天性。这种自爱被奥古斯丁谴责为不敬与自满，但卢梭并不这么看。橡子的本性不就是要长成参天橡树吗？鹰蛋不就是要孵出老鹰吗？茁壮成长，发掘潜能，并不意味压抑天性，而是拥抱肉身的欲望和本能，去满足欲望，让沉迷于爱情故事的男孩成长为心地善良的男人。

道格拉斯被卢梭的《忏悔录》深深打动了。和卢梭一样，他相信人们的本性中有良善的成分，就算他们从未读过《圣经》。和卢梭一样，道格拉斯感到他骨子里有生长的劲头。

然而，道格拉斯也意识到，卢梭是奥古斯丁文学上的对立面。两部《忏悔录》就像两台相互冲突的机器，逼迫人们在两种人性的塑造机制中做出选择。是卢梭的自爱范式更好，还是奥古斯丁的自我批评更为有效？拥抱我们本性的良善，抑或尖锐地揭露自身的错误，究竟哪种方式才能更好地帮助我们成就自己？

这是一个相当困难的选择。最后，道格拉斯做了件从前任何自传作者都没做过的事。他没有在奥古斯丁和卢梭之间做出选择。

他两个都选了。

道格拉斯的选择

为何道格拉斯要这么做？这还要追溯到他十二岁左右的时候。当时他在巴尔的摩的女主人，索菲娅·奥尔德夫人做出了一个影响他一生的决定。

索菲娅·奥尔德夫人崇信上帝，她希望道格拉斯能研读《圣经》，于是她决定教他字母表。她倍感诧异的丈夫后来阻止了这一行为，他解释称，教奴隶识字是违法的。值得庆幸的是，这位丈夫干涉得还是迟了，道格拉斯这时已经可以自学了。据道格拉斯回忆，十三岁的时候，他已经偷偷攒了一笔钱，"去买了一本在当时大受欢迎的教科书——《哥伦比亚演说家》"。

《哥伦比亚演说家》的确"大受欢迎"，从纽约到新英格兰，上百所学校都在使用这本书。其背后的教学方法尤受人们青睐。《哥伦比亚演说家》是一本讲修辞的课本，一代又一代学生都从其教学方法中获益良多，从公元前2世纪的北非奴隶泰伦提乌斯，到16世纪的英国学生莎士比亚，再到第十六届美国总统亚伯拉罕·林肯。

正如现代神经学家后来发现的那样，这一教学方式不仅能教会我们公共演讲的修辞艺术，它还能提高认知灵活性，促进我们个人的成长。认知灵活性即从一种思维转为另一种思维的能力。这本修辞课本通过两种神经途径培养了这种能力。

第一种途径包括我们的心理行为模型。每当我们学习新事物时，这些行为模型都会被大脑记录下来。当我们第一次学习左转时，我们的神经就会记住"要这样旋转双脚"。这样一来，下次需要左转时，大脑就不必重新赋予双脚"方向盘"了。它只需提示先前已有动作指令，这套指令自会告诉我们的脚趾要如何顺畅地转向。

重要的是，我们的大脑不单能储存这些行为模型。在大脑边缘系统的记忆回路的帮助下，我们的大脑可以将这些行为模型和特定的环境联系起来。缺少这种联系，我们的大脑会仅包含一些一般模型，比如"脚要永远这样转向"，但有了这种联系，我们的大脑就会记住："在这里脚要向左转，在那里脚要向右转。"就这样，依靠大脑中大量与特定环境相关的行为模型，我们得以在一条条人生道路上看清方向，而不是像没头苍蝇似的陷入无限循环的怪圈。

修辞课本的作者知道我们的大脑拥有辨清方向的能力。当然，这些作者没有认识到边缘系统或相关事物的存在。但他们观察到，在公共演讲这件事上，没有类似"永远向左"的普遍规则。每个听众都是独特的，他们的需求各有不同。因此，修辞课本并没有尝试向学生们灌输演讲的普遍法则，而是罗列了历史上各种修辞模型，以此培养学生的创造力和适应力。像16世纪的教学心理学家胡安·路易斯·比维斯在《论教育》中写道的："修辞模型的数量越多，且它们之间的相似性越少，学生的成长也就越大。"或者像《哥伦比亚演说家》所说的："相比系统性，本书作者更喜欢丰富性。"

广泛多样的沟通模型丰富了学生的记忆，铸就了他们的认知灵活性。此外，它鼓励学生接受人生道路中邂逅的不同，让他们的未来更加缤纷多彩。当年轻的弗雷德里克·道格拉斯翻开他的课本时，他的看到八十余篇演讲，包括：

《1775 年，斯托克布里奇的印第安酋长在马萨诸塞州议会上的演讲》

《一位罗马将军的演讲》，作者：盖乌斯·卡西乌斯

《关于解放奴隶的演说》，作者：塞缪尔·米勒牧师

……

道格拉斯从这些演讲中收获了开阔的头脑，他的思想也因此更加包容。

修辞课本提高认知灵活性的第二个途径是自我讽刺。我们在前文曾讨论过这种全知视角带来的神经体验。在《哥伦比亚演说家》"谨慎、谨慎、谨慎"的自省式忠告下，读者可当即经历这种试炼：

> 在完全相反的情况下也要保持谨慎……在以滑稽的方式表达重要的观点时，不应谨慎……但像之前所说，此处还是要格外谨慎。

为了进一步激活我们的自嘲回路，《哥伦比亚演说家》收录了几篇威廉·皮特的演讲。威廉·皮特是 18 世纪的英国国会议员，他

创造了大量修辞技巧，帮助我们跳出自身，谦卑反省：

> 如果我是美国人，就像我是英国人这样，当他国军队
> 驻扎在我的国家时，我绝不会放下武器……用运动员的话
> 来说，当你发现自己犯了错，就必须从头来过。

"想象你是个美国人"，皮特鼓励他的英国受众离开己方视角，进入对方视角。要知道你可能会"犯错"，可能会超过时限，那你必须"从头来过"。

威廉·皮特这些含有自我讽刺的演讲，道格拉斯再熟悉不过了。在《哥伦比亚演说家》中，他最喜欢的就是威廉·皮特的演讲："我一遍又一遍地读，对它们的兴趣与日俱增。"

日后，这种与日俱增的兴趣会激励成年道格拉斯，他将在自己的演讲中注入自嘲的修辞。从印第安纳到爱尔兰，在人头攒动的演讲厅里，他带领听众发出自嘲的冷笑。1881年，当时的情景被乔治·拉芬——一位自食其力、就读于哈佛法学院的黑人记录了下来：

> 有时候，道格拉斯充满一种不露声色的幽默感……你
> 可以看出，这种幽默经过漫长的酝酿，以独特的方式从他
> 的口中传出。这种幽默缓缓地积蓄力量，突然势不可当，
> 在所有听众间蔓延开来。

通过这种不动声色的自嘲，道格拉斯鼓励听众以一种略带讽刺

的视角审视自身。听众们一边接触身外的真相，一边增长自身的认知灵活性。

多亏了《哥伦比亚演说家》，年轻的道格拉斯帮助人们获得了思维的成长。当道格拉斯年近四十时，他意识到自己还可以做更多。他需要做的，只是追随修辞课本对不同历史模型的接纳，并将奥古斯丁和卢梭结合起来。

两种配方的结合

奥古斯丁和卢梭两人都部分地掌握了《哥伦比亚演说家》那促进个人成长的范式。这种范式的一部分是对历史行为的宽大包容，比如卢梭就感念且珍视自己的过往行径。另一部分是对当前错误的清醒认识，比如奥古斯丁就对自身的堕落大加讥讽。因此，通过结合卢梭对往昔的感情和奥古斯丁对现状的讽刺，同时对两部《忏悔录》进行精简（如奥古斯丁对往昔的批评就和《哥伦比亚演说家》的修辞范式有冲突），就有可能创造出一种新的自传形式，事半功倍地促成个人的转变与成长。这类自传作品鼓励大脑既接纳先前曲折的生活，又警醒大脑认识目前的不足。

1855 年，弗雷德里克·道格拉斯在第二部自传——《我的枷锁与我的自由》中完成了这一结合。这本书以卢梭的语气开篇，描写道格拉斯在"野蛮"的童年中，如何做出了许多"怪诞不经"的行径：

从一切限制中释放出来，或许从他的生命和行为上来说，这个奴隶小男孩是个真正的男孩，他做着一个男孩生来要做的一切。轮番扮演着马、狗、猪，还有各种家禽，模仿它们奇异的行为，全无半点儿体面可言，更无分毫羞耻。他实实在在地四处疯跑……像非洲棕榈林间一个未开化的野孩那般无忧无虑。

在最后一章，《我的枷锁与我的自由》转而运用了奥古斯丁的自嘲技巧，以戏谑的语调坦承自身的局限：

> 本章主要探讨的是我的经历，而非我的观点，所以我会忽略观点，而展开说我的经历……永不忘记我卑微的出身。

最后，《我的枷锁与我的自由》充分调用这两种成长源泉，将化为一股深沉的力量：

> 我开始相信……放弃投票，等于拒绝行使一项合法且有力的废除奴隶制的权利。美国的宪法不仅不保障奴隶制，相反，不论是字面意思还是精神实质，它都是一件反对奴隶制的法律武器……这就是我观点的根本性转变。

这一"根本性转变"就是对威廉·劳埃德·加里森的道德规劝的否定。道格拉斯相信选举可以让美国成长为一个更好的国家。一页一页地阅读道格拉斯的新自传，就能感到同样的变化开始在我们的思想扎根。这种混合的生命书写激励我们热爱自己奇异多样的天性，向无限的可能敞开怀抱。

如何自行运用"生命进化器"

在第三部自传——1882 年的《弗雷德里克·道格拉斯的生平和时代》中，道格拉斯这样记录了美国宪法的改变时刻：

> 格兰特总统，素来对公正抱有极大关切和清晰认知，极力主张对宪法进行修订。通过此次修订，今天的有色人种被赋予完全的公民权利——在美利坚合众国享有选举和被选举的权利。

这就是道格拉斯成长灵药的前半配方：对过往历史的感情。紧接着，道格拉斯就给出了这个灵药的后半配方。他用冷静地观照现在，批评他钟爱的宪法没能公正地对待女性：

> 这种对参与政治权利的剥夺，不仅意味女性地位的恶化和持久严重的不公，也是对这个世界一半的道德和智慧力量的重创和否定。

道格拉斯没能活着看到这一"严重不公"被推翻。不过，当美国女性终于在 1920 年获得选举权时，玛丽·丘奇·特雷尔会想起，在七十二年前的塞尼卡福尔斯妇女权利大会上，没有人敢支持"保护自己神圣的选举权不受侵害是该国女性的义务"这项决议。整个会场一片沉寂，这项决议即将作废。突然，"弗雷德里克·道格拉斯……在会议上勇敢挺身，赞成这项决议……倘若没有弗雷德里克·道格拉斯的表决，谁也不知道女性什么时候才能获得选举权"。

如果你希望道格拉斯也帮你迈向积极的改变，你可以从大量当代的自传作品中挑选一本，寻到道格拉斯那"关于过去的自爱与关于现在的自嘲"。比如在 1965 年出版的《马尔科姆·X 自传》（彼时作者马尔科姆·X 已经去世）中，作者在开头深情回顾了他的童年：

> 我异常钟爱种豌豆。每当餐桌上有豌豆时，我都无比自豪。一有细嫩的小芽从土里长出来，我就会亲手拔掉园子里的杂草。我会四肢跪地，一行行地抓虫子，抓到就把它们杀掉，埋进土里。有时，我把一切都收拾得干净整洁后，就会躺在地上，在两行小苗间，我凝视着天空中的流云，任思绪飘飞驰骋。

在自传的最后，作者对自己眼下的生活做了一番嘲讽的审视：

> 我想，反对的读者可以明白，当我听到"白人是魔鬼"，当我回想起自己的那些经历时，我会不可避免地做出积极反应。接下来的十二年里，我的全部人生都用来向黑人传播这句话。

还有米歇尔·奥巴马 2018 年的回忆录《成为》，其结尾处用简洁的文字再现了道格拉斯的双重范式：

> 允许你自己被了解、被倾听，并拥有你自己独特的故事，用最真实的声音把它讲述出来，一股力量自会生成。乐于了解、聆听别人，一股风度自会显现。于我而言，这就是我们如何成为自己的。

或许，你可以仿照青年弗雷德里克·道格拉斯走过的路，广泛阅读历史、回忆录和自传，去发现你邂逅的每个已逝生命的独特，同时以轻松的嘲讽审视当下的自己。这样，每个黎明都会成为对历史的纪念，以及对未来的接纳。

把每天都变成你的独立日。

第十五章　重新振作

乔治·爱略特的《米德尔马契》和"感恩倍增器"

1848 年是变革的年份。

当春风拂遍欧洲大地，催开百花吐蕊时，数以百万计的马铃薯农和工厂工人揭竿而起，后来，又有无数的修鞋匠、建筑工、粉刷匠、烟囱清洁工、麦农，还有制陶工也加入其中。不论是巴勒莫还是巴黎，维也纳还是慕尼黑，米兰还是威尼斯，布达还是佩斯，南喀尔巴阡山脉还是罗马，列日还是南蒂珀雷里，人们都要求更多的民主、更多的集会自由、更多的食物、更多的人道。贫民区街头到处都是散乱的路障，警方的部队被团团包围，一座座豪宅官邸被突袭攻占。旧的军事贵族摇摇欲坠，新的自由时代即将来临。

但夏天和冬天过后，革命土崩瓦解，内讧和政府的炮弹令革命元气大伤。革命者或被推上绞刑架，或在闹市被枪决，或被扼杀于昏暗的斗室。"我们的手被砍掉，舌头被拔掉，躯体被肢解，"法国的无政府和平主义者皮埃尔－约瑟·蒲鲁东大声疾呼，"我们尝遍失败的滋味，受尽了屈辱！"

这种屈辱最终导致毁灭的一击。虽然大多数革命者在随之而来的镇压中得以存活，保全了双手和喉舌，但他们无法摆脱失败的气氛。

当自由退缩不前，他们也只能终日蜷缩在暗影中。在布拉格，温迪施格雷茨亲王用钢枪和刺刀推行军法。德国的议会上，民主团体被解散，专制议会死灰复燃。俄国方面，在沙皇尼古拉一世的统治下，帝国对出版物的审查越发严苛。

于是，1848 年成了一个似是而非的变革之年，一个"现代历史上未遂的转折之年"。

在相对平静的英格兰中西部，二十九岁的玛丽·安·埃文斯见证了这场失败的转折，她就是日后蜚声世界的乔治·爱略特。乔治·爱略特发现自己无法完全认同那些革命者，他们的主张纷繁嘈杂，他们的信仰相互矛盾。不过，她仍然钦佩他们变革的劲头。同他们一样，她也认为欧洲"数百万赤贫的灵肉"是一场人间悲剧。同他们一样，她也梦想有一天，王族们可以被关进"某种类似动物园"的地方，在那儿，他们可以安然对着水仙和彩蝶施展傲慢与专横。

因此，当乔治·爱略特看到 1848 年革命燃起的希望以失败告终，不免黯然神伤。她想，我们一定可以从失败中有收获，一定存在告别屈辱、东山再起的方法。

爱略特为这个方法努力了无数次，她最终成功了。

第一次努力

革命失败后过了八年，乔治·爱略特发表了第五部小说——《费利克斯·霍尔特》。这部小说详尽地描写了一场针对英国士绅的激进起义，而其内核在于由一封信引发的私人矛盾。这封信落在了一位激进分子的手上，他是一位致力于改革财富不均的牧师。而后来我们才知道，这个牧师的养女是一笔巨大遗产的秘密继承人：

> 随信附上一份简短的明证……莫里斯·克里斯蒂安·百克利夫唯一且合法的子嗣……拥有这份每年价值至少五千至六千英镑的遗产。

这突如其来的真相令牧师兴奋得说不出话。他仿佛看到女儿离开教堂小院，流连于柔软的丝垫、厚厚的草坪和风度翩翩的骑士之间了。突然，一股徒劳感将牧师吞没，他感到自己挚爱的孩子受到了骄奢的腐蚀。他躲回书房，"不住地祈祷"。

在危机中祈祷，这对牧师来说本不足为奇，真正独特的是这个牧师的祈祷方式。他这种"不住地"祈祷可追溯到《圣经》中最为精彩的一个段落："不住地祷告，凡事谢恩。"

比起令牧师结舌的那封信，《帖撒罗尼迦前书》中这句简短的警句更有力。它告知人们，除了成功和富足，失败和挫折同样值得感恩。

为什么？为什么希望落空时，我们还得心怀感恩？在《费利克斯·霍尔特》中，牧师解释说，因为失败是上帝的旨意，而上帝永远是好的。但即便不是维多利亚时期的牧师，你也能发现《帖撒罗尼迦前书》中蕴藏的深刻智慧。关于《圣经》所谓的于逆境中心怀感恩的忠告，神经科学已经给我们提供了新的解释：感恩能帮助大脑从沮丧和不幸中振作起来。

在近十年左右的时间里，心理学家才发现感恩的振作效果。大概也是因为这件事与我们的直觉颇为相悖，所以才一直为人忽视。感恩并不能直接把我们从困境中解救出来。我们感恩，不是为了解决具体问题，不是将苦难付之一笑，也不是要重整旗鼓或顾影自怜。感恩的意义并不在于我们自身，而是让我们把视线从自己转向他人。

然而，如心理学家发现的那样，感恩对失败和不幸的疗愈作用正在于这种视线的转移。失败和不幸会激发一种被称作"沉湎"的神经过程，继而导致心灵的痛苦。我们可将此处的沉湎理解为对生活中消极一面的幽怨。因此，停止痛苦的最好方式就是把对自身的思绪转移到别处。只要我们不去想，大脑中那些可以引起幽怨情绪的自省区域——如背外侧前额叶皮质的忧虑回路——就会渐渐放松下来。这样一来，我们遭遇的不幸便不再引发焦虑、绝望和自我厌恶。这些遭遇会慢慢变成我们生命的一个小插曲，我们可以平静地从中汲取经验，或逐渐将其淡忘。

幽怨情绪可以通过任何视线的转移得以缓解。但心理学家发现，所有转移视线的行为中，感恩尤为有效。感恩可以帮助考试失利的学生摆脱沮丧，也可以使确诊癌症的成年人重新振作起来。感恩可以减少遭遇霸凌的青少年的轻生念头，帮助恐怖袭击幸存者走出抑郁，让流离失所的叙利亚难民恢复情绪。

尽管感恩这一良药最近才走入心理学家的视线，它却有着久远的历史渊源。我们甚至可以在黑猩猩或卷尾猴中观察到感恩行为，这表明在数千万年以前，猿类大脑就已进化出这种神经行为了。人类也在很久以前就发现了其疗愈功效。在充满未知的远古岁月，我们的祖先就明白了感恩的意义，他们发明了表达感谢的词语，如古挪威语的"þǫkk"、梵语的"dhanyavaadaha"和希伯来语的"todah"。接着，我们的祖先更进一步，他们开始运用文学来提增感恩的疗效。

我们可以在世界上现存最古老的文学文本——《凯什神庙赞》中见到这种提增感恩疗效的实践："还有哪位母亲能比创造世界的母亲宁图德更加伟大？"此外，在早于《帖撒罗尼迦前书》的《圣经》文本中也有类似的表述：

> 你们要称谢耶和华……称谢那用智慧造天的……称谢那铺地在水以上的。

这两段文本都用了同一文学范式：对世界的造物主——如宁图德或上帝——表达感恩之情。在这种表达中，生物意义上的感激被视作善举，然后被夸张为对世间万物的精神感恩。像所有文学夸张手法一样，这一过程激发了大脑的惊异感（具体原理详见引言）。惊异感会弱化我们的自我意识，从而推动视线的转移，增强感恩的疗效。在感恩之心的作用下，对他人的爱意消解了对自我的执念，让我们可以免于幽怨之情的折磨。

在 21 世纪，这一由惊异和感恩带来的神秘疗效得到了科学的验证。实验表明，这对组合可以显著提高感恩的疗愈功效。这是《帖撒罗尼迦前书》的诗行带来的效果。《帖撒罗尼迦前书》的起源已无从考证，它似乎是在公元 50 年左右由使徒保罗创作而成的。那是一个对基督教信仰而言格外艰难的时代。彼时的基督徒忍受着饥懂的折磨和犹太教的孤立，眼睁睁看着他们的首领死去。他们仰望天空，等待救世主如约回来，日复一日，年复一年，他们的信念终于开始动摇："耶稣真的会回来吗？我是否把性命托付给了错误的救世主？我是否犯下了严重的错误？"

《帖撒罗尼迦前书》提倡的"凡事感恩"就是缓解这些忧思的良药。在基督教早期，这剂良药令那些身处困境的变革者忘掉厄运，奋进到底。总有一天，他们孜孜以求的信念会传遍世界每一寸土地。

然而，尽管《帖撒罗尼迦前书》的强大疗效已被证实，它还未抵达文学技术上的终点。《帖撒罗尼迦前书》写成后大约一千八百年，《圣经》的疗效会在一群革命者的推动下再获进步。

这群人里就有乔治·爱略特。

感恩技术的改进

乔治·爱略特没有被《帖撒罗尼迦前书》说服。在她的小说《费利克斯·霍尔特》中，"不住"祈祷并未治愈牧师的心灵，打断其幽怨的反而是晚饭的铃声。

这种对《帖撒罗尼迦前书》的挑衅反映了爱略特的社会信条，用她自己的话讲："爱不包括感恩。"爱是两个平等的人之间的真挚感情，而感恩是卑微者对至高者的屈从。爱略特认为，这种不对等削弱了感恩的真诚。当我们感谢上帝时，我们不单心怀感念，同时还认为那是不可躲避的压力与义务。

爱略特对感恩的解读是正确的，起码从科学来看确实如此。感恩的治愈效果会因依赖和自卑等感情而大打折扣。这些感情恢复了大脑对其自身的消极看法，重新激活了我们的忧虑回路，把我们拽回到幽怨的陷阱。因此，从人类心理特征而言，《帖撒罗尼迦前书》的一个瑕疵就在于作为造物主的上帝放大了感恩的益处，同时也贬低了它。像上帝本人一样，它既会赐予，也会索取。

几千年来，从《凯什神庙赞》到乔治·爱略特，这个小瑕疵看起来是不可修复的。拥有无边能力的造物主既创造了惊异，又导致了自卑，没有明确的方法能把有益的前者和有害的后者分割开来。感恩具有的疗效似乎已被开发到极限。

然后，这个瑕疵在 19 世纪中叶得到了修复。这位修复者居住在巴伐利亚乡间高地，他是个失业的文化人类学家，依靠他的妻子贝尔塔过活。他的名字叫路德维希·费尔巴哈。1841 年，他出版了一份两卷本的论文，并为之起了个很直白的名字：《基督教的本质》。当读者翻过书名页后，他们会为费尔巴哈的观点感到惊奇。在费尔巴哈看来，基督教的本质不是基督。费尔巴哈认为，基督不过是一个普通人。所有关于基督的神迹——包括伯赛大的五饼二鱼、湖上行走，甚至三日复活——都是加利利的马太、安提阿的路加和其他的福音书作者的文学想象。

六年前，费尔巴哈的朋友，图宾根大学的大卫·施特劳斯就在备受争议的《耶稣传》中提出过这一论断。但是费尔巴哈比施特劳斯走得更远。他不仅认为基督的生平是虚构的，还认为**上帝**是虚构的。

这看似是对宗教的巨大否定，但明智的读者并不这么看。费尔巴哈其实是在寻找一种新的信仰，也就是后来的人文主义。人文主义承认上帝是一个文学神话，但否认上帝拥有诸多神圣品质，如无边的爱、善和创造力。这些美德存在于我们人类身上。费尔巴哈在一个对《创世记》故事的颠覆性改编中解释，亚当和夏娃早已依照自己的样貌创造了上帝，在天空中创造了巨大的人类之善。其后，世世代代的人们相继崇拜那个想象中的神官，臣服于一个子虚乌有的帝王。这个帝王从来没给他们应得的赞扬："基督教的信徒……对上帝充满感恩，却对人类忘恩负义。"

这种对传统宗教的颠覆令乔治·爱略特惊诧万分。受到冲击后，她不仅读了费尔巴哈的德语原著，还把它翻译成了英文。1854年，年轻的博士兼编辑约翰·查普曼在他位于伦敦斯特兰德街142号的书香四溢的公寓出版了这个译本。此后，费尔巴哈对人性的感恩与信念激励了整个伦敦的读者：

　　　　所以，好好想想吧，让你免于饥饿的每一块面包，让你欢欣鼓舞的每一口美酒，想想那个把这些美好的礼物赐予你的上帝——想想人类！

这是一个重要的精神病学突破。这部作品让人们惊叹于人性的力量，它像《帖撒罗尼迦前书》一样强化了人们的感恩之心，又去除了创始者的掣肘。它是一剂比《圣经》更为有效的良药，拯救人们于失败和困境之中。

然而，费尔巴哈的突破并没有像爱略特期望的那样对公众产生革命性的影响。相反，它那崇敬人类的异端教导受到了广泛谴责。

天主教会谴责它，斥它是新教改革的理性主义恶果；新教改革者谴责它，批判它主张无神论；麦克斯·施蒂纳和卡尔·马克思等无神论者也谴责它，因为其无神论还不够彻底。整个欧洲，人文主义的教堂一座都没有建立起来。

看到第二次革命遇挫，爱略特不禁开始思索：是否有另一种方式来传播费尔巴哈的疗法呢？除了把人文主义学说译成英语，她能不能更进一步，直接用它来疗愈那些对其思想内容望而却步的读者？

这是可行的。爱略特知道，她能做得到。费尔巴哈已经指明了一条道路——文学。既然文学创造了《凯什神庙赞》，创造了其他诗歌和故事，来鼓励我们对造物主心怀感恩，那它一定也可以创造出新的作品，来激发我们对人类的敬意。那些新作品会让我们赞叹于人类的美好，增加我们的感恩心理。这些作品是虚构的故事，而非宗教的宣扬，所以它不需要我们改变宗教信仰。不管我们是像《帖撒罗尼迦前书》的作者那样笃信上帝，还是像卡尔·马克思那样秉持无神论，人文主义文学都能实用且科学地增进我们的福祉。

想到这里，兴奋的乔治·爱略特回到书房，想见识一下这个文学技巧，准备将之付诸实践。但她遍寻书架，却收效甚微：没有用于宣扬人文主义的文学技巧。事实上，爱略特那些最新的藏书都充满了与人文主义相悖的思想。

近代文学的相反回路

在爱略特的书房里，小说是最新颖的文学创造。而彼时，最为新潮的小说类型是近代的浪漫故事和悲剧故事。

这两种文学类型都试图通过区别个别的体验来捕捉完整的人性。我们的希望和欲望被写进浪漫故事，我们的疑虑和恐惧被写进悲剧故事。但爱略特发现，尽管小说在尽力囊括我们的内心世界，它却对一项重要的思想机能视而不见，这项机能就是感恩。从浪漫故事和悲剧故事中，我们并不会对他人产生健康的欣赏，反而会陷入自我崇拜。

1856 年，爱略特在为《威斯敏斯特评论》撰写的评论中指出了近代浪漫故事的这一特点。她在文章中讽刺了浪漫故事中常见的自命不凡的主人公："她嗓音沉婉，头脑聪慧；她衣着得体，无比虔诚；她跳起舞来像个仙女，读起《圣经》时口音端正。"

如果说近代浪漫故事是对读者的吹捧，那么近代悲剧故事则更加严重。早在 19 世纪 30 年代，法国作家奥诺雷·德·巴尔扎克就发誓要在小说《高老头》中完成一项可以替代近代浪漫故事的创造："注意了！这部悲剧既非虚构，也不是爱情故事。"结果现代悲剧《高老头》非但没有消除浪漫故事的那种自以为是，反而变本加厉。小说以同名主人公高老头的葬礼作结。高老头是一个面粉商人，他倾尽毕生财富换取女儿们的幸福，可自私的女儿们却没有参加父亲的葬礼。就连葬礼上的教士都心不在焉，他勉强读完简短的悼词，拿到报酬后就无礼地离开了。很快，现场只剩下一个悼念者，那就是年轻的欧也纳·拉斯蒂涅，他在黯然落泪。不过，拉斯蒂涅的眼泪并不能证明他的纯良。一离开墓地，他立刻走向巴黎的纸醉金迷，大声宣布："现在该我俩较量了！"接着，稳操胜券的拉斯蒂涅准备进城诱骗高老头的一个女儿，不择手段地往上攀升。

这个情景深深困扰着乔治·爱略特。1859 年 10 月 25 日，她在笔记中说自己觉得这个情景"令人生厌"。古典悲剧重视生命的脆弱于微不足道，而它却抛弃了这一模式，宣扬一种对强者的渴慕和对弱者的轻蔑。人们称颂欧也纳·拉斯蒂涅的厌世情绪是科学的生活方式，而将高老头的爱与慷慨贬为愚蠢的滥情。

爱略特把《高老头》放回书架，又在其他数百部文学藏书里搜寻了一番。然后她开始明白，在悲剧和浪漫故事之外，近代文学的自我中心倾向已十分泛滥，甚至触及了小说的内核。与戏剧、口头诗歌等其他早期通俗文学不同，小说一开始不是为了一大批互不相识的现场观众而发明的。我们得独自在个人的想象中完成阅读。在这种深沉的孤独中，我们自己就是一切，我们完全自足，并不需要感谢他人。何况我们该感谢谁呢？身为小说的读者，我们只是坐在孤独的王座上静待叙事展开，像造物者一样观察宏大的生活。

因此，如果爱略特想把人文主义的良药介绍给读者，仅改变当时小说那骄横的自我中心倾向是不够的。她必须颠覆小说的技术，以谦卑和团结推翻它的冷傲。

要使 1848 年的精神重焕生机，她必须自己开始一项革命。

乔治·爱略特的革命

五十岁那年，爱略特得到了一张便携式写字桌。于是，在位于伦敦摄政公园宽敞的两层寓所里，她舒服地窝在沙发，起草了一部新的小说，即后来为世人熟知的《米德尔马契》。

《米德尔马契》讲述了一个关于失败的故事。书的开篇就表达了对那些失意人物的忧思。那些人"没有找到自己史诗般的生命，也没有将内心的憧憬化为引起深远共鸣的行动，她们收获的或许只是阴错阳差的生命"。

在接下来的章节，《米德尔马契》讲述了这样一个"阴错阳差"的生命：这是个女人的一生，她失败得那么彻底，久已被历史遗忘，如今作为一个"湮没无闻的失败者"活着。这听起来特别像高老头。的确，她也是"高老头"。和高老头一样，她是仁爱慷慨的，她死时也无人问津。尽管如此，她对我们的触动和高老头全然不同。因为这个老套的角色创新地结合了和故事的另一元素——叙事者。

《高老头》的开头，叙事者用第一人称"我们"娓娓道来："我们不是都喜欢通过欺凌他人来感受自己的力量吗？"可接下来，叙事者就放弃了这种具有包容性的"我们"的人称，而变得冷漠起来。最后在高老头的葬礼上，他甚至突然消失不见了，空留我们在原地思考自己该何去何从。

《米德尔马契》的叙事者则采取了完全相反的路径。一开始她高高在上，但当我们像欧也纳·拉斯蒂涅一样将视线缓缓投向他人的苦难时，她从高耸的山巅走下，对我们轻声说道：

> 同情那些受苦的人吧，这四处游荡的苦难
> 随时可能降临在你我身上。

在《米德尔马契》第七十三章，这段话作为楔子出现。它用古典悲剧中共受苦难的集体关怀代替了近代悲剧的自我中心。为帮助我们加入这一集体，这里采取了一种异乎寻常的叙事方式：它用了"你我"这一词语。

"你我"这个词在文学里极为罕见，而且有充分的理由可以解释这一现象，因为它有一个更为明了的同义词——"我们"。《米德尔马契》的作者本可直接说"可能降临在我们身上"，且她的本意也是如此。不过，尽管"你我"这个表达在文学里并不常见，它在日常口语中却很实用：它帮助我们和他人建立联系。与承认既成联系的"我们"不同，"你我"可以激发一种"联系即将确立的"神经感觉。在联系尚未建立的情况下，这种感觉让我们全神贯注于新的联系。假如联系已然建立，这种感觉可以让我们重新确认那种联系。这就是为什么"你和我"这个词经常出现在孩童之间的对话中。当我们还是孩子时，我们大多数时间都用来确立自身的社会位置、结交新朋友，以及探索新的伙伴关系，我们能感觉到亲密联系的意义。这种联系不是生命中的既定事实，它需要被格外强调，以确保各方的认知。

"你我"的表达常见于孩童之间，偶尔也出现在亲密的成人间，它的确会不时地在文学对话中蹦出来，但它几乎从来不会出现在叙事者口中。即便出现了，也仅以第一人称出现。在《米德尔马契》之前所有已知的文学作品中，全知的第三人称叙事者从未说过"你我"这一表达。这些叙事者与《凯什神庙赞》和世界上其他典籍的"上帝之声"（该文学范式详见第一章）一脉相承。他们不与我们站在同等的高度，也不与我们建立亲密的联结。他们抱着高高在上的优越感，用惊叹和恐惧让我们感到自己的卑微。

《米德尔马契》的开头同样运用到了上帝之声，作者以全知视角低沉而有力地述说"时代"和"人类的历史"。但当叙事者转用"你我"的表述时，她就放弃了典籍里那种高高在上的叙事。她从高处走下，她化身"我"，和我们这些"你"融为一体，让我们感觉有另一个人伴在身边，为孤独的阅读注入一种亲密的神经感受。

这种以第三人称叙事注入亲密感的手法既是小说写作的创新，也是精神的创新。在《圣经》的诗行中，只有一处运用了"你我"，而且还不是上天的声音，而是《帖撒罗尼迦前书》的作者在身处孤苦时的发声："因为我切切地想见你们……因你与我彼此的信心，就可以同得安慰。"

我们在此处看到了一个意外的《圣经》片段。一个神圣的作者，没有直接向上帝寻求宽慰，而是对"共同的"人性表达感恩。尽管这个片段出人意料，从两个关键处而言，它仍然符合常理。首先，"你我"的表达是以第一人称说出来的："我切切地想见你们"，紧随"你我"之后的，是对上帝的感恩：

> 这福音本是神的大能，要救一切相信的……外邦啊，
> 你们当赞美主；万民哪，你们都当赞颂他。

《米德尔马契》突破了这两点。在小说最后，全知的叙事者又一次用起了"你我"的叙事。它没有像《帖撒罗尼迦前书》那样臣

服于至高的主，而是不断夸大，超越了时空的界限，向被遗忘的人性致以谢意：

> 这世间与日俱增的善，一部分有赖于那些无足轻重之举。而你我的境遇之所以没有那么糟糕，某种程度上也是因为那些忠诚度过默默无闻的一生，死后歇息在无人问津的坟墓里的人。

这就是费尔巴哈的人文主义在文学中的运用。"你我"的表达把上帝之声从高处拽回我们中间，掀开了其全知全能的面纱。同时，这也为我们的大脑灌注了平等团结的情感，这种情感继而化为对那些"忠诚度过默默无闻的一生"的人的普世感恩。最终形成的，就是一种深沉可敬的神经体验，使我们脱离自我，向其他无数生命抱以热爱和感念。

在这种双重的自我解脱中，我们的失望情绪消失了。逃离幽怨的阻塞后，我们感到一种超然的人性潜能。

如何自行运用"感恩倍增器"

20 世纪 30 年代，经济大萧条袭来。美国的失业率飙升至近百分之二十五，出生率也降低了近百分之二十五。失败和自我怀疑充斥四处。

同时，四处的广播都流动着一首歌曲，那是凯特·史密斯于

1938 年演唱的《上帝保佑美国》。这是一首感恩的宗教歌曲，在那个时代很合时宜。它通过勾起对造物主的感恩，疗愈并振奋了人们消沉自卑的心。

然而这首歌惹烦了一个人——伍迪·格思里。和乔治·爱略特一样，格思里也感到至高的上帝和感恩的自由表达之间存在着冲突，并且他也在人文主义中找到了解决这一冲突的方式。正如他后来在表演时对费尔巴哈信仰的解释：

> "上帝是爱"……就是这四个字，不仅造就了宗教信仰，还在转瞬间造就了我心底其他几种迷信的恐惧和仇恨……

> 然后爱创造了这些奇迹，在生命那数以亿计的形式、形状、类型中，在生命的每一步和每一阶段……以清楚的方式存在于我们视线中的每一个人的一举一动里，存在于他们的思想里。

受到这种人文主义信念的鼓舞，格思里在 1940 年决定改写《上帝保佑美国》。他用"我们视线中的每一个人"来代替原歌中至高无上的上帝，创作出一首自重不屈的感恩之歌。他将这首新歌命名为《这是你的土地》。

> 从加利福尼亚到纽约岛……
> 这片土地属于你我。

属于"你我"。爱让这片土地属于你我。

只要你想,你随时可以在书籍中获得感恩之心带来的治愈功效。这就是乔治·爱略特的发明的奇妙之处,你可以把它带到你读的每一本小说中。你只需在读完后停下来,想想那些充满爱的无名之举。

想想那些花时间让作家填饱肚子的人。想想那些为作家构筑起知识殿堂的人。想想所有在暗中默默劳作、为作家递上笔墨却从未露面的陌生人。

然后想想这位作家如何拼尽全力,战胜困惑、自我怀疑和无数错误,完成整篇作品,写下最后一个闪闪发亮的文字。

这一切都属于与作家未曾相会的读者。

这一切都属于你我。

第十六章　保持清醒

《罗生门》《尤利乌斯·恺撒》，以及"再看一眼"

　　1913年1月的一天，天气舒爽宜人。在东京日比谷公园紫藤花环绕的湖边，临时搭有一座兼具德式和日式风格的木屋。日本帝国的政府官员列队进入其中，等待新天皇的到来。前任的明治天皇不久前刚在京都下葬，五十年的励精图治至此画上句号。这五十年间，古老的足尾山采出了源源不断的铜矿，武士的女儿纷纷投身纺纱事业，鸣笛的蒸汽机车从冈山城下穿过。世上无敌的"三笠号"战列舰，更是用口径约三十厘米的主炮，在对马海战中击沉了俄国的军舰。

　　木屋外，两缸引擎低沉的轰轰声昭告着新天皇的到来。在数名侍从惶恐的陪伴下，天皇缓步走到政府成员前，手里握着事先准备好的演讲稿。他仔细地把那篇稿子卷起来，然后把纸筒举到眼前，像拿着望远镜一样向外观察着。他先是细细打量了首相桂太郎胸前闪闪发亮的勋章，然后在屋里扫视一个个新的"星体"。

　　我们马上就会探讨东京接下来发生的事情。但在那之前，我想先问一个问题：你相信上述舒爽的1月天里发生的一切吗？你相信帝国政府就在日比谷公园一座古怪的木屋里吗？你相信新天皇会把他的演讲稿当成望远镜吗？

是的，你的确相信了。也许你此刻又不完全相信了，也许你开始质疑我的故事是否真实了，但一开始你的确是相信的。

为什么？为什么你会相信？为什么刚才阅读时你没有质疑？

也许你会认为，是我故事里某种特殊的成分引起了你的轻信，我用某种秘密的文学技巧欺骗了你，但事实并非如此。我讲的故事丝毫没有特别之处。你会相信它，仅仅是因为大脑的进化方式，你会相信自己读到的所有新事物。

你可能一时半会儿难以接受大脑的这个事实，毕竟我刚才造成了你的怀疑，但我还是值得信赖的。你马上就会明白，只要翻开任何一本有关 20 世纪早期日本历史的书，你都会发现大正天皇把演讲稿卷成纸筒当望远镜的趣事。我并不是凭空编造的这个故事，我只是在重述大多数人相信的。我第一次读到这个故事时，也曾深信不疑。现在，我已解释了为什么你们的大脑会相信这个故事，接下来我要解释为什么我又使你们产生了怀疑。

因为这才是此处要探讨的文学创造。

轻信的神经原理

五亿多年以前，在埃迪卡拉纪氮元素稀少的浅水区域，出现了蠕虫一样的动物。这些动物最初进化出大脑时，只是为了处理感官感知到的环境信息。当大脑发现光亮或食物时，就向身体发出指令："游向那片光亮！""吃掉那个食物！"

换言之，大脑一开始不具有过滤能力。它不会质疑那片光亮或那个食物是否为真，它只是相信自己的直觉。

这个系统很粗糙，但很有效。最起码，大多数传输到大脑的感官信息都是可靠的。光亮和食物都是真实的。即便在今天，这个粗糙的系统依然为许多动物有效地利用着。昆虫们在世界各地繁衍生息，它们从不怀疑自己的感觉。它们的眼睛看到什么，大脑就接受什么。

然而，最终还是出现了更为复杂的大脑。这些复杂大脑发现了怀疑的好处。颇为讽刺的是，这些好处之一就是保护我们免于受到其他复杂大脑的欺骗。这些复杂的大脑会撒谎欺瞒，精心布置假象来诱骗目标。因此，随着时间的流逝，大脑进化出了质疑和判断其所见之物的能力。

尽管大脑进化出了判断事物的神经系统，却没有给自己换上相应的"线路"。它把新系统接入从蠕虫那里继承来的旧有神经设备中。这也就意味着，大脑会继续接受它见到的一切，然后再根据已经证实的事实去判断。

我们的大脑就这样运行着。它不决定该相信什么，而是决定不相信什么。它不是检视一个新观点，判断其真伪，然后再接纳它，而是先接纳每一个观点，再仔细检查它们的真伪。

这种权宜之计并非坏事。它让我们的大脑永保警惕，以便迅速应对突发情况。但像所有生物特性一样，它也有缺陷。其一就是，我们总会先入为主。我们不假思索地接受，过后又改变想法。另一个缺陷是，当我们疲倦或不知所措时，就会容易上当。因为不轻信是更加耗神费力的选择，处在压力中时，我们往往会轻信。当我们被剥夺睡眠时，就会给那些强势政权和剥削集团可乘之机，任其向我们灌输各种概念。

我们的大脑现在充斥着这样的洗脑。你我都对政客、企业、媒体权威以及其他剥削者的胡言乱语深信不疑。他们正是利用了我们容易轻信的天性和现代生活与日俱增的疲惫，来向我们灌输虚假信息。

然而这种洗脑不会一直存在于我们的大脑中，一项文学发明可以清除掉它们。

抵御洗脑的文学发明

依据目前所知，人们最早是凭借一种古老的修辞技巧来抵御洗脑的。这种修辞技巧在莎士比亚的悲剧《尤利乌斯·恺撒》中有过璀璨的表现。

《尤利乌斯·恺撒》讲述的是刺杀恺撒的故事。当目睹舞台上的行刺时，我们丝毫不怀疑，这场刺杀是为了民众的利益。毕竟这场刺杀的发起者是元老院议员勃鲁托斯，而就连勃鲁托斯的敌人也认为，他行事总是抱有崇高的目的。

然而紧接着，在恺撒的葬礼上，他的朋友安东尼向罗马民众致以下面这番讲辞：

> 尊贵的勃鲁托斯曾告诉你们，
> 恺撒是有野心的。

倘若果真如此，那固然是他的过错，

恺撒也已因此付出了惨痛的代价。

在此，在勃鲁托斯和其同志的许可下——

勃鲁托斯是一个品格高尚的人，

他们也是品格高尚的人——

我在恺撒的葬礼上讲两句话。

他是我的好友，对我忠诚公允，

但勃鲁托斯说他野心勃勃，

而勃鲁托斯是一个品格高尚的人。

恺撒把众多囚徒带到罗马，

用他们的赎金填充了国库，

这能看出他的野心吗？

穷苦的人哭泣，恺撒也为他们落泪，

野心者当另有一副铁石心肠。

但勃鲁托斯说他野心勃勃，

而勃鲁托斯是一个品格高尚的人。

安东尼一遍又一遍地重复着"勃鲁托斯是一个品格高尚的人"。他越是重复，我们就越是怀疑："勃鲁托斯真有那么高尚吗？"

安东尼的重复引发了我们的疑问，其中的原理很简单：它隐约制造出一种似曾相识的感觉，来唤起大脑的自我意识。在这种自觉的状态下，大脑不再被动地观察，而是积极地再三审视我们脑海中业已形成的信念——"勃鲁托斯是个品格高尚的人"。我们的大脑一而再，再而三地审视，然后一而再，再而三地评断："这个信念是否可靠?"就这样,一个毫无阻拦地溜进我们大脑的信念开始被我们的意识反复审判。

安东尼运用语言的重复来激起我们的自省,这是一种简单而有效的技巧,它牵涉到文学与神经科学。受到安东尼的刺激,观众开始重新考虑对勃鲁托斯的看法。在这些观众中,有一位年轻的学生,他来自日比谷公园以北数公里远的东京帝国大学。

这个学生就是芥川龙之介。那时,东京帝国大学的课堂上出现过众多知名学者,如英国的日本研究专家巴兹尔·霍尔·张伯伦,他在明治天皇去世的 1912 年开始致力于武士道研究:

> 直到最近一二十年前,武士道才为人所知! 1900 年以前,"武士道"这个词在日本内外的任何字典里都无法找到……它从头到尾都是捏造,主要是为了满足外国人的口味。

当年轻的芥川龙之介读了《尤利乌斯·恺撒》,他做了安东尼的听众对勃鲁托斯做的事,也是张伯伦教授对武士道做的事:停下来重新审视。

看得更清楚

1915 年,新天皇的那起事件已过去两年,芥川龙之介以一则短篇故事呈现了他的审视结果,那就是《罗生门》。

《罗生门》是在东京帝国大学一所凸版印刷厂印制的。它以一句生动的开头吸引了大学读者："是夜，一个仆人蜷缩在罗生门下，等待雨停。"

这句话是对《今昔物语集》和其他日本古代民间传说的一种柔情致敬，这些作品把罗生门描述为面向普通人的灵异之地。然而在接下来的段落里，没有灵异显现，登场的是故事的叙事者。叙事者并没有把我们带入奇幻的境地，他反而叫我们回头揣摩他前面的话：

> 作者方才写到仆人在"等待雨停"，但其实，即便雨停，他也无事可做。若在平时，他只需回到主家便好，但前几日他被主人赶了出来，现在已无家可归。所以，与其说那个仆人在"等待雨停"，不如说这个仆人蜷缩在罗生门下，无家可归，茫然无措。

在这个令人意想不到的段落里，叙事者揭示了他的错误。那个仆人的行为并非叙事者所说的那样。真相完全不同，叙事者也只好掉头回去，改写开头。

这就是"再看一眼"，这就是对莎士比亚笔下的安东尼的修辞技巧的加强。在这里，运用这项技巧的并非某个故事人物，而是关涉整个故事的叙事者。于是从一开始，我们的大脑就抱有自觉，不断来回审视着我们掌握的一切。在这种审视过程中，我们也会经历一种叫"陌生化"的精神状态。

陌生化是妄想的反向神经作用，我们在第六章曾探讨过这一情感状态。在妄想状态下，我们不信任那个引领我们的叙事声音。而在陌生化状态下，我们不会有这种不信任感。在《罗生门》的开头，我们信任叙事者，而在叙事者突然停下来更正自己时，我们仍相信他。其实，我们的大脑开始怀疑的是它自己。大脑意识到自己接受了叙事者先前的错误陈述，不免担心："我还相信了哪些错误信息？"

有别于妄想的效果，这种焦虑在我们的大脑中激活了一个全然不同的区域。妄想发生于我们的威胁探测系统，这是一个极其古老的系统，就连老鼠和狗都会经历某些基础的妄想。而陌生化发生于我们前额叶皮质的自我反省回路，只有人类和少数几种接近人类的灵长类动物拥有这一神经区域。自我反省回路不会让我们疑虑外界的威胁，它会查阅大脑内部的信念，辨识潜在的虚假内容。

这种自我检视可能令人感到不舒服，我们的大脑不喜欢承认自己有错（具体原因详见第十三章）。而且因为自我检视发生于大脑中一个较新的回路，它要比妄想引发的本能性怀疑更加脆弱。如此，为了使陌生化继续发挥作用，《罗生门》又让我们多看了一眼。这一眼始于仆人溜进门的时刻，仆人发现一名老妇正从尸体上偷来头发，以做成假发去卖。仆人惊恐地指责老妇，可她却挑衅答道：

> "没错，从死人头上拔头发也许是不道德的，但这些人活着时也没见有多高尚。就拿我抓着头发的这个女人来说吧，她曾经把蛇肉切成小段，当鱼肉卖给那些卫兵……我觉得这没什么不妥。她总得养活自己呀。她没有别的选择。我觉得她会理解我的，我也没有别的选择。我觉得她会理

解我为什么拔她的头发的。"

通过这样一段雄辩，老妇展现出一种透彻的生命价值观。日本20世纪早期最负盛名的小说家夏目漱石也持有类似的观点。早在《罗生门》诞生十多年前，夏目漱石就以一种讽刺眼光看待日本古老民间故事的灵异之说，他认为获得幸福的最好方式就是认识到我们的身体天性，并置身于一个相互扶持的共同体，满足彼此的物质需求。

这种宽容的自然主义，与武士道和古代日本的奇思妙想完全不属同一个世界，它正是现代世界所需的道德准则。然后，《罗生门》让我们多看了一眼。老妇人说完那番话，仆人表示了赞同。为了表示他的赞同，他说道："那么，你可不要恨我打劫你，我别无选择，不然我就要饿死。"说着，仆人粗暴地剥下老妇的衣服，伴随胜利的叫喊，消失在夜色中。

这是一个令人震惊的时刻，也是一个重复的时刻。正如安东尼重复着我们的信念："勃鲁托斯是个品格高尚的人"，仆人也重复着老妇那幻灭的自然主义："我别无选择……我别无选择"。这句话敲打着我们的大脑，使我们不禁自省："我为什么能不假思索地接受老妇的信念？我怎么没有想到这会让她裸身死在尸堆里？"

在这个过程中，我们经历了深刻的反省。这种感受超过叙事者更正他那生动的开篇时带来的冲击。那时，我们困惑大脑是如何受到了一则古老神话的欺骗。而此刻，我们开始犹疑对现代唯物主义的接受。抱着这种怀疑，我们的大脑自问："我的头脑里还有什么是可信的？我信仰过什么真实的东西吗？"

如何自行运用"再看一眼"

1950 年，芥川龙之介自杀二十三年后，著名导演黑泽明翻拍了同名电影《罗生门》。

光看电影名，你或许会产生上述想法。但其实，黑泽明的《罗生门》主要取材于芥川龙之介另一部短篇小说——《竹林中》。

不过，尽管电影《罗生门》背离了小说《罗生门》，它仍然借鉴了小说的深层叙事结构。电影将小说里的仆人换成平民，将老妇换成樵夫，以樵夫的口吻讲述了一个武士之死。随后，电影又讲述这个故事的其他版本，一遍又一遍，每遍都是不同的版本。

人们经常误以为这种编排是为了勾起我们对黑泽明的叙事，甚或对事实本身的怀疑。但和芥川龙之介的短篇小说一样，黑泽明达成的并非妄想的状态，而是陌生化。故事并没有因其发展而变得难以令人信服。在亲眼见证了每次武士之死后，我们的大脑即刻将这些情节作为事实全盘接受，同时又一遍遍地翻回头去，不断审视印刻在脑海中的先前叙述。最后，电影回到芥川龙之介小说的结尾：平民（仆人）出于私利，在樵夫（老妇）的面前犯下罪行。至此，我们的大脑不禁思考，为什么我们当初会相信樵夫（老妇）关于人性的夸夸其谈。这就是电影名字预示的幻灭结尾，这就是芥川龙之介"再看一眼"的终章。

但紧接着，黑泽明又抓住了我们的目光。他自行创造了故事的最后一段旋律：宽厚的樵夫收养了一个嗷嗷待哺的婴儿，罗生门上高悬起一轮希望的红日，驱散了连绵阴雨。这出人意料的美满结局令观众大受震撼，其冲击甚至有些过大了，日本影评人清水千代太就曾批评黑泽明"错误地"改编了结尾。

然而，这个结尾并没有问题。它调整了芥川龙之介故事的结局，并保留了其底层的创造：再看一眼。我们先前坚定认为《罗生门》是一场后现代怀疑主义的冒险。而"再看一眼"后，这一信念随即受到挑战，我们发现这部电影原来是一场前现代感伤主义叙事的复苏。当我们的大脑疑虑地凝视这两种相反的信念时，我们对自己的心灵不免感到陌生，意识到在某个节点，我们轻信了不可信的事物。

就神经方面而言，这种陌生感其实不如妄想来得持久，所以我们的大脑可以像清水千代太那样，时常卸下对自我的质疑，转而谴责他人："都是你的不对！"但是，如果我们拒绝陌生化，而只陷于妄想状态的话，那我们将错过内省的机会。为了给人们创造更多内省的机会，芥川龙之介之后，全世界作家创造了大量文学作品，用重复叙事、改写、复述等技巧来激发我们的主动审视，如詹姆斯·乔伊斯的《一个青年艺术家的画像》、内拉·拉森的《越界》、贝托尔特·布莱希特的《大胆妈妈和她的孩子们》、钦努阿·阿契贝的《瓦解》、库尔特·冯内古特的《五号屠场》、菲利普·罗斯的《波特诺伊的怨诉》、阿玛·阿塔·艾杜的《我们的扫兴妹妹》、毛翔青的《多余的勇气》，以及 J.M. 库切的《耻》。

因此，如果你不希望接受外界强加的观点，试着通过文学的陌生化来让头脑保持清醒吧。也许你生来相信眼见为实，但也不妨用小说卷成的纸筒再多看一眼。

第十七章 求得平和

弗吉尼亚·伍尔夫、马塞尔·普鲁斯特、詹姆斯·乔伊斯,以及"意识之岸"

1922 年,伦敦。

大战结束了。响彻欧洲的枪炮安静下来了。战场又被种上了果树和小麦。然而,弗吉尼亚·伍尔夫无法获得平静。伍尔夫待在红砖砌就的霍加斯居所,往事涌上心头:"这些美好的 12 月夜晚……童年的惊悚经历不断向我袭来。"在布卢姆斯伯里灰色的砖路上散步时,她每每萌生逃离的念头:"这十几天里,每到晚上,一股忧伤总是侵扰到我……这种感觉如今日甚。"

伍尔夫用日记吐露心事,她不希望丈夫知道这些。如果丈夫知道了,就会带她去看医生。伍尔夫厌恶那个医生,他"残暴",是个铁石心肠。说起他来,伍尔夫就气愤不已:"说真的,医生比丈夫还要糟糕。"

这个医生就是乔治·萨维奇,他是伍尔夫父亲的朋友,也是杰出的精神病学家,与人联合创办了《精神科学杂志》。他曾出现在《名利场》杂志上,还被国王封为爵士。

乔治·萨维奇爵士第一次给伍尔夫检查过后,就立刻诊断出引起她精神不安的罪魁祸首,那是种典型的"神经紧张"。在这位医生看来，神经紧张是女性的常见病。他认为女性神经系统比较脆弱，易受到过度刺激。正如他在许多精神病院分析过的，这种过度刺激正是由一种"好读无用之书"的日常习惯引起的，而这是伍尔夫坚持不辍的习惯：

> 如果……允许一个女孩子在家自学，独自学习的危险和对社会接触的渴望可能会引发精神错乱。正因如此，这种有缺陷的教育方式通常会在如今的弱势性别身上造成明显后果。

在乔治·萨维奇看来，阅读、写作、思考，这些活动对于"弱势性别"而言都是危险的。因此，他十分肯定弗吉尼亚·伍尔夫的烦恼都是由她不停的智力活动引起的。文学磨损了她的神经，写作过度刺激了她的大脑。由此，在萨维奇医生看来，治疗方案显而易见：伍尔夫必须歇一歇，她必须卧床休养。在床上，她不能做任何与书有关的事情："你不能读这个……你一个字都不能写……你要静静躺好，多喝牛奶。"

于是，伍尔夫不得不静静躺下，日复一日。可不管她怎么歇息，那些记忆和逃离的念头依然存在。终于，她决定摆脱乔治·萨维奇，自创新的疗法。

伍尔夫新疗法的第一步

1924 年 5 月一个温暖的周日夜晚，弗吉尼亚·伍尔夫给剑桥异教徒协会讲了一堂课，内容关于近代心理学的科学革命。

伍尔夫起初注意到这场革命，是将其当作一种"小说人物"的创新方式。而就在讲课前不久，她和另一位剑桥异教徒的对话激起了她更浓厚的兴趣。这位异教徒就是耀眼夺目的伯特兰·罗素。罗素曾在剑桥大学最著名的三一学院任教，直到第一次世界大战最激烈的 1916 年，他因反战被开除。

战后，伍尔夫和罗素通过共同的朋友彼此结识。两个寻求和平的人共进晚餐，畅聊"时代精神"。伍尔夫注意到罗素的过人智慧和他那瘦小体格的强烈反差：

> 他那闪闪发光、活力四射的思想犹如附在一辆松垮的小车上，像是在一个飘忽不定的气球上……他没有下巴……然而，我还是喜欢他流淌的思想。

在罗素那闪闪发光、活力四射的头脑里，有种思想最能吸引伍尔夫的兴趣，它开启了解放现代精神病学的机关。现代精神病学发轫于 18 世纪，当时的英国医生威廉·巴蒂走进伦敦无数家精神病院，满怀恐惧地目睹了两种主流的治疗方法。第一种，病人被铁链锁在恶臭的房间里，终日与污水桶为伴，偶有教士造访。第二种是结合了静脉放血、嚏根草和锑剂的综合疗法，迫使病人流血、呕吐、排便，直至因脱水和休克而昏厥。

这些"疗法"源于古老的医学理念：精神疾病的诱因要么是恶灵附体，要么就是体液的不平衡。古代医生将抑郁、狂躁和其他常见的心理疾病归咎于四种体液。对付恶灵附体，只能将病人锁起来，企盼上苍显灵；而对付体液不平衡，只能通过医药和催吐剂把那些惹麻烦的体液排出去。

巴蒂在 1758 年的《关于精神失常的论文》中怒斥了这种陈旧的医学。他嗤之以鼻地说，精神疾病的真正诱因不是神秘的鬼怪，也不是虚无的液体。它真正的原因是构成人脑的实体神经。所以要想治愈疯病，必须治疗这些神经。巴蒂认为只需少量的红酒、矿泉水，抑或具有轻微镇定作用的散沫花就能治愈神经，甚至也可以静待病人的神经随着时间流逝慢慢安定下来。

巴蒂的"神经理论"改善了许多精神病患者的病况。它给那些因无可救药而被锁在黑屋里的病人带去了希望。放血疗法和中世纪的药物也随之被淘汰。然而伍尔夫后来发现，巴蒂的改革也存在凶险的后果。它过分强调对神经实体的治疗，却没有认识到病人的大脑并非只有神经系统。大脑有希望、有痛苦、有爱、有记忆，还有恐惧……概括而言，它有思想。

神经理论对思想是忽视的，饱受痛苦的精神病患发现医师在诊疗时只关注其肉体，而罔顾其精神。精神病学忘记了其名字的根本，这种差错让静养疗法在 19 世纪晚期的几十年大行其道。静养疗法将所有护理滥施于肉体，把无尽的黄油与牛奶当成药物，而有意识的思想却被迫默默投降。这样的治疗结果必将导致人性的丧失。旧的施虐式精神病学至少承认患者是有思想、有灵魂的，而友好的新精神病学则摒弃了那些升华人性的琐事。大脑变成了一团神经，思想沦为器官的附属。

正因如此，1908 年，静养疗法的著名支持者，塞拉斯·魏尔·米切尔医生会在美国最早的医学杂志上断言："你只要治愈了身体，就会发现，思想也在不知不觉间被治愈了。"这位良医没有想到，这种"不知不觉"可能和精神病疗法相关。对于塞拉斯·魏尔·米切尔而言，不知不觉的背后并没有其他原因。像病人的自主意识这种东西，被他果断地抛诸脑后。

这一冷淡态度引起的不安在 1887 年得到了验证。当时，米切尔对美国作家夏洛特·珀金斯·吉尔曼施以静养疗法。"在你有生之年，"医生无情地对她说道，"千万别动钢笔、画笔或铅笔。"这并没有治愈吉尔曼。相反，她遭受的"精神折磨"日益严重，她感觉自己快要疯了："我用破抹布做了个布娃娃，把它吊在门把手上，摆弄着它……我枯坐着，大脑一片空白，来回摇头。"伍尔夫也有过几乎同样怪诞的经历。她告诉丈夫："我讨厌被关着，脑袋搁在一个大盘子上，活像头巨大的母猪。"

伍尔夫的丈夫注意到了她的不安，但只能无奈叹息。他不想强迫他的妻子休息。他不想强迫她做任何事。但还能怎么办？伍尔夫显然过于神经激动了，她应该安定下来，而休养身体是唯一的解决之道。

然而，伍尔夫即将从伯特兰·罗素那里得知另一条解决途径。这个方法多年以前就出现过，比塞拉斯·魏尔·米切尔给夏洛特·珀金斯·吉尔曼施以静养疗法还要早十九年。米切尔本来也是可以学会的，假如他有求知精神的话。

但塞拉斯·魏尔·米切尔没有求知精神，真正求知精神的医生是威廉·詹姆斯。

威廉·詹姆斯和神经问题

1842 年，威廉·詹姆斯在纽约一家喧闹的旅店中出生了。从孩提时起，他就为世间丰富多样的思想而着迷。他的弟弟亨利·詹姆斯也有同样的感受，并在后来创作了诸如《螺丝在拧紧》（详见第二十四章）等剖析小说人物的作品。不过，威廉·詹姆斯发明其他治疗方式以取代静养，并非仅仅出于对人类心理多样性的兴趣。詹姆斯还有一个更私人的原因：他本人长期在为精神健康而挣扎。

二十几岁的时候，詹姆斯曾不止一次犯过抑郁症，并动过自杀的念头。为寻求帮助，他找到一个精神病医生，对方说他得了"神经衰弱"。詹姆斯接受了静养疗法的男性版本：强健体魄。锻炼肉体，让精神得到休息。医生建议他离开学校休息一下。到亚马孙去，到欧洲去，呼吸新鲜空气，促进身体健康，别再读那么多诘屈聱牙的书了。

詹姆斯接受了这种疗法，他暂缓医学研究，起身旅行了。然而，有悖于医嘱，詹姆斯还在阅读。接着，1870 年 4 月，詹姆斯在研读法国隐居者夏尔·勒努维耶创作的一篇古怪的哲学随笔时，获得了精神病学上的启示："我读完了勒努维耶第二篇随笔的第一部分，包括他对自由意志的定义：坚持*我的选择*，即便我可能同时还有其他想法。"

詹姆斯一读到这段"自由意志的定义"，立刻感到好多了。这段话鼓励他坚定自己的精神自由，减轻了他的神经衰弱症状。詹姆斯决定看看，如果他继续沿着这条道路走下去，是否就能完全消除那些症状："我第一个自由意志之举就是相信自由意志。今年剩下的时间里，我将会……阅读有利自由意志的书籍，主动培养道德的自由。"

怀着这一自我承诺，詹姆斯推翻了威廉·巴蒂和塞拉斯·魏尔·米切尔旧有的精神病学。那种旧的精神病学是机械的，也是决定论的。它坚称我们的精神生活是由外部的主治医师决定的，而拒绝相信我们可运用自身内部的精神力量来助力康复。

詹姆斯接受了这种可能性。他要看看是否能通过自身的抉择来达成自愈。为了帮助自己，詹姆斯在书房里堆满了"有益"自由意志的书。他断定，书不是医生口中的威胁，而是治疗的一部分。

就这样，詹姆斯成了自己的精神病医生。他终止了静养疗法，给自己开了一个积极阅读的方子。

詹姆斯的新疗法

质疑詹姆斯疗法的理由有千千万，但最主要的一点就是它看起来过于玄妙，而不够科学。

詹姆斯的治疗方法和自由意志的理念都缺少科学实验的支持。

神经是种实体，有可以测量的电荷，而自由意志是一团不可见的迷雾，甚至无异于幽灵鬼神。由此可见，自由意志是教士的事，不是医师的事。否则，医学将倒退回神学的迷信，如从前一样将精神疾病视作恶灵作祟。

詹姆斯同意这些告诫。他同意自由意志属于玄学而非科学的范畴。他同意心理学家和精神病学家没有能探索自由意志奥秘的工具。

尽管如此，詹姆斯仍确信他的新疗法是科学的。至少他的疗法不取决于自由意志。它只取决于对自由意志的信念。这一信念可以通过实践来弄清：只需问患者他们是否持有这种信念。这一信念的效果也可得到科学评估。如果那些相信自由意志的神经衰弱患者的症状有所缓解，那么就表明不论自由意志存在与否，对自由意志的信念确有其效。

詹姆斯自己就可以完成对新疗法的首次实验。他可以先对自身意志抱以信念，然后再看自己的精神状况是否有改善。詹姆斯也的确是这么做的。他持续阅读了大量有益自由意志的书，渐渐地，他感到阴郁在消散。到 1872 年，那些消极的情绪彻底没有了，詹姆斯宣布自己的"精神疾病"已经治好。他对自创的疗法倍感自信，索性转了行。他彻底摒弃了巴蒂和米切尔那种旧式的精神疗法，到哈佛大学当起了老师，参与开创近代心理学的新领域。

在哈佛，詹姆斯坚持自己最爱的写作，以这种方式推动了精神病学的进步，其作品就包括畅销的《心理学原理》。这本开创性的教科书指出，大脑在做出某些合理的决定时会体验到一种"努力的感觉"。这种感觉就是自由意志吗？我们不得而知，但是这起码表明我们的大脑是相信它自己的意志的。六年后，詹姆斯又写了一本书。这本书有一个催人振奋的书名：《信仰的意志》。詹姆斯在书中用简单易懂的行文指出，为了实证地检验信仰的力量，我们首先应笃信这一信仰。也就是说，如果我们想明白我们是否能自我医治，必须增强自己的信念。我们必须坚信自我拯救的力量，用自由积极的思想来恢复健康。

20世纪头十年，这一鼓舞人心的心理疗法在美国受到了越来越多的欢迎。而欧洲人一开始对詹姆斯的观念并未表现出过多兴趣，但在他去世后，情况发生了变化。1921年，詹姆斯去世后十一年，英国一位杰出的哲学家出版了一部简短的教科书《心的分析》。在这本书的倒数第二章里，作者对詹姆斯有关自由意志的心理学定义表示了赞同：

> 詹姆斯在《心理学原理》第二十六章中坚称，自愿行动的唯一显著特征就是它涉及对将要实施的行动的信念……我想不出任何理由来质疑这一观点的正确性。

写出这段话的杰出作者就是四十九岁的伯特兰·罗素，那个靠思想而给弗吉尼亚·伍尔夫留下深刻印象的人。

伍尔夫公开支持威廉·詹姆斯

就在伯特兰·罗素发表他的教科书那年，乔治·萨维奇去世了。

他享年七十八岁，去世时德高望重，饱受赞誉。《英国医学杂志》刊载了一篇长长的悼念文章。其中说，萨维奇医生也许离开了我们，但他的作品将永垂不朽："他的教科书《精神病与相关神经症》，在学生和医生中广受好评，目前已出了第四版。"

乔治·萨维奇的死对于伍尔夫而言可能是个解脱。但不幸的是，《英国医学杂志》说得没错，这位医生的影响力绵延甚久。他将伍尔夫视作没有灵魂的行尸走肉。悲惨的伍尔夫由此被诊断为牙齿感染，她被顺理成章地绑在椅子上，拔掉了几颗牙齿。然而，出乎牙医的意料，伍尔夫并没有康复。1922 年 6 月 11 日，伍尔夫黯然道："我白白丢了三颗牙齿。"

伍尔夫一生起起落落。与威廉·詹姆斯不同，她从未发觉减轻精神病苦的奥秘。牙齿被拔掉后又过了四个寒暑，她在日记中写道："一切都索然无味、暗淡无光……生活中没有丝毫乐趣。"

但在 1922 年至 1926 年这四年间，伍尔夫还是有突破的。她发明了一种新的文学形式，给其他饱受折磨的灵魂带去平和的慰藉。在这个过程中，她接纳了威廉·詹姆斯的两种信念。

第一种信念，是我们可以通过阅读好书来改善精神健康。1926年夏天，伍尔夫发现在一股思想的冲击下，她恢复了健康："一种身体的疲惫，还有大脑的轻微活动。注意力开始集中。可以做一两个计划。"这些计划就包括遨游书海："读一些但丁和布里吉斯，不刻意费神理解，但求获得乐趣。"伍尔夫这时十分确信，乔治·萨维奇之前完全搞反了：读书并不是她精神压力的根源，而是解药。

伍尔夫和詹姆斯共有的第二种信念更加难以捉摸。简单来说，它会极大地改变文学的治愈力量。

这就是对"意识流"的信念。

意识流

1884 年，威廉·詹姆斯四十二岁。那时他还只是一个哲学助教。不过他很快就会获得晋升，不管是在大学，还是在世人的眼光里。

詹姆斯的晋升有赖于他在国际心理学杂志《心智》上发表的一篇文章。这篇文章一开始就语出惊人，说伟大的英国心理学家完全糟蹋了他们的研究对象。他们把人类心理的本质——被称作"意识"的神秘心灵体验——"粗鲁地剁成了碎片"。

伟大的英国心理学家们从来没有承认过这个说法，但考虑到他们曾将意识描述为想法的"链条"或思想的"列车"，则可以明白这个说法自有道理。这些在心理学杂志和教科书里随处可见的比喻，使人感觉意识是一些相互碰撞、自成一体的硬块，是从驶过铁轨的一节节火车皮。而詹姆斯发现，意识其实是一种完全不同的东西：

> 它不是什么东西的连接，它是流动的。一条河或一股水流才是最接近意识的自然形态的描述。因此，以后我们且称它为思想流、意识流，或生命主体之流。

詹姆斯做完这番宣言，伟大的英国心理学家们陷入了苦思。这个助教到底在干吗？意识到底是"火车"还是"水流"，这个问题有什么要紧的呢？

　　还真是十分要紧。正如詹姆斯指出的，假如我们的意识不是流动的，那我们的思想将会茫然无措。它们会在我们的意识里忽隐忽现，没有迹象表明它们为何造访，又去往何方。我们的精神体验将陷入一种割裂的颠簸状态，或用詹姆斯后来创造的术语来说——神经休克。我们会像战壕里的士兵一样，被一阵阵无休止的光和声音的杂乱组合轰炸，来去全无道理，徒留我们在隆隆炮火中摸不着头脑。

　　这不是我们大脑的最佳运行状态。当我们的大脑集中于一本好书或生活中某件事物时，它的运行是镇定而流畅的。它和在战壕里时是完全相反的状态。它是平静的。

　　这种宁静的神经体验表明我们的意识不仅是一列由想法组成的火车，还是各个想法间的联结。这些流动的联结传达了我们想法的起源和目的，帮助我们理解每个想法是怎么落入我们的意识的，以及它将带我们去向何方。对此，詹姆斯诗意地描述道：

　　　　大脑里每一个确切的画面都深深浸染在自由流溢的水流里。同它一起的，还有与之相关的感觉，无论远近，它从来时消逝的回声，它去时希望的曙光。这些画面的意义和价值全寓于明明灭灭间。

　　这是对大脑的一种新颖绝妙的思考方式。不过，正如詹姆斯指出的，这一想法不是他的原创，文学创作者早已有所发现。

　　文学创作者？英国的心理学家这才真是绞尽脑汁了。文学创作者对意识有什么了解？然而詹姆斯是对的。文学创作者拿起笔时，他们就分享了他们脑海中所想的。他们写作，就是在用自己的意识和读者沟通。为了实现这一沟通，文学创作者很早就知道，他们不能只把一列火车的想法一个个写出来，用句号胡乱分成独立的句子。他们必须完成想法之间的过渡。这些过渡可以通过各种方式得以实现，而詹姆斯指出，一个最基本的方式就是连接词，如"和""但是"之类在每个想法之间构建"关联"的词。

因此，詹姆斯以前的数千年，作家就已经认识到了意识流的重要性。不久，作家们将会走得更远。他们会从意识的溪流中采撷詹姆斯的信念，将其编入一种新型的小说。

意识流小说

1917 年，多萝西·理查森的小说《蜂房》震撼了文坛，因其揭示了十九岁家庭女教师米丽娅姆·亨德森的心路历程：

> 暗淡又浓烈的色彩中，一派春天的景象，然而春意最浓的喧嚣时节还未到来……一件瞥见便会遗忘的事。回到冬天，一次次地看，那件在绿意盎然的春天记住，又在秋天念念不忘的事……春天，就快来了，许是春天一年到头都在来的路上。

这不同于先前任何一部英国文学作品，《周六文学评论》立即将其诊断为一个神经衰弱的病例。作者显然有着脆弱的神经，而且她因写作而过度兴奋。她需要卧床好好休息一番。

然而五个月后，一则完全不同的评论出现在了现代主义期刊《自我主义者》上。这篇评论的作者是诗人、妇女参政论者、卫生队志愿者梅·辛克莱，她认为《蜂房》这部小说：

> 没有情节，没有场面，没有固定场景。什么事也没有发生，只有生命在一直向前。米丽娅姆·亨德森的意识溪流在不断流淌……在将自己视为这个生命，即米丽娅姆的意识流的过程中，理查森女士成了第一位贴近现实的小说家，她比我们这些费尽心思的小说家都更贴近现实。

因此，理查森并不是精神不健康，恰恰相反，她是"第一位"能把握住强烈思想的英国作家。她发明了一种能捕捉到我们内心"意识流"的全新文学技巧。

1919年，伍尔夫自己评论了理查森的又一部小说《隧道》。这部小说没能令伍尔夫满意："感觉、印象、观点和感情（从叙事者的意识中）不断闪现，彼此毫无关联，漫无目的，根本没有如我们期望的那样，解释潜藏在深层的问题。"尽管如此，理查森的意识流风格仍激起了伍尔夫的强烈兴趣。三年后，当她发现理查森的突破是受了一部更早的法国小说的启发时，她的兴趣更浓厚了。这部小说就是马塞尔·普鲁斯特于1931年发表的《追忆逝水年华》。

在这部小说里，普鲁斯特将一块小玛德琳蛋糕放入口中，接着：

突然，记忆在我脑海中闪现。这个口味，正是在孔布雷，星期日早晨（因为那天我做完弥撒才出门）那块小玛德琳蛋糕的口味。我去她的房间请安时，莱奥妮姑妈会把这块蛋糕放在椴树花茶里浸泡一下，再递给我吃。直到尝了一口，那块小玛德琳蛋糕的样子才在我的脑海中闪现。也许因为打那以后，我在烘焙师的货架上看到过很多小玛德琳蛋糕，却再也没有吃过，它们的样子已经远离了孔布雷的那些岁月，而和近日一些印象联系了起来……

……记忆继续向前，汇入追忆的河流。

普鲁斯特的《追忆逝水年华》令伍尔夫惊奇不已，她的内心充满了一种她在文学里不曾经历过的宁静。这本书把她带入意识的河流，轻柔地抚慰着她的神经，令她心思平静，这就是威廉·詹姆斯所描述的健康心灵的"自由流溢的水流"。

这种放松便是静养疗法从未兑现的承诺。伍尔夫旋即感到，这就是她自己追求的小说。她想像普鲁斯特那样去创作。她也想给读者的心田灌注一股缓缓流动的安宁……不过，伍尔夫突然意识到，她能做到更多。她可以采用普鲁斯特的创新风格，并加强其疗效，创造一种更深层的平静体验。

1922年夏天，伍尔夫发现的第二部意识流小说更加剧了这一冲击。这部小说就是詹姆斯·乔伊斯的《尤利西斯》。这本书，伍尔夫读得并不愉快。她抱怨道：

啊！乔伊斯可真是太烦人了！正当我沉浸于普鲁斯特时——如今我不得不先把普鲁斯特放在一边——我发现乔伊斯也是位未得到释放的天才。我们无法忽视他们，也不能让他们停止叹息，只能帮他们发泄出来，同时自己忍受巨大的痛苦。

如果《尤利西斯》令伍尔夫这么灰心丧气，那她还能从这本书里学到什么呢？她是如何找到一种方法来强化《追忆逝水年华》的宁静的呢？

我们来仔细对比一下乔伊斯和普鲁斯特，就能弄明白了。

乔伊斯和普鲁斯特的风格差异

在《尤利西斯》中，主要人物的思想轨迹如下：

目之所及不可避免的形态：至少是这些可见之物，透过我的双眼思考。我接下来将记录所有事物的特征，海里的卵和海草，涌来的海浪，那只铁锈色的破靴子。鼻涕青，蓝白，铁锈：有色的标志。透明的局限。但他又补充道：形体。他意识到它们的形体，先于意识到它们的颜色。怎么做到的？当然是用脑袋撞击它们。缓缓吧。他是个谢顶的百万富翁。还是个伟大的学者。[1] 内部透明的界限。为什么是内

---

1 "还是个伟大的学者" 一句的原文为意大利语。——编者注

部？透明，不透明。如果你能把五个指头穿过去，它就是一道大门，如果穿不过去，就是一道窄门。闭上眼睛看吧。

这段节选自《尤利西斯》第三章的文字，长度与普鲁斯特那段描写小玛德琳蛋糕的选文几乎相同，但这段文字读起来要花费我们大脑更多的工夫。这段文字颇为难解，以致我们的大脑常常放弃，或干脆掠过文字。为什么会突兀地出现一只"破靴子"？那个"谢顶"的百万富翁是谁？这个谢顶的百万富翁又和一句意大利语有何相干？

这些问题之所以打断我们的阅读，只有一个原因——《尤利西斯》中没有威廉·詹姆斯所谓的想法之间的关联。这部小说只是展现了头脑中的各种思想，让我们自己去搞清它们之间的关系：

那只破靴子一定是随着海草被冲上岸的；

那个百万富翁一定是亚里士多德，这位珠光宝气的哲学家，他认为我们首先看到物质的形体，然后才看到它们的颜色；

那句意大利语一定是但丁说的，他在诗里描述过，当他堕入地狱见到过亚里士多德。

这个推断关联的过程就是导致伍尔夫在读《尤利西斯》感到"巨大的痛苦"的原因。《尤利西斯》缺乏可以使意识成为滔滔流水的关联。相反，它是一节节隆隆驶过的车厢，或者用威廉·詹姆斯的话来说，"神经休克"，而这种效果在喜用短句的乔伊斯笔下更为突出。就这样，叙事不断开启，又顷刻被打断。

普鲁斯特的风格正相反。他的书中有许多流畅的长句，一句话动辄五十个词，甚至更多。同时，普鲁斯特还小心翼翼地为各个思想搭建起关联。从技巧和风格来看，这些关联通过记叙对象来体现。《尤利西斯》显然缺乏这样的叙述。上述选文提到了"他"，却不告诉我们"他"指的是亚里士多德；引用了一句意大利语，却不告诉我们这句话摘自但丁的《地狱》；言及"海里的卵和海草"，还有一只"破靴子"，却不告诉我们这些东西都和都柏林城外的桑迪芒特海滩有关。而《追忆逝水年华》却恰恰相反，书中充满了各种精心设计的叙述。当普鲁斯特说起"她"时，他马上在后面解释了"她"是"莱奥妮姑妈"。当普鲁斯特介绍他的回忆时，他会解释那段回忆有关孔布雷的周日早晨。当普鲁斯特提到对椴树花茶和烘焙师的随想时，他会给出一个源头——小玛德琳蛋糕。这个蛋糕触发了一种"味觉"（这个味觉反过来唤起了对莱奥妮姑妈的椴树花茶的回忆）和一种"视觉"（这个视觉反过来唤起了对烘焙师的货架的回忆）。

由此看来，乔伊斯严禁提供人物思想之间的任何关联，而普鲁斯特联结起这些思想，创造出流水般的奇长句子和彼此关联的事物，任其倾泻流淌。正是这条意识之流让普鲁斯特的风格拥有了一种治愈的力量。他的文字将我们的大脑沉入自由流动的意识里，轻轻缓解休克的神经。

然而，伍尔夫还是发现，普鲁斯特的风格依然以一种关键方式限制着大脑的"自由流动"体验。它将我们限定在单一的思想中，把我们困在普鲁斯特个人的意识里，限制了我们的意识自由。

乔伊斯的小说打破了这一局限。《尤利西斯》没有采取《追忆逝水年华》自传式的第一人称叙事，而是采用一种旁观者的第三人称视角，流转于不同人物之间。因此，《尤利西斯》可以在不同思想间来回切换。第三章结束后，这种写作手法刚好得到体现，叙事视角从破靴子上跳出来，进入了另一个角色的意识流：

> 博兰德食品店的送货车用托盘送来了当天现烤的面包，但她更喜欢隔天的面包，表皮酥脆，两头热喷喷的。让人感觉青春重返。在东边的某个地方，起个大早，黎明出发，迎着朝阳四处游荡，从日头抢出一天的光阴。严格来讲，这样坚持下去，一日也不会变老。沿着陌生的沙滩走着，来到一处城门，有哨兵把守，也是个老兵了，旧乡绅式的大胡子，倚着一杆长枪。在支有阳篷的大街上闲逛。一张张包着头巾的脸闪过。

这第二段意识流比第一段还要支离破碎。它有着同样的短句，同样缺乏相关记叙。然而，它极大地启迪了伍尔夫。伍尔夫从中意识到，如果将普鲁斯特的流淌感和乔伊斯的多重性结合到一部小说里，就会使威廉·詹姆斯的两样精神病学成果合二为一。将静静的神经溪流和思想自由的治疗体验相结合，就会创造出比《追忆逝水年华》更深刻的心灵宁静。

1923 年 6 月，伍尔夫打开笔记本，开始创作一部小说，这就是两年后出版的《达洛维夫人》。

弗吉尼亚·伍尔夫和意识流

《达洛维夫人》的故事发生于 1923 年 6 月的一天。小说的主人公克拉丽莎·达洛维夫人，在这一天的时间里为宴会买花，为女儿忧心，见到了昔日情人彼得·沃尔什，还得知了参加大战的老兵塞普蒂莫斯·史密斯的自杀。

一如《蜂房》《追忆逝水年华》和《尤利西斯》，伍尔夫的小说也只是"生命在一直向前"。但和上述几部小说不同，《达洛维夫人》是在伍尔夫独一无二的治愈风格中"一直向前"的。在小说的第一页就能感受到这种风格，只见克拉丽莎·达洛维打开门，走入清晨的空气：

> 多么有趣！多么畅快！她在博尔顿时向来如此，一把推开落地窗，听到合页轻轻的吱呀声，奔向户外，感到无比快活——此刻她仍能听到那合页的声响。清晨的空气是那么清新，那么宁静，当然要比此刻沉寂；海浪时而拍打，时而轻吻，冷冽清脆，然而（对于当时年方十八的少女而言）又有些庄严；她站在敞开的窗前，感到某些糟糕的事就要发生；她望着那些花，望着袅袅雾霭中的树木和起落的乌鸦；她凝神伫立着，直到彼得·沃尔什说道："对着蔬菜沉思吗？"——是这么说的吧？——"比起卷心菜，我还是喜欢人。"——是这么说的吧？在某天清晨吃早餐时，在她走到阳台时，他一定说过这话——彼得·沃尔什。这些天他就要从印度回来了，六月还是七月，她也不甚分明，

因为他的来信简直无聊透顶；他说过的话倒叫她记得清楚；他的双眼，他的小折刀，他的微笑，他的暴脾气，当这一切从她的记忆中消失时，关于卷心菜的话却还在脑海——多怪啊！

她在路沿挺了挺身子，好等达特诺尔公司的货车驶过。可真是个有魅力的女人，斯克罗普·派维斯是这样看她的（他对她的了解，就跟威斯敏斯特的住民对邻居的了解差不多）；她有几分像小鸟，像只蓝绿色的松鸦，轻快、活泼，尽管她已年过半百，且因生病变得十分苍白。她就那么停着，从没瞧他一眼，只是等着过马路，站得笔直。

在第一段里，普鲁斯特的影响随处可见：

和普鲁斯特一样，伍尔夫也多用长句，有句话甚至写了将近一百个词；

和普鲁斯特一样，伍尔夫也记叙了很多事物。她介绍完一个回忆，就立刻揭示这个回忆的情感来源："年方十八的少女"。刚说完"他一定说过这话"，她就立刻解释道"彼得·沃尔什"，正如普鲁斯特口中的"我的莱奥妮姑妈"。

和普鲁斯特一样，伍尔夫也将每个想法都归于同一来源。袅袅雾霭、卷心菜、阳台、印度、信件、双眼、小折刀、暴脾气、早餐、微笑——所有事物都和彼得联系起来，正如普鲁斯特的所有思想都和一块小玛德琳蛋糕联系起来一样。

然而伍尔夫不仅像普鲁斯特一样写作，她还像乔伊斯一样写作。

在第二段中，伍尔夫用了一个乔伊斯式的跳跃，进入了另一个人物的思想。她离开克拉丽莎的意识，进入了斯克罗普·派维斯的意识：

（他对她的了解，就跟威斯敏斯特的住民对邻居的了解差不多）；她有几分像小鸟，像只蓝绿色的松鸦，轻快、活泼，尽管她已年过半百，且因生病变得十分苍白。她就那么停着，从没瞧他一眼，只是等着过马路，站得笔直。

伍尔夫切换到另一个人的意识里，用乔伊斯的多重性丰富了普鲁斯特的意识之流。伍尔夫一次又一次地完成这个过程。在《达洛维夫人》接下来的篇章里，伍尔夫从克拉丽莎的思想跳跃至斯克罗普的思想，跳跃至塞普蒂莫斯·史密斯，又跳跃至塞普蒂莫斯的妻子柳克利西娅。她不断跳来跳去，跳进新的意识流，又跳出来。其频率相较乔伊斯的《尤利西斯》有过之而无不及。

伍尔夫在各条意识的溪流间辗转，她希望创造一种"在天空下自由自在"的感觉。和威廉·詹姆斯一样，她希望我们这些读者知道"自由"对精神的益处。她成功了。据现代神经科学揭示，《达洛维夫人》的风格确实可以为心灵带去自由之感，给予我们伍尔夫追寻的那种放松与安宁。

伍尔夫风格的神经科学原理

21世纪的精神病学家推断伍尔夫曾受到躁郁症的困扰。果真如此吗？我们永远无法获知。在1941年3月离世后，伍尔夫个人的思想和独特的意识流都随之飘散殆尽了，这些真相是今天的精神病学无可触及的迷雾。

尽管伍尔夫的思想消逝了，她的日记里描述的症状仍潜藏在我们的意识河流里，翻阅美国精神医学会的《精神疾病诊断与统计手册》即可看到：非自愿的和侵入性的记忆、异常兴奋的大脑活动、预期焦虑、反复出现的轻生念头、阴郁的梦境、面对暗示时强烈而持久的压力、过度焦虑。

这些症状被心理学家广泛引用为强烈的"认知反应"事例。这个术语比较生硬，但也抓住了其本意：大脑对某一股认知流的过激反应。一个引起我们恐慌的记忆，一个令我们陷入忧郁的情景，一个使我们胡思乱想的念头。

强烈的认知反应包括躁狂症、抑郁症、创伤后精神紧张、复杂性悲伤以及其他精神疾病（更多此类疾病详见引言和第八章）。日常生活中的精神压力、疲劳、过度刺激等也是其潜在原因。每个人都会在某一时刻经历认知反应的涟漪。我们发现自己被一个意想不到的画面激怒、因一段回忆陷入悲伤，或被脑海里纷扰的思绪搅得无法入睡。有时这些不快会自行退去，但还有些情况，它会占据不动，甚至变本加厉，打破我们内心的宁静。

为了帮助我们恢复健康，现代精神病学家找到了一系列切实可行的治疗方式。最受欢迎的是正念疗法，但也有许多其他没那么出名的疗法：认知解离、认知疏离、去中心化、超脱疗法、元认知意识、元认知模式、情境化自我、自我抽离。这些方法彼此大相径庭，但它们有共同的目标：让我们和自己的意识轻微分开，好像从外部观察自己的思想一样。我们不是被动地沉入情绪、记忆和印象的湍流，而是自由地站在河岸上，望着自己的思想潺潺流过。

这种心理疏离感减轻了大脑的情绪和记忆加工区域的活动，如皮质中线结构和岛叶皮质。如此一来，我们的认知反应随之减弱，抑郁症、躁狂症、广泛性焦虑症和创伤后压力也得以缓解。最近的一项临床研究中，一些经过治疗的精神病患者在观看了悲伤的电影后，反馈自己的心情十分低落。然而研究者在扫描了他们的大脑后却发现，其大脑实际上并没有表现出那么多的感情。因此，这些患者其实是意识到了一种他们并没有实际感受到的悲伤。

伍尔夫的风格拥有相同的治疗效果。当我们随着她的文字走进一个又一个角色的意识中时，我们的大脑逐渐适应了一种更为宏大的意识：小说本身的第三人称视角。这个视角带我们穿梭于克拉丽莎、斯克罗普、塞普蒂莫斯及其他人的意识，让我们同时体验到内心情感和外在的疏离感。这种混合的感知和认知的疏离模仿了缓和认知反应的现代精神病疗法。它用流动的思想填满了我们的意识，减少了我们皮质中线结构和岛叶皮质的神经活动，从而使我们体验到感情的奔涌，同时又不至于被其潜流卷走。

在这种状态下，我们能意识到克拉丽莎的欣喜和塞普蒂莫斯的心死，而自己却不会陷入其中。我们能确知河水深处的湍急，又感受岸上的宁静。

如何自行运用"意识之岸"

《达洛维夫人》否定了旧的疗法，开启了新的疗法。

小说中，旧的疗法由精神病医生霍姆斯实施。在给塞普蒂莫斯检查完弹震症后，这位医生立刻将其诊断为一种神经性病症："'头疼、失眠、恐惧、多梦——都是些神经症状，没别的什么了'，他说道。"于是，霍姆斯给塞普蒂莫斯开了乔治·萨维奇给伍尔夫开的药："卧床休息；独自卧床；安安静静地休息；好好休息，不要有朋友和书籍的打扰。"

这一战争精神病疗法不是小说的自由创造。以卧床休息应对弹震症的做法可以追溯至塞拉斯·魏尔·米切尔本人。米切尔曾在美国内战期间担任医生，他见过无数士兵被战争折磨得极度焦躁。米切尔后来认为，这些士兵都遭受了"神经创痛"，所以他们变得歇斯底里。"歇斯底里"是一个医学术语，来自古希腊语中表示子宫的"hystera"一词，而在塞拉斯·魏尔·米切尔看来，一个饱受战争折磨的男人可能也长了个子宫，这样的男人和"弱势性别"一样脆弱、神经质、过度情绪化。因此，只有一个方法可以治疗他们：像读了太多书的女人一样长期卧床休养。

在《达洛维夫人》里，和伍尔夫的遭遇一样，这一疗法最终对塞普蒂莫斯造成了毁灭性后果：他跳窗自杀了。1904年，伍尔夫本人在接受萨维奇最初的治疗后也试图自杀。因此，为了提供一个能代替萨维奇的静养疗法的选项，《达洛维夫人》向我们呈现了伍尔夫的意识流风格。我们越是读下去，就越能从其文字中获得平静，直到最终，小说的视角飘向克拉丽莎的老相好彼得，留下了这样的尾声：

> "我会来的。"彼得说道，但他又坐了一会儿。为何如此恐惧？为何如此欢喜？他独自思忖。为何我心里充溢着无以名状的兴奋？
>
> 是因为克拉丽莎，他说。
>
> 因为她来了。

不一会儿，我们就身处彼得的思想河流里了：**为何如此恐惧？为何如此欢喜？**接着，时态就从彼得当下的心境切换到小说关照的过去。我们从稍远的外部视角见证了彼得的意识，将其起伏尽收眼底，却没有因其神经的磕绊而紧张。小说最后一行，我们以彼得的视角瞥见克拉丽莎——"因为她来了"——我们也不会因彼得的"恐惧"或"欣喜"而受到冲击。相反，它用一种更广阔的宁静充实了我们的内心。

如果你想获得更多的内心宁静，可以从大量现代小说中找到伍尔夫和普鲁斯特的创新；如果你喜欢科幻悬疑，可以读一下科尔森·怀特黑德的《直觉主义者》；如果你想在神经外科医生的脑海里来一场游历，可以试试伊恩·麦克尤恩的《星期六》；如果你想体验一下 20 世纪 60 年代的迷幻，可以读托马斯·品钦的《拍卖第四十九批》；如果你想读爱情故事，可以试一下乔乔·莫伊斯的《我就要你好好的》。

　　选取一本看起来最合你兴趣的小说，然后翻开它，让思想的河流淌过剑拔弩张的神经，感受随之而来的静谧吧。

第十八章　滋养创意

《小熊维尼》《爱丽丝梦游仙境》，以及"无法无天的诗人"

1689 年灰蒙蒙的冬天，世界的想象力死了。

致命一击来自英国哲学家约翰·洛克的《人类理解论》。尽管书名四平八稳，但这部著作的野心却非同一般。它由四册组成，总共近四百页，探讨的话题极其深奥，超出了时人的理解范围，包括天赋的思辨原则、空间观念的简单情状、儿童的思想、傻瓜的思想等。

凭借对这些艰深问题的精妙思考，这部著作大为畅销。人们在伦敦的咖啡馆里阅读它，在韦茨拉尔和君士坦丁堡的法庭上讨论它。它一步步走到爪哇岛，走到牙买加，走到梵蒂冈，走到弗吉尼亚，走到巴哈马，走到孟加拉湾，甚至从纽约走入蛮荒的内陆。它每每来到一个地方，无不激起关于人类思想的高深对话。这部著作主张大脑生来是一片空白。我们带着宛如纯白画布的大脑来到这个世界，我们可以在这块画布上任意作画。最狂放不羁的幻想、最荒诞不经的创造、最天马行空的想象，一切都在大脑里肆意绽放。

这种想法让洛克分外警觉。他认为健康的思想只包含一种东西，那就是理性。理性可以促发道德、清醒、克制、勤勉和繁荣。没有理性，生命将充满"缺点""错误"和"愚蠢"。因此，为了确保这样的非理性不在初生的画布上胡乱涂抹,洛克在他的著作中提出了"教育孩子"的新方法。过去,孩子们听到的都是关于"妖怪和精灵"的虚构故事。但这样的做法到此为止。未来,他们所受的训练将仅限于围绕"天然关联"的"一系列思想"。换言之,他们将得到有关自然法则的教育。从摇篮到学堂,等待他们的将是"冰是冷的,火是热的""钱能换来物品,而做梦不能"等一类教导。

在 18 世纪的英国、法国、德国、荷兰、瑞士和美洲,众多教师都采纳了这一理性教育方法。此外,更重要的是洛克的改革预示的浩浩潮流。在洛克之前,孩童所受的教育是杂乱且冲动的,充满了可供任意想象的空缺和自由。而在洛克之后,孩童教育变得越来越一板一眼。孩子们被置于一行行课桌后,背诵各种计算公式和语法规则。在他们所受的教育中,休息时间要用于有组织、有规则的游戏和体育活动;家庭作业是为了让他们更好地规划课余时间。于是,在世界各地的学校里,漫无目的的白日梦被实用技能、理性决策和审慎的未来规划取代。

这一切都那么合理,或至少看似很合理。而在 20 世纪末,科学家们有一个惊人的发现:白日梦并不会造成什么危险或缺陷,它更不是浪费时间的奢侈享受。白日梦对思想是有好处的。

新发现

这一发现的起源完全属于意外,甚至根本算不上什么发现。

这还要说到 20 世纪 90 年代中期,当时科学家们发明了一种有效的大脑检测仪器：正电子发射计算机断层扫描仪（简称PET）。PET扫描仪是一台嗡嗡作响的圆圈状设备，它利用具有放射性的氟-18来了解大脑的葡萄糖消耗情况。某一神经区域消耗的葡萄糖越多，该区域的思维活动就越活跃。

圣路易斯华盛顿大学医学院就装有这种神奇的装置。为了校准仪器，科学家们让一名年轻女子接受检测，并告诉她："放轻松，什么都不要想。"女子点了点头，但她的大脑并没有停止消耗葡萄糖。她的大脑的某一部分仍在不停地思考着、思考着。

科学家们紧蹙双眉，不断告诉她：放松，放松，放松。

"我已经放松了呀，"女子欢快地回应，"我在这台大家伙里感觉很不错。这里洁白宽敞，像一条星际隧道。"

自然，科学家们断定这名年轻女子有哪里不正常。他们又找来一名体面的老先生，把女子换了下来。而令他们大吃一惊的是，同样的事情发生了。老先生坚称自己放轻松了，但他的大脑仍有一部分在不停地思考。科学家们紧紧盯着那一部分大脑区域，越发感到讶异。他们意识到，不论是在《大脑图集》《实用神经解剖》，或任何其他临床医学教科书里，都没有见过这片大脑区域。这是从未发现过的神经网络，从大脑前部向上延伸至顶端，再沿着后部向下，抵达底端，并横跨左右脑。

这片巨大的神经网络是什么呢？科学家们不得而知。他们对它展开了各种天马行空、前所未有的猜想，也的确产生了一些非凡独创的思想火花。但他们并不想让自己的表达流于空想。于是，在其中一位科学家——戴眼镜的前美国空军军医马库斯·赖希勒医生的建议下，他们聪明地将这个发现命名为"默认网络"。他们推断，该网络即大脑的默认模式。当大脑不进行任何特定任务时，该网络便会被激活。它利用大脑的空闲时光来从事一些神秘的活动。

不过后来表明，这些活动也不是那么神秘。我们在业余时间里也会进行同样的活动。

那就是游戏。

大脑的游戏原理

大脑的游戏是"无法无天"的。

"无法无天"这个词语往往充满各种负面感觉：混乱、暴力和野蛮，而其本身的意思只不过是"管理的缺失"。我们都有制定规则的自由，也有改变这些规则的自由——只要我们乐意，只要我们活着。

这就是孩童的游戏状态。他们的游戏通常看上去没什么章法，但确实包含某些规则，这些规则没有权威的来源，且随时可以改进。我们的大脑也通过相同的方式游戏。在这个过程中，大脑摆脱了工作时那种自上而下的严苛规则，而允许感情、记忆和其他自下而上的神经体验，为思想开辟一条"无法无天"的自由河流。

有个科学术语来形容这种无组织、无秩序的游戏状态，叫"神游"。神游也不是完全随心所欲的。纯粹的随意状态是难以达成的，自然界中甚至并不存在这种状态。但尽管如此，神游还是拥有不亚于掷骰子或彩票机的随机性。我们大脑中的思想可以四处游荡，横冲直撞，建立关联，却又毫无什么重要的逻辑可言。

神游具有许多心理学益处。它能培养创造力，激发新的灵感来解决沉疴痼疾；它也可以单纯地提供乐趣，增进我们的幸福感和对生活的热爱。今天，即便最冷峻的科学家也建议我们每天抽出一点儿时间来神游，抽出一点儿时间来做白日梦，抽出一点儿时间来让自己开心。

我们的大脑经常会自发地神游。在没有集中注意力忙于某事时，大脑就开始在记忆中飘游，想象一些新的打算。所以，促进神游的基本方法就是放松。不想工作，闭上眼睛，使注意力从外部世界挪开：**放松……放松……放松……**

如果你刚刚照做了，但神思依然在近处徘徊，这也并不奇怪。我们的祖先曾屡试不爽的做法在今天这个时代往往无法奏效。那些教育手段和功利的追求越是占据我们的童年，大脑就越受到某些思维定式的影响。即便思想已启程游荡，它也只会踟蹰在熟悉的老路上。

但不必烦恼，把自己当作孩子，你仍可以收获那些古老的精神滋养。科学家已经发现，有种方法可以实现随心所欲，激活默认网络，让我们逃离令人厌倦的老路。这种方法非常有效，它不仅能恢复我们先天的神游能力，还会予以**提升**，把我们的思想推入前所未有的境地。

这种促进神游的方法就是即兴艺术创作。它有各种不同的形式，当然你也可以即兴创造出更多的形式。不过，科学家研究最多的还要属音乐的即兴创作。古典笛手、说唱歌手、爵士钢琴家们在即兴创作时谱写一气呵成的词曲。当扫描这些音乐人的大脑时，仪器揭示了与即兴创作相关的两种独立的神经网络。你可能已经想到了，第一种神经网络正是默认网络；第二种则比较出人意料，它倾向于遵循规则或大脑内侧前额叶皮质这类"权威"。

这两种神经网络能相互影响，一部分原因在于神游放松了大脑的管控，但另一部分原因在于完全反向的作用：大脑中那些纪律严明的区域提供了音乐的结构基础，方便了即兴创作。这种基础轻盈而灵活，就像孩童游戏里那些杂乱的规则一样，可以随着时间而改变和发展。同样和那些规则一样，这种基础将我们的思想集中一处，从而为创作活动提供便利。

若接受数年的训练，成为笛手、说唱歌手或钢琴家，我们就可以体验到这种自发性和周密性之间的互动。或者，我们也可以选择文学作品这条捷径：有种文学类型是专门用于培养音乐即兴创作能力的。

它的名字叫儿歌。

儿歌与音乐即兴创作

儿歌是个伟大的发明。虽然无法确知具体时间，但我们明白其源流远早于洛克的时代。和其他口头文学一样，儿歌的早期历史已无从考证。直到 18 世纪末期，洛克身后大约九十年，最早一批儿歌才以歌集的形式出版，如《鹅妈妈童谣集》。这本通俗的儿歌集一经出版便畅销一时，先是在英国，而后在美国。而异想天开的版画家托马斯·比伊克的插图也为其增色不少。

儿歌真正的了不起之处在于，它鼓励大脑的游戏。而其他早期儿童文学大多情况相反。它们多是些用来吓唬孩子的故事，像"如果离开父母太远，就会被大灰狼吃掉"。也有些文学作品会灌输成人的对错观念，让孩子变得温顺听话。

然而，儿歌却是这样的：

> 稀奇稀奇真稀奇，
> 小提琴和小猫咪，
> 奶牛一蹦比月高；
> 狗儿见了哈哈笑，
> 叉子勺子忙逃跑。

什么是稀奇的？猫咪怎会演奏小提琴？奶牛怎会飞上天？勺子要去哪儿？

我们的大脑没有答案。但它不会陷于困惑，或为穷究道理而止步不前。它只是频频点头，继续向前，在这些胡话背后感到音乐的节奏。"稀奇"和"猫咪"押韵，"高""笑"和"跑"押韵，整首诗别有一番韵律感。

这首《稀奇真稀奇》正是以其结构让我们的大脑从理性中解放出来，创造了一个餐具奔走、奶牛飞天的世界。通过把我们的大脑带入这样一个世界，儿歌向我们的神经回路展现了即兴创作的深层规则，即所谓"好的，然后呢？"

这个规则的原理是这样的：当我们听到一组随机的联系时，我们不说"不"，也不说"可是"，我们说"好的，然后呢？"

"好的"意味着接受，"然后呢？"意味着延续。我们不会停止思考那些看似随意甚至荒谬的观念，而是鼓励它们。这一切都使"好的，然后呢？"成为一种不同寻常的规则。和那些惯常的规则不同，这不是推行对错，也不是推行"让你做什么就做什么"。相反，它推行的是一种无序的状态。

"好的，然后呢？"看似是个易于掌握的规则，实则不然。（看，我刚才就打破了这个规则。）这是因为它有悖于我们大脑爱说"不"和"可是"的天性。"不"和"可是"是相对安全的。它们放慢了生命的脚步，让万物变得熟悉。对大脑的恐惧区域来说，"不"和"可是"算是一种自我保护。

要想逃离这些强大而保守的恐惧区域，我们要练习、练习、再练习，面对陌生多说"好的，然后呢？"这就是《稀奇真稀奇》帮助我们大脑实现的。这首儿歌的韵律和节奏足以安抚我们的恐惧区域，让他们免于说出"不，可是"，从而使大脑的其余部分在未知世界里大胆嬉戏。

既然我们已接近这场勇敢小游戏的尾声，现在可以转回头去看看《稀奇真稀奇》了。我们看到穿越了各种关联、意象和事物。它让我们把奶牛蹦跳、狗儿大笑、勺子逃跑等事件串联起来。这种串联的过程极其激动人心。假如我们的大脑能对一个又一个事件说"好的，然后呢？"我们就可以在神游中收获新的午后规划、新的午夜绸缪、新的明日策略。

《稀奇真稀奇》并没有带我们在这条叙事道路上走得太远。不过在 19 世纪的英国，一种儿童文学受到了儿歌的启发，这种儿童文学会带我们在这条道路上走得更远。

一种全新的儿童故事

19 世纪的英国并非儿童的乐土。假如你是穷人家的孩子，那么在五岁的年纪，甚至更早就开始做工了。你会被送往当地的煤矿、纺织厂、煤气厂，或是造船厂。你能得到的唯一保护就是一纸蹩脚的法案，规定你的日工作量不得超过十个小时。假如你家稍微富有一些，情况会没那么糟糕，但也好不到哪儿去。你会受到维多利亚社会的一对准则的规训：理性与道德。你被告诫要谨慎，要全心全意地忠实于上帝的戒条。

这些都没给想象力或玩耍留出多少空间。因此，在 1846 年，画家、诗人、钢琴家爱德华·利尔尝试让一切放松下来，创作了一部打油诗集——《荒诞书》。到 1871 年，李尔变得肆无忌惮，跳出了打油诗的界限，创作了一首极富创造力的儿童诗歌：

> 猫头鹰和小猫咪出海去，
> 划着一艘漂亮的豆绿色小船。
> 它们带了一些蜂蜜，带足了钱，
> 装在一张五英镑的钞票里……
> 它们吃着肉馅，还有一片片的木梨，
> 用一柄叉勺；
> 它们手牵手，在沙滩边，

> 就着月色舞蹈，
> 月亮，
> 月亮，
> 它们就着月色舞蹈。

这首诗是《猫头鹰和小猫咪》。和《稀奇真稀奇》一样，这首诗也是一系列"好的，然后呢？"的罗列，以富有韵律和节奏的音乐结构呈现出来。同时，它的故事情节要比《稀奇真稀奇》更为精致：猫头鹰和小猫咪带着蜂蜜去航行、以亚洲木梨为野餐、在月光下的沙滩跳舞。漫漫想象中，我们的大脑不断延伸，进入充满未知的叙事世界。

这些奇思妙想令一众维多利亚时期的读者感到愉悦。一位作者受到启发，不禁想："好的，然后呢？"这一方法是否还能延伸至更远？这个故事能不能一直延续下去？

刘易斯·卡洛尔的"好的，然后呢？"

1865 年，刘易斯·卡洛尔发表了《爱丽丝梦游仙境》。这本来只是作者给朋友家的十岁女儿编造的胡思乱想的故事。和《猫头鹰和小猫咪》一样，这个故事也有一种音乐特质，并且里面的歌谣符合"好的，然后呢？"的规则：

"你能走快一点儿吗？"鳕鱼对只蜗牛说，

"有只海豚紧追咱，它踩到我尾巴了。

看那龙虾和海龟，多么热情往前进！

它们都在海滩上——你要加入舞会吗？"

　　和《猫头鹰和小猫咪》和《稀奇真稀奇》都不同，刘易斯·卡洛尔的故事还多了大量非音乐性内容，其中既没有音步，也没有韵脚。在这个故事里，一个叫爱丽丝的小女孩，跟随一只穿西装背心的兔子落入一个洞里，发现自己来到一个不可思议的世界：这里有吃一口就能长成巨人的蛋糕、抽水烟袋的毛毛虫，还有和火烈鸟一起打槌球的王后。

　　这些联想极大地提升了大脑的即兴叙事能力，同时也提出一个问题：它的结构是什么？是什么把这些杂乱无章的事物串联起来的？既然已没有音乐、韵律和节奏，为何大脑的恐惧区域没有停息或发怒？

　　答案就是，刘易斯·卡洛尔用一种叙事结构代替了《稀奇真稀奇》的音乐结构。这个叙事结构就是人物，确切来说，是爱丽丝。和儿歌里悦耳的音步一样，爱丽丝的情感和个性贯穿故事始终。和所有周密结构一样，爱丽丝通过说"不"设置了很多边界。在冒险初期，她就说："不，我不能这么问。"旅途结束时，她又一次说了"不"："我不！你不过是一副卡牌而已！"

　　依靠爱丽丝这种结构性角色，可以创造出无限延伸的、符合"好的，然后呢？"规则的故事。《爱丽丝梦游仙境》打开了儿童文学的更多想象与可能。儿歌可以扩充为一连串无止境的短篇故事和小说。只要有一个稳定的人物，大脑就可以踏上随兴的冒险旅途。

在这些冒险中，许多新思想将绽放结果，我们的即兴创作也随之得到鼓舞。而最重要的一场冒险，是一只胖乎乎的小熊带给我们的。

一场有关蜜蜂与即兴创作的冒险

这只胖乎乎的小熊第一次出现，是在 A.A. 米尔恩 1924 年 2 月发表在《笨拙》的儿歌《泰迪熊》里：

> 有一只小熊，不管多努力，
> 仍矮矮胖胖，怪它不运动。

这只矮胖小熊就是维尼熊。很快，维尼熊开始自己编造起傻里傻气的歌谣了：

> 你说奇异不奇异，
> 小熊那么爱蜂蜜？
> 嗡嗡嗡！真奇异！
> 为啥那么爱蜂蜜？

如《爱丽丝梦游仙境》，这些富有音乐感的片段被扩充为更饱满的剧情：维尼熊哼着歌，憨态可掬地向前走，将我们带入一场场冒险：猎捕大臭鼠、递送迟到的生日礼物、与袋鼠宝宝潜逃。然而维尼与爱丽丝有着重要的不同，它不爱说"不"，它是只不拘一格的小熊。

那么《小熊维尼》里轻盈的结构是从何而来的呢？是怎样的叙事取代了节奏和韵律呢？答案就是这个故事中的世界。小熊维尼的世界并非完全源自想象，这是克里斯托弗·罗宾的世界。克里斯托弗·罗宾是个理性的男孩。在他的世界里向北走，你只会到达北极，而不是疯帽子的地盘。

换句话说，《小熊维尼》所供的文学范式和《爱丽丝梦游仙境》正相反。在《爱丽丝梦游仙境》里，理性的角色在无序的故事世界里冒险；而在《小熊维尼》里，是无拘的角色漫游于理性的故事世界。

这一创新消除了《爱丽丝梦游仙境》中对于危险的恐惧——这正是阻碍我们说出"好的，然后呢？"的心理障碍。当刘易斯·卡洛尔将我们扔进一个缺少规则的世界里，这种危机意识就出现了。巨大的物体突然露出丑恶而可怖的面目，比如红心王后，她的暴戾与其说是对游戏的享受，毋宁说是无常法度下的可怕产物。

A. A. 米尔恩的发明则创造了一种全然不同的精神体验。《小熊维尼》并不是把我们投进一个毫无规律可言的地界，而让我们总是感到不安。在《小熊维尼》中，我们进入了一个温暖如一的世界，即使大脑中最警惕的部分都会感到放松。就这样，我们跟着一只随心游荡的小熊，不停地追问"好的，然后呢？"。

这只小熊的第一段冒险是这样的："在这里，我们将认识小熊维尼和一些蜜蜂。"冒险伊始，小熊维尼抬头望向树梢，眼神锁定了一个蜜香四溢的蜂巢。每只熊都喜欢蜂蜜，于是这只小熊努力想爬上树梢，结果却"砰"地摔了下来，落得狼狈不堪。就在这时，小熊想到的第一件事是："我想克里斯托弗·罗宾会不会有一只气球。"

你会发现，这个想法可真是牛头不对马嘴，要气球干什么？克里斯托弗·罗宾为什么会有气球呢？小熊也想不出答案。它的脑袋里只有些无关紧要的事。对于小熊的想法，我们可能会倾向回答："不，可是……"建议它做一些更明智的选择，比如一架爬树的梯子、没有蜜蜂守卫的蜂蜜，或是约翰·洛克的教育手册。

然而，小熊维尼的脑子里没有这些审慎的洞见，它只会说："好的，然后呢？"并来回倒腾它的小胖腿，一摇一摆地去找克里斯托弗·罗宾。

事实证明，克里斯托弗·罗宾还真有个气球。但他可是个理智的小伙子，他当即指出了小熊计划里的问题：就算蜜蜂没有发现气球，它们一定也会注意到气球底下吊着的垂涎欲滴的小熊。

听到罗宾的小心提醒，小熊会放弃它的计划吗？（我的回答是"不"，但这样就会打破我们一路的即兴思绪，所以我们干脆跳过我的写作疏忽，忽略这个问题吧……）

小熊同意克里斯托弗·罗宾的提醒，它说了声"好的"，然后脑子里冒出了第一个想法：为什么不在泥里打个滚儿，假装自己是朵乌云？

这一联想并未奏效。蜜蜂们非常怀疑小熊的伪装，没有把它当作真正的气象现象。然而小熊没有就此收手，也没有转而实施自己最初的计划。它的头脑里又有了两个主意。其一是让克里斯托弗·罗宾取来一把伞，让蜜蜂们觉得小熊确实是一朵阴雨满满的乌云！其二是通过唱歌来加强它的乌云伪装：

> 做一朵云多美好，
> 蓝天里面飘荡荡。
> 每朵快乐小云儿，
> 都把歌儿高声唱。

这只小熊通过自己的随性之举，带领我们沿着一系列不断延伸、妙趣横生的环节，最终抵达这样一幅情景：飘荡的气球下，一只假扮雨云的小熊唱着胡编的歌谣，地面上一个男孩打着雨伞步步跟随。

这里的随意不输《爱丽丝梦游仙境》，可我们的大脑并没有为之惊恐，而是完全沉浸在轻松的趣味之中。

如何自行运用"无法无天的诗人"

洛克的《人类理解论》发表两个半世纪以后，儿童教育领域又掀起了新的革命。这一次的发起者是游历世界的记者约翰·赫西。他于1954年在《生活》杂志上发表了一篇文章，怒斥美国学校的教科书里都充斥着"彬彬有礼、纯洁得不正常的男孩和女孩"。赫西质问，那些纷乱破格、"拓宽而非局限学生联想能力"的课本都在哪儿？那些培养孩子想象力的课本在哪儿？

赫西的文章被传到了一个叫西奥多·盖泽尔的人手上，时人多称他为瑟斯博士。瑟斯博士因创作了《如果我来管理动物园》和其他一系列深受孩子喜爱的故事而名利双收。那么，他是否有兴趣写一本激发孩子想象力的教科书呢？如果他感兴趣，那他得遵守一些严格要求。他会拿到一张写有四百个单词的列表，整本书必须采用这张词汇表上的单词。不许添加新词，当然更不允许造词。只要不超出这个词汇表的限制，瑟斯博士可以完全自由地创作。他可以展开任何不着调的想象，甚至胡编乱造。这种创作方式会适合瑟斯博士吗？

当然，瑟斯博士说。这很适合他。后来他即兴创作了如下诗行：

> 什么东西"砰"一声！
> 吓了我们一大跳！
> 让我们来瞧一瞧！
> ……原来竟是这家伙！
> 帽子里面的小猫！

和维尼熊一样，帽子里的小猫也是一个秩序井然的世界里的无拘角色。和《猫头鹰和小猫咪》《稀奇真稀奇》一样，这只小猫的故事也是首儿歌。所以想想吧，你的思绪会随这首歌飘至多远。

如果你想更多地了解这场教育革命，那你可以在许多作品中找到米尔恩的发明——在合乎常理的世界里，有个无拘无束的角色在胡言乱语。这些作品包括阿斯特丽德·林格伦1945年的《长袜子皮皮》、李欧·李奥尼1967年的《田鼠阿佛》、韦斯·安德森1996年的《瓶装火箭》，以及其他许多儿童文学作品。因此，不妨先放下本书长篇累牍的介绍，回到童年的藏书中，去培养一些创造力和乐趣吧。

　　然后说声："好的，然后呢？"

第十九章　开启救赎

《杀死一只知更鸟》、莎士比亚的经典独白，以及"人性连通器"

　　1958 年 2 月 8 日，伊利诺伊州埃尔金市弟兄会主办的周报《福音使者》刊登了一篇文章。这篇以《走出漫漫长夜》为题的文章指出，仇恨是能被爱战胜的。不管这份仇恨多么残忍，不管这份仇恨多么深刻，它都会被善念战胜。

　　弟兄会自古以来就在坚称这些论断。往前两百年，他们曾震惊了整个基督教世界，因为他们赞成亚历山大·麦克的观点。麦克是 18 世纪一位逃亡到费城德国城的流亡者，当时他将整部《圣经》概括为耶稣《登山宝训》中这句看似自相矛盾的隽语："虚心的人有福了，因为天国是他们的。"但即便弟兄会的人也很难接受眼下这篇文章。怎么才能像这篇文章坚定宣称的那样，用爱解决美国"切实存在的种族关系危机"呢？那些坚持种族隔离的白人公民委员会和鼓吹种族至上主义的三 K 党等反动者，怎么能被"友谊和理解"战胜呢？

　　为了减轻弟兄会的疑虑，写下这篇文章的浸礼会牧师，二十九岁的马丁·路德·金，在他的书房里引用了这样一句话："道德宇宙之弧很长，但它偏向正义这一方。"如果说有哪句话可以让《福音使者》的读者相信隐忍与宽容能战胜仇恨，那就是这句。这句至伟名言宛如一道长弧，从最具革命性的英国文艺复兴戏剧延伸至马丁·路德·金那直抵人心的篇章……

这条长弧偏向正义、爱，以及超越一切的救赎。

名言

这句名言最早出自西奥多·帕克之口，他是 19 世纪初期一位主张废奴的牧师，成长在马萨诸塞州东北部。帕克的父母都是贫苦的农民，他们的婚礼餐盘甚至都是用木头做的。他们居住的土地也瘟疫遍布，十二个孩子里有一半因霍乱、伤寒、肺结核等疾病而早夭。

帕克后来回忆起这段日子，将其称为"泪洒山野"。然而苦难并没有击碎他的梦想。从孩提时代起，他便对万事万物都抱以极大的热爱。他辗转于日常农事间——挖土豆、砌砖墙、帮祖母携带午后果酒——这样，他就能在蜜蜂飞舞的林地沉浸于书本了。荷马的《奥德赛》、普鲁塔克的《希腊罗马名人传》、沃伦·科尔伯恩的《代数》、查尔斯·罗林的《古代史》，还有杰第迪亚·莫尔斯的《简易地理》都是他的读物。

帕克在自学中养成了独立思考的习惯，当他即将成年，成为牧师时，他立刻离开寻常道路，否认《圣经》里的奇迹，疑虑起耶稣历史的真实性。主流的浸礼教会、卫理公会和福音派严词斥责这种非正统的尝试为亵渎上帝。最终，帕克失去了其唯一神教派牧师的职位。唯一神教派素以对新奇信仰的宽容而著称，其成员甚至质疑过耶稣之母的处女身份。但就连他们也无法支持帕克的怀疑，因为帕克看起来已失去了理性，完全背弃了信仰。

　　然而，唯一神教派真是误解了帕克。尽管他有怀疑精神，但他并非摒弃了信仰。他只是对正义保有坚定的信念。在这份强大信念的支持下，哪怕没有教会的帮助，他仍然要继续传道。他来到闹市广场、熙攘街头、公众礼堂。他呼吁奴隶的解放、女性的平等、贫穷的消灭。

　　帕克的布道令听众感到惊讶。他就像《圣经》里的先知，是又一个传播真理的施洗约翰。当这些听众在讲道后和他交流时，就发现他的强大信念有着文学的渊源：一场被称作"超验主义"的运动。

　　超验主义滥觞于1836年9月8日，当时，三位离群索居的唯一神教派牧师和一位三十三岁的诗人相会于马萨诸塞州剑桥的"果园、花园和极乐之地"。他们打算成立一个俱乐部，以吸引那些怀疑论者和善于提出问题的人。这样一个新俱乐部要好过一座新教堂，毕竟世界上的教堂已经够多了。

　　这个俱乐部最知名的倡导者就是那个三十三岁的诗人——拉尔夫·沃尔多·爱默生。爱默生曾求学于古朴典雅、开放自由的哈佛大学神学院求学。他对组织严密的基督教怀有一种矛盾的感情。但和帕克一样，爱默生坚定地守护着自己的精神信念。其中两种信念后来成为超验主义的基础。

　　第一种信念，爱默生在笔记中草草写下："个人的无限性"。爱默生的语句是诗意的，但是他旨意很简单：宇宙拥有人类的灵魂。我们所有的善，包括爱、希望、仁慈、喜悦，都为周遭的宇宙共有。

第二种信念，我们可以通过直觉来发现宇宙的这种灵魂。直觉是有别于理性和情感的第六感。和理性不同的是，直觉不受逻辑法则的约束，因此怀疑主义奈何不了它；和情感不同的是，直觉并非发端于内心，因此不会受到诱骗和误导。

带着这两样信念，超验主义放大了人文主义。我们曾在第十五章中述及人文主义，它连通了我们与地球上每个人的灵魂。超验主义扩大了连接范围，宇宙中的每一棵树、每一颗星，每一个事物都与我们有关。

超验主义很大程度上基于伊曼努尔·康德、约翰·哥特弗里德·赫尔德及其他18世纪和19世纪早期德国唯心主义和浪漫主义作家的作品。但爱默生认为，这些哲学著作并不是获得直觉的最有效途径。哲学毕竟主要是一种理性活动。因此，爱默生回到书房，从书架上拿下一部文学作品。

这部作品就是莎士比亚的《哈姆雷特》。

爱默生和《哈姆雷特》

《哈姆雷特》极大地激发了爱默生的直觉。他翻动书页，渐渐看到了一个"活生生的哈姆雷特"，一个汇集一切存在的伟大灵魂：

> 此刻，文学、哲学和思想通通被赋予了莎士比亚的色彩。
> 他的思想已经超越了我们的目之所及。

爱默生的遣词造句又是这么富有诗意。这次的意思同样很简单：我们都是哈姆雷特，哈姆雷特无处不在。

这种对直觉的强调，在当时过分消耗了大众的信任，且在其后数个世代里越来越难以为人理解。因为很显然，我们都不是哈姆雷特。哈姆雷特是中世纪的丹麦王子，他和鬼魂对话，伤害他的母亲，语出惊人，随意杀戮，拼尽最后气力留下一句不同寻常的笑话："余下的只有沉默。"也就是说，哈姆雷特的文化与我们相去甚远，他的行为、幽默和生命都是独一无二的。

然而，尽管爱默生的"我们都是哈姆雷特"这一信念显然与事实相悖，但也有一定道理。有别于理智与现实，莎士比亚的戏剧的确把许多人都带进了哈姆雷特。这样的效果要归功于这部剧作背后的一项伟大的文学突破。

莎士比亚从两种历史悠久的戏剧技巧中达成了这一突破：独角戏和对白。独角戏，是指角色吐露其个人感受；对白，是指两个角色交替对话。这两种技巧都出自古代剧作家之手。两千年来，从公元前5世纪的雅典到16世纪文艺复兴时期的欧洲，角色都按照这两种方式说话。但后来，莎士比亚突发奇想：一个人物能否和自己对话？能否将对白和独角戏相结合，让台上的一人说出两种不同的声音，从而创造一种对白式的独角戏？

这个人物先是表达一种感受，比如，"生存。"然后再表达另一种相反的感受，比如，"还是毁灭。"这样，他的内心斗争就可以继续下去：

这是个值得深思问题；

究竟怎样才是更崇高的？

是去忍受无情命运的风刀霜剑？

还是勇敢反抗那无涯的苦难，

以对抗为一切作结？

这个说话吞吞吐吐的人物就是哈姆雷特。这种新颖的对白式独角戏就是独白。这种语言的戏剧化表达呈现了人物的内心冲突。通过这一创新，哈姆雷特向所有人展现了他的内心纠葛。他应该道貌岸然地忘记他父亲被谋杀的事，相信恶人终有恶报？还是应该英勇赴死，手刃仇敌？

前一个选择侧重信仰，但同时也可能让自己沦为怕死的懦夫。后一个选择侧重勇气，但同时也可能让自己背离上帝。

哪一个更好些？是去相信可能本不存在的天理？还是不畏罪责，为尘世的公正而斗争？生存，还是毁灭？

这是些不同寻常的问题，它们往往会引发不同寻常的神经作用。在思考这些问题时，我们会感到："我就是那个提出问题的人。我就是哈姆雷特。"

哈姆雷特背后的神经科学原理

想理解为什么我们能和哈姆雷特产生共鸣，我们首先要弄清一个基本问题：我们为什么会和自己产生共鸣？

这看似是个奇怪的问题。我们难道不总是自动和自己产生共鸣吗？不，并不是这样的。要和自己产生共鸣，我们首先要经历自我意识（或者用神经学家的术语来说，"元认知"），认为自己是与世界分隔的独立实体。

大多数时候，我们的大脑并没有那种自我意识，它只是随着生命的流动而活动（或回应），被外部世界的景象或内心世界的思想拖动向前。我们的大脑能看见，但不会想："是我在看。"我们的大脑会思考，但不会想："是我刚刚产生了那个想法……我，我，我。"

这是一种高效的方式。如果我们随时都有自我意识，我们的行动和思考都将变得迟缓，也会更加耗神费力。因此，在默认状态下，即使在清醒的时候，我们的大脑也不会随时产生自我意识。

为使大脑脱离这种默认状态，激活其自我意识，必须在两件事中择其一而行之。第一，我们可以主动选择开启自我意识。引导大脑立刻对它自己进行思考，它会听话的。不过科学家们仍对这一做法的可行性争论不休。为了讨论它，我们可能还要追溯到自我意识的另一个来源，我们马上就会提到它。

第二，我们可以通过大脑的突显网络来激起自我意识。突显网络监测大脑的内部矛盾，比如杏仁核的情感和中脑腹侧被盖区腹侧被盖区的计划之间的冲突，或海马体的长期记忆和视觉皮层的当下感知之间的分歧，抑或正在专心阅读的颞中回和干扰它的自我意识之间的纷争。但不管这种矛盾是什么，突显网络都会对内侧前额叶皮质大声喊出警告："嘿！你和你自己打起来啦！你得分辨出哪边才是对的！"

这个警告就会唤醒我们的自我意识。它提醒我们，我们不只会盲从于生命活动，我们是独立的实体，有自己的欲念和需求。如果我们不去解决内心的矛盾，弄清要相信情感还是计划、记忆抑或是感知，这些欲求就可能无法得以满足。因此，从生物学角度讲，自我意识是种自我保护的工具。它令我们意识到，我们是有自我的，我们可以从生命的洪流中跳出来，用连贯的行动来保护这个自我。

这一神经过程遭到了哈姆雷特的独白的入侵。入侵始于问题的提出："生存还是毁灭？"这个问题一进入我们的大脑，就制造了一场内部冲突。一方是我们天性中的正义网络。正如我们在第三章探讨过的，这个网络坚定认为："没错，我们应该牺牲自己，惩处不公。"冲突的另一方是大脑前额叶的全局网络，这个网络持相反态度："不，投入一场草率的复仇会让每个人陷入困境。"然后，其他神经实体也加入这场冲突，比如我们对死者的愧疚、对死亡的恐惧、期盼上天能主持公道、怀疑彼岸的存在、甘愿牺牲的勇气、反对杀戮的良心。

我们的大脑都是不同的，这些神经实体间的冲突也没有普遍的形式。有些人容易陷入歉疚和怀疑之间的矛盾，有些人则更容易在勇气和良心之间纠结。不过，既然哈姆雷特的直接掷出了一个深刻而棘手的问题："什么是对的？"几乎所有人都会从中感到某种神经冲突。也正因为这一冲突，我们的突显网络被激发了。

这种激发本身没有什么大不了的，那只是舞台戏剧的传统效果。回望历史上已知最早的戏剧，舞台上充满了棘手的是非对错。《俄瑞斯忒亚》中，儿子为了给父亲复仇而杀死自己的母亲，这是对的吗？

《安提戈涅》中，我们爱家人胜过爱同胞，这是对的吗？

不同于这些古老的戏剧难题，《哈姆雷特》以一种全新方式影响了我们的大脑。先前的戏剧，像《俄瑞斯忒亚》和《安提戈涅》，都是用人物之间的冲突激发我们的突显网络。一个人物支持"生存"，另一个支持"毁灭"。这也意味着这些人物和我们是不同的，我们经历了他们没经历过的内心矛盾。

《哈姆雷特》则完全不同，它利用独白，只通过一个人物的内心冲突就激发了我们的大脑。自我意识被激活时，我们也被代入了哈姆雷特的问题面前。正是在自我意识的乍现之时，大脑中内侧前额叶皮质的心灵之眼让我们和哈姆雷特的内心挣扎产生了共鸣。

这在逻辑上是说不通的，我们怎么能和另一个人的自我产生共鸣呢？但是我们的大脑回路使得这件事在心理学上变得可行。在这个回路的作用下，我们和任何进入突显网络的内心矛盾都产生了共鸣。如果这个内心矛盾是"生存还是毁灭"，我们就会体验到哈姆雷特的自我意识。

这种自我意识发生于我们的脑海中，我们可能不会直白地对自己说："我是哈姆雷特！"但我们的大脑还是会经历共鸣的一闪。这就是爱默生口中的直觉，我们没法予以解释，却可以实实在在地感受到。尽管我们无法像最初的观众那样感受哈姆雷特的内心纠葛，尽管我们会以自己的独特方式解决冲突，那种在"生存"和"毁灭"之间拉扯的深刻体验还是会让我们在某种程度上化身为莎士比亚笔下的王子。

这种自我意识的入侵是了不起的创新。日后，它将开启现代文学最显著的特征。在《哈姆雷特》之前的古老岁月，我们只会怜悯阿喀琉斯和安提戈涅；《哈姆雷特》以后，我们将与简·爱和霍尔顿·考尔菲尔德产生共鸣。在独白的神经力量的吸引下，我们不只是关心这些人物，我们会成为他们。

一代代作家借鉴着莎士比亚的突破，在借鉴的基础上，他们还有所创新。

又一个突破

莎士比亚死后二十一年，在巴黎一个雾色茫茫的夜里，长着鹰钩鼻的传奇演员蒙多走进由网球场改建而成的玛雷剧院。他饰演的是高乃依的新剧《熙德》的同名主角。在第一幕结尾，他说了一长串独白，试图解决父亲期望的荣誉和未婚妻期望的爱情之间的鸿沟：

> 父亲还是爱人？爱情还是荣誉？
> 是责任的严酷枷锁，还是真心的甜蜜专横？
> 不是幸福消逝，就是名誉损毁；
> 若此痛苦万分，若彼无法想象。

这些台词出自一位 11 世纪的骑士之口，而为 17 世纪买票前来的法国织布工、钟表匠和木材商倾听。台上的人和台下的人显然缺少相同之处。然而剧场里的商贩们还是发现自己和台上的中世纪骑士产生了深深的共鸣。这共鸣过于强烈，有些人甚至买了第二天晚上的票再度前来观看。第二天晚上，当蒙多开始他的独白时，这些观众站在座位上，齐声高喊："父亲还是爱人？爱情还是荣誉？是责任的严酷枷锁，还是真心的甜蜜专横？"

这些观众成了台上的人物。他们的生命和他的生命融为一体。

这是史无前例的大事，当局为此深感不安，他们害怕《熙德》招来革命。国王的首相、红衣主教黎塞留审查了该剧，将之视作危险的标新立异。这部剧的作者高乃依备受打击，深感懊悔。在 17 世纪的其余时光里，舞台上再不见新的独白。

然而《熙德》的独白已经表明，莎士比亚的这个发明比《哈姆雷特》还要意义重大。《熙德》的独白以一种不同的方式写成，在一个不同的场景里发生。同时，它还表达了一种不同的心理彷徨：不是"生存还是毁灭"，而是"爱还是荣誉"。但这段独白仍引起了共鸣，这表明，莎士比亚的发明适用于新的类型、新的人物、新的纠葛。

在此以后，独白的运用变得更加灵活。很快，又一项突破将再为独白增添力量。

小说中的独白

这项突破就是小说。

小说是对旧有文学类型的超越。小说的特质就在于它的实验性，它的破旧立新。在 18 世纪和 19 世纪，小说家们持续地创新着，他们利用《哈姆雷特》和《熙德》的文学范式，写出了大量新的独白：

如丹尼尔·笛福在 1719 年的《鲁滨孙漂流记》中创作的独白，主角鲁滨孙在对冒险的渴望和对安乐富足的向往间挣扎；又如约翰·沃尔夫冈·冯·歌德为 1774 年的《少年维特的烦恼》创作的独白，维特在对绿蒂的爱和对绿蒂未婚夫的敬仰间左右为难；还有马克·吐温 1884 年的《哈克贝利·费恩历险记》中写下的独白，哈克贝利深陷两难境地，他一边祈盼像天使一样达成自我救赎，一边又通过谎言和盗窃来拯救朋友吉姆。

如哈姆雷特和熙德的独白那般，这些充满矛盾的对话深刻地追问着"何谓正确"，不断刺激我们的突显网络，但同时它们也有所创新，唤起了比戏剧独白更强烈的共鸣。

这种更为强烈的共鸣的神经来源并不复杂。当我们看一出戏时，大脑仍意识到我们的身体与独白者之间客观的分离。我们的大脑同时有着两个想法："我是哈姆雷特"以及"哈姆雷特站在台上"。当我们从小说书页里读一段独白时，便不存在干扰共鸣的第二种想法。书页里没有具体的演员，我们可自行进入人物的内心，而不会暗自嘀咕"那个人站在台上"。我们的大脑只会去想："我就是鲁滨孙。我就是维特。我就是哈克贝利·费恩。"

就这样，小说无意间推动了独白的发展。小说作者没有为《哈姆雷特》加入新的文学机制，他们只是删掉了舞台和舞台上的人。不过，虽然这一创新原是歪打正着，但其作用却深远而持久。小说去除了干扰共鸣效果的物理因素，这是一种经由减法的加法。

小说这种以少胜多的机制表明，如果我们读——而不是看——哈姆雷特的独白，我们就能达到类似的共鸣。这确属事实。1811 年，这种现象得到了人们的记录。当时英国东印度公司的职员查尔斯·兰姆感慨道："对于一个经常去剧院的人而言，很难摆脱肯布尔先生本人和他的声音塑造的哈姆雷特印象。"也就是说，去看戏剧《哈姆雷特》，其实就是看身材高大、严谨敬业的约翰·菲利普·肯布尔先生的表演。但兰姆随后发现，如果拿起一本莎士比亚的书，就会收获完全不同的神经体验："当我们读（这部剧）的时候，我们不是看到（人物），我们就是（人物），我们就在人物的思想里。"

爱默生也以另一种方式记录下了这一现象，并对他的友人埃德温·惠普尔说：

> 我知道你是那些快乐的平凡人当中的一个，你们会为莎士比亚戏剧中的一位演员而着迷。而今，我只要一去剧院看他的表演，我就完全被诗所吸引……演员啦，剧院啦，全都消失不见了……

和埃德温·惠普尔一样，我们中的大多数人都缺乏这种去除剧场因素干扰的能力。但多亏了小说，我们仍能获得与爱默生相同的体验。在《鲁滨孙漂流记》和《哈克贝利·费恩历险记》的书页里，那些独白要比肯布尔或蒙多的舞台表演更为深沉有力，我们毫不费力地就能与文学人物产生共鸣。

转眼到了 20 世纪中叶，一位小说家发现了如何让独白的力量更加强大。

创新

1960 年，费城的医学教科书出版商 J.B. 利平科特出版了其职业生涯经受的首部小说。小说的作者是三十四岁的法学院辍学生、曾经的航空公司票务员——哈珀·李。

这部小说就是《杀死一只知更鸟》。尽管这本书出版时非常低调，却在文学界引起轰动，赢得了普利策奖，销售四千万册，成为美国高中课堂的必读书目。而这本书的成功正是基于其创新性的独白。

和《鲁滨孙漂流记》《少年维特的烦恼》《哈克贝利·费恩历险记》一样，哈珀·李的小说一开始也让我们听到了一个人物摇摆不定的内心独白。这个声音属于斯库特·芬奇，一个住在亚拉巴马州的梅科姆的六岁孩子。和哈姆雷特一样，她也为一些事情左右为难：她是应该像她父亲要求的那样，忽略同学塞西尔种族歧视的奚落，还是应该向塞西尔证明她不是胆小鬼？

这些独白并不像哈姆雷特的"生存还是毁灭"那般跌宕宏大，但是它们同样触及了那个深刻的问题："何谓正确？"读到这些独白，我们的大脑直觉地和斯库特产生了共鸣。我们也许不是六岁，也不是来自梅科姆，更没有遭到塞西尔的奚落，但斯库特的独白里蕴含的冲突依然激发了我们的突显网络，我们感到她就是我们。

莎士比亚的对话式独白就像是落灰的老物件，哈珀·李不仅除去了上面的灰尘，还有自己的创新：在其他人物独白时，她让斯库特观察到他们的内心。这时，斯科特和这些人物产生了共鸣，我们的大脑受到刺激，通过斯科特，也和这些人物产生了共鸣。

在这些人物中，最重要的两位就是斯库特的律师父亲阿迪克斯和足不出户的邻里拉德利。阿迪克斯的独白反映出他在对家乡的热爱和对种族歧视的憎恶之间激烈挣扎。他是这么对斯库特说的：

> 我们是在和朋友斗争。但是要记住，不管事情多么糟糕，他们依然是我们的朋友，这里依然是我们的家。

拉德利的挣扎更出于本能，其戏剧性不表现在大段的言语上，而是寓于无声的行动中。他像一个在好奇和恐惧之间来回踱步的孩子，时而想与世界建立联系，时而想要永远地躲入房子里。

阿迪克斯和拉德利的内心冲突有着巨大的不同，然而当我们透过斯库特读到他俩的独白时，我们对这二人都产生了共鸣。最后，斯库特说道：

> 阿迪克斯是对的。有一次他曾说过，不站在别人的立场上设身处地地替别人想，你就永远无法真正了解这个人。只是站在拉德利家的门廊就足够了。

在这个伟大的时刻，斯库特意识到自己同时对两个人有了共鸣。她站在拉德利的立场，又透过父亲的眼睛有所领悟——"阿迪克斯是对的"。此刻，她大脑的内侧前额叶皮质理解了两重思想。

而另一边，我们的内侧前额叶皮质也处于更广阔的思想境地。当斯库特对阿迪克斯和拉德利产生共鸣时，我们的大脑也对斯科特有了共鸣。也就是说，我们的大脑正在体会着三重思想。

这比《哈姆雷特》引起的共鸣更为多样。这是爱默生所说的宏大灵魂的扩充，赋予我们无限超越人性的直觉。

如何自行运用"人性连通器"

哈珀·李的发明具有极大的神经作用。和"全能之心"（详见第一章）一样，它使大脑感受到无所不在的人性。然而，"全能之心"是以一股神经化学暖流带来这种体验的，而哈珀·李的"独白中的独白"则是一种大脑的跃动，仿佛超自然的第六感。因此，越过人性，我们看到的不是肉体的欲望，而是更为高深的思想元素，诸如深层的意义、永恒的真理、普遍的正义。

有了这种对普遍价值的直觉，我们不至于在平和岁月丢掉目标，或在灾殃年头丧失力量。在其激励下，我们的大脑甚至可以尝试做到马丁·路德·金倡导的以爱报恨。毕竟，当我们对别人产生共鸣，才更容易爱他们。我们不需要克服生理上的恐惧、傲慢和愤怒，就能理解那些生命其实就是我们自己。

当我们扩大爱的范围后，最后的奇迹就会出现。现代心理学家研究发现，没有什么比宽容更能激发可靠、深刻、持久的神经幸福感了。因此，通过把爱给予他人，我们切实地接受了自己。像西奥多·帕克和那些超验主义者一样，我们发现了同伟大灵魂的联结。

如果你已失去对宏大灵魂的信念，找一本运用了独白的书吧。自《哈姆雷特》起，文学世界就不乏类似作品。只要你发现自己和某个看似和你没有任何相似之处的人物产生了共鸣，那你就很可能接触到了对白式独白的范式。这些独白要么出于直白的言语（如阿迪克斯），要么微妙地隐于矛盾的行为（如拉德利）。

如果你对自己的直觉仍不满足，可以试试哈珀·李创造的"独白中的独白"。和《哈姆雷特》一样，哈珀·李的发明也有其变体：有采用第三人称的，比如玛丽莲·弗伦奇 1977 年的《醒来的女性》；有采用喜剧形式的，比如休·汤森 1982 年的《少年阿莫的秘密日记》；也有爱情故事，比如罗伯特·詹姆斯·沃勒 1992 年的《廊桥遗梦》；甚至还有电影作品，比如皮克斯 1995 年的《玩具总动员》。

这些作品都用到了同一个文学技巧：一个类似"生存还是毁灭"的问题。这个问题连接了包括你我在内的每个人的大脑，画出一道偏向你的人性长弧。

第二十章 刷新未来

加西亚·马尔克斯的《百年孤独》、弗朗茨·卡夫卡的《变形记》，
以及"变革再发现"

1959 年，哥伦比亚发生了改变。当时，反叛的农民逃到安第斯山脉腹地，建立了"马克塔利亚共和国"。

这个"共和国"是个奇迹，在雨林和雪山之间，标榜自由与公正。尽管国土不大，其中的数百名居民却有着大胆的扩张计划。他们决心推翻由资本和法令控制的旧制度，建立一个理想的国度。

然而，就在1964年的暮春时节，这个乌托邦轰然倒塌。在美国"休伊"直升机的呼啸掩护下，哥伦比亚政府的一万六千名士兵对这里发起了进攻。遭到突袭的反叛者被迫撤离，他们抄起砍刀和汽油弹逃到高地。在那里，反叛者建立了哥伦比亚革命武装力量。接下来的六十年里，这支游击队激烈抵抗全球资本主义。它的士兵绑架政府官员，敲诈咖啡农民，还训练八岁孩童携枪战斗。最终，这支革命力量在仇恨和鲜血中把自己撕了个粉碎。

然而，尽管这个共和国以惨败告终，变革的希望却在西北远处一个衰败的小村子得以延续。那里有另一个哥伦比亚反叛者——加夫列尔·加西亚·马尔克斯，他钦佩共和国改变世界的雄心，但他一开始就看穿了它必败的宿命。因为早在共和国成立前，人们就

有过许多次尝试，要摧毁旧日模样，改写哥伦比亚社会的计划，如1854 年何塞·马里亚·梅洛将军引发的政变、1899 年激进的自由党发起的"千日战争"，还有 1953 年古斯塔沃·罗哈斯·皮尼利亚将军发动的政变。每一次尝试，都向哥伦比亚人民应许了一种全新的生活，但人民得到的却是杀戮、惨痛和混乱。

加西亚·马尔克斯在苦苦思索了一番这段失败的变革史后，决定尝试一种完全不同的革命道路。他没有选择逃避过去，而是以一种全新的方式重访过去。

新世界的开始

1965 年 7 月，距离马克塔利亚共和国的倒塌仅过去一年多，马尔克斯的思想就因回忆而发生了转变：

> 一闪念间，我突然意识到：我应以我祖母的方式来讲这个故事，从男孩在父亲的带领下见到冰的那个下午开始说起。

正是从这"一闪念"中，诞生了 1967 年的《百年孤独》的第一句："多年以后，面对行刑队，奥雷里亚诺·布恩迪亚上校将会回想起父亲带他去见识冰块的那个遥远的下午。"

这句震撼人心的开头将令全球数百万读者为之神魂颠倒，并帮助马尔克斯拿下诺贝尔文学奖。马尔克斯从一开始就瞥见了结局，

"去见识冰块",这句精妙的话语将贯穿全文。这几个字是那么平静,又充满波澜。去见识冰块?冰难道不是一种司空见惯之物吗?

答案就是,奥雷里亚诺·布恩迪亚上校和他父亲只是重新发现了冰块,就像我们第一次品味番石榴或第一次了解马克塔利亚共和国一样,我们只是在重复别人先前的发现过程。而这也正是我们阅读《百年孤独》时做的事。就在上校回忆起他第一次见到冰的时刻,我们也在重复着这一再发现的过程。我们也是第一次获知了上校早已知道的事情。

这种再发现的体验反复出现在《百年孤独》中。首先,我们重复了上校的父亲对这个世界的再发现:"那时世界还太新,许多事物都没有名字,提到的时候尚须用手指指点点。"然后,更多的再发现接踵而至:

> 每年三月,一家衣衫褴褛的吉卜赛人都会在村子附近安营扎寨,在一片敲锣打鼓的喧闹中展示一些新发明。最初,他们带来了磁石。

磁石的发现相当久远,可追溯至公元前 2 世纪中国汉代的出海商人。而到了上校的父亲这里,磁石却成了了不起的"新发明"。他不仅重新认识了磁石,很快他还将重新认识望远镜、星盘、罗盘,还有六分仪。这些航海技术对上校的父亲来说都是新的发现。并且用这些发明,他又有了另一个不可思议的发现:"地球是圆的,像个橘子一样。"在上校父亲此前的生命中,他一直居住在平的地球上,而如今，他发现了我们这个球体世界。

《百年孤独》为什么要带领我们经历这些再发现的过程？它为何反复地向我们展现旧世界？这一切都要说回马尔克斯有关其祖母讲故事的那"一闪念"。在那一闪念间，某种奇怪的事物在他的大脑中产生了。

再发现的科学原理

我们的大脑有一种奇特的技能，那就是重复学习。

重复学习利用了我们的遗忘能力，遗忘可勉强被视作学习的反向神经作用。当我们的神经突触伸展并建立新的联结时，学习就发生了；而遗忘发生于突触联结收缩的时候。奇怪的是，我们大脑遗忘的速度要比学习的速度快多：最早建立的突触联结几分钟内就会收缩，而最新建立的突触联结则可持续数年，保留着久远生命历程的碎片。

为什么我们的神经元会如此运行？它们为什么不会选择记住或遗忘？如果神经元认为一段记忆可能在将来有用，它们为什么不完好地保存这个记忆？假如它们认为一段记忆不再有用，又为什么不将之完全抹除？为什么我们的大脑会有这样一座图书馆，其中一半的书页都已消失不见？

这些谜团没有答案。我们的大脑是自然盲目选择的产物，因此它从来都不会知道。不过，尽管遗忘的神经原理没什么理性可言，重复学习仍有其优点。长久的记忆可以帮助我们节省时间，比如重拾骑自行车的技艺比从零开始学骑车要快得多。重复学习还有一个好处：它允许我们在第二次学习时尝试不同的学习方法。在重复学习时，我们的神经元会建立新的联结，这些联结和旧有的联结共存，使已知和新知融合为一。有时候，这种融合会带来创新性突破：发明出一种大脑中前所未知的全新骑车方式。

因此，遗忘和重复学习赋予了我们别样的契机，让我们唤醒过去的智慧，同时在当下开拓全新的视野。假如我们一开始就没有学过，那就只有此刻的观念来指引我们。如果我们从来没有遗忘，那我们就会不断重复过去，陷入无限循环。

这一重复学习的过程充实了我们生命中的每一天。如果你想立马尝试一下，只需在书架上找本多年以前读过的小说。当你翻开书页，就会感觉你的大脑将它过去记住的细节和它从未注意到的新内容紧密地联系起来。怀旧和顿悟的体验两相交织，让这部小说又一次充满新鲜感。

此外，重复学习不只是一件由我们独自完成的事，它也需要我们的集体努力。这种努力可以改变这个世界。

集体的重复学习

每一代人都要学习上一代人的经验。人类学家发现，这一社会进程和我们大脑的重复学习过程类似。在上一代的帮助下，每代人都能很快地获得已有的经验，但每代人又都能推出新观点和新发现。

一些新的发现离不开星盘、六分仪等观星工具，也就是《百年孤独》中上校父亲再发现的工具。在 16 世纪波兰北部的一个小镇，天文学家尼古拉·哥白尼熟稔地操作着这些工具，没日没夜地研究着天体位置。再往前三百年，阿拉伯的天文学家们将自己对天体位置的研究记录在《阿方索星表》这部巨著里。每个夜晚，哥白尼都仔细查阅这本书。而当哥白尼拿起星盘和六分仪验证过去的天体观测记录时，他经历了前所未有的顿悟：地球并不是像阿拉伯天文学家认为的那样，是宇宙的中心，地球是绕着太阳转的。

这是一项惊世骇俗的洞见。哥白尼等了二十多年，直到生命的最后一刻，才公布了这一发现："我知道，对于那些相信地球静止不动这一自古以来的真理的人们而言，一旦我唱出反调，说地球是转动的，将显得多么荒谬不堪。"

哥白尼的发现看起来格外奇怪，它并不是基于任何新的证据：星座的位置和几个世纪前阿拉伯天文学家看到的别无二致。唯一不同的是哥白尼的思考方式。几个世纪以来，天文学家都囿于一种僵化的思维方式："地球是静止的……地球是静止的……地球是静止的……"而哥白尼在重新学习了旧的星图后，开启了崭新的世界。

一个会飞的世界。

《百年孤独》中的哥白尼式再发现

《百年孤独》源自加西亚·马尔克斯自己的哥白尼式再发现："我应以我祖母的方式来讲这个故事。"

马尔克斯开始用他祖母的叙事方式来讲述一个史无前例的故事。

这个故事充满了独特的哥白尼式再发现：上校的母亲乌尔苏拉离开马孔多，踏上奔向他乡的旅程便是如此。乌尔苏拉追随了她丈夫早先的足迹，而和她丈夫不同，她没有空手而归。她回归时带了一大群人，他们看上去既面熟，又有些陌生：

> 他们来自沼泽的另一端，到这里只要两天路程。那边的村镇上，人们每月都能收到信件，见惯了各种改善生活的器具。

和哥白尼一样，乌尔苏拉也走了一条老路，她到了一个古已有之的地方，却发现了一个新的世界。

这是马尔克斯的小说中最为鼓舞人心的时刻之一。再发现的心绪终会渐渐平静。书中的人物会渐渐地遗忘过去，接下来的一代人注定要重复历史，而不是重新学习。尽管《百年孤独》的人物最终仍在重复不知所终、毫无结果的状态，小说本身却不断变化着，向我们展示着乌尔苏拉的革新范式。

行文至此，我们要暂时先把目光转到另一项古老的文学发现。我们早就意识到，诗的语言有别于一般语言。我们一般说"幽蓝的花朵"，而诗的语言却是"花朵幽蓝"。

诗的语言为什么会是这样的？它为什么会使用不寻常的语序？诗人们也没有解释，也许他们和我们的大脑一样，也是在盲目地摸索进步。然而在两个世纪以前的1817年，英国诗人塞缪尔·泰勒·柯勒律治在其浸染了鸦片的论文《文学传记》里就曾提出，诗意的语言通过重新编排普通的语言来完成"再创造"。如果诗人只是写下"幽蓝的花朵"，我们会匆匆掠过，让这朵花淹没于我们见过的蓝色花海。但正因为诗人写了"花朵幽蓝"，我们才会对这朵花另眼相看，在脑海里重新构建它的美。

后来，心理学家证实了柯勒律治的观点是正确的：诗意的措辞可以促进释放舒缓大脑的多巴胺，帮助我们结合既有记忆和新的思维模式。如此一来，就打破了我们的阅读习惯，给之前司空见惯的事物蒙上一层陌生的面纱，从而激励我们抓住一些新颖的细节和重点，还有发现新事物的机会。

在整部《百年孤独》里，这种对重新学习的诗意鼓励不胜枚举。小说开篇第一页，文字就出其不意地倾泻而出："河流清澈见底……卵石洁白，仿若史前巨蛋……手似雀爪……学识渊博的炼金术士……钉子和螺丝陷入绝望。"

这一古老发明在《百年孤独》中得以重新发现，它还将再获革新。

《百年孤独》的革新

在加西亚·马尔克斯之前几十年，一位名叫豪尔赫·路易斯·博尔赫斯的阿根廷短篇小说家正在重读弗朗茨·卡夫卡 1915 年的小说《变形记》。博尔赫斯读着读着，发现卡夫卡将原有的诗意语言创新为诗意的叙事。这种叙事延续了诗意语言打破规则的方法，只不过诗意语言是打破语法规则，而诗意叙事是打破叙事规则。

卡夫卡对叙事规则的打破简单得不能再简单。《变形记》选取了一个熟悉的事物——一个和家人一起生活的年轻人——并且把这个年轻人变成一只巨大的甲虫。正如"幽蓝的花朵"变成"花朵幽蓝"，这个由"人"变"虫"的安排并没有任何解释。其目的不是构建合乎常理的新的叙事法则，而是为了让我们在反思旧法则时感到意外。在《变形记》中，旧法则指的是家人之爱。过去，各种道德寓言、情感小说以及其他传统故事都教导我们，家人的爱无私而宽宏。而在《变形记》中，当虫子模样的主人公被父母遗弃，悲痛地待在自己的房间等死时，我们才重新发现，家人的爱也是暗含许多条件的。

当博尔赫斯重新发现卡夫卡的超现实主义发明后，他运用这一发明创造出许多部诗意的叙事作品，包括以下几部：

《阿斯特里昂的家》，讲述一个人狂吼着却逃不出满是无门走廊的房屋。这个人的身份直至最后才被揭开——原来他是代达罗斯的迷宫里那只彻底疯掉了的牛头人弥诺陶洛斯。

《＜堂吉诃德＞的作者皮埃尔·梅纳尔》，讲述一位学者沉醉于《堂吉诃德》，以至于他成了这本书的作者，一字一字地对其改写。

《通天塔图书馆》，走进这本书，我们就走进了一座图书馆，里面的书包含了打字机按键能组成的每一种可能。书中的胡言乱语充斥着无数房间。但同时，这又是部引人神往的巨著，揭示着上帝的一切秘密。

和《变形记》一样，这些作品重新编排了某一熟悉故事的单个元素，以帮助我们重新审视这些元素。经过再编排，我们转而从弥诺陶洛斯的视角来审视旧有的传说；一部以痴迷骑士传奇者为主角的古典小说，其中骑士传奇的位置索性被古典小说取代；《圣经》

中巴别塔的故事经过重新安排，古代的语言变成了现代的文本。当我们重新审视这些旧的情节时，新的可能出现了。我们逃离了迷宫，停下改写的笔头，把那些胡言乱语的典籍放回书架。

一闪念间，我们预感到了全新叙事。

《百年孤独》对博尔赫斯的再发现

《阿斯特里昂的家》是一部不足八百五十词的短篇小说。《变形记》是一部文字洗练的中篇小说，将近一万九千词。《百年孤独》是一部鸿篇巨制，洋洋洒洒十四万四千词。

我们从这部史诗巨著可以看出加西亚·马尔克斯有关再发现的决心。一开始，诗人们改写了文辞。而后，卡夫卡和博尔赫斯改写了世界。如今，马尔克斯将要走得更远。他要用诗意的语言和诗意的叙事来创造一项新的发明——诗意的历史。他要重写我们的集体记忆，帮助我们重新认知自己的来处，以及可能的去向。

这种重写从《百年孤独》的第一句话便开始了，并且不断铺陈延展，贯穿了开篇整章，把我们带入一段段"迷幻时间"。在这些时间段中，我们迫使"想象力达到极限"，见证了吉卜赛的隐身药水、长着猪尾巴的男孩、会飞的毯子，让大脑充溢着多巴胺释放后的无限可能。

多巴胺释放后，《百年孤独》又逼迫大脑投入忙碌的重新学习中。我们跟随上校父亲的脚步，拨开虬结盘曲的树丛，发现一艘停在干裂土地上的西班牙大帆船。这显然又是一段迷幻时间。然而……

多年以后，奥雷里亚诺·布恩迪亚上校再次穿过那片区域。当时那已经是条平常的邮路了，他发现那艘船烧得只剩龙骨，屹立在一片罂粟花田里。这时，他才相信那个故事并不是父亲的想象，他开始好奇这艘船是怎么驶入陆地，来到这个地方的。

上校再发现了他父亲当年的发现，我们自己也不由得一愣，用全新的眼光来看待这件事。我们反思起旧有的重力法则，开拓思路，想象一段在以前看来绝对不可能的航行。

一段穿越绿色丛林、向橙色土地进发的航行。

如何自行运用"变革再发现"

远早于加西亚·马尔克斯，作家们就已经鼓励我们去想象全新的世界了。公元前 360 年，柏拉图描绘了神话王国亚特兰蒂斯；公元 421 年，归隐田园的中国诗人陶渊明在《桃花源记》中描绘过诗意的世外之境；1888 年，马萨诸塞州的记者爱德华·贝拉米在小说《回顾》中，用充满思辨的世界构建掀起了近代乌托邦科幻小说的热潮。

但和《百年孤独》相比，这些作品及之后的作品有一点至关重要的不同：它们没有促使我们重新发现过去，而只是鼓励我们抹掉过去。有时候，这种抹除是直截了当的：例如一场毁天灭地的大战，地震、瘟疫或核弹将旧世界一扫而空。有时候，这种抹除是含蓄隐晦的：故事转至未来的某一刻或某个全新的地点，新的社会在污染的世界里自由地开花结果。不论哪一种，作家们都遵循着马克塔利亚共和国一般的激进方式：消除从前的社会秩序，从无到有地重启人间。

加西亚·马尔克斯的创新之处在于，他让过去一直伴随着我们。在《百年孤独》中，他富有诗意地重述了哥伦比亚近一百年的历史，从 1854 年何塞·马里亚·梅洛将军的政变到 1953 年古斯塔沃·罗哈斯·皮尼利亚将军的政变。通过带领我们重新学习那段历史，《百年孤独》打破了从亚特兰蒂斯到马克塔利亚的命中注定的悲剧循环。古老根系萌发新绿，马尔克斯的发明逐步地刷新了我们的未来。

《百年孤独》问世后的几十年里，马尔克斯的创造在许多作品里得以延续，如托尼·莫里森的《宠儿》、村上春树的《寻羊冒险记》、劳拉·埃斯基韦尔的《恰似水之于巧克力》等小说，以及吉尔莫·德尔·托罗的《潘神的迷宫》、阿方索·卡隆的《罗马》等电影。如果你发现自己受困于重蹈覆辙的生活，试着用一部诗意的历史来滋养心灵吧。

回顾你了解的百年过去，开启变革的新轮回。

第二十一章　明智决断

厄休拉·勒古恩的《黑暗的左手》、托马斯·莫尔的《乌托邦》、乔纳森·斯威夫特的《格列佛游记》，以及"双重陌生化"

1948 年秋，从纽约的曼哈顿到洛杉矶的韦斯特伍德，美国的大学生们都按规定开始阅读阿尔弗雷德·L.克罗伯的《人类学》，这本书是研究人类文化的经典教材。这一年，这本经典教材还得到修订，加入了新的部分：一份"同时发明"的列表。

望远镜：詹森、利伯希、梅修斯，1608 年
蒸汽船：茹弗鲁瓦、拉姆齐、菲奇、赛明顿，1783—1788 年
电报：莫尔斯、施泰姆希尔、惠特斯通和库克，1837 年
摄影：达盖尔和涅普斯、塔尔博特，1839 年
外科麻醉：杰克逊、利斯顿、莫顿、鲁滨孙，1846 年
电话：贝尔、格雷，1876 年
留声机：克罗斯、爱迪生，1877 年

望远镜、照相机、电话——这些设备都是在两三个地方，甚至三四个地方同时发明出来的。然而它们的发明者彼此都不知道其他发明者的存在。他们殊途同归，改变了世界。

　　这份列表给学生们留下了深刻的印象。许多年过去了，教材中的大多数观点早已被弃用，就连作者也已逝去，而这份列表依然刊印不绝。有位学生对这份列表记忆尤深，她就是列表作者的女儿，厄休拉。

　　这份列表出版时，厄休拉·克罗伯·勒古恩还在读大学。不过早几年前，她的父亲还在修订教材时，她已经对这张表有所了解了。那时他们住在加利福尼亚州的伯克利，在忍冬盛放的家里，厄休拉的父亲对她讲，这份列表不只是份列表，它还能起到独一无二的作用：将读者从思维偏见中解放出来。厄休拉的父亲将这种偏见称为"历史伟人论"，今天的心理学家称之为"基本归因错误"。它是我们大脑的一种倾向，这种倾向将失败或成功过度归因于个人，而无视生命语境中的阻碍或助推。

　　厄休拉被父亲的发明深深吸引了。但当她深入研究其背后的原理时，她突然意识到了它的界限。这张表也许消除了旧的偏见，但也鼓励了新的偏见。该列表强调了望远镜、照相机、电话等发明的外部环境的重要性，从而支持了厄休拉父亲的基本假设：个人是由其所处的文化环境塑造而成的。也就是说，它是人类学自以为是的偏见的延续。

　　当厄休拉注意到这一点时，她想：父亲的工作是不是一开始就注定失败呢？我们总认为自己越来越客观，而事实上，我们正深陷自我中心偏差、证实偏向、偏误盲点，以及一系列心理险境之中。或许有方法修正父亲的错误？有没有一种途径通往生命的过去，让我们回到误判出现以前，消除偏误的源头，帮助大脑回到最初的中立状态?

　　厄休拉求知若渴，她决定找回这个最初的状态。她将父亲的课本放到一边，溜进拉德克利夫学院那殖民地时期的砖砌图书馆。沐浴着从高大窗户照射进来的阳光，她穿梭于落满灰尘的书架间，找出一大摞古老的人类学读物。

　　厄休拉在这些作品中发现的是一种独特的文学，一种打破偏见的文学。

打破偏见的文学

　　世界上已知最早的人类学写作尝试是古代的游记，如公元前 4 世纪希罗多德对埃及割礼的描述，12 世纪中国南宋的范成大有关山川风土的记叙，以及 14 世纪伊本·白图泰有关波斯的富饶河流、桑给巴尔的腌制豆荚，莫卧儿帝国的巫师的游记。这些作者将其亲眼所见的不同文化付诸笔端，间或穿插有关普遍生命的遐想。

　　到了 16 世纪，年过而立的英国皇家律师托马斯·莫尔突发奇想："何不创作一部虚假的游记呢？不是欺骗或恶作剧，只是一部文学作品。"在莫尔的朋友看来，这个想法有些异想天开，可莫尔心中却怀有踏实的目的。他想用自己的虚假游记来表现旅行能带来的益处——打破偏见。

　　莫尔在其外交生涯中发现旅游有助于打破偏见。他游历过欧洲各地，如石塔林立的加来、香料如山的布鲁日。到过这些地方，他发现自己不再偏狭，摆脱过往的先见，对人类文化有了更广博的认知。

在今天这个时代，莫尔的发现得到了神经科学的证实和宣扬。神经科学家发现，旅行有助于打破偏见，它能刺激我们大脑的前扣带回皮质。前扣带回皮质是种呈爪形的错误检测器，它追踪着我们的心理预期，一旦预期落空便发出警告，这种警告表现为一种局促或难堪。如此一来，我们的行为得到延缓，以免做出不正确的预判。同时，我们的感官也获得了时间，以便收集更多信息，帮助我们形成准确的观点。

这种难堪的感觉总是在我们到达陌生之地时出现。这些地方没有一样东西是符合我们预期的。饮食、地貌、天气——一切都出乎我们意料。因此，我们的前扣带回皮质会一直处于活跃状态。我们停下无意识的行为，开始细致研究起周遭环境。在这种集结智力的状态下，我们可能会有不适，甚至感到压迫，但终将得到丰厚的心理回报。我们在周游四方时，大脑最可贵的感受莫过于一种充盈着惊奇的习得感："哇，居然会是这样！"此外，前扣带回皮质还能为旅途中的我们带来其他的重要收益——两千三百年前，一个住在伯罗奔尼撒半岛西部的希腊人对此已有察觉。

这个希腊人就是埃利斯的皮罗。在童年时期，皮罗曾有过一段漫长的游历：他步行、骑马、驾船，向东出行数千里，远渡黑海，穿越弗里吉亚的大漠，沿着月牙形的丰饶之地美索不达米亚，来到信仰拜火教的波斯，以及云集了裸身素食的信众的恒河河谷。这些异国经历激发了皮罗的大脑前扣带回皮质，阻滞了他大脑的决断活动。在这个过程中，皮罗感受到难以名状的平静。他不禁认为，如果能永久而彻底地停止决断，自己将获得完全的心神安宁。

皮罗清楚，要想达到心神安宁是极其不易的，而现代科学更是将其视作不可能实现的事情。不论有意无意，连早上起床（哪怕赖床不起）这件小事都需要我们的大脑做出判断。不过，21世纪的科学家发现，皮罗的观点还是有其道理的：旅行可以让我们进入某种决断中止的状态。

首先，科学表明，我们可以永久地停止一些决断，其中包括我们对他人做出的大多数论断。我们的大脑总在做着这种活动：在大街上观察过往的行人，对他们评头论足；注视杂志上的名人，对他们评头论足。在家中、办公室和饭店，我们望着家人、同事和朋友，一刻不停地评头论足。我们的神经会从这种评断活动中感到短暂的舒适和淡淡的优越感。但长此下去，我们终会感到焦虑，丧失好奇与快乐。因此，停止这些论断活动有助于我们保持长期的心理健康。

尽管我们无法永远停止对他人的论断，科学表明，只要我们尽可能长期地不进行这种活动，就能获益。我们越长久地停止论断，随之得出的结论就越精准。几十年来，一直有人在研究如何更好地做出决策，而这正是他们的发现。良好决策的关键在于更多的时间和更多的信息。也就是说，尽可能保留意见，直到最后一刻。

旅行可以帮助我们实现这一点。旅行不仅挑战我们对食物和风景的预期，还挑战我们对人的预期。正如皮罗遇到的那些教徒，旅途中遇到的人不可能完美符合我们脑海中的先入之见。他们的穿着，他们的习俗，他们的语言，都有别于我们记忆中的任何事物。他们会激活我们大脑的前扣带回皮质，阻止我们仓促做出论断，从而助益我们的心理健康，让我们做出精确的最终决断。前扣带回皮质的延缓功能对大脑的裨益甚至可以持续至旅行结束。心理学家发现，我们越是沉浸在遥远他乡的文化里，回到家时我们对他人的论断就越稳健慎重。

鉴于旅行有这些打破偏见的好处，你可能会期望游记也具有同样的作用。希罗多德、范成大和伊本·白图泰的游记可以使我们的大脑沉浸于异国他乡，消解我们对其文化的预期与偏见。他们的作品似乎就是为了激发我们的前扣带回皮质而作的。然而，正如托马斯·莫尔早在16世纪就已意识到的，传统游记在打破偏见方面的效果仍不如旅行本身。事实上，传统游记非但没有抑制我们的傲慢，反而往往让我们的傲慢更加根深蒂固。

传统游记的问题

希罗多德、范成大、伊本·白图泰的游记看起来非常与众不同。它们以独特的视角向我们展现了未知之地：

> 在那片沙漠里生存着一种蚂蚁，个头赛狐狸，奔跑快过马。

> 此俗传"滟滪大如象，瞿塘不可上"盖非是也。

> 我刚一瞧见大不里士的谢赫时，就不禁垂涎他那巨大的山羊皮斗篷了。

然而，在如此多样的叙事内容下，隐藏着同一种叙事形式。希罗多德、范成大和伊本·白图泰的游记都以作者为唯一叙述视角，这些作者将自己塑造为一双值得信赖的眼睛，一个富有经验的导游。我们的大脑仿佛已在既定的安排之中。尽管在游记中，我们会接触一些意外之人，但叙事者仍时时刻刻地在指示我们。叙事者从来处乱不惊，所以我们也是，只是随着他们的叙述往前推进。

游记的这种机械性特质本无坏处。事实上，和亲身旅行相比，它还有个心理学好处：激发好奇。当不安得到疏解，我们就可以肆意打开思路，接纳生命的多样。但受限于游记的机械性体验，它并不能像实际的旅行那样，改变我们的偏见。我们大脑的前扣带回皮质几乎不会被传统游记唤醒。即使我们为作者的讲述而感到吃惊，大脑也总是知道该怎么做：继续读下去。在这个过程中，没有停下的必要，我们的偏见不会被质疑，也不会产生新的行动。

托马斯·莫尔决定对此做出改变。他摒弃了传统游记模式，创造出一种能为我们切实带来异乡之感的全新范式。

托马斯·莫尔的新游记

1516 年，托马斯·莫尔出版了一部虚构的游记，名为《关于最完美的国家制度和乌托邦新岛的既有益又有趣的全书》。

"乌托邦新岛"这个地方，在任何地图上都找不到。这个名字借自古希腊语，意为"虚无之地"。不过，尽管这是一个不存在的地方，它仍在其最初的读者中引起了轰动。这些人多是学者，他们有着学者一贯的毛病，深受过度自信之害。但很快，他们就发现自己的脑子被乌托邦的许多矛盾之处搞糊涂了：

乌托邦是一个没有饥饿和贫困的地方，因为所有穷人都能平等地得到供给。但尽管它有人人平等的道德观，乌托邦里的每个人都拥有奴隶。

乌托邦拥有惊人的科技，比如能一直孵出小鸡的孵化器。然而奇怪的是，它却连航海导航设备都没有。

乌托邦人看起来比欧洲的基督徒还像基督徒，那里的人和耶稣本人一样，散尽钱财，欣然过着一种勤俭的生活。然而，还是这些人，居然赞同最不符合基督教信仰的行为：安乐死和离婚。

一般来讲，游记里的这些矛盾之处并不会让人感到多么迷惑。游记的作者会是可靠的导游，引导叙事进行。到最后，读者也会回到自己的生活，不必费神思考这趟旅程。可莫尔的书并不是依照传统游记模式而作。没有一个作者来扮演可靠的导游，它反而有两个作者，而这两个作者还彼此意见不合。

第一作者是托马斯·莫尔，或至少是他在小说中的代言人。这个"托马斯·莫尔"一开始讲述了他行至法兰德斯那运送桂皮的港口。他在那里遇到了第二作者拉斐尔·希斯拉德。希斯拉德继而讲述他穿过大西洋到达乌托邦的旅程。在希斯拉德看来，乌托邦是个远远优于欧洲社会的理想国。不过"托马斯·莫尔"不这么认为，他觉得许多关于乌托邦的事情是十分荒谬的。

那么谁对乌托邦的认知是对的？是希斯拉德还是"托马斯·莫尔"？书中未置可否。这种矛盾甚至寓于书名中，书名巧妙地包含了一个"和"字，呈现出两层认识——"最完美的国家制度和乌托邦新岛"。究竟"最完美的国家制度"能否与"乌托邦"画等号，只待读者自己去判断。在书的结尾，这种模糊依然存在。"托马斯·莫尔"承认他先前受了欧洲中心主义的蒙蔽，可能对乌托邦心存偏见，他还说自己确实想把乌托邦一些可取之处引入英国。所谓的可取之处是集体食堂，还是给罪犯戴上金镣铐？是一天六小时的工作时长，还是强制性的着装规范？是对无神论者的包容，还是对自由活动的禁令？"托马斯·莫尔"没说，他只是声称自己会就此做更多探讨，随即便终止了叙述。

《乌托邦》的双作者设定要求我们的大脑为这个悬而未决的问题做出评判：*希斯拉德和"托马斯·莫尔"，我们要相信谁对乌托邦的判断？* 通常来讲，我们的大脑往往会仓促做出决定，这是数百万年来的习惯使然。慢条斯理寻求完美的答案，不如迅速做出相对合格的判断，不然轻则饿肚子，重则沦为他人的口中餐。这便是迫使我们迅速做出判断的生理压力，也是我们大脑里的先入之见的存在缘由。偏见就是一种快捷的结论，它让我们免于久疑不定。毕竟在自然环境中，深思熟虑的下场就是输掉与其他野兽的生死之战。因此，偏见对于大脑而言不纯是懒惰下的刻板印象，而是一种明智的捷径，增加我们能活到明天的概率。

可我们的大脑遇到了莫尔的文字。突然间，捷径已不再重要。因为乌托邦是个虚构之地，决定追随哪位作者的观点，并不会让我们面临任何迫在眉睫的生存压力。在对希斯拉德、"托马斯·莫尔"和乌托邦下判断前，我们大可缓上些时日，甚至永远缓下去。我们可以学习《乌托邦》的书名和双作者结构，不做出非此即彼的表述。

起码就莫尔这本书而言，我们可以安住在不偏不倚的中立地带，像伯罗奔尼撒半岛的皮罗一样，永保内心的安宁。

不过事实证明，我们大部分人在阅读《乌托邦》时是做不到上述行为的。相反，我们的大脑拒绝了莫尔的巧创，并强行做了决断。

强行决断，遭受惩罚

我们是怎么知道托马斯·莫尔的发明不太奏效的呢？是这样的："乌托邦"没能像起先的"虚无之地"这个词一样不涉褒贬，反而成为美好社会的代名词。那是因为托马斯·莫尔最初的读者坚信，《乌托邦》只有一个真正的作者，那就是希斯拉德。他们认为，那个叫"托马斯·莫尔"的家伙只不过是个讽刺的噱头。他们把《乌托邦》独特的双作者结构压缩成单一作者的传统游记。然后他们合上书本，余生里都为自己的决断沾沾自喜。

这一对《乌托邦》的反应正符合人类大脑的惯常做法。不管这本小说多么构思精妙，大脑才不会因为它就否认百万年经验证明的偏见的价值。大脑只会本能地拒绝这个构思，当即做出判断，好先让我们保全性命。不过，莫尔对人类天性发起的勇敢挑战并非全无意义。还是有一小部分思维足够开阔的人注意到了莫尔的创举。两个世纪后，其中一人还将有所突破。

这便是乔纳森·斯威夫特出版于 1726 年的《格列佛游记》。和莫尔的乌托邦幻想一样，《格列佛游记》是一部伪造的游记，其副标题为"世界上几个遥远国度的旅行记"。不过和莫尔不同，斯威夫特没有在自己的假游记里安置两位作者，他做了一项文学创新：借鉴传统游记中可靠而单一的叙事者的设定，并将其换成一位不可靠的叙事者。

这个不可靠的叙事者就是外科医生兼船长莱缪尔·格列佛。假设你恰巧是1726年的一位敏锐的读者，你可能已经发现了，"格列佛"（Gulliver）是化用了"gullible"[1] 这个词。不过，你十有八九还是会选择相信格列佛。毕竟七年前，你在读丹尼尔·笛福风靡一时的游记《鲁滨孙漂流记》时就是这么做的。在《鲁滨孙漂流记》的一开始，你就发现了叙事者鲁滨孙的缺点，他总是不够成熟且异想天开。但你还是相信了他，他也没有让你失望。在旅途中，他皈依了耶稣，给食人族的野人起了个属于文明社会的名字，还开垦了两处农园，在里面培育玉米大麦，制造黄油奶酪，甚至还有葡萄干。就这样，你那对欧洲新教徒的盲目情感得到了愉快的肯定。

因此，你不会想到有这样一部完全不同的小说，其叙事者会把你远远地拽出文化与观念的舒适区，直至你完全迷失。格列佛正是这么做的。他在旅途中历经多次冒险。每次冒险，格列佛总会遇到一些让他印象深刻的怪人。他见识过小人国的渺小居民、大人国自命不凡的巨人，还有飞岛国里恍惚的科学家，并无一例外地对这些奇人奇事报以兴趣。

这种历险模式在小说的最后一卷达到高潮。在最后一卷中，格列佛到达了慧骃国。慧骃国的住民极其奇怪，他们根本就不是人，

1　英文形容词，意为"易上当受骗的"。

而是一群马。不过，格列佛还是很尊敬他们。他怎能不尊敬他们呢？这些慧骃国民可不是什么凡马。他们是一群具有**高度理性**的马，从来不说谎，像对待男性一样平等地对待女性，而且崇尚克己节制、勤学苦练、干净整洁的美德。

这个地方对于格列佛来说简直就是乌托邦。它唯一的美中不足，就是这里有一群驯养的动物，名叫"野猢"。它们愚蠢、邪恶、怯懦，当慧骃的马民决定毁灭它们时，格列佛也热烈赞同。不过有一点颇叫人为难：格列佛自己就是一只野猢。你明白了吧，野猢就是人类。于是，格列佛一边崇拜着慧骃的马民，一边陷入诡异的矛盾境地：他开始憎恶自己的同类。

格列佛对人类的厌恶给我们这些读者带来了一种奇怪的神经体验。我们应该和格列佛有同样的想法吗？我们应该厌恶自己吗？这种神经体验越来越怪异。作为慧骃国种族改良计划的一部分，格列佛被驱除出境，不得不返回英国，和"野猢"们生活在一起。然而，当他回到阔别已久的家时，他的妻子兴冲冲地拥抱他，他却"昏厥了近一个小时"。据格列佛解释，实事求是地讲，这么多年来，他已经"不习惯和这种令人作呕的动物接触了"。

格列佛称其妻子为"令人作呕的动物"，这震动了我们的大脑。如果说格列佛对消灭人类的热情支持还没有激怒我们大脑的前扣带回皮质，那么此刻就不好说了。接下来的情节更加触怒了我们的前扣带回皮质：为了不闻到自己孩子的"人臭"，格列佛疯狂地往鼻孔里塞烟草和薰衣草。然后，他去买了两匹马，每天要跟它们交谈"至少四个小时"。

《格列佛游记》用这样疯狂的结局提升了莫尔的虚假游记打破偏见的效果。在莫尔的模式中，我们的大脑面临两个叙事者，他们要我们做出决定："哪一个更好？"这种选择绝非易事，但我们起码还有的选。而且，既然大脑在进化过程中已经得到关于重大选择的训练，那这就是大脑的分内之事。

《格列佛游记》采取了一种更为迂回，也更具心理冲击的方式。它没有让我们做出艰难的选择，而是诱导我们去轻信叙事者，结果挑明这是个错误至极的选择。这个错误正是利用了我们神经仓促决断的本能。于是，到了《格列佛游记》的结尾，我们不是在静静思考："哪个叙事者更可靠？"相反，在见证了格列佛和马对话、将鼻子塞满香料后，我们的大脑在迷惑中短路了："怎么会……"

斯威夫特的小说把我们锁进了精神的马厩。书里没有除格列佛之外的第二个叙事者。在第一导游已经精神错乱后，我们找不到"托马斯·莫尔"或希斯拉德这样可以转而求助的人。我们被困在这个马厩里，想要抓住一个能帮助我们破门的操纵杆，但《格列佛游记》并没有提供这个装置。

这就是可以中止论断的文学范式。它有力地把斯威夫特的读者一步步拉向心神的安宁——直至他们突然做出决断。一个又一个读者发觉，《格列佛游记》是《乌托邦》的反面。《乌托邦》自始至终都是理想化的，而《格列佛游记》却贯穿着一种讽刺。通过对慧骃和野猂的描写，斯威夫特辛辣地勾勒出我们的道德偏见的两面：无情的理性和盲目的激情。那么斯威夫特这本书的目的就是阻止我们像格列佛一样过快地决断吗？不，不是的，斯威夫特的目的反倒是鼓励我们立刻做出评判,对全世界每个人都一视同仁地发出傻笑。

这一看法瓦解了斯威夫特的精妙发明。数百万年来进化而成的偏见又一次占了上风,打败了文学。不过,尽管输掉了这场对决,《格列佛游记》并不是一个失败。它表明莫尔打破偏见的创新还有进步的可能,也许还有一种方法可以增强它。

也许有那么一种方法,可以让我们的论断再下得迟一些。

延缓决断的方法

1968 年,厄休拉·勒古恩完成了《黑暗的左手》。

厄休拉·勒古恩结婚前本名为厄休拉·克罗伯,即本章开头那位教授的女儿。和《乌托邦》《格列佛游记》相同,《黑暗的左手》也是一部虚构的游记。这次旅行发生在未来约三千年后,我们将被带离地球,来到格森星,这里居住人形的外星生物。

一个叫金利·艾的人类讲述了与这些生物的接触,其叙述存储在一份详尽的调查报告里。这份报告包含了对格森人生理机能的介绍、格森的创世神话,甚至还有格森人的日志。但尽管金利·艾的报告科学严谨、扎实过硬,而且是亲身调研的结果,他还是变成了格列佛。他严重误判了格森人,其预测被一个接一个地推翻。于是,我们又一次被叙事者诱导着,对别的文化做出错误判断。期望的瓦解激活了我们大脑的前扣带回皮质。最后,《黑暗的左手》构建的场景和《格列佛游记》如出一辙。在这幅情景中,金利·艾结束了在格森文化中的沉浸,重返人类族群:

在我看来，他们都那么奇怪，男男女女，就我知道的而言。他们的声音听起来很奇怪：太深沉，太刺耳。他们就像一群巨大而奇怪的动物……

我强行控制住自己……不过，我们一回府邸，我就得立马回到自己的房间。

就像格列佛避而不见他的"动物"妻子，想要立刻躲到马厩里一样，金利·艾对自己的"动物"同类也感到强烈的厌恶，于是他忙不迭地逃离他们，把自己关在单独的房间里。

然而紧接着，《黑暗的左手》比《格列佛游记》更进了一步。金利·艾匆匆逃离人类后，到了一个格森人朋友家。在那里，他遇到一个典型的格森小孩——一对雌雄同体兄弟的乱伦产物。想到这对"夫妇"，金利·艾立刻充满了"奇怪"的感知，惊讶地察觉格森人的恶心程度居然可以和人类媲美。

厄休拉·勒古恩用这样一种转折增色了《格列佛游记》的创新。这段情节就好比格列佛因对妻子的厌恶而昏倒，然后逃到马厩里，又因对马的厌恶而昏倒。两次昏倒令《格列佛游记》两次激起了大脑前扣带回皮质，而同时也关上了大脑在《格列佛游记》里强行制造的出口，这个出口意味着放弃对叙事者的信任。我们从格列佛身上跳回现实，摆脱了他的荒诞行为，以更为广阔的视野讽刺地审视这一切。我们的大脑由此重新做出迅速的判断："格列佛疯了，慧骃国的马民疯了，每个人都疯了……"

我们的神经因格列佛对人类的厌恶而受到冲击，然而在《黑暗的左手》中，这种冲击被叙事者的反转——对格森人的性别问题的反感——抵消了。这种反转揭示了叙事者与我们的共性：他也对雌雄同体的乱伦感到不适。因此，《黑暗的左手》没有任由我们和《格列佛游记》的读者一样迅速逃离叙事者的轨道，而是打断了我们，让我们悬浮在一种半是厌恶半是认同的状态里……

"金利·艾疯了，但他又是明智的。他是那么奇怪，但他又恰恰和我一样……"我们的判断在太空中无限悬浮下去。

如何自行运用"双重陌生化"

1911 年 8 月 31 日，正当阿尔弗雷德·L. 克罗伯安坐在他位于旧金山人类学博物馆的研究室，用一把马鬃刷小心翼翼地刷掉藏品上的灰尘时，一通不同寻常的来电找上了他。

这通电话来自加利福尼亚州北部的奇科城。几天前，一个五十岁的男子曾在那边的荒野游荡。该男子身穿一件怪异的手工罩衫，支吾说着一种没人能懂的语言。不用说，该男子被抓起来了，不过很快人们就发现他的神志并无问题，这可叫奇科的居民犯了难。总不能把一个清白的人关起来，可也不能任由一个胡言乱语的人四处游荡。博物馆里或许有人可以解决这个棘手的人类学问题？

那时的克罗伯还是名年轻教师。距离他写出那张发明列表还有将近四十年。不过他仍是加利福尼亚首屈一指的语言专家，曾厘清许多看似无解的言语。因此，他勇敢地回答道："没问题，我想我能帮上忙。"

最后证实,这个五十岁的男子是最后一个雅希人。雅希人曾居住在荒野峡谷,依靠采摘野果、射猎鹌鹑果腹。然而到了 19 世纪 60 年代晚期,随着加利福尼亚兴起淘金热,雅希人被殖民者大肆屠杀,最终只剩下这唯一的幸存者。

这个幸存者从来没有向克罗伯介绍过自己。雅希人不能做自我介绍,介绍必须由亲戚代劳。但因为这个雅希人已经没有亲戚了,他的名字对克罗伯和博物馆的同事来说成了永远的谜。他们只好叫他"异士",这个发音在雅希人的语言里代表"男人"的意思。

五年来,异士都住在博物馆里。他生活在其他人类学遗迹中。他会和那些友善的人对话,但说到自己时却始终不肯用他的名字。他坚持着与外界界限分明的生活。他是个无家可归的人。

这是一种奇怪的不安感。但异士表现出了异乎寻常的冷静,克罗伯后来回忆称:"他是我认识的人当中最有耐心的。他已经掌握了耐心的哲学,他那纯粹的忍耐里找不到一丝自怜或是哀伤的痕迹。"

这会不会就是昔日伯罗奔尼撒半岛的皮罗一直追寻的放松?异士长久的持中状态会不会将他的大脑引入传说中的心神安宁?或者真相大相径庭,会不会是克罗伯误解了异士,从一位他并未真正了解的人身上得出了自己的假设?还是说异士和克罗伯被我们误解了?我们是否堕入了固有的,乃至全新的偏见里,而这种偏见尚未被科学家解明?

也许我们最好不要做出决定,起码现在不要。也许……

如果想要过一种充满更多可能的生活,你可以在许多现代游记作品中找到厄休拉·勒古恩的发明，比如保罗·索鲁 1975 年的《火车大巴扎》，还有玛嘉·莎塔琵 2000 年的《波斯波利斯 2：归来的故事》，这些作品都有助于打破偏见。或者如果你想更进一步，到科幻世界里去发现新的叙事技术，感受其对固有期待的颠覆，可以试试 2007 年的电子游戏《生化奇兵》。

　　然后向前冲，跟着感觉走。给大脑的前扣带回皮质猛烈的一击。

　　暂缓决断，或许是永久。

第二十二章　相信自己

玛雅·安吉洛的《我知道笼中鸟为何歌唱》，以及"自我的帮凶"

生产很顺利，她的男孩降生了。他是一件金光闪闪的宝物，驱散了奥克兰的阴霾。

但护士们很快就离开了。现在怎么办？她可从来没有养过孩子。她自己也才十七岁而已。几个小时里，她只能躺在床上，两眼干瞪。恐惧爬上她的心头。黑夜将尽时，她听到一个声音：

"你不用考虑正确的事。如果你坚持正确的事，那就去做，不用多想。"

这个声音令她得到些许慰藉，她闭上了双眼。黎明时分，她又醒了。她没有多想，当即着手一件正确的事：把儿子轻轻抱在怀里，迎接新的一天。

这个年轻的母亲就是玛雅·安吉洛。那个声音来自她的母亲维维安。多年以后，当那个出生在加利福尼亚州奥克兰市的小男孩已幸福地长大成人。玛雅·安吉洛决定将当年母亲的那番话化作礼物，赠与我们——这份礼物就是"相信自己"。

自我相信的起源

这个礼物始于五千年前的非洲。在泥泞的尼罗河畔，居住着一群伟大的工程师。这些工程师挖通纵横交错的水渠，浇灌广袤的田地。他们把成吨重的岩块拖拽到吉萨金字塔的顶端。最后，在棕榈叶屋顶下的老旧工作台上，他们用细细的芦苇笔创造出了《普塔霍特普箴言录》。

《普塔霍特普箴言录》是部极其古老的文学作品，其具体起源我们不得而知。从文风上看它可能创作于公元前20世纪，即古埃及第十二王朝时期，而其标题却又表明它可以再往前追溯数百年——那时第五王朝的重臣普塔霍特普正监管着孟菲斯金字塔墓地的修筑。

不论《普塔霍特普箴言录》有多古老，它的留存已经是一个伟大的奇迹。它是现存最早的写在纤巧的莎草纸上的文学作品。先前的作品都是记录在石头或陶器上的。其他作品能流传，是因为其记录载体之坚固，而《普塔霍特普箴言录》能流传，则在于其文字的力量：

> 我的文字的力量在于它的真实。
> 它们在心口中流传，
> 因为它们值得。

这便是这些文字的力量。一代代抄书吏要一遍又一遍地赶在纸张腐朽之前，把文字誊抄在新卷上。也正是因为这些文字的力量，普塔霍特普才断言它们的创作年代甚至早于他最初在草纸上写下的作品。他是第一个用墨水记下这些内容的人。这些内容此前都是以口头形式传到他这里的，其历史或许可上溯至人类的起源，远早于人们对水渠和金字塔的构思。

《普塔霍特普箴言录》为何有如此持久的价值？它为何能够坚如磐石？它的教导里隐藏着什么神奇的技术，使它在其他智慧之作早已随岁月流逝时，仍然在我们的心中永存？

答案如下：

> 只要还有一息尚存，就遵从你的内心。
> 一刻也不要浪费在追求其他事物上。
> 遵从你的内心。遵从你的内心。

你能感受到这些文字的力量吗？你能感受到它们所孕育的突破性吗？

智慧的设计

当有人给我们智慧的忠告时，我们很少会听从。不管这些话听起来多么明智，我们的大脑通常都不屑一顾。

为什么？为什么我们的大脑不接受先哲的忠告呢？为什么我们不会热切地接纳过来人得之不易的教训呢？

很久以前，有位聪明的先祖就发现了一件最近方得到科学证实的事：过来人的智慧会威胁到我们的自我。我们的自我倾向于相信自己的坚强和独立。而且，我们的自我也需要这种信念，否则我们就会被世界巨大的困难压垮，失去信心，轻言放弃。为了避免情感上的屈服，我们在年轻时才会倔强任性。我们需要自信的精神来面对生活的种种考验。

这种必要的自信会被先贤的建议破坏。不管是什么样的建议，其潜台词都是："你并不像你自认为的那样懂那么多。"因此，当我们的先辈拿出他们的智慧结晶时，我们的大脑将面临艰难的抉择：要么忽略他们的智慧，一条路走到黑；要么听从忠告，毁掉支撑我们的自信。不论哪种方式，我们都会输。

不过，这位先祖后来发现了第三个选项，一种可以同时提供忠告和自信的方法。这就是告诉我们孩子气的大脑："*你真的很有创造力，不过如果你这样试试，可能会做得更好。*"这种忠告方式既能改变我们的外部行为，还能强化我们心底的信念。它想说的是："*我很佩服你坚持自己的方式，不过现在我们可以稍作调整，好让你的想法更好地实现。*"

神经科学家将这种给出建议的方式称为"自我肯定"。这一术语字面上有些许误导成分，仿佛我们是在自己肯定自己，而自我肯定其实包括任何一句能支持我们自我的话语，包括别人说出的话。

最有效的自我肯定是对价值观的认可。我们可以有各种不同的价值观，如创造力、家人、乐趣、工作、健康、善良、公正、智慧、爱、勇气等，但不管我们的价值观是什么，它们都是构成我们自我的核心。当它们得到认可时，大脑中的两个区域会被同时激活。一个是与自我心理表现形式有关的顶叶区域，另一个则是与价值判断有关的腹侧纹状体区域。因此，诸如"我敬重你的**善良**""人们会记住你的**付出**""你是对的，没有什么比**爱**更重要"等自我肯定都会对大脑产生实实在在的激励，让大脑倍加珍惜我们的自我。

心理学家已经证明，对大脑来说，这种自我珍视远比谨慎的建议更易被接受。通常来讲，当得知医护人员的医嘱时，大脑只是礼貌地点头称是，而我们并不会有任何行动上的改变。可假如这些专业人士在医嘱里加入一些对我们核心价值的肯定，如"想象一下，如果你能在家人身边多陪他们几年，他们得多么开心"，我们十有八九会奋起锻炼身体、尝试戒烟，并多吃蔬菜。研究也表明，几句自我肯定可以使这些有益健康的改变持续数月，甚至数年。

这就是普塔霍特普在一千年前发现的神经秘密："遵从你的内心。遵从你的内心。"这剂自我肯定的良药让古埃及人将普塔霍特普的建议奉为圭臬，他们分享粮食，包容邻里，戒骄戒躁。普塔霍特普的忠告无疑是有道理的，但若不是他明智地认可了受众心底的正确与真实，这些忠告的作用也不会那么持久。

普塔霍特普的箴言只是个开始，之后的文学将会更多地帮助人们建立对自我的信念。

又一样智慧的创造

你将在此读出一种突破：

> 每天早晨，告诉自己："今天我会遇到自私、算计、偷盗的人，但我依然能辨认出善，以及它的美。只要我能辨认，就没什么能伤害我。所以，我要爱那些对我做出丑恶行为的人。"

以上一段话出自马可·奥勒留的《沉思录》。《沉思录》成书于罗马帝国最后的太平岁月，被后世尊为智者的指南。一代又一代读者都从其中汲取养分，从公元10世纪的大主教凯撒里亚的阿莱萨斯，到21世纪的美国海军陆战队上将詹姆斯·马蒂斯。

《沉思录》遵循了普塔霍特普的基本范式。先给出可靠的建议："要慷慨，要坚强"再融入自我肯定："你能辨认出善。"此外，《沉思录》还有一个突破，那就是让我们实地地对自己表达肯定："告诉自己：'我能辨认出善。'"通过这样明确的宣示，我们用自己的声音坚定了我们的核心价值。或用拗口的科学语言来讲，我们是在践行"来自自我的肯定"。

相比普通的自我肯定，来自自我的肯定要更加有效。心理学家要求苦读的中学生写一篇文章来阐述他们的价值观的意义，他们的数学、英语和社会科学等科目的分数随后平均提高了5分。这种来自自我的简单肯定还使成绩较差的学生数量减半。这一激励效果持续了数年之久。

早在神经科学诞生之前，甚至早于马可·奥勒留的时代，文学家们就已经发现了来自自我肯定的价值。其神经效用可追溯至公元前1950年古埃及中王国的《忠诚者教谕》中，这部作品围绕第一人称"我们"展开，仿佛受众是在给自己提出忠告："我们以劳作为生。不劳作，就陷入贫穷。"

当然，人们并没有真发出这个劝人勤奋的忠告，人们只是鹦鹉学舌地重复了一遍前人的话而已。但《忠诚者教谕》的文学设计仍不失巧妙。而且，它似乎走到了自我肯定的文学范式的极限。文学终归是一种外部的声音。如果我们想要真正达到对自我的肯定，靠读书肯定是不够的。我们得像那些中学生一样，自己拿笔来写。

至少从数千年来的历史经验来看是这样的。

玛雅·安吉洛的发现

玛雅·安吉洛诞下她的儿子四年后，有了一番可怕的领悟：

> 我见识到了自己生命的有限性。我突然意识到，我不会永远活下去，这令我恐惧至极，甚至濒临崩溃。

在这种"恐惧至极"的状态下，玛雅·安吉洛辗转难眠。她忧思自己的末日，不知道这一天何时到来，下个月，下个星期，甚或就在明天？想着想着，她突然明白了：就算死神明天降临，那也不能说明今天毫无意义。相反，它使今天意义非凡。

> 每一个时刻都无比珍贵。你使尽浑身解数，最终却一无所获，因为这可能是最后的时刻。我时常感到这一点，

这让我以一种奇特而严肃的方式存在着。

普塔霍特普的古老教诲中也能找到这种珍惜当下的主旨：

> 如果一个女人在纵情狂欢，不要放弃她。任她享受生命。
> 愉悦是深水的征兆。

不过，玛雅·安吉洛对当下"奇特而严肃"的珍惜自有独一无二的特性。我们从其对*存在*一词的运用便可见一斑。在玛雅·安吉洛和自己有限的生命作斗争的时候，"存在"这个词正在让－保罗·萨特、西蒙娜·德·波伏瓦，以及20世纪中叶一众作家的推动下，覆盖着古人全部的智慧。

古人总是将智慧植于神灵、理性或宇宙中。普塔霍特普所说的"遵从你的内心"，也是基于古埃及人类似的信念，他们认为人类心里有着真理正义之神玛特，即宇宙永恒的美德。可法国的存在主义拥护者们没有这样的信念。1945年10月29日，就在安吉洛产后数月，萨特宣布自己为"存在主义者"，并随之否认玛特、上帝及其他众神的存在："我们都生于偶然，最终在碰撞中死去。"

这是一个令人沮丧的结论，就和玛雅·安吉洛看到自己生命的有限一样。不过，尽管萨特将信仰抛到了更宏大的逻辑体系中，他仍然没有向绝望屈服。他反而在自己的存在中找到一种热烈的希望：

> 绝望是乐观的真正发端：那种知道没有好事降临的乐

观，以及只能仰赖我们自己来给大家带来福祉的喜悦。

这种自我革新的"喜悦"就是生命的真谛。既然我们对生命的全部占有就是当下、当下、当下，那么每次心跳对萨特而言都是急迫的邀请："抓住每一秒，榨尽每一秒。"

萨特的存在主义与玛雅·安吉洛的个人生活不谋而合，她的一生充满了各种荒谬和意外的碰撞，以及对"当下幸福"的把握。在十六岁怀孕时，安吉洛抓住了这个机会。当她嫁给一个做过水手和电工的希腊人时，当她在旧金山"紫洋葱"夜总会的地下室和着卡利普索民歌翩翩起舞时，当她在1960年见到马丁·路德·金并创作了《自由之舞》时，她都抓住了机会。这一切都是那么荒诞无序。这一切都是那么愉悦深刻。

后来，玛雅·安吉洛遇到了存在主义，她又有了意外的碰撞。这是和全新艺术形式的碰撞。

奇特而严肃的存在主义艺术

存在主义带来了一种戏剧流派，即后来为人熟知的荒诞派戏剧。

在美国，最著名的荒诞派戏剧就是法国存在主义作家让·热内1959年的作品《黑人》。该剧一开始，一群黑人表演了一出对白人的谋杀案。接着，黑人演员又扮上白人面孔，化身陪审团给这起案子下了死刑判决。

这幅谜一样的怪景在纽约一炮而红。《黑人》于1961年5月4

日首演，其后又加演了一千四百多场，成为彼时最受欢迎的非百老汇戏剧。玛雅·安吉洛对这部剧了如指掌，不是因为她看过这部剧，而是因为她演过这部剧。

她的角色是那些白人陪审团的一员，即白皇后。她有如下台词：

> 我把自己雕刻成一片废墟，一片永恒的废墟。拖垮我的不是时间和疲倦。是死亡在塑造着我。

这些台词满含深意，但是它们究竟是什么意思？废墟怎么能被雕刻？什么崩塌的东西会是永恒的？皇后为什么说她雕刻着自己，又说是死亡在拿着刻刀？

剧中没有给出答案。答案必须由我们这些观众找出。我们必须要声明："这就是白皇后的台词之于我的意义。"而后，我们就创造了自己的重要时刻，成为存在主义者了。

或者用科学的语言来说，《黑人》鼓励我们积极参与对自我的肯定。它惹人遐想却混乱不清的表演将我们投入一片杂乱的意义中，促使大脑在我们自己的核心价值中寻到稳定。如果这些价值是家庭，我们可能会想："这个白皇后好像我的姐姐。"如果这些价值是公正，我们可能会想："白皇后的遭遇是公平的。"如果这些价值是勇气，我们可能会想："我不知道这个白皇后到底要干吗，但起码这部剧做了个大胆的尝试。"

通过激发上述神经反应，《黑人》表明文学可以指引我们走向真正的自我肯定。为了实现这一点，文学只需要完成一步有违直觉的动作：从叙事中*去掉*核心价值。文学不该像《普塔霍特普箴言录》和《沉思录》那样，提供一些供我们回味的普遍真理，而应删除这些价值，吸引我们用自己的信念去主动填补这些空白。

在纽约1961年的炎炎夏日里，这一存在主义的文学突破对安吉洛产生了极大影响。但当她一夜一夜地以白皇后的形象走过舞台，她发现这样的表演并不能让每个人都获得同样的自我肯定。许多观众是困惑的，还有一些观众像还未发现存在主义时的安吉洛一样，处于崩溃的边缘，只能感到绝望，没有一丝希望。

之所以有这些千姿百态的反应，原因很简单：《黑人》不只是让我们坚信一个信念，而是*迫使*我们坚信*一切*信念。它将我们投入没有固定意义的叙事中，要求我们想象充满私密真理的全新宇宙。如果我们无法立刻完成这个巨大挑战，就会发现自己被困惑和沮丧吞没。

这促使玛雅·安吉洛不禁去想：如果给存在主义创造一个自我肯定的导言呢？如果不把我们直接扔进没有上帝、没有玛特、没有理性的无边深水，而是给我们一个在浅水自学游泳的机会呢？如果在借鉴荒诞派戏剧对自我肯定的鼓励的同时，伸出一只托举之手呢？

这是革新性的构想，但似乎也是无法实现的。哪部存在主义的文学作品会伸出"托举之手"？存在主义的关键不正在于消去这些外部的引导吗？起初，玛雅·安吉洛对这个难题毫无头绪。不过，接下来的几年里，她终将为自己找到答案："托举之手"就是从对当下幸福的把握中收获的智慧，也就是个体存在的生命智慧。

怀着这个亲身悟出的答案，玛雅·安吉洛在伦敦的一家酒店开了间房，去掉墙壁上所有的画作和艺术品。接着，她从行李箱里翻出一本《圣经》、一本词典、一副卡牌，再"小酌一杯上好的干雪利酒"，拿着一本泛黄的信笺，窝在床上开始书写她的回忆录。

存在主义的普塔霍特普

玛雅·安吉洛在其 1969 年的回忆录《我知道笼中鸟为何歌唱》的开篇，就将我们投入一个瞬间。在那一刻，我们意识到的更多是未知的事物，而非已知的事物：

> "你看着我干什么？
> 我不是来久留的……"
> 我没有太多可忘记的，因为我压根儿就想不起来。
> 其他事情更重要。
> "你看着我干什么？
> 我不是来久留的……"

马上我们就会知道，年轻的玛雅·安吉洛也在经历同样的困惑：她正在复活节给教会拼命地背诵一首诗。但我们还没搞清这次背诗和整个故事的关联，作者笔锋一转，又将我们卷入一条"淡紫色绸缎"连衣裙的恩怨纠葛：

> 我一看妈妈给裙子缀上花边，又在腰部做出好看的小褶皱，我就知道，只要我一穿上它，我就会像个电影明星

一样（这是一条丝绸做的裙子，这多少弥补了它那难看的颜色）。我会像那些甜美可爱的白人女孩一样，她们是所有人对这个世界的美好想象。

我们来分析一下，首先，这条裙子极其漂亮，甚至像明星穿的。但是紧接着，作者就转而承认它的颜色很"难看"。接下来，她讽刺地抨击了种族偏见，然后又转换了话锋。最后，玛雅穿着这条连衣裙从教堂急匆匆地跑出来，尿憋得膀胱都要炸了：

> 我努力坚持，想把它憋回去，不让它奔涌而出。但当我跑到教堂的门廊时，我知道，必须得让它释放了，否则它会冲上我的脑袋，到那时我那可怜的脑袋瓜会像掉了地的西瓜，脑浆迸裂，口水横流，舌头眼球满地滚。于是，我冲到院子里去释放。我一边跑着，一边尿着，一边哭着，我没有跑向厕所，而是朝家的方向跑去。因为这事儿，我肯定少不了挨一顿鞭子，那些讨厌的孩子也会有新的谈资来取笑我。可我还是开怀大笑起来，部分是因为尽情释放后的畅快，但更大的喜悦不只源于逃离了傻乎乎的礼拜，还由于我得知自己终于不用脑袋开花而死了。

第一句还是写实的，后来故事逐渐走向荒诞——"脑浆迸裂，口水横流，舌头眼球满地滚"。接着，玛雅边尿边哭，还边笑。笑是因为她终于逃离了"傻乎乎"的礼拜仪式，还因为她的脑袋没有像个装满尿的西瓜一样爆裂。所以在短短的一连串事件中，作者带着我们领略了古灵精怪、悲惨不幸、滑稽搞笑、忧虑不安，最终取得了荒唐的胜利。

这一幕中用到的善变口吻是安吉洛从存在主义艺术中借鉴而来的。和《黑人》的表演一样，安吉洛的语言毫无章法地从一个情绪突转到另一个相反的情绪，鼓励我们这些读者来填补叙事转变——或伤感，或愤怒，或讽刺，或肃穆，或满怀希冀，或悲观泄气——这些转变贴合宏大的生活逻辑。然而与《黑人》不同，安吉洛并没有把我们独自丢到这个令人望而却步的存在主义任务面前。在"教堂撒尿"这个片段之后，她立刻伸出一只"托举之手"：

> 如果说长大对于一个南方的黑人女孩是种痛苦，那么一把架在脖子上的锈刀则意味着她的离去。
> 那是种不必要的侮辱。

此处作者的口吻发生了戏剧性转变。先前的复活节场景中不断出现的第一人称"我"变成了第三人称的"南方的黑人女孩""她的离去""脖子"。这种旁观口吻，和普塔霍特普、马可·奥勒留的第三人称一样，比个体的自我感觉更宏大，它让我们在这本回忆录急剧变化的口吻中保持平稳。但这种口吻也不同于古老圣贤的说教，后者充满了过去和未来的不朽经验，而此处的口吻则在描述当下——"是种痛苦""锈刀""不必要的羞辱"。

通过这种对当下的叙事，安吉洛的第三人称口吻留下了一笔宝贵的存在主义智慧。它像任何存在一样，只存在于当下、当下、当下。它让我们暂时稳定下来，却不会长久地限制我们。它不会告诉我们，那些记忆里久已消失的时光预定了什么，也不会告诉我们未来必将发生什么。它只是给我们沉稳有力的心跳，像黑暗中的母亲的声音一般——"如果你坚持正确的事，那就去做，不用多想"——给我们暂时的支持，让我们敢于独自面对正在来临的当下。

这就是玛雅·安吉洛的创造：以变幻莫测的第一人称记叙过往，其间以稳定的第三人称描述现在。而后，她继续在《我知道笼中鸟为何歌唱》中运用了这一发明：

> 当美国成年黑人女性显现出令人敬畏的性格，人们通常会抱以惊讶、厌恶，甚至挑衅的态度。人们极少将其看作幸存者通过斗争换来的结果，并对其表示尊重或是热情的赞赏。

其结果就是一种双重的存在主义风格，其有关当下的全知插叙鼓励我们走过过往叙事，实现自我肯定。

说得更直白一些，安吉洛是在调动她辛苦得来的生命智慧，帮助我们也获得自己的智慧。和《黑人》一样，安吉洛的回忆录给我们提供了一段"奇特而严肃"的存在主义旅程。但和《黑人》不同，安吉洛的回忆录从来不强迫我们去凭空创造重大的意义。而是通过安吉洛的人生来帮助我们明确自己的真理，赋予了我们选择的自由。

如何自行运用"自我的帮凶"

　　心理学家最初研究来自自我的肯定时,担心我们越是肯定自我,就越会骄傲自满,最终走向求知求慧的反面——乐得无知。

　　后来证明,这种担心是多余的。心理学家发现,当我们坚定自己的价值观时,我们的内心会获得沉静。这份沉静可以增强我们改善个人修为的决心。由此,自我肯定成了个人改变的动力,它可以强化我们的勇气与探求欲,让我们更加包容,乐于接受新的挑战,最终助益我们的终生学习和终生成长。

　　你可以从玛雅·安吉洛的《我知道笼中鸟为何歌唱》及后续作品中感受自我肯定的益处。这些作品包括:1974 年的《以我之名相聚》、1976 年的《唱啊,跳啊,就像过圣诞一样快乐》、1981 年的《女人心语》、1986 年的《上帝的孩子都需要旅游鞋》、2002 年的《歌声飞入云霄》,以及 2013 年的《妈妈和我和妈妈》。在这些卷帙浩繁的作品里,安吉洛实现了一次次蜕变。她获得奖学金,成为旧金山历史上首位女性黑人缆车司机,学习现代舞,自学莎士比亚的作品,写诗,录唱片,唱歌剧,学外语,为民权运动募集资金,参加加纳电台广播,执导影片,在大学里执教,获得托尼奖[1]提名……她甚至还搬到普塔霍特普的国度,为开罗的报纸《阿拉伯观察员》做编辑。

　　这一切都说明,一点点对自己的珍视,只会让你变得更加耀眼。如果你想焕发光彩,何不像安吉洛一样实现自己的存在主义创造?

1　美国话剧和音乐剧奖项。

找一间酒店，开个房间，将所有艺术品从墙上摘下。然后书写你早年记忆中那个一无是处的自己，并用你而今取得的智慧来解读那段日子。

肯定自己，把握此刻。

第二十三章　解冻心灵

艾莉森·贝克德尔、欧里庇得斯、萨缪尔·贝克特、T.S.艾略特，以及"冷静的喜悦"

　　古希腊人留下了许多未解之谜，但其中没有什么比欧里庇得斯的悲剧更难解的了。

　　欧里庇得斯是三大名垂青史的雅典悲剧作家中的最后一位，前两位是埃斯库罗斯和索福克勒斯。埃斯库罗斯和索福克勒斯以创作《阿伽门农》《俄狄浦斯》《安提戈涅》这类典型悲剧而闻名，而欧里庇得斯则以在悲剧中注入喜剧元素而著称。他用微笑甚至喜悦给观众惊喜。其作品在戏剧界显得格外古怪，如《阿尔刻提斯》《伊菲革涅亚在陶洛人里》《伊翁》《海伦》等，这些作品既哀伤又好笑，流露着一股宿命中的希望。

　　这些"悲喜剧"中，除《阿尔刻提斯》，再没有一部在雅典一年一度的城邦酒神节上获得过常春藤冠冕，或被拜占庭学者编入选集，成为后世古希腊和古罗马文学学者的钻研对象。它们的流传是偶然：黑暗年代的某位欧里庇得斯崇拜者，以极大的耐心和精力抄录了这位剧作家的九十多部剧作，将之汇编成一部十卷本的集子。在这十卷本中，有一卷竟不同于业已湮灭的埃斯库罗斯和索福克勒斯的上百部剧作，躲过了火灾和伯罗奔尼撒战争，在几乎无人问津的环境下留存了下来。

因此，在古典作品的世界里，欧里庇得斯的这些作品颇显独异。当它们浮现于后世时，便有了一个令人好奇的谜题：这些作品的目的是什么？大家都知道，悲剧的目的是消除哀伤；大家还知道，喜剧的目的是用欢笑重振精神。可若将我们置于一种高不成低不就的中间状态，又会带来什么好处呢？

学者们使尽浑身解数，试图给出合理解释：

欧里庇得斯是个怀疑论者，他根本不相信存在真正的悲剧。

欧里庇得斯是个心理方面的现实主义者，他观察到人心的恐惧和幽默其实难以区分。

欧里庇得斯是个后现代主义者，他觉察到悲剧最深层的讽刺，即人的痛苦是荒唐可笑的。

然而，上述这些高深莫测的理论并不能让观众买账，于是千百年来，欧里庇得斯的创作始终属于文学里的小众偏好。传统悲剧走遍了世界，走进中世纪的布道，走进文艺复兴的戏剧，走进现代的小说。而悲喜剧却从来是种针对特定人群的消遣。17 世纪初，莎士比亚的悲喜剧作品《李尔王》引起了人们广泛的困惑，这部作品于 1681 年被后人改写为浪漫主义喜剧。20 世纪中期，先锋剧作家萨缪尔·贝克特让悲喜剧再次复活，可只引得百万观众一头雾水，人们不禁好奇："谁是戈多？我们为什么要在这里坐上三个小时来等待？"

大多数人都对悲喜剧的目的不甚明了。而在 21 世纪，这一情况有了变化，一位名叫艾莉森·贝克德尔的美国漫画家将解开这个谜团。

贝克德尔解开悲喜剧的奥秘

贝克德尔的解密源自她自己的困境。在那个灰暗的一天，她从学校匆匆赶回宾夕法尼亚州中部的比奇克里克镇——她的父亲出人意料地自杀了。在葬礼上，贝克德尔身着她最好的裙子向棺椁走去，她的兄弟们神情肃穆地紧随其后。但当贝克德尔看到父亲的遗体时，她没有任何感觉。没有悲伤，没有愤怒，没有震惊，没有愧疚，甚至连解脱都没有。当她看到家人们哭泣时，她不禁沉思："若嗅盐不是用来让人摆脱哀伤，而是让哀伤的人昏厥就好了。"这是个有趣而凄苦的想法。贝克德尔知道，她已经失去了悲伤的能力。她的情感被冰封了，她整个人都是麻木的。

这种麻木的体验很是蹊跷。贝克德尔曾一度将其归咎于她童年的不同寻常——生于一个从事殡葬服务的家庭："放学后，总有这样的情形，在昏暗的光线里，我们一家人聚在一起，打开一副棺椁。"而事实上，贝克德尔的体验是由一种更为广泛的童年问题引起的，即长期遭受虐待。和每年数百万美国儿童一样，她长期遭到情感的忽视和身体的伤害。她的父亲恐吓她、控制她、羞辱他、殴打她。和许多长期虐待的受害者一样，贝克德尔是通过让自己变得麻木才挺过来的。她的情感关闭了，这帮她隔绝了恐惧和孤独，但同时她也困在心如死灰的状态，直至成年。

更不幸的是，对贝克德尔和其他数百万幸存者来说，没有方法可以治愈这种状况。事实上，当医生试图伸出援手时，他们反而让情况变得更糟。

医生的错误治疗

当20世纪的医生试图治愈这种麻木时，无意中犯了一个错误。起初，精神病学家注意到这种麻木源自长期的精神创伤，于是他们将其诊断为一种创伤后应激障碍。基于此，他们建议使用应对创伤后应激障碍的一般疗法——暴露疗法。

20世纪50年代，开普敦大学的心理学家詹姆斯·G.泰勒设计出了暴露疗法。这种疗法起初是为了治疗恐惧症和焦虑症。其后的几十年里，著名的行为精神病学家约瑟夫·沃尔普改进了这一疗法，并将其用以治疗受战争神经症折磨的参战老兵。如今，这种疗法又经过改善和发展，产生了多种临床治疗变体：长期暴露疗法、实景暴露疗法、虚拟现实暴露疗法、满灌疗法、系统脱敏疗法、冲击疗法，以及想象暴露疗法。

这些变体都采取一个基本方法：将患者"暴露"在能引起导致精神创伤记忆的事物、画面和故事之前。患有细菌恐惧症的患者会被詹姆斯·G.泰勒带进肮脏的房间。还有参加过城市战斗的老兵，总感觉每个窗口都潜伏着狙击手，约瑟夫·沃尔普会鼓励他们想象自己正漫步在纽约日间的大街上。

这些治疗方法看起来更像是折磨，而非治疗。但因为这种暴露是在受控情境下进行的，所以病患能感到身心的支持。报告显示，许多精神创伤患者都从暴露疗法中有所获益。贝克德尔自己就曾尝试过其中一种：

> 在我父亲死后数年里，每当我和人聊到"父母"时，我都会用平静而客观的语气来述说……"我爸死了。他扑向了一辆卡车"……急切地想要在听话人身上找到我体会不到的那种悲伤和瑟缩。

但不同于泰勒和沃尔普的患者，贝克德尔没有从这样的暴露中得到丝毫解脱。她的麻木没有分毫减弱。到了21世纪初，泰勒和沃尔普都已去世，精神病学家发现了原因：创伤后应激障碍不只一种，而是有两种。

较为常见的那一种，主要表现为情绪的过分激昂，如深陷悲伤与惊恐发作，受到创伤情景重现的折磨。而另一种较不常见，但也不算稀奇，大概每三例创伤后应激障碍患者就有一例是此种情形。其症状和常见的创伤后应激障碍恰恰相反：不是情绪的过分活跃，而是情绪的过分沉寂——麻木。

这些症状的区别如此之大，以至于这两种创伤后应激障碍的症状乍看起来毫不相干。但它们都源自大脑的同一部位：边缘系统。我们的恐惧、欢乐，以及面对生命中的威胁和机遇时表现的本能反应皆来自大脑的边缘系统。通常来讲，这些强烈的反应会被大脑前额叶皮质中的情感"制动器"缓和，使我们既能流露边缘系统的警告或兴奋，又不被恐惧和狂喜吞没。但当我们的情感制动器长期处于压力下时，它可能会失灵，一个常见表现就是它失去了对情感的掌控，继而导致创伤后应激障碍那种一般的过度情绪。不过，情感制动器的失灵还可表现为一种完全的控制。发生完全控制时，前额叶皮质会先发制人地钳制住边缘系统，从源头上抑制感情。这种情况下，大脑不会再感到一阵阵恐惧或喜悦，而是索性什么都感觉不到了。面对生活的起伏，大脑的反应就像一台无情的机器，冷冰冰地运转着。

这种机械的麻木状态是疏离的表现。我们的大脑在和自己撇清关系，变得像机器人般冷漠。疏离有多种形式，但最常见的是"人格解体"和"现实解体"。人格解体，意味着我们的思想和记忆感觉变得虚妄，它们就像头脑里的幽灵一样。现实解体，意味着外部世界看起来不再真实，我们仿佛在梦中飘游。

人格解体和现实解体是童年长期遭受虐待引发的常见症状。成年后的虐待也可能引发这两种症状。成年人若面临不正常的社会关系、不友好的工作环境，或长期停留在医院、监狱或战区的话，都会逐渐变得麻木。精神病学家估计，全球约有超过一亿五千万人都受苦于长期的麻木。很多人在生命的某个节点都会短暂地经历这种状态。

由于疏离的神经机制起源和一般的创伤后应激障碍完全相反，所以不能以后者的治疗方式应对前者。如果硬要这么做，只会让病情加重。当情感制动器已经拉得太紧时，再强化其力度是无助于健康的。

这就是为什么艾莉森·贝克德尔并没有从暴露疗法中得到丝毫放松。而当临床精神病医生在 21 世纪初发现了创伤后应激障碍的第二种类型时，他们开始采用一种新的疗法。

但后来，我们发现该疗法早已被开发出来了，其开创者就是

2400 多年前的欧里庇得斯。

欧里庇得斯的先驱疗法

在欧里庇得斯之前，悲剧的舞台上就已经出现了一种文学版本的暴露疗法。许多古典悲剧，如埃斯库罗斯的《七将攻忒拜》、索福克勒斯的《埃阿斯》，都让我们在安全的现实环境下，与亲朋好友或其他受苦的人一道，直面战争、虐待、自杀，以及其他导致情感创伤的事件，以此加强我们大脑的情感制动器（关于该疗法的更多详情，请见引言）。

然而，对于导致疏离的"过度制动"，文学必须采用和暴露疗法完全相反的方法。这便是欧里庇得斯的悲喜剧所实现的。

欧里庇得斯已知最早的悲喜剧是《阿尔刻提斯》。这部备受欢迎的戏剧以阿尔刻提斯的葬礼开篇，但哀伤的气氛立刻被天神阿波罗的说情打断了，他发誓定要从死神手里夺回阿尔刻提斯。这一出神灵戏份将气氛由悲伤转为喜悦。但好景不长，故事再次转向，死神嘲笑阿波罗，称他是个满口空话的神，随后带走了阿尔刻提斯。

那么，阿波罗能兑现他的承诺吗，还是他的确满口空话？阿尔刻提斯会得救吗，还是终究难逃悲惨的结局？葬礼上没人知道答案，一个仆人慌乱跑进宫殿，哭着说："阿尔刻提斯已经半死不活了。"

随后气氛变得越发奇怪。英雄赫拉克勒斯忽然闯入现场。他对正在进行的葬礼毫不知情，肆无忌惮地喝得烂醉，还当着阿尔刻提斯哀伤的孩子们恣意大笑。面对这个诡异场面，我们的大脑陷入了情感的窘境：赫拉克勒斯这种不合时宜的行为究竟是喜剧还是悲剧？是令人尴尬的滑稽，还是令人难受的烦恼？很难说清。于是，我们停下来，变得有些局促不安，一边研究台上的角色，一边审视自己的情感，努力琢磨我们究竟该作何反应，以及那种反应背后的原因。

这种冷漠的情感分析不是雅典观众期望从悲剧中获得的。但这是治疗第二种创伤后应激障碍的第一步。要消除这种麻木，我们得放松情感制动器。而要实现这一点，最近的精神病学研究发现了一个两步疗法：

第一步是看处于情感波动的人的照片，并解释这些情感的作用："这是悲伤，它帮助人们度过创伤；这是恐惧，它帮助人们区分安全与危险；这是希望，它帮助人们在黑暗中保持积极；这是喜悦，它帮助人们歌颂自己的生命。"

某种程度上，我们在这个过程中成了精神病学家，站在客观的位置来诊断感情。这种位置的变化发生于大脑前额叶皮质——压抑我们情感的也是这个区域——其神经作用是评定我们过激的情感制动器。我们的大脑前额叶皮质在一个安全的距离领悟到，感情对我们而言不是一种陌生的威胁，而是可以理解的东西。

第二步是参与那种可以激起爱、感恩、敬畏，及其他积极情感的活动。这会让我们的大脑充满愉悦，从而向它表明，情感并非天然的坏事。它们颇具心理益处，我们的神经可以直接从中受惠。

同样的两步疗法在《阿尔刻提斯》里也有体现。首先，悲喜剧的风格鼓励了冷静的分析，促使我们的大脑发问："我此刻感觉如何？为什么？"因此，不同于激发我们边缘系统感情的一般悲剧，欧里庇得斯的悲喜剧刺激了我们前额叶皮质的元感觉，越过卡住的情感制动器，解放了冰封的神经回路。

之后，戏剧的美好结局引发了积极的情感。赫拉克勒斯在一阵无知的狂欢后，被一个仆人唤醒了。这个仆人告诉他，他正在亵渎这座充满哀伤的屋子。赫拉克勒斯感到很难堪，他决定赎罪，将阿尔刻提斯从地狱中救出，让葬礼变成一场愉快的团圆。这种愉悦渗入了大脑前额叶皮质稍有缓和的回路，缓缓地松开了情感的制动器。

不知道欧里庇得斯是不是刻意发明了这一疗法。如果他是刻意为之，那么古希腊悲剧将增色不少：继埃斯库罗斯和索福克勒斯发明了一种治疗第一种创伤后应激障碍的疗法后，欧里庇得斯将注意力集中在了那些饱受第二种创伤后应激障碍折磨的患者身上。然而不论欧里庇得斯在创造时是怎么想的，后人显然并没有领会他这项新发明的目的。自古希腊和古罗马时期以来，我们迎来了文艺复兴和现代的曙光，而欧里庇得斯的悲喜剧仍停留在戏剧的边缘。从来没有人意识到这些作品独特的医学功效——即便是那些褒扬欧里庇得斯悲喜剧的学者。

在 20 世纪中叶，终于有人对《阿尔刻提斯》的治愈效果产生了兴趣。1949 年，欧里庇得斯的创新获得了两度复苏。

1949 年的欧里庇得斯

为什么是 1949 年？

　　没有一个完全明确的理由。但刚过去不久的大战使得无数幸存者在创伤中挣扎。这一现实推动着人们对詹姆斯·G.泰勒和约瑟夫·沃尔普的疗法进行创新,同时引发了对传统文学悲剧的强烈需求。1949年2月,劳伦斯·奥利弗、费雯·丽和伦敦老维克剧院合作推出了一部由索福克勒斯的《安提戈涅》改编的舞台剧,并大获成功。同年,阿瑟·米勒的戏剧《推销员之死》在百老汇获得了托尼奖。

　　除了这些治愈精神创伤的古典良药外,还诞生了另外两部奇异之作,它们是T.S.艾略特的《鸡尾酒会》和贝克特的《等待戈多》。两部剧作都完成于1949年。这两部剧彼此非常不同,观众也没有注意到它们和欧里庇得斯的深层关联。但这个关联是存在的。1951年,艾略特披露:"我认识的人里,没有一个人发现我的故事源自欧里庇得斯的《阿尔刻提斯》。我还得通过详尽解释来使他们相信这点。"

　　这些"详尽解释"可以在艾略特的《论诗和诗人》一书中找到,简单来说:艾略特以一段重生的婚姻代替了一位重生的妻子,让欧里庇得斯的神话故事更加贴合现实,赋予其对现代情感的观照。而贝克特对借鉴了欧里庇得斯的这件事更加直言不讳,因为《等待戈多》的副标题就是"一部两幕悲喜剧"。

　　不过,这两位现代作家借用了欧里庇得斯的传统悲喜剧后,却走向了完全相反的方向:

　　贝克特摒弃了欧里庇得斯发明的第二阶段,只专注于第一阶段:对情感的元分析。和阿尔刻提斯一样,《等待戈多》的角色也处于生死模糊的边缘地带,以一种既忐忑又可笑的方式谈论着精神创伤:

"甚至不敢再笑了""我们上吊怎么样？""我们这就上吊吧！"

艾略特正相反。他削弱了欧里庇得斯发明中的第一阶段，重点强调第二阶段：积极的情感核心。通过使一对离婚了的夫妇重修旧好，《鸡尾酒会》为悲剧添加了美好的结局。

这两部堪称"半部欧里庇得斯"的作品都给观众留下了深刻的印象。《鸡尾酒会》在百老汇上演四百余场，并获得了 1950 年的托尼奖，《等待戈多》则引发先锋戏剧的轰动。而这两部作品将欧里庇得斯的疗法一分为二，也表明了我们不一定要完整地运用该疗法。在现代社会，我们不仅可以看到《鸡尾酒会》这种带有美好结局的现实主义剧作，也可看到《等待戈多》这种一味"等待"、与现实无缘的作品。但我们无法回到欧里庇得斯的时代，见到那种既脱离现实，又令人信服的美好结局。我们不可能叫天神下凡，让角色确实地死去，又确实地重生，仿佛戈多现身于最后一刻，把我们带出炼狱。

但艾莉森·贝克德尔发现，我们其实可以做到这一点。

完善疗法

2006 年，艾莉森·贝克德尔出版了她的漫画回忆录《欢乐家庭：一出家庭悲喜剧》。

正如其副标题写的那样，《欢乐家庭》的开头展示了一场逗趣的飞行游戏，其间穿插关于伊卡洛斯[1]的坠落的悲剧思考。这部回忆

1　希腊神话人物。伊卡洛斯以父亲代达罗斯制作的翅膀在空中飞行，由于不听其父劝告而接近太阳，导致翅膀上的封蜡被烤化。羽翼散尽后，伊卡洛斯从天上坠入海中。

录接下来到处充满悲喜交加的手法，其中不乏看上去既恐怖又滑稽的魔幻瞬间，比如贝克德尔的父亲被货车撞死的情节。也有对于生死的讽刺性并置，比如贝克德尔刚讲完父亲陷进泥地里的趣事，接着就在父亲的葬礼后嘲弄他"这下可是永远陷在泥地里了"。还有一些令人错愕的事，比如贝克德尔的父亲突然对孩子大打出手，并辱骂自己的妻子。

贝克德尔先用这些《阿尔刻提斯》的方法使我们产生了一种分裂情绪，接着又通过对现实生活和文学名著之间的比对，使这种分裂变成治愈的良药。比较典型的一处例子是，贝克德尔诵读了奥斯卡·王尔德的喜剧《认真的重要》中的一句台词："我失去了父母双亲"，而此时她于现实中正遭受着同样的悲剧。随之产生的文学性引导我们的大脑开始从抽离的角度分析眼前书页上的人物。就像精神科医生冷静地分析患者一样，我们将贝克德尔父亲的暴力行为归因于他痛苦而压抑的同性恋身份。我们诊断出了他自我憎恶的原因，绘制出了他自杀的经纬。

这一不涉感情的分析过程即对麻木的第一阶段治疗。它模仿了《等待戈多》的那种元感觉，慢慢地放松了我们大脑中的情感制动器。治疗在《欢乐家庭》中持续下去，直至最后几页，贝克德尔话锋一转，给我们来了一个美好的结局。

转向幸福

为使悲剧突转为喜剧，《欢乐家庭》模仿了欧里庇得斯的叙事：

一个失落的灵魂得救于一场通往死亡的旅途。但为了使这个古代神
话适应我们当代的情感，贝克德尔遵循了 T.S. 艾略特贴合现实的手
法。这场死亡之旅不是像希腊神话一样实实在在地堕入冥府，而是
借由想象，让贝克德尔的思绪在地狱般的过往中驰骋。

　　贝克德尔在这场旅途中揭开了一个令人惊讶的讽刺：她父亲的
悲剧性毁灭正是她自身的救赎。某种程度上说，这一讽刺是事实："如
果父亲在年轻时坦白自己是同性恋，那他就不会遇到我的母亲并和
她结婚……这样的话，我又会在哪儿呢？"但更重要的是，贝克德
尔的父亲因不敢坦白而产生的自我憎恶让他很佩服贝克德尔对她自
己同性恋身份的坦率。这种佩服激起了贝克德尔的自信，她觉得自
己仿佛是父亲失落童年的家长。随后，回忆录突然迎来令人振奋的
一幕：

这一幕让我们的大脑获得了两层幸福：惊异和感恩（关于这两种情感，详见引言和第十五章）。惊异来自能改变思想的夸大：贝克德尔的父亲宛如沮丧的伊卡洛斯，不幸坠海，而在那儿，他滑稽地接住了他代达罗斯一般的孩子。贝克德尔这位艺术家将创作父亲不能完成的文学作品。同时，贝克德尔那英雄主义的慷慨中生出了一股感恩，她感谢她的父亲，并希望我们也感谢他。

随后，我们伴着五味杂陈的情绪，进入治疗的第二个阶段。在这个阶段中，积极的情感充溢了我们的大脑，鼓励前额叶皮质松开对边缘系统的控制，以美好的感觉缓解了我们的麻木。

如何自行运用"冷静的喜悦"

1997 年，考古学家在距雅典约 10 公里的萨拉米斯岛上的一处洞穴里发掘出一个小陶罐。这个陶罐非常古老，可追溯至希腊悲剧的最后时期，上面还刻着欧里庇得斯的名字。

这是创作《阿尔刻提斯》的那个欧里庇得斯吗？如果真是这样，那将会印证历史学家菲洛科鲁斯记录的传言，即欧里庇得斯是在孤岛上的洞穴里完成其悲喜剧的。据说欧里庇得斯是在雅典民众拒绝了其剧作创新后，悲愤交加，流落至此。这位剧作家每年都会在酒神节上拿出一部出人意料的创新之作。然而不同于拿奖拿到手软的埃斯库罗斯和索福克勒斯，看到自己的作品一次次遭到观众的厌弃，欧里庇得斯最终放弃了。他离开雅典，在北方的荒原黯然死去。

不过，这个悲伤的结局并不是故事的终章。在一个出人意料的转折下，一卷墨迹未干的剧本在已故欧里庇得斯的洞穴中被发现。这就是《酒神的伴侣》。当这部剧在欧里庇得斯死后于城邦酒神节上演时，它获得了常春藤冠冕。和阿尔刻提斯一样，欧里庇得斯从墓穴中起死回生了。他那孤独的洞中悲剧结束了，取而代之的是一个美满的结局。

如果你也想体验这样的美好结局，可以运用贝克德尔的方法，靠文学来治愈自己的麻木。先选取一个有着团圆结局的故事。这个故事可以是任何体裁：回忆录、漫画、小说、电影。然后不动声色地读这个故事。假装你是分析故事人物的精神病学家，快速记下每种消极情绪，并且推测其来源。仔细研究每中积极情绪，并且将其好处记录下来。到故事结尾，放下你的"医师日志"，去感受情绪的振奋。

如果你一时间没能感受到这种情绪的振奋，不要急于摒弃悲喜剧的疗法。越是多去分析文学作品里人物的情感，就越能对文学的圆满结局敞开心扉，你内心的情感制动器也就越放松。

慢慢融化心灵的坚冰吧，让埋藏心底的喜悦再发新芽。

第二十四章　放飞梦想

蒂娜·菲的《我为喜剧狂》和"希望成真"

在马德里南部一座破败的城堡里，一个愿望陨灭了。

这个愿望属于阿隆索·吉哈诺。这个五十来岁的西班牙老乡绅痴迷小说，不惜典产质地，吃糠咽菜，省下钱好把当时所有冒险小说都买来。整个白天（在他失眠时则是整宿），吉哈诺都会翻开他视若珍宝的木刻书页，沉浸在龙、巫婆，以及各种神奇物种之间。突然，在一个阳光明媚的午后，奇迹照进现实：吉哈诺听到灰泥砌成的城垛外，原野上传来隆隆的脚步声。他立刻便明白："这是巨人的脚步声！"于是，他冲出书房，来到厨房，在原本放着杯盘碗碟的地方，看见一副手工制作的甲胄。他披挂整齐，飞奔到马厩，牵出一匹战马，双眼放着勇武的光芒。一位年轻的侍从恭候马旁，手握寒光凛凛的精钢长矛："这便是你的武器了，我的骑士，堂吉诃德。"

此后，吉哈诺以"骑士堂吉诃德"之名蜚声世界。他克服困难、勇斗恶魔、扶弱济贫。直到最后，一名教士告诉吉哈诺，这一切都是他的想象。他的战马其实已年老体衰，那位年轻的侍从也不过是个中年蠢人，他的强敌只是一些农用机械。梦碎了，吉哈诺为自己

英雄主义的欢乐时光后悔不已，他发誓再也不看那些惹人做梦的书
了。后来他死了，躺在一张摇晃的床上，死不瞑目。

17世纪的塞万提斯在小说《堂吉诃德》中讲述了这趟梦想中的
旅程，这部作品至今仍被许多人奉为有史以来最伟大的小说。你可
以赞扬阿隆索·吉哈诺的幡然悔悟，也可以放弃那些书，在床上终老。

或许，你想有所不同。你可以运用《堂吉诃德》中的方法来达
到相反的目的：让自己的幻想成为现实。

《堂吉诃德》里的方法

为避免我们重蹈阿隆索·吉哈诺的覆辙，将幻想与现实搞混，
塞万提斯在《堂吉诃德》里巧妙地运用了一种天才的文学手段：故
事套故事。

"故事套故事"不是塞万提斯的发明。早在文学历史的最初就
已经存在了。但在塞万提斯之前，它的目的都是将我们从一个故事
情境带入另一个故事情境：

古埃及《韦斯特卡纸莎草》运用故事里的故事将我们从法老胡
夫的朝堂带到第五王朝神奇而美妙的未来。

印度史诗《摩诃婆罗多》运用故事里的故事将我们从阿育王时
期芬芳的热带雨林带到俱卢国的火神庙中。

塞万提斯的创新是搭便车。他并不是将我们平稳地带进一个不
同的环境，而是不断改写故事里的故事，让我们不断注意到转换，
使我们意识到两种现实之间的界限，并且刺激我们思考："一种更

真实，一种更虚幻，是这样吗？"

塞万提斯这项发明最富戏剧性的例子出现在《堂吉诃德》的第二部，这部在 1615 年才付梓，其时距第一部的畅销已过去十年。呼应了实际的出版情况，堂吉诃德在第二部开头就被告知，他的第一部冒险正在附近的商店销售。堂吉诃德非常震惊，不过随即发现这是真的，他不断遇到从塞万提斯的书中读到他的故事的人们。

这是思维的切换，不仅是对堂吉诃德，对我们亦如此。一个虚构人物骑马游遍世界，而他的冒险故事又在这个世界里出版了。换言之，这个虚构人物正在真实的世界里骑马游历。那么，堂吉诃德是真实的吗？还是说这个真实世界是虚构的？我们的大脑来回思忖，仔细检视两种可能性，试图破解这个文本之谜。

突然间疑云密布，就在堂吉诃德东跑西颠的时候，他听说第一部的读者渴望读到更多关于他的故事，人们甚至开始自行编造续篇了。这对堂吉诃德来说像个玩笑。但伪造续集一事其实是真实存在的。1614 年，在塞万提斯将第二部的手稿正式交给出版商的前一年，伪造的第二部书稿已经出版，作者以假名"阿隆索·费尔南德斯·德阿韦利亚内达"自称。

在 1615 年的续作里，塞万提斯抨击了这个冒名者的伪稿。当堂吉诃德意外发现伪造的续作时，他怒不可遏。"书更好，因为它们更真实。"他气愤地对想象中的随从说。

堂吉诃德决心揭穿那部伪作的真面目，于是他当机立断，要与伪造的第二部的情节割裂。在那段未经授权的情节中，堂吉诃德向东旅行至萨拉戈萨，这正是他在第一部结束时暗示的后续。而在真正的第二部中，堂吉诃德将要去往巴塞罗那。当他出现在那里时，每个人都会亲眼见证，从而明白另一个堂吉诃德是假的。

这是有史以来最令人眼花缭乱的文学转换之一：一个虚构人物要借由一部真正的小说在现实世界中亮相，以证实一部伪造小说是假的。

尽管这种思路转变异常复杂，它对我们大脑的效用却简洁明了。

我们的大脑与《堂吉诃德》

我们出生时都和堂吉诃德一样，无法分辨幻想和现实。不过过上几年，我们就能区分二者了。三岁小童也会坚称："龙不是真实存在的！"到了四岁，大多数孩子都能毫不动摇地区分虚伪和真实。

这并不是说四岁孩童就总能做出准确的判断。毕竟他们时而还是会觉得床下潜藏着妖怪，甚至有些假想的朋友如影随形跟着他们。不过我们成年人也是如此。我们也有自己的迷信和奇思妙想。关键是我们知道幻想和现实间存在一条清晰的分界，尽管我们并不总能正确地找到它。

我们能意识到这条分界的存在，要归因于大脑对这个世界的思维模型。这个模型韧性十足，可以随着时间的推移而发展，拓宽我们对生命内涵的理解。这个模型还拥有各种变形，使我们能从一种环境过渡到另一种环境。但是，为了给我们的行动提供稳定的指导与支持，该模型的灵活性也自有限度。如果这个模型和我们所见的某个事物完全矛盾，比如绿色的太阳、十条腿的猫、会说话的眼睛，这个模型就会刺激大脑的前扣带回皮质（我们曾在第二十章中探讨这种错误检测器），令其发出警告："喂，这都是我们的幻觉！"

我们的前扣带回皮质发出警告后，通常就会放松下来，并放手让我们大脑中负责决策的部分接管。如果它不能放松，我们就永远不能体会到魔幻小说或其他神奇事物的乐趣了，不停尖叫着："假的！假的！假的！"的错误探测器将使大脑根本无法集中精神。不过，尽管我们的前扣带回皮质在发出警告后就会归于平静，仍有一种幻想小说会不断刺激它。这就是拙劣的幻想小说。这些拙劣的小说不断打破其故事规则：人物行动不连贯，连咒语也不合魔法的规则。每当这些矛盾出现时，我们的错误检测器就会大声呼喊："这不可能！"直到最后，我们把这本胡思乱想的拙劣之作扔到一边。

《堂吉诃德》就能促使前扣带回皮质这样持续不断地叫喊。《堂吉诃德》就像一部蹩脚的幻想小说，其故事里的规则总不乏自相矛盾之处：虚构事物不断在现实场景中显现，现实事物又不断出现在虚构情境中。然而，尽管前扣带回皮质一次又一次朝我们怒吼，不断打破我们在幻想世界中的沉浸体验，大脑的决策系统仍会意识到："这小说不是那种粗制滥造之作。这是部高明的作品！"因此，哪怕前扣带回皮质一直警告前方有多么不合情理，我们不会随手丢弃这部小说。总之，阅读《堂吉诃德》，就是一次又一次地提醒自己现实和幻想之间的分界，增强自己区分事实和虚构的意识。

这种意识强化就是塞万提斯发明的神经灵药。其目的就是使我们免于像可怜的阿隆索·吉哈诺那样不分虚实地度过一生。此后，《堂吉诃德》在学界获得了极高赞誉，人们从这部作品明白了，尽信书可能会带来危险的后果。

然而，让我们不致重蹈吉哈诺的覆辙并不是《堂吉诃德》的唯一作用。它不只是让我们免于成为堂吉诃德，而是将我们变为成功的堂吉诃德，即从幻想中觉悟的堂吉诃德。

成功的堂吉诃德

要实现梦想，我们必须重视事实和虚构之间的分界线。没有这条线，我们将犯下堂吉诃德的错误，轻信幻想，上当受骗，贸然行动，直到撞上坚冷的现实。但有了这条线，我们就能采用一种叫作"反事实思维"的方法。

顾名思义，"反事实思维"就是和现实相反的思维方式。我们的大脑在运用反事实思维时会想象出另一个世界。在这个世界里，一些事实被扭曲了，这让我们可以进行一种思维实验，观察这些扭曲的效果。如果收效还不错，我们的大脑就会停止实验，回到现实中来，将同样的扭曲付诸实践。

反事实思维是大脑一种与生俱来的能力，但它也能在后天练习中得到锻炼。练习的时候，我们必须全神调节现实世界的微小细节，每次调节一处。在这种方法下，我们不必艰难地想象一种符合我们幻想的生活，而是学习如何构建貌似真实的梦想。我们可以轻易地从这些梦想中获得生活的助益。

科学家发现，有一种文学发明可以促进这种锻炼。这个发明就源自"故事套故事"。它由两部分组成，第一部分比较古老，叫作"滑稽的眼色"。

"滑稽的眼色"及其起源

喜剧起源于雅典时，就是作为一种反事实思维的实践："如果我们阅读更多的古典文学作品会怎么样？"或者："如果让女人执掌政府，生活会变成什么样？"以上提到的第一个思想实践中就出现于公元前405年的喜剧《蛙》中，剧中的神灵令一位备受尊崇的作家起死回生；第二个出现在公元前411年的喜剧《吕西斯忒拉忒》中，剧中的希腊妇女奋起反抗，结束了战争。这两部古典喜剧都拓宽了我们的思路，让我们见识了不一样的生活方式。而且，由于这些生活方式通常伴有一定的不确定性，所以两部喜剧都试图用笑话和滑稽的肢体动作让我们放松。"这场反事实思维的过程充满乐趣，"这些喜剧向我们保证道，"那么，我们笑看接下来会发生什么吧。"

喜剧激发的反事实思维对于雅典的民主是至关重要的，因为雅典民主的存亡有赖于对新思想的包容程度。不过，虽然这些新思想都采取了略显轻松的呈现形式，对很多尚未拥有民主思想的人来说，它们仍然惹人不安，难以让人发笑。于是，为了博得这些人的开怀一笑，剧作家们发明了一剂能让人暂时忘掉现实的灵药——"滑稽的眼色"。

"滑稽的眼色"是指演员打破舞台的"第四堵墙"，向我们保证"这一切都不是真实的"。它可以简单如一个无言的凝望，也可以复杂如下面这段话，这段话是罗马喜剧《撒谎者》中的奴隶人物的台词：

> 我知道，我知道，你们一定觉得我是个微不足道的骗子。
> 不过我可以向你们保证，我所有看似不切实际的承诺都会
> 实现。如若不然，这部剧还叫什么喜剧呢？

这样的眼色会抚慰我们的大脑："别担心！剧中人物知道这只是想象出来的东西，所以他们才使眼色！这部剧并不是真的要我们多读一些古典作品，也没有要让女人掌权！这只是一场让人哈哈一笑的表演。"一旦大脑得到这样的安慰，我们就可以进入剧作的另一重现实，探索一个完全不同的世界，去想象如果我们选择了另一条路，会引发什么样的结果。

从《吕西斯忒拉忒》和《撒谎者》的时代开始，对于那些拥有开放视野的喜剧来说，这种"滑稽的眼色"就一直必不可少的一部分。美国 20 世纪 50 年代的情景喜剧《我爱露西》就用到了这一手法。这部剧温和地展现了当时美国社会的各种可能性：假如女人有工作会怎样？假如和不同种族的人结婚会怎样？这些问题都是在一个拥有独特趣味的喜剧框架里提出来的。

尽管"滑稽的眼色"已被证实可以有效帮助人类增长见识，了解其他更多的思维方式，它也仅是当代作家从"故事套故事"中提炼出来的实现梦想的方法的第一步。

第二步是"现实的转换"。

梦想成真，第二步

"现实的转换"的起源也可以追溯至古代的喜剧舞台，不过这次是夸张却可信的希腊和罗马新喜剧的世界。正如其名称体现出来的，"现实的转换"的作用是使幻想看起来更真实。但和堂吉诃德书房里那些书不同，"现实的转换"并非完全去除幻想和现实之间的界线，而是巧妙地移动了这条界限。

为实现这一点，"现实的转换"调换了"滑稽的眼色"的机制。"滑稽的眼色"先构建了幻想世界，然后打破第四堵墙，点明背后的现实世界。而"现实的转换"则从现实世界出发，不知不觉地进入幻想，并轻轻拉动现实和幻想的界限。

我们可以在阅读《堂吉诃德》的第二部时感受这一边界。起初我们还身处现实世界，堂吉诃德的冒险在那里被出版成书。然后，"现实世界"的界限被轻微地推动，我们发现堂吉诃德本人在快速地翻阅这本书。《堂吉诃德》之后，"现实的转换"的范式被塞万提斯的众多模仿者加以改造拓展。在其基础之上，一种新的体裁诞生了：现代幻想作品。

和传统幻想故事一样，现代幻想故事也鼓励我们去想象不真实的事物。但不同于传统幻想故事对现实的奔放想象和重构——用无尽的魔咒和奇兽冲刷我们的神经——现代幻想故事要更加克制。它忠实于现实的样子，然后加入一两处略显梦幻，又仿佛可以实现的元素。因此，现代幻想故事不是通过构建完全的想象让我们逃避现实，而是以想象丰富我们的现实，鼓励我们去构想一个可能成真的世界。

　　这一新的幻想体裁起初流行于 19 世纪，如 E.T.A. 霍夫曼 1816 年的短篇故事《沙人》。这部作品以一系列逼真的信件开篇，写下这些信件的年轻人吐露，他在小时候曾亲眼见到一位凶残的炼金术士的实验。这些信件的背景就设置在霍夫曼彼时生活的真实世界，因此它们会让我们产生如下想法："当然，这就是生活本来的样子。我们小时候，都有些关于炼金术士或其他牛鬼蛇神的疯狂想象。"

　　可当这些信件结束时，一个新的叙事者告诉我们，就在写完这些书信后，年轻人又看见了那位炼金术士。一番波折后，他发现炼金术士制造了一个机关精巧的发条娃娃，她看上去是那么真实，活像一个有血有肉的真人。

　　就这样，在"现实的转换"的作用下，这个故事牢牢抓住了我们的大脑。我们从信件中呈现的真实世界掉落到另一个"真实世界"，这个世界里有一处反事实的设计：一个藏着发条心脏的女孩。当我们放下故事，回到自己的"现实"时，我们会不由自主地想：我周围一些人会是构造精巧的机器人吗？他们会不会有着精密的结构，以至于骗过了我，让我认为他们是人类？

"滑稽的眼色"和"现实的转换"的组合

　　"滑稽的眼色"和"现实的转换"引导我们的大脑采取了两种不同的反事实思维。

　　"滑稽的眼色"引领我们进入想象的世界。在那里，我们可以调整现实，看看会发生什么；"现实的转换"则将这种调整带回我们的现实世界，使其为我们所用。要想让大脑进行一场完整的反事实思维过程，只需用文学结合这两项技巧，创造一个在"滑稽的眼色"和"现实的转换"之间切换自如的"套在故事里的故事"。

20世纪的很多作品都是实现了这一壮举。比如马克斯兄弟的《趾高气昂》、迪士尼的《欢乐满人间》、乔斯·韦登的《吸血鬼猎人巴菲》，还有其他包含轻微幻想元素的作品，让我们不禁思考"如果……会怎样"。到了21世纪的某天，喜剧作家蒂娜·菲想：假如再进一步呢？如果把现实和幻想的世界推到极限，将"滑稽的眼色"和"现实的转换"发挥到极致会怎么样呢？

这一反事实思考的产物就是2006年至2013年在美国全国广播公司播出的情景喜剧《我为喜剧狂》。为了贴近真实世界，《我为喜剧狂》抛弃了一般情景喜剧采用的摄影棚中的三机位模式，而是改用一台摄像机，自由地掠过纽约的街头。同时，为了将想象力发挥到极致，《我为喜剧狂》以喜剧小品舞台来建构"套在故事里的故事"，提供了一个可用于无数思想实验的灵活世界。

建立好两个世界后，《我为喜剧狂》紧接着就带我们往来穿梭于这两个世界之间，一边以"滑稽的眼色"让我们放松下来，一边以"现实的转换"轻轻移动幻想和现实之间的界限。从《我为喜剧狂》试播集的第一幕开始，这套组合就开始发挥作用：主人公利兹·莱蒙正在纽约一处热狗摊前排队，一个不耐烦的家伙突然插队，为了阻止这个家伙，利兹掏出信用卡，抢先买下了所有热狗。

我们大脑的前扣带回皮质随即被激活了："没有人会用信用卡买下所有热狗！那不过是人们的幻想而已！"听从这一警告，我们的大脑开始考虑要抓起遥控器了，因为它不想将宝贵的时间浪费在构思拙劣的虚假纽约里。

不过，就在我们快要转台时，一个"滑稽的眼色"放松了我们的大脑：利兹·莱蒙轻快地走在大街上，在一段夸张的音乐里，傻乎乎地把热狗分发给纽约的居民们。《我为喜剧狂》就这样向我们坦白："信用卡的荒诞桥段是有意为之的，这部电视剧就是有些脱离现实。"我们的大脑也就明白了，这部剧的创作者知道自己在干什么。我们不再纠结于前扣带回皮质发出的警告，放心地越过界限，进入幻想世界。

一越过这条界限，我们就将面对"现实的转换"。当《我为喜剧狂》聚焦到一部正在摄制的喜剧小品时，这个"现实的转换"就开始运转了。这个"镜头之中的镜头"调整了幻想和现实的界限，它告诉我们的大脑："这个镜头展现的世界比另一个镜头里的世界更真实。"这时，镜头向后撤回，向我们介绍肯尼思·埃伦·帕斯尔。

谁是肯尼思·埃伦·帕斯尔？他相当于《我为喜剧狂》这部剧的导游，是美国全国广播公司的头儿。那么，肯尼思·埃伦·帕斯尔也是真实的吗？对我们的大脑来说，他当然看起来是真实的。毕竟主机位在对着他。可事实上，肯尼思·埃伦·帕斯尔不是真实的。这个喜剧角色并不有着足够的存在感，用他自己的话说就是：

> "先生，你说话就像是商场里刚吃完午饭的圣诞老人
> 一样。"

"我不喝任何种类的热饮。那是魔鬼的温度。"

"我这是怎么了？"

肯尼思·埃伦·帕斯尔也许不像先前夸张的喜剧小品那般过火，但他也让我们向幻想那头前进了几分。

接下来，又是"滑稽的眼色"和"现实的转换"的组合拳。比如当主人公遇到新上司杰克·多纳吉时，我们一下就能看出杰克·多纳吉滑稽得不像个真实存在的人。他踢倒了一堵墙，宣布原来的老板"死了"，这激活了我们大脑的前扣带回皮质："这<u>不是</u>真正的美国全国广播公司。这是假的，假的，假的。"又一次，《我为喜剧狂》用"滑稽的眼色"平静了我们的大脑。在杰克·多纳吉推销通用电气烤箱的情节中，这个"滑稽的眼色"达到了高潮：

通用电气烤箱在烤制食物时比普通烤箱要快五倍……
三档热度可调，烤熟一只火鸡只要二十二分钟。

多纳吉说到"火鸡"这个词时，还特意停下来直视镜头，粲然一笑。片刻后，他又夸张地介绍自己是"东海岸电视台和微波烤箱项目新任副总裁"。

这一"滑稽的眼色"让我们大脑中的决策区域放松了前扣带回皮质："没事的，这部电视剧并不是想欺骗我们，它只是在搞笑。"于是，我们又一次陷入幻想。这时，我们遇到了另一个"现实的转换"。

主人公利兹·莱蒙躺下，解释说："有时候，当我做这些充满压力的梦时，我就会从梦中醒来。"但我们的主人公并没有醒来，令人紧张的梦也还在继续。既然我们的主人公是真实的，她也确实在梦中，梦里的一切看起来也有那么一点儿真实。这让我们不禁想：杰克·多纳吉是真实存在的吗？通用电气公司会不会真的在美国全国广播公司拥有一些股份，并派了一名家电销售主管去把美国全国广播公司的电视剧拍成烤箱广告？

是的，很有可能。至少对于我们的大脑来说，也许这种事还没有发生，但总会发生的。此刻，我们已经开始运用反事实思维。我们在怀疑事实，改变事实，想象诸多的可能。

这场围绕现实的转换是种有效的头脑历练。这是种健康的锻炼，有助于我们梦想成真。

梦想成真的科学原理

要使梦想成为现实，我们的大脑离不开两样东西：第一是实现梦想的意志；第二是实现梦想的计划。

利用反事实思维，我们的大脑可以获得这两样东西——**哪怕反事实思维对我们具体的梦想根本不起任何作用。**

为什么会这样？神经科学研究表明，对初学者来说，反事实思维能坚定大脑对改变现实的信念。这一信念强化了我们实现梦想的决心。

当然，光有信念，还不足以实现梦想。想想可怜的阿隆索·吉哈诺的命运便知。不过，科学家还发现，反事实思维可以锻炼我们把幻想变成现实的想象力和创造力。在一场巧妙的实验中，科学家递给受试者三样物品：一根蜡烛、一盒图钉、一板火柴。

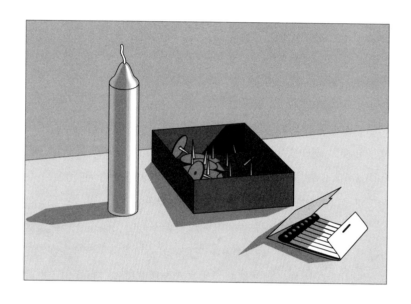

然后科学家问道："你能把一根燃烧的蜡烛固定在软木墙上，同时又不让蜡油滴在下面的桌子上吗？"

只有不到百分之十的人可以一次就解决这个难题。可如果用蒂娜·菲的发明，你大概率能够解决这个谜题。科学家发现，只要对大脑进行些许反事实思维训练，我们成功解决这个蜡烛难题的概率就会增加约九倍。想象一下，只需看几分钟《我为喜剧狂》，就能奇迹般地让你更可能实现不把蜡油滴在桌子上的梦想。

如果你不能立刻看穿这个原理，也不要放弃梦想。写出这篇文章的本人已经看了《我为喜剧狂》不下数十遍，而且已经成为反事实思维的达人，他会立刻为你揭晓蜡烛谜题的答案。

总之，通过带领我们走过反事实思维的两个步骤，《我为喜剧狂》增强了我们改变世界的信念与能力。它不仅给了我们成事之志，还给了我们成事之道。

如何"希望成真"

《我为喜剧狂》的第一集包含不止一处"滑稽的眼色"或"现实的转换"。它一次次地给我们"用药"，并以结尾一幕的两步"注射"作为高潮。该幕以荒诞的猫夫人桥段开启，视角接着挪向特雷西·乔丹，即从"滑稽的眼色"转向"现实的转换"。

特雷西·乔丹是个失败的电影演员。不久前，他还是个寄人篱下、饱受冷眼的孩子，除了梦想一无所有。当特雷西·乔丹来到《我为喜剧狂》的电视录制现场时，他仍然只是怀揣着一腔梦想。没有脚本、不懂套路、缺乏规划的他，只有一个梦想：让录影棚里"真实"的观众快乐。

想不到，这个梦想还真实现了。顷刻间，观众们就为特雷西·乔丹疯狂尖叫："特雷西，我们爱你！"此言不假，不管他做什么，观众都赞不绝口。他脱掉衬衣，晃荡胳膊，扭动裸露的腹部，观众们为他深深着迷。

真会有这样的事吗？一个曾经寄人篱下的孩子，真的可以闯入一部黄金时段热播剧的片场，用几个随心所欲的动作博得整个世界的欢心吗？会的，我们的大脑想。这是可能发生的。毕竟这就是梦想的样子，一个眼神，一次转动，梦想就能实现。

　　如果你想要得到更多类似的体验，不妨开始反事实思维的脑力锻炼。可以先接触一些经典作品，用"滑稽的眼色"给大脑热热身，比如斯蒂芬·桑德海姆的《春光满古城》或梅尔·布鲁克斯的《灼热的马鞍》。然后再补充引入"现实的转换"，比如爱伦·坡的《黑猫》或亨利·詹姆斯的《螺丝在拧紧》。只要你的神经得到了相应的唤醒，就立刻观看《我为喜剧狂》的全集，将"滑稽的眼色"与"现实的转换"结合起来，或沉浸于其他充满欢乐的当代电视剧里，比如《米兰达》《疯狂前女友》或《大城小妞》。

　　当你能解决世间一切蜡烛难题时，你的大脑便已经习得了"滑稽的眼色"和"现实的转换"这两项本领……

　　……就像骑士阿隆索·吉哈诺可能会做的那样。

第二十五章　减轻孤独

埃莱娜·费兰特的《我的天才女友》、马里奥·普佐的《教父》，以及"童年歌剧"

意大利，那不勒斯中心老城一条黑鹅卵石铺就的街道上，坐落着一座博物馆。这座博物馆有着粉色的墙壁，正面栽种着一排棕榈树。馆内是洒满阳光的大厅，这里曾是意大利骑兵使用的厩棚。如今，大厅中端坐着一尊有裂纹的大理石雕像，雕的是位从未存在过的作家。

这位不存在的作家名叫俄耳甫斯，他来自居住在黑海和巴尔干山脉之间的草原的古代印欧游牧民的想象。在那个遥远的时代，他因孤独而为人传说。

这个传说是这样的：俄耳甫斯爱上了山林仙女欧律狄刻。可是就在婚礼当天，欧律狄刻被一条毒蛇咬伤，不治身亡，俄耳甫斯永远失去了他的挚爱。生离死别令俄耳甫斯悲恸欲绝，他写了一首哀歌，连众神听了都为之心碎。百兽悲鸣，森林恸哭，连太阳都不禁落泪。数千年来，世界都在为俄耳甫斯感到哀伤。他的故事在古诗中被不断吟诵，在文艺复兴戏剧中被不断演绎。在那座粉墙的博物馆里，年复一年，导游不知疲倦地重复着这尊雕像的悲剧："这就是俄耳甫斯望向他挚爱的最后一眼，接着她就堕入冥府，徒留他苟活于世。"

直到有一天，在那不勒斯，这份孤独得到了治愈。

治愈者是一位女人，她出生的地方距离博物馆不远，那是一个被太阳炙烤得焦黄的贫民区，林立着法西斯式住宅，铁栅栏围起来的阳台随处可见。这个女人名叫埃莱娜·费兰特。在十几岁时，她就在加里波第高中铺着褪色油毯的教室里听了俄耳甫斯的传说。她发现自己和俄耳甫斯有很多共同之处。

首先，她也是名作家，一位从不存在的作家。埃莱娜·费兰特这个笔名本身就属于一位喜欢隐居、活在神秘中的那不勒斯小说家。

但这还不是埃莱娜·费兰特和俄耳甫斯最关键的共性。他们之间最为深刻的联系是对音乐力量的理解。俄耳甫斯用音乐来传达孤独的痛苦。

埃莱娜·费兰特则用音乐来治愈这种痛苦。

音乐的力量

在远古希腊空旷的山谷中，每个人都知道俄耳甫斯令百兽悲鸣、众神动容的奥秘就是给诗歌配上了旋律。他创造出了世界上最早的音乐文学："哦，神话般的俄耳甫斯，歌曲之父，阿波罗的竖琴之子。"接下来的几个世纪里，随着希腊被罗马征服，以及罗马的衰亡，俄耳甫斯那充满魔力的曲调在神话中消失了，再也无人有幸听过它。然而俄耳甫斯的创造仍在隐隐流传。在文艺复兴晚期的意大利，它还会再焕光芒。

在昏暗的日子里，佛罗伦萨敞开城门，迎来了一位享有盛誉的男高音歌手兼键盘乐器演奏者，他本名雅各布·佩里，不过他更喜欢被叫作"蓬蓬头"。16 世纪与 17 世纪之交，佩里和当地一位诗人合作创作了《欧律狄刻》，这部剧取材自俄耳甫斯为他的灵魂伴侣欧律狄刻唱的哀歌。受到这曲哀歌的触动，佩里将音乐融入剧中。伴着羽管键琴和鲁特琴演奏的间奏曲，俄耳甫斯走上舞台，高声歌唱咏叹调："死亡熄灭了光亮，我从此堕入地狱的深渊，孤独又悲凉。"

听到这曲咏叹调，整个佛罗伦萨都为这份孤寂而心痛，佩里的听众无不受到沉痛的震撼。这种效果，就连俄耳甫斯的原作也无法与之媲美。佩里开创了音乐文学这种全新的体裁，它凄婉深情，又宏伟瑰丽。由此，人们开始称呼这一体裁为"歌剧"。

歌剧的发明

《欧律狄刻》是世界上现存最古老的歌剧，它是一次别出心裁的创举。

歌剧的创新不在于音乐和戏剧的融合，而是二者的融合方式。歌剧发明前，音乐和戏剧已在古典舞台剧和文艺复兴时期的假面剧中实现了融合，产生了有旋律的叙事，如古希腊悲剧的合唱，或莎士比亚的《仲夏夜之梦》的歌舞。但在这些作品中，音乐离不开戏剧的表演：以一段哀婉的长笛声衬托角色的悲伤，或在一对佳偶的幸福时刻点缀几段振奋人心的合唱。总之都是在主要剧情中融入音乐的元素以烘托某种感情基调。

歌剧的创新之处是为作品增添了第二重基调。佩里没有安排交响乐伴奏下的合唱，而是让不同角色对唱咏叹调，轻声浅唱冲突的旋律。他的音乐不是重复一个语调，而是让两种音乐交相辉映。

这种交相辉映使佩里在音乐剧中实现了一件史无前例的事：用音乐讲述音乐的故事。故事源自冲突，而人物之间或人物内心的冲突是推动剧情向前的力量。因此，通过设立音乐的冲突，佩里可以创造音乐的故事，这些故事由铮铮嘹亮的铙钹声出发，最终回落至优美的羽管键琴，这丰富了戏剧的整体叙事。听众仿佛踏上一场场短暂的听觉旅途，以焦躁不安开头，以和谐安宁作结。

这些音乐版的"故事套故事"有什么独特之处呢？这些听觉叙事对于戏剧的整体剧情有什么推动作用呢？佩里也说不上来。不过，再过几年，另一位意大利作曲家会搞明白这个问题。

音乐版"故事套故事"的力量

佩里还是太胆小了。这是 17 世纪早期佛罗伦萨另一位音乐家克劳迪奥·蒙特威尔第的顿悟。蒙特威尔第思想活跃，在弦乐器方面有极高的天分。他在听《欧律狄刻》的时候，意识到自己以前听过其中彼此冲突的音符。

早期意大利音乐家，如僧侣风琴手扎利诺和牧歌作曲家帕莱斯特里纳认为这些音符略显生硬，将之看作勉强可接受的不和谐音。当观众聆听《欧律狄刻》时，他们也能听出其中的铿锵，并深知这些不和谐音要持续多久才会转为正常的和声。

这一事实令佩里的创造黯然失色。故事结局好像泄露了一般，音乐的戏剧张力也被削减，悬念和叙事声音的惊喜随之减弱。于是，蒙特威尔第决定改造佩里的发明。他会用独创的不和谐音来震惊观众。他会积极利用这种不和谐音，远超佩里敢达到的程度。

怀揣着雄心壮志，蒙特威尔第写了一出关于俄耳甫斯的新剧，名叫《奥菲欧》。该剧在 1606 年首演时，观众看了直皱眉。他们的耳鼓被陌生激烈的旋律、奇怪阴郁的音符和碎玻璃碴般的咏叹调轮番轰炸。这片刺耳的嘈杂不断持续，到了最后，观众开始觉得，和谐的乐音将永远不会到来，再也不会有悦耳动听的长笛演奏了，只有可怖的声音胡乱响个不停。

表面看上去，蒙特威尔第有些过了头，把音乐搞成了噪声。但接下来，神奇的一幕发生了。观众的眉头舒展开来，脸上浮现笑容，他们发觉自己居然有点儿喜欢蒙特威尔第这部咥嘟乱响的歌剧。不，不仅仅是喜欢，他们简直对这部歌剧上头了。他们感到自己同这部作品产生了前所未有的亲密联结。

蒙特威尔第完成了歌剧的突破，这同时也是科学的突破。

蒙特威尔第的音乐创作的科学原理

正如蒙特威尔第发现的那样，音乐可以和我们的大脑交朋友。和谐悦耳的乐音会激活大脑的尾状核，进而刺激伏隔核的多巴胺神经，让我感到一股神经的甜蜜——这便是交友的过程。这也是为什么我们会沉浸在自己喜欢的歌曲里不能自拔。音乐一停，我们就开始怀念它的陪伴，而当它重新在耳畔响起，我们又感到不那么孤独了。

早在史前时代，人类就发现了音乐的这种美好特质。骨笛可追溯至四千多年以前，而在骨笛诞生之前，我们的祖先就已经发现鸟鸣那摄人心魄的魅力了。这便是音乐给予孤独心灵的慰藉，古代作曲家们正是以此为出发点，发现了可以缓解孤苦、令人愉悦的和声。

我们现在知道，这种从音乐中寻求解救的古老方法有个缺点：即便不停地聆听美妙的和声，大脑也不会释放更多的多巴胺。我们的大脑反而会厌倦，不再感到甜蜜。这是因为我们的大脑已经有了数亿年的变化经验，已进化成一个永远无法满足的探索者，总是在追捕下一个美好事物的路上。因此，一旦我们抓住一些渴求之物，大脑就不再想要它了。这就是为什么甜品永远是第一口最好吃，也是为什么我们会在同一段音乐不停重复后感到厌烦。

作曲家很快就注意到了这种对重复音乐的厌倦。于是，在蒙特威尔第之前的几千年里，他们都致力于发现新的音乐。纵观整个文艺复兴之前的历史，作曲家扩充了美妙音乐的范围，不断写出能和大脑交友的新鲜旋律。但不论这些努力再怎么富有创造性，它们都错过了增强音乐力量的神经奥秘。这个奥秘并不是要我们满足大脑对新和声的胃口，而是延迟满足，迫使大脑继续等待。

当大脑在苦等所求之物时，它是不会去想另一样所求之物的。相反，大脑的尾状核会越来越频繁地刺激多巴胺神经，增强我们对这件事物的渴望。当不协和音延迟了美妙的和声时，大脑就会感到这种渴望。不协和音持续得越久，我们对和声的渴望就越强烈。然而，音乐仍有所保留，它继续用新的不协和音款待我们，使我们的多巴胺神经越发活跃。终于，和声到了，早已迫不及待的神经被点燃了，狂喜迅速充溢大脑，我们深深地爱上了这首歌曲。

这种吸引人的手段当然有其局限性。一些不协和音过于刺耳，让我们忍不住捂上耳朵。还有些不协和音过于拖沓，甚至让我们溜号，不把这首音乐当作音乐了。我们的大脑都有其承受界限，一首朋克吉他手认为很柔和的音乐，在一个古典小提琴手听来可能是无法忍受的。但总体而言，那些逼近我们神经极限，同时更具张力的音乐，往往能带来更多反馈。在和声最终出现时，我们能体会到更大的多巴胺刺激。

蒙特威尔第就搞清了这一点。他意识到，我们和音乐的联结会因神经的焦虑和满足的延迟而加深。正因如此，他笔下的俄耳甫斯会这样唱道："悲伤后的爱情更加甜蜜。"也是因为这一点，他的《奥菲欧》里到处都是怪异的长号声，美妙的鲁特琴声总是延后出现。这让他的观众心潮起伏。蒙特威尔第成功地用不协和音俘获了观众的心。

蒙特威尔第将这种发明称为"第二实践"。在《奥菲欧》取得成功后，第二实践也获得了"加演"的待遇。这种通过嘈杂音乐增进感情联结的技术被后来的一大批音乐家发扬光大。19世纪涌现出了大量具有极强音乐张力的作品，如威尔第1851年的《弄臣》，还有瓦格纳1865年的《特里斯坦和伊索尔德》。

在19世纪，威尔第和瓦格纳并非唯二借鉴了蒙特威尔第的第二实践的突破者。19世纪40年代中期，就在年轻的威尔第开始创作赋格和卡农时，第二实践就已经引发了一场文学变革。这是一项看似无法实现的壮举：歌剧的情感体验被搬离舞台，嫁接到书页中。

那些在沉寂中栖息的孤独心灵也得到了音乐的陪伴与慰藉。

你或许会想，这一突破一定会让相关作者声名斐然吧。但令人慨叹的是，它反而令相关作者身败名裂。

通往身败名裂的道路

首个因这一突破而闻名的作家是三十五岁的英国人托马斯·佩克特·普雷斯特。

普雷斯特年轻时受过歌手的专业训练，尽管没有唱到意大利的歌剧院，他仍在伦敦东区的酒馆和贫民窟酒吧里挣得不少收入。年轻的托马斯和另外一两个歌手在临时搭建的舞台上，高声表演复杂的咏叹调、二重唱和合唱。这些音乐曾响彻威尼斯和米兰的每一个厅堂。

在那些衣衫褴褛、烂醉如泥的岁月里，普雷斯特研究了几十首歌剧歌曲，这些作品都借鉴了蒙特威尔第对不协和音的创新运用。深夜无歌可唱的时候，为了赚些外快，普雷斯特开始将这些歌曲（以及许多他自己的原创歌曲）发表在一些廉价歌本上，比如《英国歌手便携手册》和《歌手一便士杂志》。

这些便宜的歌本为他小赚了一笔。不过很快普雷斯特就要从另一种出版物中赚到更大的收益了。这种出版物叫"一便士期刊"，它还有个更通用的名字，叫"廉价惊险故事"。

廉价惊险故事的目标读者是街头顽童、矿工、捕鼠人、小摊贩，以及其他维多利亚时期的穷人和没什么文化的人群。每周都会有大量的长篇言情故事、充满妖魔鬼怪的恐怖故事和写实的犯罪故事供他们看。这些印在粗劣纸张上的故事可被看作杂志《诡丽幻谭》、漫画《蝙蝠侠》和电视剧《黑道家族》等作品的先驱。

正如歌剧起初被质疑是败坏传统戏剧的愚蠢创造，廉价惊险故事也被视为败坏传统文学的糟粕。传统文学孕育出了《奥德赛》《安东尼和克莉奥佩特拉》《傲慢与偏见》等经典作品，而廉价惊险故事也不甘示弱，带来了《吸血鬼瓦尼》《一个臭名昭著的窃贼的历险》《蓝色小矮人》等作品。而廉价惊险故事也有其自身的优点。就像弗兰肯斯坦博士的实验室一样（见第十二章），被边缘化的廉价惊险故事反而处于一个无拘无束的空间里。在这里，人们可以尝试那些最耸人听闻的实验。而其中一项实验成果日后会出现在世界上的每个书架上。

当托马斯·佩克特·普雷斯特肢解了歌剧，把蒙特威尔第的不协和音技巧剥离出来，并将其移植到小说里时，这场实验就开始了。

小说中的歌剧

1845 年，托马斯·佩克特·普雷斯特和詹姆斯·马尔科姆·赖德合作出版了第一期《吸血鬼瓦尼》。

《吸血鬼瓦尼》如今被视为英语文学史上最早的吸血鬼故事之一。这部作品同约翰·威廉·波里道利 1819 年的短篇故事《吸血鬼》等一道，为后来的《吸血鬼德古拉》《暮光之城》和《生人勿进》奠定了市场基础。

但《吸血鬼瓦尼》的意义不仅仅在于它引发了现代人对吸血鬼小说的热爱。在第一期中，普雷斯特引入了自己的歌剧实践，具体内容如下：

> 突然，猝不及防的一下，伴随一声足以令所有人感到毛骨悚然的怪叫，那个身影抓住了她的长发，把它们缠绕在他瘦骨嶙峋的手上。她被抱到了床上。接着，她仿佛从上天得到了力量，惊声尖叫起来。尖叫一声紧似一声。被褥凌乱地垂在床边，他抓着那头如丝般的秀发，又把她拽回到床上。她的内心痛苦不堪，优美圆润的四肢不住地颤抖着。那双呆滞而可怕的眼睛散发着贪得无厌的光，在女子美丽的躯体上扫过———真实可怕的亵渎。他把她的头拖到床沿，拖着缠绕在他手上的长发，把她的头拽回来。然后猛地一低头，用他那野兽般的牙齿咬住了她的脖子，鲜血汩汩涌出，接着是一阵可怕的吮吸声。女孩昏死过去，可鄙的吸血鬼就此饱餐一顿！

这一小段运用了蒙特威尔第的第二实践的所有创新。"突然"和"猝不及防"等不协和音展现了可怕怪物抓住女孩的长发的场景；吸血鬼贪婪的嚎叫和受害者的惨叫构成了复调声音冲突；还有蒙特威尔第对"激情风格"的运用，即对一个音符愤怒的重复，速度和紧张在一遍遍敲击中变化，"尖叫一声紧似一声"。一遍又一遍，我们听到相同的击打声。随着吸血鬼邪恶的叫喊和女子圣洁的尖叫，我们的心跳不断加快，这些声音也刺激着我们的耳膜，让我们心烦意乱。直到最后，冲突终于告一段落，骇人的结局也随之到来："女孩昏死过去，可鄙的吸血鬼就此饱餐一顿！"

这样稍加改动蒙特威尔第的音乐，便可对读者的大脑产生巨大的影响。它冲击了读者的尾状核，紧接着又用长久而甜蜜的多巴胺犒赏它们。这在通俗故事上是个突破。早先的大众读物都是在观众心里激起惊异、好奇、同情和悬念的感觉（详见引言、第三章和第五章）。但《吸血鬼瓦尼》却用一种全新的心理方式抓住了读者的心：它把读者当朋友般对待。它用读者手里的廉价小说拴住读者的心，让他们相信手里的《吸血鬼瓦尼》就是他们的密友。

这种潜藏的亲密伙伴关系将在之后变得更加有力，因为《吸血鬼瓦尼》的作者们在蒙特威尔第的第二实践之外加入了自己对廉价惊险故事的创新。

廉价惊险故事的创新

廉价惊险故事的出版者并不想让我们把《吸血鬼瓦尼》的某一章节当成终生伙伴，一遍又一遍地阅读它。他们只希望我们能冲到报摊上，把所有零钱掏出来，去买新一期来读。就这样，《吸血鬼瓦尼》的作者为了勾起了我们对新一期故事的渴望，对蒙特威尔第的第二实践做出了巧妙创新，得到一种新的文学发明："不完全多巴胺"。

和第二实践一样，"不完全多巴胺"用不协和音搅乱我们的神经，但和第二实践不同的是，"不完全多巴胺"并不会将这种紧张转换为和谐的乐音。它只会部分地消除紧张，引发一部分神经化学反应。与此同时，我们的大脑会对另一部分多巴胺产生渴望。

这一巧妙的发明强化了我们和小说之间的情感联系。我们不仅感到自己和故事之间有一种联系，甚至还想要更多的联系。我们渴望同新的朋友一起去经历更多的冒险。

这便是"不完全多巴胺"在《理发师陶德》第一期中发挥的作用。托马斯·佩克特·普雷斯特和詹姆斯·马尔科姆·赖德在创作《吸血鬼瓦尼》一年后再次联手，推出了《理发师陶德》。在第一期结尾处，邪恶的理发师陶德正准备给一位叫格兰特先生的客人刮脸，突然，陶德年轻的助理拉格不经意间披露，上一个刮了脸的客人刚刚昏迷了，只留下他的狗在这里。于是发生了接下来的一幕：

> 陶德说："格兰特先生，可以允许我失陪一小会儿吗？拉格，来会客室给我搭把手。"
>
> 拉格毫无戒备地跟着陶德来到会客室。但他们一进去，门就关上了。理发师像头愤怒的老虎一样扑向他的伙计，抓着他的脖子，一下接一下地把他的头撞向墙壁。听到此番动静，格兰特先生一定以为有人在做木匠活儿呢。接着，陶德一把抓住那伙计的头发，拖着他四处走动，再狠狠地踢上一脚，那伙计被猛地踢到墙角。然后，理发师一言不发地离开去找他的顾客了。他从外面闩上房间门，留下拉格好好回味他在这段闲暇时光享受的待遇。

再次回到格兰特先生身边时，他为自己的离开而道歉："先生，我不得不教新来的徒弟一点做事的规矩。我让他自己消化着了。没有什么比及时带年轻人上道更重要的了。"

"唉！"格兰特先生叹了口气，说道，"我知道，让年轻人由着性子发展会有什么后果。虽然我自己没儿没女，可我得照看姐姐家的儿子。这家伙长得俊，性子野，做事莽莽撞撞，跟我简直是一个模子刻出来的。我本来想培养他当个律师，可没成功。如今，这小子已经两年多没见踪影了。不过马克这孩子身上还是有些优点的。"

"马克，先生！你刚是说马克吗？"

"对啊，他叫这个名儿，马克·因吉斯瑞。谁知道他现在成什么样了。"

"哦！"陶德说道，一边继续给格兰特先生的下巴打上肥皂沫。

这是一段激动人心的不协和音的杰作。理发师陶德平静地走进会客室，突然给了他"毫无戒备的"助手一通毒打，掐住他的脖子，把他的头撞向墙壁，几乎把他的头皮扯了下来，最后又在他背上狠狠地踹了一脚。这出其不意的不协和音让我们的尾状核兴奋起来，当片刻后，归于宁静的陶德彬彬有礼地向格兰特先生道歉时，我们得到了少许多巴胺刺激。

尽管我们尝到了一点儿神经化学甜头，可我们大脑中的多巴胺并没有得到完全的释放。至少，被陶德在会客室里的暴行引发的紧张感并没有完全得到缓解。虽然陶德不再殴打助手，但他的暴力倾向已然暴露。而当陶德又把剃刀放在格兰特先生的喉咙上时，他有充分的理由再次施暴。

这个理由便是格兰特先生提到的马克·因吉斯瑞。马克·因吉斯瑞是陶德以前的一个客户的朋友，他的助手刚才也正是因为提到马克才招致一顿暴打。这让我们不禁好奇：陶德会不会再次爆发呢？他会不会用手中的刀做出什么恐怖的事来？

下一期廉价惊险故事

读者要想完全释放大脑中被激发的多巴胺，必须买下一期的陶德故事。于是，他们就买了。一期接着一期，一年接着一年，"不完全多巴胺"像叙事的香烟一样牢牢吸住了读者。"不完全多巴胺"的效力极其强大，就算廉价惊险故事已经消失，读者仍会不断回头重温。

廉价惊险故事的出版热潮在 20 世纪初接近尾声。在式微之前，它还掀起了一股廉价杂志的浪潮，这些杂志统称为"通俗小说"。通俗小说在廉价惊险故事的基础上进行了扩充，加入了历险、恐怖、犯罪等新的题材，如《惊奇恐怖故事》《麻辣侦探故事》《黑面具》等。这些作品都保留了"不完全多巴胺"的内核。因此，正如《吸血鬼瓦尼》在 20 世纪做到的那样，通俗小说用猝不及防且吊人胃口的不和谐元素刺激我们的大脑。

这种让读者产生依赖的方式令通俗小说大受欢迎。20 世纪 30

年代至 40 年代，通俗小说月刊的总发行量达到了数百万。第二次世界大战结束后的几年里，通俗小说又进一步扩大了其读者群体。它们摆脱了文学上的边缘地位，和小说相结合，并逐渐成为主流，在美国的公共图书馆和富裕人家找到了一席之地。

　　为取得这样的主流地位，通俗小说不得不去掉一些粗糙的特质。其支离破碎的行文、呆板木讷的人物，还有荒诞不经的情节都被精雕细琢的叙事所取代。这样一来，那些令人毛骨悚然的奇闻听起来就会变得更加富有真情实感。不过，尽管通俗小说表面上变得更加光鲜了，其本质还是会令读者心惊胆跳。它仍会用猝不及防的不协和音让读者猛地一惊，一如从前的廉价惊险故事那样。

　　在这种过去的粗粝和如今的精致的结合下，涌现了一批通俗小说佳作，比如马里奥·普佐 1969 年的《教父》。《教父》这部扣人心弦的小说甚至比蒙特威尔第的歌剧还要受欢迎。在出版后两年多的时间里，这部作品以平均每八秒钟售出一本的惊人速度被抢购一空。到 1971 年，平均每七个美国家庭里就有一户拥有《教父》这本书。

　　这一出色成就要归功于普佐对"不完全多巴胺"的娴熟运用。他在《教父》第一章中便引入了这一手法。作为铺垫，该章先是承诺了一段悦耳的和音：移民邦纳塞拉亲眼见到自己的女儿被欺凌，他来到纽约的法庭，等待着这场伤害得到正义的弥补。

　　　　邦纳塞拉坐在纽约第三刑事法庭，等待正义的到来。那些家伙残暴地伤害了他的女儿，还试图玷污她，他们一定会受到报应。

然而，这一章不仅没有提供公平正义，或对邦纳塞拉愤懑情绪的慰藉，反而不断重复着强烈的不协和音。

这一切一定有什么不对劲儿。

禽兽。禽兽。

他美丽年轻的女儿还躺在医院，她被打裂的下巴还在用金属线固定，而这两个禽兽竟然逍遥法外？

情绪失控的邦纳塞拉将身子探出过道，嘶吼道："你们会像我一样哭泣的，我会让你们哭泣，像你们的孩子让我哭泣那样！"

他头脑中的所有细胞都充斥着一个想法：买一把枪，杀了那两个浑蛋。

阅读至此，邦纳塞拉焦躁剧烈的思绪像一阵不协和音的潮水般搅动着我们，激起强烈的不协和情绪。这是"不完全多巴胺"的第一步。在本章末尾，实现了第二步——一丝不完全的释放。

邦纳塞拉转向仍然一脸茫然的妻子，向她解释道："他们拿我们当傻瓜。"他顿了顿，然后下了决心，不再惧怕任何代价，"要想获得正义，我们必须去拜托唐·柯里昂。"

邦纳塞拉的决定让我们体会到一丝多巴胺释放的快感。它让这一章的混乱情绪以淡淡的和谐与宽慰告终，仿佛是在向我们保证，正义终会得到伸张。

但此刻的和谐并不完整，因为邦纳塞拉仍没有得到正义。要想得到正义，邦纳塞拉还得向黑手党头目柯里昂付出"代价"。在那之前，我们会一直义愤填膺。因此，为了让大脑获得完全的神经化学反馈，我们需跟随邦纳塞拉来到之后的章节。在那里，柯里昂将会为我们带来完全的和谐。在那里，我们会结交一位新的朋友。

走过这样的开头，《教父》成了歌剧。和蒙特威尔第的《奥菲欧》一样，《教父》带有一种音乐式的交友体验，陪伴孤独阅读的我们，并激起我们翻阅书页的渴望。接下来，我们将深入研究埃莱娜·费兰特的精巧构思，这种构思将进一步深化这种渴望。

不过在那之前，不妨先稍作停留，解决一个困扰我们的疑虑：我们为什么想和柯里昂交朋友？这样的友谊对我们有什么好处？换一个伙伴——或自己独自生活难道不是更好吗？

这一疑虑无可厚非。在现实生活中，我们固然要尽量远离黑手党，但在虚构故事里就不必如此。在虚构的故事里，同柯里昂的友谊对我们的精神健康是有好处的。

和《教父》一起增进健康

从精神健康的角度而言，和《教父》的情感联结能驱走我们的孤独。

孤独会降低我们的生活质量，造成失眠、悲伤、暴躁等问题。孤独不仅使人不快，还十分危险。长期的孤独会扰乱我们的下丘脑－垂体－肾上腺轴（详见第十二章），这是一种能调节我们血液中的皮质醇水平的解剖学系统。皮质醇是种和咖啡因具有类似功能的激素。清晨太阳升起时，下丘脑－垂体－肾上腺轴升高我们的皮质醇水平，让我们如喝了咖啡一样，精神振奋；到了晚上日落时分，它又降低我们的皮质醇水平，好让我们安然入眠。但如果我们长期忍受孤独，我们的下丘脑－垂体－肾上腺轴就无法正常工作。它不会有规律地升降我们的皮质醇水平，而是使其始终保持在略高的位置，让我们整天整夜都感到些许紧张不安。

按生物学的解释，这样一种缺乏升降的平稳状态很可能是因为人类属于社会性动物。我们的生存有赖于一个大的群体。这个群体在白天劳作时支持我们，在深夜的黑暗中保护我们。因此，当我们离群索居时，大脑就会拼尽全力保护我们，一刻也不放松警惕。它以平稳的速率向血液中持续释放皮质醇，让我们时刻保持清醒。

也许就是这样的清醒状态使我们落单的祖先得以重新找到群体。但对此时此刻的我们而言，这样的清醒却会产生危害。深度睡眠被干扰后，我们会产生焦虑、失落等情绪，判断能力也随之降低，甚至频频犯错。我们会因此血压升高，心脏病和脑卒中的风险也会增加。不仅如此，经过复杂的生理路径，它能增加罹患 2 型糖尿病、动脉粥样硬化和神经退行性变的风险。总而言之，这种持续的清醒状态危害非常之大，研究表明它甚至可以使我们早逝的概率增加 30%。

30% 已经是一个相当可观、恐怖的数字了。这也就意味着，孤独造成的健康危害不亚于一个月抽两条烟。

幸运的是，文学可以降低孤独的危害。尽管孤独造成的是切切实实的生理危害，而文学本身是虚构的故事。正如第十二章里分析的，我们对事实的看法会影响下丘脑－垂体－肾上腺轴的工作。重要的不是"周围要有人在"这个客观事实，而是我们对人际距离的主观感受。这也就是为什么即使身处热闹的聚会或熙攘的城市，我们仍然能感到无尽的孤独。

当我们和一本书建立联系时，这种孤独就能得到缓解。尽管身边没有真人相伴，我们和叙事者或故事人物之间的情感联结仍能让大脑感到我们被友爱包围，从而缓解导致皮质醇水平异常的心理体验。要想从文学中获得这种情感联结，通俗小说是阅读的不二之选。世界上的冒险小说、侦探小说、爱情小说数不胜数，这些小说都娴熟地运用"不完全多巴胺"来和我们的大脑建立联结，帮助我们渡过难关，直到现实中的友人来到我们身边。

如果你觉得自己已为这样一个朋友的出现等了很久，不要放弃希望。这就是通俗小说的健康功效，它会帮助你早日拥有这样的朋友。

没错，"不完全多巴胺"不仅能让你拥有无数纸上的朋友，它还能帮你获得现实中的陪伴，让你的生命更加丰富多彩。

文学的交友功效

神经科学家发现了大脑中能帮助我们交友的部分。这就是背侧中缝核，一个位于脑干之中、尾状核之下的菜花状区域。

　　背侧中缝核包含一组多巴胺神经，这些神经在短期的孤独刺激下蓄势待发。当我们与人建立联系时，这些神经随之被点燃，鼓励我们参与社交、摆脱孤独。

　　不过这只是有关背侧中缝核的一部分事实。它的交友神经并不会永远保持蓄势待发的状态。如果我们的孤独持续数日甚至数周，背侧中缝核的势头就会消去，大脑也会陷入孤立，又变得自闭起来。所以，为了最大限度地发挥背侧中缝核的交友功效，我们必须让它一直热情高涨下去。当孤独持续过久，我们也习以为常时，背侧中缝核就需要一点儿刺激，好从沉睡中苏醒。

　　"不完全多巴胺"就可以做到这一点。它利用我们与故事的感情联结一遍遍地刺激我们的交友神经，然后在我们意犹未尽之时中止故事的讲述。这就是为什么当我们追完一部电视剧时，便会突然涌生一股孤独，这样的电视剧有《反恐24小时》《女子监狱》《伦敦生活》等。这种孤独诱使我们通宵达旦地追剧，也推动我们与人交往。与人结交、攀谈和互动会带给大脑刺激和犒赏，帮助我们与他人建立微妙的联系。

　　要开始这样的交流，我们只需参与一场电视剧鉴赏会。哪怕我们不认识其他参会者，哪怕我们已经离群索居许久，哪怕我们的背侧中缝核已经没了劲头，这样一场鉴赏会仍能激起我们的社交欲望。它能让我们那些失败主义的悲观神经重新振作起来，诱使我们开启电视，与新朋友交谈。

　　某些时候，"不完全多巴胺"所做的远不止帮我们交友。它能让我们和自己最难以理解的人建立联系。当然，我说的正是我们的家人。

也许我们的叔叔性情乖戾，也许我们的孩子冷若冰霜。没关系，和他们一起看一部《国土安全》或《怪奇物语》，大家还能像老相识那样热络起来。

这就是"不完全多巴胺"的力量。它能创造全新的友谊，也能让我们走近身边的"陌生人"。如果"不完全多巴胺"对你还是不起作用，也不要轻易放弃文学，还有另一项文学发明能助你打败孤独。

它比《奥菲欧》和《吸血鬼瓦尼》更加有效，甚至比柯里昂教父还要强大。

"童年歌剧"的发明

也许你已经尝试了一些通俗小说，却发现它们有点儿平平无奇。也许那些罪案、吸血鬼和超级英雄对于你来说有点儿哗众取宠、虚无缥缈。也许你只把它看作怪人或泛泛之交。无论如何，它都不能赢得你至深的友谊。

埃莱娜·费兰特可以帮我们解决这个问题。她能以一项真实可靠且感情丰沛的发明实现通俗小说的所有心理益处。这项发明和《吸血鬼瓦尼》《蝙蝠侠》《教父》这些廉价惊险故事和通俗小说一脉相承，遵循着相同的歌剧手法，但它在此基础上加入了自己的创新：从孩童的视角向我们呈现一部歌剧。

这看似只是个小创新，但它其实刳开了通俗小说中未经开采的宝藏。和歌剧一样，通俗小说聚焦于成人的生活。事实上，通俗小说比歌剧更成人化。只需找来一本通俗小说的目录便知："尸体支付现金！""人体火箭谋杀案！""危险的婀娜娇娃！""嗜血狂魔的情妇！"

金钱、暴力、欲望、堕落。这些都是通俗小说用来刺激大脑交友回路的成人化元素。然而问题在于，成年的友谊往往并不是最牢固的友谊。最牢固的友谊在更早时就开始了，那就是童年时期。

埃莱娜·费兰特在2011年的小说《我的天才女友》中融合了这种童年友谊的力量。这部小说以20世纪50年代的那不勒斯为背景，记录了埃莱娜和莉拉两个女孩的友谊。当埃莱娜回想起往日的激情，不禁沉思：

> 孩子不知道昨天意味着什么，不知道昨天的昨天意味着什么，甚至不知道明天意味着什么，一切都是当下。街道是当下，门厅是当下……白天是当下，夜晚也是当下。

换句话说，作为小孩子，我们只知道眼前的事。这就是为什么童年友谊可以让我们身心投入。童年友谊具有成年爱情的全部激情，它包含一系列具体的感情，从惊异，到好奇，再到妒忌。这些情感无不调动着我们的整个心理状态。

为了捕捉这种无所不包的体验，《我的天才女友》以系列通俗小说的方式处理埃莱娜和莉拉的关系："该回家了，可我们都没有动，彼此虎视眈眈，默默试探着对方的勇气。"像《麻辣神秘故事》或《恐怖故事》中的一期，埃莱娜和莉拉让彼此心烦意乱。埃莱娜和莉拉沉浸在未得完全释放的多巴胺里，结成一种永不满足的情感关系。甚至当自己的爱人和家人都逐渐离开时，她们仍维系着这样的感情纽带。

《我的天才女友》不仅在向我们展示埃莱娜和莉拉之间的情感纽带，它更让我们参与进去，使我们亲身体验其中的强大力量。

就像两个女孩子对待彼此那样，这部作品袭扰我们的情感，让我们感到自己就是她们童年小伙伴中的一员。

化身童年的伙伴

为吸引我们加入埃莱娜和莉拉的火热友谊，费兰特采取了一种并不复杂的手段：孩童视角下的通俗小说的不协和音。通俗小说的不协和音像往常那样刺激着我们的多巴胺神经。同时，孩童视角增加了这一不协和音的张力，拓宽了其情感维度，使我们和小说的感情纽带更加牢固，阅读的心理感受更加完整。

以下是小说第一章对这种不协和音的运用。五岁的埃莱娜走在楼梯上，楼梯通往一个"食人恶魔"的巢穴。伴随着她的脚步，我们的内心也逐渐被一个孩子对暴力最触目惊心的想象填满：

> 一把长长的尖刀，用来划开鸡的胸脯。
> 把我放进热油锅，孩子们要吃我。

直到这一章的结尾，突然出现了一个情感转折：

　　走到第四层的时候，莉拉做了一件出人意料的事：她停下来等着我。等我到她跟前时，她向我伸出一只手。这个动作永远地改变了一切。

　　一瞬间，恐惧消失了。我们的内心不再因恐怖小说中的食人狂魔而狂跳不已。不过，恐惧也没有完全化作平静，它反而被另一种紧张的感情取代。那便是被莉拉伸出的一只手激起的好奇。和陶德在会客室里袭击学徒异曲同工，莉拉的伸手让我们猝不及防。和那场毒打一样，莉拉的举动也开启了一段未知的未来——"这个动作永远地改变了一切"。

　　埃莱娜和莉拉之间的一切都变了。可具体说来，是怎么改变了呢？即将到来的"永远"是什么样子？眼下我们还不知道。在这一章的结尾，我们只看到一波未平，一波又起，刺激不断。在恐惧缓和后，我们的大脑获得了大量多巴胺刺激，而被埃莱娜和莉拉的全新关系激起的悬念则让这股刺激更为强力。

　　在情感的升腾与缓落之间，埃莱娜和莉拉的心连到了一起，而我们也和费兰特的小说建立了情感的联系。我们急切地想翻到下一页，去确认她们之间的关系。为增进她们的友谊，接下来的章节又一次运用了相同的技巧。该章开头就将对莉拉手势的感情扩展为属于"我们"的共同情绪：

　　我们一起玩耍……我们都喜欢那个地方……我们心照

不宣地做出选择……我们喜欢一道道光束……我们不相信
石头的光亮……我们想象黑暗的角落……我们归因于一切。

但就在这些属于"我们"的感情纽带正要让埃莱娜的恐惧归于
和谐时，我们却出人意料地迎来了一个不和谐的结尾：

> 莉拉知道我一直以来的恐惧，我的布娃娃曾大声说出
> 来过。所以，我们第一次交换布娃娃那天——没有语言，
> 只有眼神和手势——她一拿到（我的布娃娃），就（把它）
> 塞到下水道里，任由（它）堕入黑暗。

莉拉又一次"挑战"了埃莱娜。她将埃莱娜心爱的布娃娃扔到
黑黢黢的下水道。她不仅搅扰了埃莱娜的心，也令我们感到不舒服。

《我的天才女友》不断重复这一技巧。我们也一次次处于情感
和谐的边缘，又一次次惊讶于篇章结尾的情感冲击。这些结尾纷乱
激昂，如蒙特威尔第的歌剧那样铿锵有力。在小说的第一部分"童年"
里，几乎隔几段就要出现这种冲击。每当感情趋于宁静时，就会迎
来一次爆发。这些情感几乎涵盖了五彩斑斓的童年的一切——希望、
惊异、恐惧、爱意、震惊、羞耻、妒忌、勇气、愤怒、腼腆、骄傲、
好奇、同情、愧疚——它们广泛地同我们的心灵联结在一起。

和童年一样，它们仿佛就是一切。和童年一样，它们似乎永远
无法得到满足。

它们就像最亲密的老友一样，与我们紧紧相连。

结语
创造未来

到 6 世纪亚瑟王和青年先知穆罕默德的时代，亚里士多德的《诗学》仅存一卷了。它被静静地藏在一口炊事大锅里，一旁是拜占庭军队的标枪和萨珊帝国的战象。就连这仅存的一卷也并不完整，它在中间突然断开，其余部分永远地佚去了。

没人知道那些章节到哪里去了。也许在公元前 86 年 3 月 1 日的午夜，当紫红脸膛的将军卢基乌斯·科尔内利乌斯·苏拉在雅典城烧杀抢掠时，它们就已被焚为灰烬。也许同大多数古书卷一样，它们也随着岁月的流逝静静化为尘埃。又或许它们在某个被黄沙掩埋的阿拉伯档案室被留存下来，终日与蝎子和老鼠为伴。

不管这些散佚篇章命运如何，现存的篇章已经为我们留下了一个亟待解开的谜题。这就是寻找过去的文学创造，并且开辟文学的未来。

当亚里士多德发现文学的起源在于模仿时，这个谜题就开始慢慢生成了。通过模仿鸟鸣，我们的祖先创造了第一首诗歌。通过模仿凡人的渴望，我们的祖先创造了第一批神话人物。通过模仿生命中的欢喜和失去，我们的祖先创造了第一场喜剧和悲剧。

所以，假如我们想有新的文学创造，我们就需要模仿创造者。

在世界上所有创造者当中，有一位是独一无二的。这位创造者独自创造出了无数事物，孕育了无数会飞、会看、会梦想的奇迹。

这位创造者就是大自然。

19 世纪中叶，查尔斯·达尔文揭示了自然选择的进化奥秘，大自然的创造之谜也随之解开。不过早在达尔文之前，文学家们就已经发现了这个秘密。大约两千年前，拉里奥哈的写作大师昆体良就把这个秘密写在一本精妙绝伦的巨著里，这部作品就是《雄辩术原理》。

《雄辩术原理》是历史上最有影响力的教科书之一。从英国到巴比伦，无数学子都在研读这本书。它还孕育出了百十来本写作教材，比如莎士比亚曾学习过的托马斯·威尔逊的《修辞的艺术》，还有陪伴了弗雷德里克·道格拉斯一生的凯莱布·宾厄姆的《哥伦比亚演说家》。在《雄辩术原理》中，昆体良展现了三种创造的要点，这些要点全部源于大自然，而且能为我们的创作之笔模仿。

第一项要点是拥抱那些令人愉悦的巧合。这些巧合都植根于大自然的一切创造中，每种创造都得益于进化和环境的偶然。不论是蜂鸟的心脏，还是蜻蜓的眼睛，这些美妙皆为造物的偶然。本书中的许多乃至全部的文学发明也是如此。它们都源自偶然。不管作家本来的打算如何，他们只能在后来才知道自己创造了什么。用昆体良的话说："妙手偶得的创新，比刻意思索写就的文章要来得容易。"

第二项要点是结合两种旧有发明。这就好比大自然之中的有性繁殖。当欧里庇得斯将悲剧和喜剧相结合时（第二十三章），便运用了这项技术；当道格拉斯融合奥古斯丁和卢梭的传记时（第十四章），也运用了这项技术；当弗吉尼亚·伍尔夫将詹姆斯·乔伊斯和马塞尔·普鲁斯特的风格合二为一时（第十七章），还是运用了这项技术；当莎士比亚为哈姆雷特设计了独白和对白时（第十九章），依然运用了这项技术。昆体良曾留下这样一句劝告："多模仿一些作者的创作，不要闭门造车。"

第三项要点是对"有效"而非"正确"路径的关注。这便是大自然孕育一切生命的复杂奇迹的奥秘。大自然不懂什么高妙的知识，只知道翅膀可以飞翔、大脑可以思考。也正是从这种实用性出发，现代医学和心理学才发明了那些妙药良方。因此，昆体良说道："不必书写真实，只需写出心之所想。"

不管事实有何力量，文学的独特能量永远在于虚构，在于我们缔造的奇迹。

这项发明守护着我们的心灵。

它给我们带来希望、和平，还有爱。

尾声
本书的秘密历史

约两千五百年前，地中海东岸的海湾和白色的沙岛上，稀稀落落地散落着渔村和贸易据点：凯阿岛、阿克拉加斯、阿布德拉、埃利斯、卡尔西登。各地旅人游走在这些海水冲刷的港口。在埃及人、波斯人、希伯来人、腓尼基人之间，有一群师者，他们知晓文学的奥秘。

只需要少量金钱，这些师者就会将他们的知识倾囊相授。他们会向你展示诗歌的技巧，诗行间的爱意令人心醉；他们会教给你神话的技巧，无双的神勇铸造钢铁意志；他们会告诉你情节的技巧，赋予你一双洞穿万物的慧眼。这些文学发明看似魔法，但师者们往往在谈笑间就能解开其背后的玄机。在点滴细节之间，你将凭借自己的力量看清文学的构造、潜藏的机理，以及每一个奥秘。

如今，海湾和沙岛上的师者已成过往。他们的一颦一笑，他们的智慧闪现，都已消失于茫茫宇宙。不过，他们的教诲依然流传至今，保存在本书记录的方法中。为了纪念师者留给我们的宝贵遗产，接下来我会讲述他们那些久被遗忘的故事，探究它们如何诞生，又如何消散，以及如何让先师的海岛之梦重焕光彩。

消失的师者

师者消失得无踪无影，他们的教导已在世间消失殆尽。不过，我们仍可从一群彼此对立的导师的作品中觅得一些蛛丝马迹。这群导师就是哲学家。

哲学家也散居在地中海东海岸，但和师者不同，哲学家倾向于与统治权威联系在一起。如生于约公元前 625 年的泰勒斯，他一生都住在紫花盛开的米利都，那里被金银矿主和航海寡头控制着。还有生于约公元前 535 年的赫拉克利特，生活在波斯帝国统治下的以弗所古城。而论后世名声之盛，莫过于约公元前 425 年出生的柏拉图，他赞同推翻雅典民主的三十僭主政权。

这种政治上的专制主义偏好反映了哲学家的信念，即认为世界本身被唯一的绝对法则规制。为了解开这一法则，泰勒斯用数学的方法展示了生命源自神圣的水；赫拉克利特在对立中验证了和平的本质是战争；柏拉图从回忆中发掘出永恒形式与先验知识。面对这些相互矛盾的信条，哲学家及其信徒们进行着激烈的交锋。他们相信，错误观点会在碰撞中支离破碎，只有经住考验的强大真理才能留存于世。

哲学家们不仅彼此争论不休，他们在教育领域也找到了论敌，其中就包括那些师者。公元前 4 世纪前期，哲学家和师者的争论在柏拉图的伪史著作里得到了戏剧化的展现，比如《智者篇》和《高尔吉亚篇》。这些论著绝对谈不上公正客观，它们显然是为了诋毁师者而写的。在他的笔下，师者愚蠢乏味、巧言令色，缺少创见。

不过,这些作品仍然揭示了一些细节,包括哲学家把这些师者称为"智者"或"修辞学家"的事实。

"智者"一词,在古希腊语里表示"有智慧的人",而"修辞学家"一词,则表示"演讲者、辩论者",甚至"争论者"。这样看来,哲学家对师者的描述和哲学家自诩的形象非常相近:追求智慧且懂得辩论的人。事实上,从词源来讲,"哲学家"(philosopher)一词就很贴近智者的含义。哲学家就是"爱(philos)智慧(sophia)的人",是热切的智者。

师者会对这些名字作何感想,我们已不得而知。但这些意味深长的名字表明了哲学家不光是师者的对手——他们也许还是师者的学生。

师者的学生

哲学家的知识无疑来源于文学。他们最早的教育有赖于长篇史诗,如荷马的《伊利亚特》或赫西俄德的《神谱》,这些作品可能是伴着双簧乐器或龟壳制的七弦竖琴唱出来的,也可能是用来在青色廊柱间的祭祀仪式上吟诵的。在这些喜庆场面中,在父母和兄弟姐妹的陪伴下,哲学家们开始了进一步的文学研究。他们一边受到警惕的奴隶教师的注视,一边利用公共图书馆豆大的油灯灯火,把自己的研究刻写在蜡版上。赫拉克利特在他的谚语里密密麻麻编入比喻,柏拉图在书写苏格拉底时运用了大量戏剧对话,泰勒斯和其学生仅存的文字是一篇押韵的散文诗:"时间之墓,亦是时间之母。"

就这样，哲学家们起码知道了师者们的一点点秘密。如果哲学家真是师者学术上的后代，那么师者的历史很可能是这样的：

先有了一批研究文学的学生。在优美的海湾和白色的沙岛上，这些学生致力于钻研诗和神话。日积月累，他们的研究成果吸引了其他地方的学生。这第一批学生便成了师者，为了嘉奖他们的智慧，这些人被称为"智者"。

许多年来，这些智者和他们的学生一起研习文学的技巧，分享文学的奥秘。他们想探明如何赋予人们爱和勇气，以及其他心灵的鼓舞。直到有一天，一群学生发现文学可以作为一种武器。诗人用来撼动人心的手段可以被运用于辩论中，帮助律师和政客说服陪审团和贵族。

这些将文学用作武器的学生后来被称作"修辞学家"。他们穿梭于法庭和议会之间，传播正义和政策。他们极其擅长说服人们认同他们的论点。他们有些过于巧言令色了，终于引起了部分市民的担忧。这些市民指责修辞学家让是非曲直沦为文字游戏。

这些忧心忡忡的市民自称"哲学家"。他们誓死捍卫真相，躲进掩映的花园。在那里，他们剥去了修辞学家矫饰的辞藻外衣，揭示了其内里的实质论点。哲学家们一将这些论点打磨得锋利无比，便转而对抗修辞学家和智者。结果修辞学家头破血流，而智者更是被赶尽杀绝。

师者的历史当然不可能如此简单。过往总是比任何叙述都要复杂得多。然而，叙述仍是一种有效的手段。我们可以将这些师者划分为三个彼此关联的流派：其一是文学智者，他们教授文学的奥秘；

其二是修辞学家，他们结合了文学的奥秘和辩论的奥秘；其三是哲学家，他们不关注文学的奥秘，而是钻研辩论的奥秘。

在某个古老的历史时期，文学智者派被消灭了。和其他两个流派不同，文学智者不擅辩论，他们无法（或者不愿意）为自己辩护。他们如走上战场的诗人般阵亡了。

但另外两个流派存活了下来，甚至可说是发扬壮大了。修辞学家和哲学家一路忙忙碌碌，走过中世纪和文艺复兴，来到启蒙时代，又直抵当下。今天，很多人从少时进入校园开始，就要接受修辞学和哲学的教育。许多高等学府都为修辞学和哲学设立了相应院系。

这样的事态对修辞学家和哲学家来说是好的，可他们用对辩论的研究摧毁甚至颠覆了智者的文学特质。在现代文学课堂上，从小学到大学，我们主要集中培养两项能力：写作和阅读解析。在写作中，我们学习如何把观点组织成论点，并用一段段论据来支撑它们。在阅读解析中，我们学习准确地捕捉文字的观点。这首诗表达了什么样的人生态度？这部剧持有什么样的社会观点？这部小说的叙述暗含了什么？这本漫画蕴藏着什么主题？我同意这部电影的观点吗，还是想用自己的观点来批判它？

事实上，这都是在教我们把文学看作辩论的一种。按这种教导来讲，文学就像魅力四射的修辞学家或洞察万物的哲学家，其主要目的是让我们相信何谓公平、何谓真相。也正因此，现今全世界的文学课堂都在通过爱情歌谣、神话传说、挽歌哀词、传记实录等培养我们的思辨能力，议论能力以及其他逻辑和辩论技巧。

既然如此，我们又如何能记住岛上那些智者呢？如果他们聪慧的后人以无比的理性和修辞耕耘着他们的教导，那我们如何能保留他们古老的洞见，从文学中获得激发爱与勇气的技术，以及本书记录的其他振奋人心的方法呢？

简单来说，正如我们在本书引言中看到的，智者最重大的发现——解密文学创造之法——是由一个变节的哲学家保存下来的，他就是亚里士多德。但严格来说，亚里士多德也只是起了一部分作用，还有许多求知者也在孜孜不倦地保护智者的成果。

当然，这个过程还需一点点的运气。

说来话长

公元前335年前后，亚里士多德的学园里的一个抄写员把智者派的方法记录在一卷纤薄的莎草纸上。随后，这份手稿就开始了颠沛流离的历程，直到今天。

这份手稿辗转来到希腊罗德岛宜人的海滩，其时三角学刚刚起步，伊阿宋乘上"阿尔戈号"要去寻找金羊毛。同其他成千上万卷书稿一起，它被安置在亚历山大图书馆里。克莉奥佩特拉曾利用这些书稿迷惑对古埃及文化一知半解的恺撒。随后是漫长的黑暗，它混在羊皮纸堆中，直到公元9世纪时才在一所波斯寺院重见光明。一名景教教士将这份手稿带往巴格达的清真寺，那里矗立着砖泥砌就的螺旋塔。11世纪，居住在里海海岸的博学医生伊本·西纳得到了这份手稿的抄本。12世纪，一位名叫伊本·路世得的伊斯兰教法学家携另一份抄本从摩洛哥抵达安达卢斯。到了13世纪，文稿内容随着第四次十字军东征来到冬季雨水丰沛的阿卡狄亚山巅。又过了百年，这些文字被誊抄到山羊皮上，从金碧辉煌的君士坦丁堡运往文艺复兴时期的意大利。在意大利典雅的乡间庄园中，它偶然传到了威尼斯知名印刷商阿尔杜斯·马努蒂乌斯手里。1508 年，马努蒂乌斯将这份书稿出版，为其配上了雅致的装帧。这本册子最终披荆斩棘，从鲁汶到洛杉矶，传至世界各地。

这本书稿本应将智者派的成果传遍世界，但可惜这并没有成真。它在漫长的流传过程中总是遭到极不公正的对待，一半内容已经散佚殆尽，而留下的另一半也破败不堪。人们随意地踩躏擦毁这些文字，致使其残缺不全。其后三百年间，求知若渴的学者千方百计地想要修复文稿，但修复工程实在过于浩大繁难。1786 年，著名的英国古文物学者托马斯·特文宁在埃塞克斯风光秀丽的草地中绝望地慨叹：

> 文本遭到了严重破坏，其晦涩和模糊程度之甚……我空忙半天，那些文字却仍如天书般难解，这造成了我很大一部分痛苦。

这么一看，文稿似乎永远不可复原了，那些文学创作之法也消失殆尽了。

不过，转机渐渐浮现了。在 19 世纪东普鲁士的山间堡垒，打着领结的学者卡尔·拉赫曼开创了谱系法。这是一种要求苦工的文献修复技术，和古生物学家通过散落的化石来拼凑恐龙的谱系异曲同工。通过这一方法，莱昂纳多·塔兰、迪米特里·古塔斯等当代古文书学家得以从阿拉伯语、拉丁语、叙利亚语、希腊语只言片语中抢救遗落的文稿。尽管大量文献仍未能找回，但已修复的智者派成果也足以为现在的学者再次利用了。

智者派成果重见天日后，修复工作的新阶段也开始了，这一阶段贯穿了第二次世界大战前后的几十年。当时典型的文学研究方法是阐释法，这种方法受到了一大批有号召力的学者的拥戴，如剑桥大学的瑞恰兹和耶鲁大学的克林斯·布鲁克斯。这些学者也就是后来的"新批评派"。虽然被称为"新批评派"，但阐释法其实并不新鲜。它本来是拉丁语"翻译"的近义词。直到公元 4 世纪，伯利恒的哲罗姆开始承担起将《圣经》翻译成拉丁文的任务。当哲罗姆在巴勒斯坦堆满经卷的山洞里开始这项浩大工程时，他意识到不能对《圣经》进行"字对字"的翻译。所以，他不得不逐词"阐释"摩西的希伯来文和福音书的希腊文的深层"含义"。他必须从面前的神圣字句中提炼出看不见的意义。于是从哲罗姆开始，阐释就变成了一种工具。世世代代的神职人员和经文学者（如 11 世纪的犹太圣贤什洛莫·伊扎克，他同时也是位葡萄酒酿造者，他的写作也如酒酿一样活力洋溢）都利用这种工具细致地钻研语言，获取隐藏的真相和潜在的象征意义。他们为《托拉》和《新约》做出了大量的解释，比如下面这条注释：

> 《创世记》的创世七天代表了人类的七个年龄段……
> 基督寓言的主旨是宽恕……"宽恕"这个词的深层意义
> 是"爱"。

　　当"新批评派"将这一阐释技巧运用于文学时，产生了富有启发性的效果。不论是十四行情诗，还是虚构的小说，抑或戏剧表演，它们的文字都能被转化成说教，充满了崇高的"中心思想"和富含寓意的"象征"。在 20 世纪早期欧洲和美国的课堂，青少年刻苦解读着莎士比亚的作品，将《李尔王》理解为一篇以自然和生命的有限性为主题的论文（甚至是一种布道）。同时，从伯克利到牛津，麦克白在各个高校的黑板上都被表现为一种"野心"的象征，克莉奥佩特拉是"女人"的代表，而奥赛罗则是"黑暗"的代表。

　　而到了 20 世纪 30 年代，在芝加哥大学哈珀图书馆的灯光下，四十多岁的教授罗纳德·萨蒙·克兰拿到了一份古老手稿的修订写本，这份手稿就是亚里士多德的《诗学》。克兰素以治学审慎著称，他对伟大的思想仍能抱以怀疑的态度。但当文卷在旧橡木桌上展开时，他的脑海仿佛有电流穿过。克兰意识到智者派的古老方法不同于他的大学——甚至世界上所有大学——所教授的任何方法。这种方法关注的不是文学的解读，而是文学的创造，它开创了新批评派根本无法想象的道路。这种方法不专注于文字本身，而是聚焦于情节、人物和其他故事要素。它不追寻文本神秘面纱下的意义，而是研究其心理效用：惊异、同情、焦虑。与哲罗姆分析《圣经》的方法不同，这种文学分析方法近似现代科学家对人脑的研究，它将文学视作一部进化成熟的机器，认为通过一系列试验和反向操作，可以揭示出其深层范式。克兰深信大众会对这一久被遗忘的方法感兴趣，为了让之复活，他开始写作一本长达六百页的教科书。这本书在 1952 年出现于各所大学的书店，它的标题为《评论家和评论》。

克雷恩的教科书失败了。人们没有理会智者科学的技术方法，反而觉得它怪异且平庸。直到今天，学校仍然教导我们，研究文学最有成效的方法是从主题和表现形式等角度来"阐释"它。不过，这本失败的教科书仍为一些标新立异的学者提供了启发，比如詹姆斯·费伦，还有俄亥俄州叙事智库项目的学者（我本人就是这个项目组的成员）。这些人运用智者派的方法，研究全世界从古至今的诗歌、戏剧、小说、电影、电视剧和漫画，如今已建立起了囊括数百项文学创造的庞大宝库。

本书各章正是精选自这数百项文学创造。这些创造固然伟大，但也只是故事的开端。这世界上独具匠心的文学作品数不胜数。就在你阅读这本书的当下，某位作家正在世界的某个角落奋笔疾书，进行着全新的文学创造。

尽管我们已从这些智者的身上发掘出很多宝藏，他们身上仍有无穷的奥秘等待我们发现。你读的每一首诗，你翻过的每一页小说，你为之喝彩的每一部戏剧，你的显示器上闪过的每一帧画面，都可能包含着文学的突破。要想发现这些文学突破，我们就要用到两千五百年前地中海沿岸的智者们的方法。

这一方法，我们在本书引言部分已经学习过，它贯穿了本书的每个章节：

第一步，从一部文学作品中发现某种心理效用。这种效用或许有医学价值，或许能提高心灵的福祉，又或许对大脑别有一番好处。借由神经科学实验室里那些用于分析大脑的器具，我们可以准确地把握这些功效。如果你无法接触到这些器具，那就好好利用你自身的"内置大脑扫描仪"——你的意识，来尽可能精确地发掘文学作品的独特效果。

第二步，从对古老文学创造的运用，如情节、人物、故事背景、叙事方式等元素中找到这种效果的踪迹。不用过分纠结主题与形式，也不要管作者意欲何为。别迷失在表面的文字中，而是去品味作品的风格、口吻与故事。

一遍遍练习这两步方法，直至熟练掌握。然后你就可以继续研究所有的文学创造，解锁一个又一个秘密。

直至若干年后，未来一代也会听说你"白色沙滩上的智慧"。并加入你小岛上的研究队伍。

致谢

　　我想感谢鼓励我构思这本书的卡罗琳·萨瓦雷塞，还有鼓励我写出这本书的鲍勃·本德。感谢约翰娜·李、利萨·希利、菲利普·巴什，以及西蒙与舒斯特出版社的各位对书稿的巨大付出。感谢劳伦斯·曼利在莎士比亚研究、玛德琳·普佐在意大利文学、托马斯·哈比耐克在希腊文学、塞斯·勒雷在乔叟和古英语文学、迪米特里·古塔斯在波斯和中东文学、爱德华·施廷克尔在达尔文研究，以及吉姆·费伦在亚里士多德研究方面给予的帮助。感谢叙事项目团队提供的写作理论支持。感谢苏珊娜·绍勒、阿莱娜·贝莱尔、朱莉·加尔布兹、伊丽莎·史密斯、索菲·纽曼，以及我的俄亥俄州立大学艺术硕士学生对实践部分的帮助。感谢卡伦·派克、迈克·本维尼斯特、丹·布林、曹秀贤、道格拉斯·法伊弗、普里提·辛格、伊丽莎白·芒德尔·珀金斯以及本杰明·卡德对各章节的审读。感谢乔纳森·克雷尼奇、约翰·蒙泰罗索、詹姆斯·帕维尔斯基，以及其他跨学科同人在艺术与科学方面给予的帮助。最后，我还要感谢我家人的信任，特别是我的女儿马洛，她是我一切信念的源泉。

译本、来源和扩展阅读

　　一位天才作家曾表示，不以注释作结的书不是完整的书。此处便附上注释，以说明那些古老而鲜为人知的来源。

译本

除以下提到的，本书所有译文[1]均出自本书作者。

序言

1. 恩西杜安娜的诗节选自《凯什神庙赞》和"The Exaltation of Inana (Inana B)"，可见于牛津大学"苏美尔文学电子文本语料库"（The Electronic Text Corpus of Sumerian Literature，ETCSL），网址：http://etcsl.orinst.ox.ac.uk，文本编号 4.80.1 和 4.07.2。

2. 中美洲寓言选自《佛罗伦萨法典》（*Florentine Codex*）第七部，原书名 *La Historia Universal de las Cosas de Nueva España*，作者是 Bernardino de Sahagún，可见于联合国教科文组织世界数字图书馆（World Digital Library）。

3. 金字塔文本节选自 Alexandre Piankoff 所著 *The Pyramid of Unas: Texts Translated with Commentary*（Princeton,NJ:Princeton University Press,1968）。

4. 《舒辛情歌》可见于苏美尔文学电子文本语料库的"A *balbale* to Inana for Šu Suen(Šu-Suen B)"，文本编号 2.4.4.2。

5. 《吠陀本集》选段来自第二卷第二首第 7 行。

6. 《诗经·郑风·女曰鸡鸣》可见于"中国文献项目"（Chinese Text Project），

1　此处的"译文"指非英语作品的英语译文。除原文为中文的《诗经》等作品，中文版译文均译自该英语译文。

网址：https://ctext.org，编号 1.7.8。

引言

1. 亚里士多德关于情节"夸大"的讨论参见《诗学》1452a1-4。关于"θαυμάσιος"的讨论参见《诗学》14524-7。关于"净化"的提及可见于《诗学》1449b28。对"痛苦延迟"（"发现"）和其在索福克勒斯《俄狄浦斯王》中的作用的探讨可见于《诗学》1452a29-33。

2. 《阿伽门农》中的合唱可见于 176—181 行。《伊里亚特》中埃阿斯对希腊军队的怒吼可见于第 15.508 行。俄狄浦斯意识到痛苦时发出的呐喊可见于《俄狄浦斯王》第 1318 行，他和合唱团的对唱则出现在随后的第 1319—1322 行。以上文本的希腊语版可见于塔夫茨大学的珀尔修斯数字图书馆（Perseus Digital Library）。

3. 威廉·詹姆斯对"心灵历程"的描述来自其作品《宗教经验之种种：人性之研究》[*The Varieties of Religious Experience: A Study in Human Nature*（New York: Longmans, Green, 1902）]。

4. 关于"眼动脱敏与再加工疗法"（EMDR）的介绍可参见美国精神医学会 2004 年的《创伤后应激患者治疗实践指南》（*Practice Guideline for the Treatment of Patients with Posttraumatic Stress*）、世界卫生组织 2013 年的《创伤后心理疾病治疗指南》（*Guidelines for the Management of Conditions Specifically Related to Stress*）及美国退伍军人事务部 2017 年的《创伤后应激障碍临床实践指南》（*Clinical Practice Guideline for the Management of Posttraumatic Stress*）。

第一章　唤起勇气

1. 西非阿坎人故事引自盖尔·E. 黑利 [Gail E.Haley 所著《给我讲个故事吧》*A Story, A Story*（New York：Aladdin,1980）]。

2. 切罗基创世故事引自詹姆斯·穆尼（James Mooney）所著《切罗基神话：美国民族学局年报第十九卷精选集》[*Myths of the Cherokee：Extract from the Nineteenth Annual Report of the Bureau of American Ethnology*（Washington,DC:Government Printing Office,1902）]。

3. 埃斯库罗斯《波斯人》的语句来自第 391—394 行，在塔夫茨大学珀尔修斯数字图书馆可以查到。

4.《伊里亚特》中，"颂歌"一词首次出现于第 473 行，荷马风格的狮子比喻在第三章第 23—28 行。

5.《圣经》的比喻出现于《创世记》49：9，本书《圣经》均采用詹姆斯一世钦定版本。

6.《战壕里的阿喀琉斯》一诗，又名《我今早看到一个人》（I saw a man this morning）。作者帕特里克·肖－斯图尔特其实并未为这首诗命名，他在战时随身携带的 A.E. 豪斯曼的诗集《西罗普郡少年》的空白处匆匆写下了该诗。之后，这首诗再版于乔恩·斯塔尔沃西（Jon Stallworthy）主编的《新牛津战争诗集》[*The New Oxford Book of War Poetry*（Oxford：Oxford University Press, 2014）] 第 170—171 页。

第二章　点燃爱火

1. 文中的中国古代诗歌是《诗经·王风·大车》。

2. 萨福的第一首诗"他于我就像神一样"，节选自朗吉努斯《论崇高》（*On the Sublime*）所收《萨福残篇之三十一》（Fragment 31），可见于塔夫茨大学珀尔修斯数字图书馆。萨福的第二首诗"有人说骑手……"摘自伯纳德·派恩·格伦费尔（Bernard Pyne Grenfell）和阿瑟·瑟里奇·亨特（Arthur Surridge Hunt）合编的《俄克喜林库斯莎草纸》[*The Oxyrhynchus Papyri*（London:Egypt Exploration Fund,1914）] 所收《萨福残篇之十六》（Fragment Sixteen）。

3. 阿拉伯帝国阿拔斯王朝公主乌拉娅·宾特·迈赫迪所作诗句可见于詹姆斯·海沃思·邓恩（James Heyworth Dunne）所编 10 世纪的阿布·巴克尔·苏里（Abū Bakr al-Sūlī）的诗选《叶子集》[*Kitāb Al-Awrāq*（London: Luzac,1934）]。迈赫迪的其他诗作可见于 Abdullah al-Udhari 所编《阿拉伯女性经典双语诗集》[*Classical Poems by Arab Women: A Bilingual Anthology*（London: Saqi,1999）] 第 108—119 页找到。

第三章　远离愤怒

1. 约伯的忏悔可见于《约伯记》42：6。

2. 关于 "suggnômê" 的含义，参见《拉丁语－英语大词典》[*Greek-English Lexicon*（Oxford:Oxford University Press, 1843）] 的词条 "συγγνώμη"，希罗多德、亚里士多德等学者都用到过该词。

3.《安提戈涅》的选段结合了第 1266—1269 行（国王悼念儿子）和第 1317—

1320 行（国王悼念妻子），可见于塔夫茨大学珀尔修斯数字图书馆。

4. 俄狄浦斯的哀号参看《俄狄浦斯王》第 1182 行。

5. 莎士比亚《理查三世》的选段来自第一对开本版的第 3662—3665 行，在多数现代版本里对应第五幕第三场。

6. 亚里士多德关于 "hamartia" 的论述详见《诗学》1453a10。

第四章　缓解痛苦

1. 苏格拉底对哲学的定义详见柏拉图《斐多篇》67e4-5，可见于塔夫茨大学珀尔修斯数字图书馆。苏格拉底有关 "模仿伊索" 的论述，详见《斐多篇》60c-e。

2. 阿尔基洛科斯的作品来自《残篇 114》（Fragment 114），希波纳克斯的作品来自《残篇 68》（Fragment 68），均可见于洛布古典丛书（Loeb Classical Library）的《希腊抑扬格诗集》[Greek Iambic Poetry（Cambridge, MA: Harvard University Press，1999）]，编者为 Douglas E. Gerber。

3. 苏格拉底和美诺的对话选自柏拉图《美诺篇》71c-d，可见于塔夫茨大学珀尔修斯数字图书馆。

第五章　激发好奇

1. 关于苏美尔楔形文字选段，可参见 C.J. 加德（C.J.Gadd）和 S.N. 克雷默（S.N.Kramer）合编的《乌尔出土文献第六卷第二部：文学和宗教文献》[Ur Excavations Texts VI.2:Literary and Religious Texts（London:British Museum Publications, 1966）] 第 340—348 页。

2. 英语谜语详见请见阿彻·泰勒（Archer Taylor）所著《传统口述英语谜语》[English Riddles from Oral Tradition（Berkeley:University of California Press,1951）]。

3. 阿拉伯谜语参见查尔斯·T. 斯科特（Charles T.Scott）所著《波斯和阿拉伯谜语》[Persian and Arabic Riddles:A Language-Centered Approach to Genre Definition,Publication of the Indiana University Research Center in Anthropology,Folklore,and Linguistics（Bloomington:Indiana University,1965）] 第 39 页。

4. 忒瑞西阿斯和俄狄浦斯之间关于谜题的对话始于《俄狄浦斯王》第 316 行，在第 438—439 行结束。

5.《麦克白》的谜语来自第一对开本版的第 6、第 12 和第 1635—1657 行。

6.《松迪亚塔》的选段来自贾布里勒·尼亚奈（Djibril Tamsir Niane）所著《松迪亚塔：马里帝国史诗》[*Sundiata:An Epic of Old Mali*（Essex,UK:Longman,1965）]，译者为 G.D. 皮克特（G.D.Pickett）。

7.《高文爵士和绿衣骑士》的选段来自 J.R.R. 托尔金（J.R.R.Tolkien）和 E.V. 戈登（E.V.Gordon）编著、诺曼·戴维斯（Norman Davis）修订的《高文爵士和绿衣骑士》[*Gawain and the Green Knight*（Oxford:Claren don Press,1967）] 第一节。

8. 根据《麦克白》的预言，每场战争都是既输（对战败者而言）又赢（对胜者而言）的，每个明天都是既糟糕（对失败者而言）又美好（对胜利者而言）的。既然你已解决了生命的全部谜题，那么我问你：你为什么还在研究这些注释，就好像这里还有更多答案在等着你？

第六章　放飞思想

1. 鲁杰罗·邦吉等 19 世纪意大利拥护变革的人将"现代思想"和弗朗西斯·培根联系起来，而培根热忱地支持马基雅维利关于创新的论述（关于培根，详见第十三章）。今天，该词往往和一些马基雅维利所偏向的态度联系起来，如道德功利主义、技术进步、政治现实主义、对自然的失望，以及对绝对真理和昔日权威的普遍质疑。

2. 马基雅维利对"创新者"的论述来自《君主论》第六章。

3. 控诉马基雅维利为"用魔鬼之手写作的人类公敌"的人是雷吉纳尔德·波尔主教，这句话来自其 1539 年的拉丁语文章《向查理五世致歉》（*Apologia ad Carolum Quintum*）。

4. 但丁引用奥维德有关俄耳甫斯的话来自《飨宴》2.1.3，可见于哥伦比亚大学图书馆所主办的网站"数字但丁"（Digital Dante），网址：https://digitaldante. columbia.edu/text/library。

5.《贝奥武甫》中关于"oferhygd"的修订在第 36 段第 1743 行。

6.《圣经》中以眼还眼的指示来自《出埃及记》21：24。

7. 三个怪兽对美杜莎的喊叫"快把这个入侵者变成石头，美杜莎！"原文为"Vegna Medusa: sì'l farem di smalto"，来自但丁《地狱》9.52。但丁对教会和诗人的讽喻运用的论述"教会人士运用讽喻的目的与诗人不同——而我倾向于诗人的目的"原文为"Veramenti li teologi questo senso prendono altrimenti che li poeti; ma però che mia intenzione è qui lo modo de li poeti seguitare,prendo lo senso allegorico

secondo che per li poeti è usato"，来自《飨宴》2.1.4。

8. 维吉尔"雅致的言辞"来自《地狱》2.67，其有关"揭开陌生诗行的神秘面纱"的呼告的原文为"O voi ch'avete li'ntelletti sani,/mirate la dottrina che s'asconde/sotto'l velame de li versi strain"，来自《地狱》9.61—9.63。

9. 但丁对斯加拉大亲王所说的"我的诗是一种讽喻，写了我们因自主选择而受到正义的惩罚或奖赏"的原文为"Si vero accipiatur opus allegorice,subiectum est homo prout merendo et demerendo per arbitrii libertatem iustitie premiandi et puniendi obnoxius est"，可见于《但丁书信集》（*Dantis Alagherii Epistolae*）13.34。

10. 马基雅维利在给朋友的信中说他随身携带但丁的《喜剧》，这封信是马基雅维利在 1513 年 12 月 10 日写给弗朗切斯科·韦托里（Francesco Vettori）的。

第七章　摈弃悲观

1. 关于"在逃公主"及其最终命运（包括多尔诺瓦夫人所扮演的角色），可参见安妮·玛格丽特·帕蒂·迪努瓦耶（Anne Marguerite Petit du Noyer）写于 1713 年的五卷本著作《雅致历史书信集》（*Lettres Historiques Et Galantes*），特别是第一卷第一册的信件 24。

2. "童话"这个词是多尔诺瓦夫人为其 1697 年在巴黎出版的第一部童话故事集而创造的，其中第三个故事就是《格拉西西奥萨和珀西内的故事》。

3. 对灰姑娘"娃娃脸"的批评可见于 1949 年 12 月的《视相》杂志。

4. 佩罗对理性的重要性的论述，来自 1697 年在巴黎的一次演说。演说题为"一位小姐"（*A Mademoiselle*），演说序言为"过去故事里的道德"（*Histoires ou contes du temps passé avec des moralitez*）。

5. 亨丽埃特－朱莉·德·缪拉女爵于 1699 年发表的故事集题为《崇高寓言故事集》（*Histoires sublimes et allégoriques*）。

6. 贝蒂·爱德华兹的畅销书名为是《用右脑绘画：提高创造力和艺术自信》（*Drawing on the Right Side of Your Brain: A Course in Enhancing Creativity and Artistic Confidence*），已被翻译成十七种语言，销量超过一百七十万册，现已更新至第四版。

7. 罗伯特罗对喜剧的定义——"从幸运转折中得到意想不到的愉悦"，原文为"eventa quaedem fortuita, quae insperatam laetitiam afferent"，来自其作品 *Paraphrasis in Libellum Horatii* 中的"喜剧篇"（"De Comoedia"）。

8. 斯特拉帕罗拉的故事集《欢乐之夜》的原题为 *Le Piacevoli Notti*，通常的英文译法为 *The Facetious Nights* 或 *The Nights of Straparola*。

9. 在格拉西奥萨和珀西内的故事中，"唉，公主啊，倘若不是这位精灵永不止息的爱情拯救了你，你的命运该何去何从？"这句作者没有解释的转折的原文为"Hélas!quel eût été son sort, /Si de son Percinet la constance amoureuse/Ne l'avait tant de fois dérobée à la mort！"

10. 卓别林有关流浪汉形象的记叙出自其回忆录《喜剧演员看世界》（*A Comedian Sees the World*），该回忆录曾连载于 1933 年 9 月至 1934 年 1 月的在《妇女居家伴侣》（*Women's Home Companion*）。

11. "全凭运气的世界"出自维多利亚时期小说家塞缪尔·巴特勒的《生活与习惯》[*Life and Habit*（London: Jonathan Cape, 1878）]。

12. 朗对佩罗的评价——"夏尔·佩罗是一个好人，好父亲、好教徒、好伙伴"，来自《佩罗的流行故事》[*Perrault's Popular Tales*（Oxford: Clarendon Press,1888）]。

13. 罗陀比思的故事选自斯特拉博的《地理学》17.1.33。

第八章 治愈悲伤

1. 鬼魂对哈姆雷特所说的"我为何长眠而无法瞑目……"一句出自第一对开本版《哈姆雷特》，第 759 至 760 行（1.5）。哈姆雷特的"文字！……"一句来自第 1230 行（2.2）。"装疯卖傻"出自第 868 行（1.5）。"请表演得自然一些……"一句出自第 1870 至 1888 行（3.2）。鬼魂的"我这次来就是为了明确你的目标！"一句出自第 2491 行（3.4）。哈姆雷特"哀哉，可怜的约立克！"的感叹出自第 3372 行（5.1）。

2. 《卡尔达诺的慰藉》的引文来自托马斯·贝丁菲尔德（Thomas Bedingfeld）的译本 *Cardanus Comforte*（London,1573）。

3. 麦克德夫同洛斯和马尔康之间的对话出自第一对开本版《麦克白》，第 2047—2073 行（4.3）。

4. "充满美好……充满爱意……珍贵的生命……"一句来自《哈姆雷特》第 323—324 行（1.2）和第 1610 行（2.2）。

5. 安东尼·斯可洛克关于"友好的莎士比亚悲剧作品"的引文摘自《给戴芬忒斯的信，又称爱的激情》（*Epistle to Daiphantus,or the Passions of*

Love[London,1604]）。

6.《梯厄斯忒斯》中的"在动物身上，悲伤很剧烈，却也很短暂，而在人身上，它可以持续数年不散"一句摘自塞内加《致马西娅的告慰书》（Consolation to Marcia）第七部分，原文为"Aspice mutorum animalium quam concitata sint desideria et tamen quam brevia...nec ulli animali longum fetus sui desiderium est nisi homini."

7. 哈姆雷特"天哪！一头野兽……都会比她哀悼得更久"一句来自第334—335行（1.2）。"记住你吗？……"一段来自第782—789行（1.5）。关于哈姆雷特的母亲认为他的悲伤"不同寻常"，可参见自第252—256行（1.2）。关于哈姆雷特的叔叔抱怨他"乱发脾气"，可参见第282行（1.2）。关于别人说哈姆雷特"疯了"的情节，可参见第1119行（2.2）。哈姆雷特"这些不过是象征苦难的衣服罢了"一句出自第267行（1.2）。

8. "我的想象力啊！……"一段出自《梯厄斯忒斯》第192—193行，原文"age，anime，fac quod nulla posteritas probet，/ed nulla taceat"，可见于洛布古典丛书所收塞内加著《悲剧集》第二卷 [*Tragedies, Vol. 2: Oedipus. Agamemnon. Thyestes. Hercules on Oeta. Octaviah*（Cambridge, MA: Harvard University Press, 2018）]，编者为约翰 .G. 菲奇（John G.Fitch）。

9. 关于纪念逝者的内容可见于《哈姆雷特》第180行（1.2）。"透过我自己的悲愤，我看到了他所经历的苦痛"一句出自第3581行—3582行（5.2），"既然无人能带走人世的东西，何不及时脱身离去"一句出自第3672—3673行（5.2），"在这个涣散的星球"一句出自第782行（1.5），"把我的故事流传下去吧"出自第3835行（5.2）。

第九章　消除绝望

1. 约翰·多恩"新的哲学……"的诗句出自《世界的解剖》[*An Anatomy of the World*（London, 1611）] 第205—206行。

2. 奥斯蒙德所造"致幻"（psychedelic）一词来自其与奥尔德斯·赫胥黎的通信。赫胥黎在1956年3月30日从洛杉矶寄出的信中提出了"phanerothymic"一词。奥斯蒙德在1956年4月从加拿大萨斯喀彻温省韦本市寄出的回信中写道："亲爱的奥尔德斯，不管是想探索地狱，还是见到天使，只需要一点儿致幻剂。"赫胥黎和奥斯蒙德的往来书信可见于辛西娅·卡森·毕斯比（Cynthia

Carson Bisbee）等编《致幻先知：奥尔德斯·赫胥黎和汉弗莱·奥斯蒙德往来书 信 》[*Psychedelic Prophets:The Letters of Aldous Huxley and Humphry Osmond*（Montreal:McGill-Queen's University Press,2018）]。

3. 罗素·布雷恩关于科学和诗学之间差异的论述引自《心灵、感知和科学》[*Mind,Perception and Science*（Oxford:Blackwell,1951）]。关于库伦贝克关于大脑和思想的理论，可参考《神经学边缘领域》（*Confina Neurologica*）第十九卷第 462—484 页所载《大脑和知觉的深入探讨：大脑悖论和知觉的意义》（Further Remarks on Brain and Consciousness：The Brain-Paradox and the Meanings of Consciousness）一文。斯佩里关于左右脑的论述可参考来自 F.O. 施米特（F.O.Schmitt）和 F.G. 沃登（F.G.Worden）编《神经科学：第三研究方案》（*3rd Neurosciences Study Program*[Cambridge,MA:MIT Press,1974]）所载《大脑半球的偏侧专业化》（Lateral Specialization in the Surgically Separated Hemispheres）一文。

第十章　接受自我

1.《论语》以及《孟子》《庄子》均可见于"中国文献项目"网站。孔子关于"耻"的论述可参考《论语》的《学而篇》和《为政篇》。《论语》中提及"道"的部分包括《学而篇》和《八佾篇》。孟子关于"四端"的论述详见《孟子·公孙丑章句上》。

2. 朝廷每月对百姓的训诫参见威廉·米怜（William Milne）的《圣谕广训》[*The Sacred Edict*（Shanghai:American Presbyterian Mission Press,1870）]，其中较为明确牵涉"耻"的条目有第三、五、六、八、十一、十二条，其余部分则较为含蓄。对"伪道异端"的警告参见《圣谕广训》第七条。

3. 浑沌的故事出自《庄子·应帝王》，"浑沌"大致意为孕育天地万物的原始状态。庄生梦蝶的故事参见《庄子·齐物论》。

4. 秦始皇坑儒一事在公元前 2 世纪末史学家父子司马谈和司马迁所著《史记》中有所记载，但真实性存疑。

5. 关于《红楼梦》的英译本，推荐企鹅古典系列（Penguin Classics）的大卫·霍克斯（David Hawkes）和闵福德（John Minford）的译本，该英译本名为 *The Story of the Stone*。尽管学界为这部小说究竟有多少出自曹雪芹本人之笔而争议不断，但"庄生梦蝶"之感确实贯穿了这部书。

第十一章 抵御心碎

1. 简写给大姐卡桑德拉的信写于 1796 年 1 月 16 日，她在 17 日又写了一个关于汤姆·勒弗罗伊的补充。这封信可见于萨拉·昌西·伍尔西（Sarah Chauncy Woolsey）编写的《简·奥斯汀书信集：选自其侄子爱德华的汇编》[*Letters of Jane Austen, Selected from the Compilation of her Great Nephew*（Boston: Little, Brown, 1908）]。

2.《堂吉诃德》选段来自第一部第二章。

3. 牛顿《自然哲学的数学原理》的引文出自该书作者序第一句，原文为"phaenomena naturae ad leges mathematicas revocare aggressi sint"。

4. 笛卡儿关于同情和反感的论述来自《哲学原理》（*Principia Philosophiae*）第四部分第 187 段。

5. 牛顿关于炼金术留下了卷帙浩繁的书稿，但他从未打算发表它们。部分手稿可见于牛津大学主持的"牛顿项目"（The Newton Project），网址：http://www.newtonproject.ox.ac.uk/texts/newtons-works/alchemical。关于"点石成金"的描述可见于剑桥大学国王学院所藏凯恩斯手稿 53 "Of the first gate"该手稿是 1663 年出版于德国的炼金术经典——约翰·德蒙特·斯奈德斯（Johann de Monte Snyders）所著《行星之变》(*The Metamorphosis of the Planets*)的简单译本。牛顿的原文为"the spere of ♂"。

6. 菲尔丁的副标题"仿《堂吉诃德》作者塞万提斯而作"（*Written in Imitation of the Manner of Cervantes, Author of Don Quixote*）出自小说《约瑟夫·安德鲁斯传》（*Joseph Andrews, or The History of the Adventures of Joseph Andrews and of his Friend Mr. Abraham Adams*），该书出版于 1743 年，正值《莎美拉》出版后第二年，也是《弃儿汤姆·琼斯的历史》问世前六年。

7.《范妮·希尔》的选文来书中的"第一封信"。本书作者读罢这封信，便立即合上书，再没读下去。

8.《克拉丽莎》的选文来自第一卷的信件 8。

9. 有关狄德罗对《克拉丽莎》的沉迷，出自 1761 年的《理查森赞》（Éloge de Richardson）。

10.《弃儿汤姆·琼斯的历史》选文来自第十八卷第十章和第十一章。

11. 贺拉斯第一首讽刺诗选段是第 4—8 行，原文为"o fortunati mercatores gravis

annis/miles ait, multo iam fractus membra labore./contra mercator navim iactantibus Austris,/militia est potior. quid enim? concurritur:horae/momento cita mors venit aut victoria laeta"，可见于在塔夫茨大学珀尔修斯数字图书馆可查。

12. 乔叟的选文来自拉里·D. 本森（Larry D.Benson）编《河边的乔叟》[*The Riverside Chaucer*（Oxford:Oxford University Press,2008）] 第三版总序第 165—166 行 和 第 184—189 行，原 文 为 "A Monk ther was,a fair for the maistrie,/An outridere,that lovede venerie...What sholde he studie and make hymselven wood,/Upon a book in cloystre alwey to poure,/Or swynken with his handes,and laboure,/As Austyn bit?How shal the world be served?/Lat Austyn have his swynk to hym reserved!/Therfore he was a prikasour aright"。

13.《理智与情感》最初和《莎美拉》《克拉丽莎》一样以书信体形式创作而成。该版本如今一般被称作"埃莉诺和玛丽安"，或成稿于 1795 年，目前已散佚。成稿时简·奥斯丁不过十九岁而已。

第十二章　赋能生命

1. 玛丽·雪莱的爱人即珀西·比希·雪莱（Percy Bysshe Shelley），"英国的玄学者"指拜伦（Lord Byron），"梦游的专家"指约翰·威廉·波利多里（John William Polidori）。

2. 玛丽·雪莱的"我在恐惧中睁开双眼……一阵战栗涌遍全身"的描述来自 1831 年修订版《弗兰肯斯坦》前言的第 10—11 页，该书由亨利·科尔伯恩（Henry Colburn）和理查德·本特利（Richard Bentley）出版。

3. 塞尔耶发表的信题为《多诱因引发的综合征》（A Syndrome Produced by Diverse Nocuous Agents），出自 1936 年 7 月 4 日《自然》第 138 期第 32 篇。

4. 沃尔特·司各特所说的"一种难以言表的恐怖"出自《奥特兰托城堡》[*The Castle of Otranto*（Edinburgh: John Ballantyne, 1811）] 导读第 29 页。

第十三章　解开奥秘

1. 神秘剧源自《圣经》里的宗教法则，它们有着教化民众和联系教众感情的作用。这些宗教法则背后的历史并不清楚，但教会的"四大神父"却借助戏剧表演的力量变得鲜活。宗教剧和罪恶之间的界限也一直是模糊的，早在 390 年代中期，哲罗姆就因"赞助演员"而谴责安布罗斯（Ambrose）。

2. 莎士比亚年少时看到的神秘剧极有可能是考文垂的十几种，其中只有两种流传了下来：织工剧和裁缝剧。这些剧在距离莎士比亚家约 30 公里的地方上演，直到 1579 年被英国教会镇压，当时莎士比亚只有大约十五岁。更多细节详见托马斯·夏普（Thomas Sharp) 的《古代考文垂上演的神秘剧或行会剧研究》[*Dissertation on the Pageants or Dramatic Mysteries Anciently Performed at Coventry*（Coventry,UK: Merridew,1825）]。

3. "地球在转动，太阳在宇宙中心岿然不动"一句是哥白尼 1543 年版《天体运行论》（*De Revolutionibus Orbium Coelestium*）序言的第一句，拉丁语原文 "terram mobilem, Solem vero in medio universi immobilem constituit"。《天体运行论》从未要证明地球围绕太阳转，它只是认为以太阳为中心的星系更易以几何模型呈现，并认为其真相远远超出数学的学科认知范围。

4. 有关培根《新大西岛》以及它如何巧妙融入了"警觉触发器"，详见安格斯·弗莱彻所著《培根的文学和科学的乌托邦》（Francis Bacon's Literary-Scientific Utopia）一文，收录于霍华德·马尔基泰洛（Howard Marchitello）和林恩·特里布尔（Lyn Tribble）合编的《帕尔格雷夫近代早期文学、科学及文化手册》[*The Palgrave Handbook of Early Modern Literature，Science，and Culture*（New York：Palgrave，2017）]。

5. 达尔文对《自然哲学研究初论》的评论是"它使我心里燃起一股热情，想要为伟大的自然科学尽一份绵薄之力"，引自弗朗西斯·达尔文（Francis Darwin) 编《查尔斯·达尔文的一生：达尔文传记及已出版书信选集》[*Charles Darwin：His Life Told in an Autobiographical Chapter，and in a Selected Series of his Published Letters*（London：John Murray，1892）]。

6. 玛丽亚·埃奇沃思在 1834 年的小说《海伦》里，借主人公海伦的未婚夫之口，对《自然哲学研究初论》赞美道："在我看来，它提供了有关自然哲学发展的最佳观点。它对过去的判断和对未来的预想十分详尽且公允。无论是实践上的积累，还是理论上的创见，它都堪称培根以来最伟大的作品。"

7. 赫歇尔所谓"未试验而预测事实"来自《自然哲学研究初论》第二部分第七章第 215 段。赫歇尔关于金星的论述来自《自然哲学研究初论》第三部分第三章第 299 段。

8. 大卫·布鲁斯特关于"机械土耳其人"的论述来自《自然魔法书信集》第 11 封信。

第十四章 获得成长

1. 加里森7月4日的演讲后登载于1854年7月7日的《解放者》第2版第2—4栏。报纸叙述如下："（加里森）高举美国宪法，斥责它是其他所有暴行的源头——'死亡的契约，地狱的条款'——并当场将其焚毁，'消灭一切对暴政的妥协！''让全体人民发声，阿门！'人群中爆发出响彻天际的'阿门！'他的行动得到了大家认可。"

2. 道格拉斯的演说最初发表时名为《1852年7月5日，道格拉斯在罗切斯特科林斯式大厅的演讲》[*Oration*, *Delivered in Corinthian Hall, Rochester*, *by Frederick Douglass*, *July 5th*, *1852*（Rochester, NY: Lee, Mann, 1852）]。

3. 文中奴隶叙事的引文摘自这些引文前面提到的几部作品。

4. 加里森曾反复支持过"道德规劝"。加里森在1854年9月5日的《解放者》第3版第5栏刊载了一封信，声称"想通过战争废除奴隶制……是不可能的……只有道德规劝能消除世界上的错误"。在同一期，他还为道格拉斯的"廉价版"自传打了广告："一本25美分，十二本2.75美元"。

5. "道德规劝就是道德废话"一句摘自《美国禁酒运动》[*American Temperance*（New York: R. Van Dien,1852）]第137—142页所收《缅因州法和道德规劝》（The Maine Law Vs.Moral Suasion）一文，第137—142页。

6. 奥古斯丁对自己思想转变的描述可见于《忏悔录》8.12。奥古斯丁读到的《圣经》片段是《罗马书》13：13。奥古斯丁所说"柏拉图学说的书籍"详见《忏悔录》7.9。奥古斯丁对自己肉体的提及始于《忏悔录》1.6的"肉体的父母"一句，原文为"parentibus carnis"，随后在《忏悔录》1.13中化用《圣经·诗篇》78：39的表述："我只是一副躯壳，随风飘散，永不复还"原文为"caro eram et spiritus ambulans et non revertens"，这样的描写之后贯穿了第十三卷。

7. 卢梭在《忏悔录》第一章事无巨细地描述了自己年少时的鲁莽："我有着那个年纪的各种缺点。我是个话痨、贪吃鬼，偶尔还是个说谎精。我偷吃果子，偷吃糖果和其他食物。"他还写了自己年少时对爱情故事的沉迷："母亲留下一些小说，我和父亲会在晚饭后读这些小说"。

8. 胡安·路易斯·比维斯的话引自《论纪律二十卷》[*De Disciplinis Libri XX*（Antwerp, Bel.: 1531）]中的《论学科教学》（*De Tradendis Disciplinis*）4.4。

9. "相比系统性，本书作者更喜欢丰富性"一句来自《哥伦比亚演说家》（*Boston*:

Caleb Bingham，1817）的序言。

10. 乔治·拉芬的评论"道格拉斯充满一种不露声色的幽默感"来自《弗雷德里克·道格拉斯的生平和时代》（Hartford，CT：Park，1881）第七章。

11. 玛丽·丘奇·特雷尔对道格拉斯的回忆见《道格拉斯对女性的恩情》（Women's Debt to Frederick Douglass），选自玛丽·丘奇·特雷尔的论文，藏于美国国会图书馆，编号 MSS425490639。

第十五章　重新振作

1. 蒲鲁东的疾呼原文为 "nous sommes vaincus et humilés...nous voilà tous disperses，emprisonnés，désarmés，muets"，摘自《一个革命者的自白》[*Les Confessions d'un Révolutionnaire*（Paris,1849）] 第 1 段。

2. "现代历史上未遂的转折之年"出自来自 G.M. 特里维廉（G.M.Trevelyan）著《19 世纪英国历史：1782—1901》[*British History in the Nineteenth Century,1782—1901*（London：Longmans，Green，1922）] 第十九章，第 292 页。

3. 乔治·爱略特的描述"数百万赤贫的灵肉"和"某种类似动物园的地方"出自她 1848 年 2 月写给约翰·西布里（John Sibree）的信，这封信后出版于约翰·沃尔特·克罗斯（John Walter Cross）编著的《乔治·爱略特的生平》[*George Eliot's Life，as Related in Her Letters and Journals*（New York：Thomas Y.Crowell，1884）] 第 91—92 页。

4. "不住地祷告，凡事谢恩"出自《帖撒罗尼迦前书》5：17—18。

5. 《凯什神庙赞》可见于苏美尔文学电子文本语料库，编号 4.80.2。

6. "你们要称谢耶和华……"出自《圣经·诗篇》136。

7. 费尔巴哈《基督教的本质》引文来自爱略特译本（London：John Chapman，1854），爱略特在该译本署上了她的本名——玛丽·埃文斯（Mary Evans）。

8. 爱略特 1856 年发表在《威斯敏斯特评论》上的文章题为 "Silly Novels by Lady Novelists"，见《威斯敏斯特评论》第 130 期，1856 年 10 月，第 243—254 页。

9. 巴尔扎克说的"注意了！这部悲剧既非虚构，也不是爱情故事"，原文为 "Ah! sachez-le: ce drame n'est ni une fiction ni un roman"，摘自《高老头》第 1 段。

10. 爱略特在 1859 年 10 月 25 日的笔记中写道："我们刚刚大声朗读完《高老头》——真是本令人生厌的书。"摘自《乔治·爱略特的生平》第 319 页。

11. 《高老头》中"我们不是都……"一句的原文为："N'aimons-nous pas tous à

prouver notre force aux dépens de quelqu'un ou de quelque chose?"

12.《圣经》的"因为我切切地想见你们……因你与我彼此的信心,就可以同得安慰"一句来自《罗马书》1:12。

13. 格思里"'上帝是爱'……"一句摘自其所著《生而为赢》[*Born to Win*（New York：Collier Books，1967）]的"我的秘密"（My Secret）一篇,编者为罗伯特·谢尔顿（Robert Shelton）。

第十六章 保持清醒

1. 关于大正天皇,原武史（Hara Takeshi）在《日本近代天皇》[*The Modern Emperors of Japan*（Leiden, Neth.：Brill，2008）]第227—240页写道:"他的许多古怪行为流传甚广,其中最著名的便是'望远镜事件'。在这次事件中,天皇在帝国议会上将写有演讲稿的纸卷起,他没有照着这张纸读,而是用讲稿卷成的纸筒望向议会众人。"通过长期研究,原武史得出结论:"没有证据表明真发生过这么一件事"。最近,艾莉森·米勒（Alison Miller）重新研究了史实后指出,那些想证明望远镜事件是"反对天皇的政客散播的谣言,或者……公众的闲言碎语"的人,"本身可能高估了有效证据。这一不太光彩的事件经常被有关大正天皇的传记所提及。不过,抛开这些阴谋论不谈,大正天皇的健康状况在1910年代后期就开始每况愈下,这是世所公认的。"详见2016年出版的艾莉森·米勒所著《自我和国家》（*Self and Nation*）第七卷"帝国印象：20世纪早期报章照片中的日本贞明皇后"（"Imperial Images：The Japanese Empress Teimei in Early Twentieth-Century Newspaper Photography"）。

2. 马克·安东尼的致辞来自第一对开本版《尤利乌斯·恺撒》,第1614—1635行（2.3）。

3. 巴兹尔·霍尔·张伯伦对武士道的评价可见于《新宗教的诞生》[*The Invention of a New Religion*（London：Watts，1912）]。

4. 关于清水千代太和黑泽明的分歧,可参见佐藤忠男（Tadao Sato）所著《黑泽明的世界》（*Kurosawa Akira no Sekai*）。由唐纳德·里奇（Donald Richie）编辑,佐藤五郎（Goro Sato）翻译的《罗生门》[*Roshomon*（New Brunswick, NJ：Rutgers University Press，1987）]的第167—172页也收录了相关内容。

第十七章　求得平和

1. "这些美好的 12 月夜晚……"出自安妮·奥利弗·贝尔（Anne Olivier Bell）和安德鲁·麦克尼利（Andrew McNeillie）合编的七卷本《弗吉尼亚·伍尔夫日记》[*The Diary of Virginia Woolf*（London：Hogarth Press，1977—1984）]2.217。"一股忧伤……"一句来自该书 2.227，即 1923 年 1 月 28 日的日记。

2. 伍尔夫所说的"残暴""说真的，医生比丈夫还要糟糕"等话语出自奈杰尔·尼科尔森（Nigel Nicolson）和乔安妮·特劳特曼（Joanne Trautmann）合编的六卷本《弗吉尼亚·伍尔夫书信集》[*The Letters of Virginia Woolf*（London：Hogarth Press，1975—1980）]1.147—1.148，即 1904 年 10 月 30 日的信。

3. 萨维奇"如果……允许一个女孩子在家自学"一句出自《精神病及相关神经症：实践和临床》[*Insanity and Allied Neuroses*：*Practical and Clinical*（London：Cassell,1884）] 第三章第 22 页。

4. "你不能读这个……"一句出自伍尔夫 1930 年 6 月 22 日写给埃塞尔·史密斯（Ethel Smyth）的信，摘自《弗吉尼亚·伍尔夫书信集》4.180。她在信中回忆了萨维奇的医嘱："六个月来，而不是三个月，我都躺在床上，我收获了很多关于'自我'的认识。事实上，当我经受了他的治疗，再回到这个世界上时，我的腿几乎要瘫了，我战战兢兢，挪不开步子。想想吧，遵照医生的医嘱，片刻自由都没有，这有多么奇怪。'你不能读这个''你一个字都不能写''你要静静躺好，喝些牛奶'——整整六个月都是这样的生活。"

5. 伍尔夫为剑桥异教徒协会准备的关于"小说人物"的讲座最初以《小说中的人物》（Character in Fiction）为题刊载于 1924 年 7 月的《标准》（Criterion）杂志，经过修订后于 1924 年 10 月 30 日以《本内特太太和布朗太太》（Mrs. Bennett and Mrs.Brown）为题由霍加斯出版社出版。

6. 伍尔夫关于"时代精神"的表述可见于《小说中的人物》的一版草稿："再没有任何时代比我们这个时代更了解人物的了……我们今天的每个人都比我们的祖辈更多地思考着人物；人物吸引了我们更多的注意；我们彼此走得更近了，也更深地沉浸在同伴的真实情感和心理中。一些科学方面的原因推动了这种局面……也有一股不那么明显的力量在推动着，这种力量有时被叫作'时代精神'"详见安德鲁·麦克尼利（Andrew McNeillie）编著的三卷本《弗吉尼亚·伍尔夫随笔集》[*The Essays of Virginia Woolf*（London：Hogarth，1986—1988）]3.504。

7. 伍尔夫对罗素的评价："他那闪闪发光、活力四射的思想犹如附在一辆松垮的小车上……"出自《弗吉尼亚·伍尔夫日记》2.295。

8. 塞拉斯·魏尔·米切尔医生说的"你只要治愈了身体，就会发现，思想也在不知不觉间被治愈了"一句来自其撰写的《静养疗法、隔绝疗法及其他精神治疗》（The Treatment by Rest, Seclusion, Etc., in Relation to Psychotherapy）一文，收录于 1908 年 6 月 20 日的《美国医学会杂志》（Journal of the American Medical Association）第 25 期。

9. 米切尔对夏洛特·珀金斯·吉尔曼采取静养疗法——"在你有生之年，千万别动钢笔、画笔或铅笔"出自《夏洛特·珀金斯·吉尔曼自传》[The Living of Charlotte Perkins Gilman: An Autobiography（New York: D.Appleton-Century, 1935）]。

10. 伍尔夫的控诉——"活像头巨大的母猪"来自《弗吉尼亚·伍尔夫书信集》2.35，即 1913 年 12 月 4 日的信。

11. 威廉·詹姆斯"我读完了勒努维耶第二篇随笔的第一部分……"一句来自其 1870 年 4 月 30 日的笔记，收录于亨利·詹姆斯所编两卷本《威廉·詹姆斯书信集》[The Letters of William James（Boston: Atlantic Monthly, 1920）]1.147—1.148。

12. 詹姆斯说的"努力的感觉"来自两卷本《心理学原理》[The Principles of Psychology（New York: Henry Holt, 1890）]1.451—1.452，完整表述为："我们的意识就像一条流淌的小河。它的流动总体上缓慢而自在，只受重力的影响，通常也不需要特别的注意力。但水流偶尔也会遇到障碍、阻滞，甚至堵塞。这时水流就会被阻断，形成一个漩涡，并临时改道。如果河流有感知能力，它会在遇到这些障碍和堵塞时感到吃力，它会说：'我现在正流向阻力巨大的方向，而非像往常那样轻松地流淌，我使尽浑身解数才成就这一壮举'。"

13. 伯特兰·罗素对詹姆斯"自由意志"的论述的引用来自《心的分析》[The Analysis of Mind（London: George Allen & Unwin, 1921）]。

14. 萨维奇的悼念文章来自 1921 年 7 月 16 日的《英国医学杂志》（British Medical Journal）的第 98—99 页。

15. 伍尔夫的"我白白丢了三颗牙齿"一句来自《弗吉尼亚·伍尔夫日记》2.176。"一切都索然无味、暗淡无光……"一句来自《弗吉尼亚·伍尔夫日记》3.103，即 1926 年 7 月 31 日的日记，不过这段讲述的是四天前，即 7 月 27 日的事。"一种身体的疲惫……"一句来自 7 月 30 日的日记，"读一些但丁……"一句来自 7

月 31 日的日记，都可见于《弗吉尼亚·伍尔夫日记》3.103。

16. 詹姆斯发表在《心智》（*Mind*）上的文章题为《论内省心理学的一些疏漏》（On Some Omissions of Introspective Psychology），摘自 1884 年 1 月《心智》9: 33 第 1—26 页。詹姆斯所谓"剁成碎片""'链条''列车'这样的字眼都无法准确描述它"的表述来自他后来对《心智》中那篇文章的阐释，收录于《心理学原理》1.239。在他《心智》一开始那篇文章中，詹姆斯对英国心理学家将意识"剁成碎片"的行为并未提出特别严厉的批评。

17. "它不是什么东西的连接，它是流动的"一句来自《心理学原理》1.239。詹姆斯关于"神经休克"及其与意识的关系的论述来自《心理学原理》1.152—1.153。"大脑里每一个确切的画面都深深浸染在自由流溢的水流里……"一段引自《心智》第 16 期和《心理学原理》1.255。詹姆斯关于文学创作者将各种连接词用作"想法之间的过渡"的论述来自《心智》第 14 期和《心理学原理》1.252—1.253。

18. 将多萝西·理查森的《蜂房》诊断为"神经衰弱"病例的论述摘自 1917 年 11 月 24 日《星期六政治、文学、科学、艺术评论》（*Saturday Review of Politics, Literature, Science, and Art*）第 422 页。梅·辛克莱对《蜂房》的评论来自《多萝西·理查森的小说》（The Novels of Dorothy Richardson）一文，收录于 1918 年 4 月的《自我主义者》（*Egoist*）5: 4 第 57—59 页。

19. 伍尔夫对理查森小说的评论"感觉、印象、观点和感情（从叙事者的意识中）不断闪现……"摘自《弗吉尼亚·伍尔夫随笔集》3.11—3.12。"啊！乔伊斯可真是太烦人了！……"的抱怨来自她 1922 年 6 月 5 日写给杰拉德·布雷南（Gerald Brenan）的信，见《弗吉尼亚·伍尔夫书信集》2.533。

20. 伍尔夫"在天空下自由自在"的描述来自 1919 年 4 月 10 日《泰晤士文学报增刊》（*Times Literary Supplement*）第 189—190 页的 "Modern Novels" 一文。此文之后在《普通读者》[*The Common Reader*（London：Hogarth Press，1925）] 中修订出版时，"在天空下自由自在"改为"开阔眼界，获得自由"（"enlarged and set free"）。伍尔夫对乔伊斯意识流理论的批评全文如下："我们还可以更进一步，考虑一下我们是否可以把那种被关在一个明亮却逼仄的房屋里的感觉——而不是开阔、自由的感觉——归因于该方法及其心理引发的某种限制。会不会就是这种方法抑制了创造力呢？"

21. 塞拉斯·魏尔·米切尔的战地回忆可见于 1914 年《美国医学会杂志》第 62 期的《内战时期的医疗机构》（The Medical Department in the Civil War）一文。

文中写道："我们所描述的神经创痛的症状，有些是在同样的紧张情绪下所未见过的。遇到怀疑装病的病例就甩给我们，这已经成为一种惯例。都是一些捣乱的人、胆小鬼，有时也是一种奇怪的、令人歇斯底里的精神错乱的受害者。"

第十八章　滋养创意

1. "天赋的思辨原则"出自约翰·洛克《人类理解论》[*An Essay Concerning Human Un derstanding*(London, 1690)]1.1。"空间观念的简单情状"来自同 2.13。"儿童的思想、傻瓜的思想"等来自同 1.1。"缺点""错误""愚蠢""教育孩子"等来自同 2.33。

2. 马库斯·赖希勒的发现可见于 2001 年《自然综述：神经科学》（*Nature Reviews: Neuroscience* ）第 2 期第 685—694 页所载《探索基准：功能成像及放松的大脑》（ Searching for a Baseline:Functional Imaging and the Resting Human Brain ）一文；还可见于 2001 年《美国国家科学院院刊》（*Proceedings of the National Academy of Sciences* ）第 676—682 页所载《大脑功能的默认模式》（ A Default Mode of Brain Function ）一文。

3. 1780 年，托马斯·卡南（Thomas Carnan）提出要出版《鹅妈妈童谣集》，不过该书现存最早版本是 1784 年的。在 1791 年版里，《猫咪和提琴》（ The Cat and Fiddle, 即《稀奇真稀奇》）出现在第 32 页。

4.《猫头鹰和小猫咪》选自《胡话诗、故事、植物学和字母表》[*Nonsense Songs*, *Stories*, *Botany*, *and Alphabets* (Boston：James R.Osgood, 1871)]。

5. 赫西"彬彬有礼、纯洁得不正常的男孩和女孩"来自 1954 年 5 月 24 日《生活》（ *Life* ）杂志第 147—148 页所载《为什么学生在阅读教育后就停滞不前？》（ Why Do Students Bog Down After the First R?)[1] 一文。

第十九章　开启救赎

1. 马丁·路德·金的《走出漫漫长夜》出自 1958 年 2 月 8 日《福音使者》107：6 第 3—4 页和第 13—15 页。

2. "虚心的人有福了，因为天国是他们的"一句来自《马太福音》5：3。

1　此文标题中的 "the First R" 指 reading（阅读）。该说法来自西方一种古老的教育理念，将读、写、算视作儿童教育的最重要部分。读、写、算的英文分别为 "reading" "writing" "arithmetic"，被合称 "the three Rs"。

3. 帕克对童年的回忆来自《西奥多·帕克传》[*Theodore Parker：A Biography*（Boston：James R.Osgood，1874）]。

4. 马萨诸塞州剑桥的"果园、花园和极乐之地"可见于六卷本《爱丁堡地理词典》[*The Edinburgh Gazetteer：Or，Geographical Dictionary*（London：Longman，Rees，Orme，Brown，and Green，1827）]2.47。

5. 爱默生的"个人的无限性"来自十六卷本的《爱默生笔记及其他杂记》[*Journals and Miscellaneous Notebooks of Ralph Waldo Emerson*（Cambridge，MA：Harvard University Press，1960—1982）]7.342。"此刻，文学、哲学和思想通通被赋予了莎士比亚的色彩"一句来自"Shakspeare[1]；or，The Poet"一文，收录于十二卷本《爱默生全集》[*The Complete Works of Ralph Waldo Emerson*（Boston：Houghton，Mifflin，1903—1904）]4.204。

6. 哈姆雷特的"其他人都沉默了"来自第一对开本版第 3847 行（5.2）。"生存还是毁灭"来自第 1710—1714 行（5.1）。

7. 高乃依的文字引自《熙德》[*Le Cid*（Paris,1637）]1.7，原文为"Père，maîtresse,honneur,amour，/Noble et dure contrainte，aimable tyrannie，/Tous mes plaisirs sont morts，ou ma gloire ternie./L'un me rend malheureux，l'autre indigne du jour"。

8. 查尔斯·兰姆有关莎士比亚戏剧的描述来自 1811 年的《从舞台表现适配性谈莎士比亚悲剧》（On the Tragedies of Shakspeare Considered with Reference to their Fitness for Stage Representation）一文，收录于三卷本的《查尔斯·兰姆散文集》[*The Prose Works of Charles Lamb*（London：Edward Moxon，1836）]。兰姆接下来"在人物的思想里"的论述是关于莎士比亚的《李尔王》的。

9. 爱默生"我知道你是那些快乐的平凡人当中的一个……"一段出自《爱默生全集》4.354。

第二十章　刷新未来

1. 加西亚·马尔克斯 1965 年 7 月的"一闪念……"原文为"tuve la revelación：debía contar la historia como mi abuela me contaba las suyas，partiendo de aquella tarde en que el niño es llevado por su padre para conocer el hielo"，节选自《追随梅

1　原文如此，正确拼写应为"Shakespeare"。

尔基亚德斯的脚步：百年孤独的故事》[*Tras las huellas de Melquiades.Historia de Cien años de soledad*（Bogotá：Norma，2001）] 第 69 页。

2. 马尔克斯《百年孤独》选文出自格雷戈里·拉瓦萨（Gregory Rabassa）译英文版《百年孤独》[*One Hundred Days of Solitude*（New York：Harper and Row，1970）]，个别处略有调整。

3. 1982 年，马尔克斯获诺贝尔文学奖，媒体曾如此写道："今年的诺贝尔文学奖将被授予哥伦比亚作家加西亚·马尔克斯。瑞典文学院并非把奖项颁给了一位不见经传的作家。加西亚·马尔克斯已因其 1967 年的小说《百年孤独》在世界范围内取得了非凡的成就。这部小说已被翻译为多种语言，售出数百万册。它仍在不断加印，并持续吸引着更多新的读者。"

4. 哥白尼"我知道，对于那些相信地球静止……"一段的原话为"Itaque cum mecum ipse cogitarem,quam absurdum ἀκρόαμα existimaturi essent illi,qui multorum seculorum iudiciis hanc opinionem confirmatam norunt,quod terra immobilis in medio coeli,tanquam centrum illius posita sit,si ego contra assererem terram moveri"，摘自他的 1543 年《天体运行论》的序言。

5. 柯勒律治《文学传记》的详细引文如下："次生想象……消解、弥漫、消散，来完成再创造……它在本质上是至关重要的，就算所有（作为客体的）事物都从本质上一成不变甚至死亡。"摘自两卷本《文学传记》[*Biographia Literaria；or Biographical Sketches of My Literary Life and Opinions*（London：Rest Fenner，1817）]1.295—1.296，第十三章。

第二十一章　明智决断

1. "同时发明"的列表引自阿尔弗雷德·L. 克罗伯的《人类学》[*Anthropology：Race,Language*，*Culture*，*Psychology*，*Prehistory*（New York：Harcourt，Brace，1948）] 修订版第 342 页。克罗伯编纂教科书的草稿藏于美国国会图书馆，编号 MSS28977。他对"历史伟人论"的探讨见《人类学》第 340 页。

2. 皮罗的原话已失考，但可通过《皮罗思想纲要》（*Outlines of Pyrrhonism*）了解其思想的大致面目，这本书的作者是晚于皮罗约四百年的希腊医生塞克斯都·恩披里克（Sextus Empiricus），他在该书第一部第十二章中探讨了"心神安宁"和判断中止。相关内容可见于洛布古典丛书所收 R.G. 伯里（R.G.Bury）编《皮罗思想纲要》（Cambridge,MA:Harvard University Press,1933）第 18—21 页。

3. 希罗多德所谓"个头赛狐狸"的蚂蚁出自《历史》（*Histories*）3.102—3.105。

4. 范成大对瞿塘峡的描写来自《吴船录》（作于 1177 年），他还有另外两部重要的游记作品：《揽辔录》（作于 1170 年）和《骖鸾录》（作于 1172—1173 年）。

5. 伊本·白图泰对谢赫的山羊皮斗篷的垂涎，参见 1354 年成书的《旅行爱好者的宝藏》（*A Treasury for Traveling Souls*，原书名为 *Tuh¢fat an-Nuzz¢ ā¢ r fī Gharā'b al-Amsā¢ r wa 'Ajā'ib al-Asfār*）。

6. 托马斯·莫尔的游记《关于最完美的国家制度和乌托邦新岛的既有益又有趣的全书》原书名为 *Libellus vere aureus, nec minus salutaris quam festivus, de optimo rei publicae statu deque nova insula Utopia*（Leuven，1516）。

7. 克罗伯对"异士"的评价载于作品西奥多·克罗伯（Theodore Kroeber）著《两个世界里的异士》[*Ishi in Two Worlds*（Berkeley：University of California Press，1961）] 第 229 页。

第二十二章　相信自己

1. "你不用考虑正确的事。如果你坚持正确的事，那就去做，不用多想"一句来自玛雅·安吉洛《我知道笼中鸟为何歌唱》[*I Know Why the Caged Bird Sings*（New York：Random House，1970）] 第 290 页。

2. "我的文字的力量在于它的真实……"一段来自普里斯莎草纸（Papyrus Prisse）版《普塔霍特普箴言录》（*The Wisdom of Ptahhotep*），第四十一部分，可见于伦敦大学学院的"大学数字埃及"（Digital Egypt for Universities）项目，网址为 https://www.ucl.ac.uk/museums-static/digitalegypt。"遵从你的内心"一句来自《普塔霍特普箴言录》第 14 部分。

3. 马可·奥勒留的"每天早晨，告诉自己……"一句来自《沉思录》（*Meditations*）2.1，可见于洛布古典丛书所收 C.R. 海恩斯（C.R.Haines）编《马可·奥勒留》[*Marcus Aurelius*（Cambridge，MA：Harvard University Press，1916）]。

4. "我们以劳作为生……"一句来自乔治·波瑟内（Georges Posener）编《忠诚者教谕》[*Loyalist Teaching*（Geneva，1976）] 第九部分，可见于伦敦大学学院"大学数字埃及"项目。

5. "如果一个女人在纵情狂欢，不要放弃她……"一句来自普里斯莎草纸第四十部分。

6. 安吉洛所说的"我见识到了自己生命的有限性……这让我以一种奇特而严肃

的方式存在着"来自琳恩·达令（Lynn Darling）对安吉洛的访谈《玛雅·安吉洛，女人心语：身处风暴向外看》（Maya Angelou, a Woman's Heart：Inside the Raging Storm,Looking Out），刊登于1981年10月13日的《华盛顿邮报》（*Washington Post*）D1版。

7. 萨特的"我们都生于偶然，最终在碰撞中死去"，原文为"Tout existant naît sans raison, se prolonge par faiblesse et meurt par rencontre" 来自《恶心》[*La Nausée*（Paris：Éditions Gallimard，1938）]。"绝望是乐观的真正发端……"一段来自刊登于1944年12月29日《行动》（*Action*）的文章《为存在主义正名》（A propos de l'existentialisme：Mise au point），后收录于米歇尔·孔塔（Michel Contat）和米歇尔·里巴尔卡（Michel Rybalka）合编的《萨特文集》[*Les Écrits de Sartre*（Paris：Gallimard，1970）]第653—658页。"抓住每一秒，榨尽每一秒"一句的原文为"Je me penche sur chaque seconde, j'essaie de l'épuiser"，出自《恶心》。

8. 由安吉洛出演并在圣马可剧院上演的英文版《黑人》的译者为伯纳德·弗雷希特曼（Bernard Frechtman），其中安吉洛的台词如下："这是一片废墟！我还没有雕刻完我自己，还没有雕琢、切割，把自己变成一片废墟。一片永恒的废墟。让我忘却自己的不是时间和疲倦，是死亡在塑造着我……我这具崇高的尸体——这副行尸走肉——还不能让你满意吗？"

第二十三章　解冻心灵

1. 莎士比亚的《李尔王》于1681年被纳厄姆·泰特（Nahum Tate）改写为《李尔王传》（*The History of King Lear*），并在之后一个半世纪的戏剧舞台上取代了莎士比亚的原作。

2. 艾莉森·贝克德尔作品的引文均来自《欢乐家庭：一出家庭悲喜剧》[*Fun Home：A Family Tragicomic*（New York：Houghton Mifflin，2006）]。

3. 关于沃尔普的方法，详见其著作《交互抑制心理疗法》[*Psychotheraphy by Reciprocal Inhibition*（Stanford，CA：Stanford University Press，1958）]。

4. 死神对阿波罗的嘲笑，原文为"πόλλ' ἂν σὺ λέξας οὐδὲν ἂν πλέον λάβοις"，摘自《阿尔刻提斯》第72行，可见于塔夫茨大学珀尔修斯数字图书馆。"阿尔刻提斯已经半死不活了"一句的原文为"καὶ ζῶσαν εἰπεῖν καὶ θανοῦσαν ἔστι σοι"，摘自《阿尔刻提斯》第141行。

5. 艾略特对《阿尔刻提斯》的致敬来自《论诗和诗人》（London：Faber and

Faber，1957）第 91 页。

6.《等待戈多》的"甚至不敢再笑了"及其他选文均摘自萨缪尔·贝克特的英译本《等待戈多》[*Waiting for Godot*（Grove Press，1954）]。

第二十四章　放飞梦想

1.《堂吉诃德》伪造的第二部原书名为 *Segundo Tomo del Ingenioso Hidalgo Don Quixote de la Mancha*，该书名被海军军官约翰·史蒂文斯（John Stevens）译成英文 *Continuation of the comical history of the most ingenious knight, Don Quixote de la Mancha, by the licentiate Alonzo Fernandez de Avellaneda. Being a third volume*；*never before printed in English*（London，1705）。

2. "我知道，我知道⋯⋯"一段的原文为 "suspicio est mihi nunc vos suspicarier，/me idcirco haec tanta facinora promittere，/quo vos oblectem，hanc fabulam dum transigam，/neque sim facturus quod facturum dixeram./non demutabo. atque etiam certum, quod sciam，/quo id sim facturus pacto nil etiam scio，/nisi quia futurumst. nam qui in scaenam provenit，/novo módo novom aliquid inventum adferre addecet；/si id facere nequeat, det locum illi qui queat"，引自意大利作家普劳图斯的《撒谎者》（*Pseudolus*），1.5.150—158，可见于塔夫茨大学珀尔修斯数字图书馆。

3. 堂吉诃德"书更好，因为它们更真实"一句的原文为 "las historias fingidas tanto tienen de buenas y de deleitables cuanto se llegan a la verdad o la semejanza della,y las verdaderas tanto son mejores cuanto son más verdaderas"，摘自《堂吉诃德》第二部第六十二章。

4. "滑稽的眼色"和"现实的转换"两个术语分别译自 "indicium comicum" 和 "veritatis mobile"，出自 13 世纪安达卢西亚未知作者汇编的《发明名录》（*The Book of Inventions*，原标题为 *Kitab al-Aikhtiraeat*）。

第二十五章　减轻孤独

1. "哦，神话般的俄耳甫斯，歌曲之父，阿波罗的竖琴之子"一句的原文为 "ἐξ Ἀπόλλωνος δὲ φορμικτὰς ἀοιδᾶν πατὴρ ἔμολεν,εὐαίνητος,Ὀρφεύς"，来自古希腊抒情诗人品达（Pindar）的《皮提亚颂》第四首（Pythian Ode 4）第 177 行，可见于塔夫茨大学珀尔修斯数字图书馆。

2. "悲伤后的爱情更加甜蜜"一句的原文为 "Vissi già mesto e dolente；/Or

gioisco，e quegli affanni/Che sofferti hò per tant'anni/Fan più caro il ben presente"，来自《奥菲欧》第 2 幕。

3. 埃莱娜·费兰特《我的天才女友》选文来自 Ann Goldstein 翻译的英译本 *My Brilliant Friend*(New York：Europa，2012)。

结语

1. 昆体良《雄辩术原理》（*Institutiones*）可见于塔夫茨大学珀尔修斯数字图书馆。

2. 昆体良关于"令人愉悦的巧合"的讨论可见于《雄辩术原理》10.6.5，原文为"non superstitiose cogitatis demum est inhaerendum.neque enim tantum habent curae,ut non sit dandus et fortunae locus,cum saepe etiam scriptis ea quae subito nata sunt inserantur"，意为"不要过分执着于苦苦思索的计划，妙手偶得的创新更好。正因此，我们写作时总有出乎意料的灵光乍现"。

3. 昆体良"多模仿一些作者的创作……"的忠告出自《雄辩术原理》10.2.26，原文为"plurium bona ponamus ante oculos，ut aliud ex alio haereat，et quod cuique loco conveniat aptemus"，意即"徜徉在众多优秀作家的作品里，这样就可以采撷众长，博观约取，到写作时便得心应手"。

4. 昆体良"不必书写真实……"一句来自《雄辩术原理》2.17.20—2.17.21，原文为"orator，cum falso utitur pro vero，scit esse falsum eoque se pro vero uti；non ergo falsam habet ipse opinionem，sed fallit alium...et pictor，cum vi artis suae efficit，ut quaedam eminere in opere，quaedam recessisse credamus，ipse ea plana esse non nescit"，意为"当一个作家不书写真实，而书写虚构时，他知道这是虚构的，自己也不会相信这是真实的；他这样写只是为了欺骗他人……就像一个画家用艺术的魔力蒙蔽我们的双眼，让我们看到那些他自己知道本不存在的事物。"

尾声

1. "时间之墓，亦是时间之母"一句的原文为"ἐξ ὧν δὲ ἡ γένεσίς ἐστι τοῖς οὖσι，καὶ τὴν φθορὰν εἰς ταῦτα γίνεσθαι κατὰ τὸ χρεών· διδόναι γὰρ αὐτὰ δίκην καὶ τίσιν ἀλλήλοις τῆς ἀδικίας κατὰ τὴν τοῦ χρόνου τάξιν"。6 世纪的新柏拉图主义者，奇里乞亚的辛普里丘（Simplicius of Cilicia）在《亚里士多德的物理学述评》（*Comments on Aristotle's Physics*）一书中（24.18—24.20）认为这是泰勒斯的学生阿那克西曼德（Anaximander）说的。

2. 托马斯·特文宁的绝望慨叹来自他 1786 年 10 月 19 日写给查尔斯·伯尼（Charles Burney）的信。该信收录于理查德·特文宁（Richard Twining）编著的《一位 18 世纪乡村牧师的再现与研究——牧师托马斯·特文宁书信选》[*Recreations and Studies of a Country Clergyman of the Eighteenth Century,Being Selections from the Correspondence of the Reverend Thomas Twining* （London：John Murray，1882）] 第 139—141 页。

3. 哲罗姆对"字对字"翻译的排斥和对"阐释"的支持可见于其《致马齐乌斯的信》（"Letter to Pammachius"）。信的开篇就表明了对"哲罗姆翻译实践"的辩护，继而谈到"受过教育的译者"，还有对罗马诗人贺拉斯等一众文学家的赞赏，最后断言使徒保罗能提炼出《希伯来圣经》的真正含义，因为"他不是字对字地抄录文字，而是通过阐释，揭开它们的深层含义"。

4. 本部分开头提到的那位强调注释重要性的"天才作家"是米格尔·德·塞万提斯，这一主张出自《堂吉诃德》[*El ingenioso hidalgo don Quijote de la Mancha*（Madrid,1605）] 的序言。

其他阅读材料

1. 如果想了解更多本书中的研究方法，即修辞叙事理论或叙事科学（不是认知叙事学或认知研究，不同于本书，它们关注文学的解读，而非文学的创造），经典的教科书就是引言部分讨论过的亚里士多德的《诗学》。亚里士多德之后，该方法大部分均已散失，直到 20 世纪时，克雷恩和芝加哥学派的学者们令它复兴，正如本书尾声部分所记述的那样。相关作品包括：克雷恩的文章《〈弃儿汤姆·琼斯的历史〉的情节分析》（*The Plot of Tom Jones*），收录于《评论家和评论：从古代到现代》[*Critics and Criticism：Ancient and Modern*（Chicago：University of Chicago Press，1952）]；韦恩·布斯（Wayne Booth）的《小说修辞学》[*The Rhetoric of Fiction*（Chicago：University of Chicago Press，1961）]；詹姆斯·费伦（James Phelan）的《作为修辞的叙事》[*The Rhetoric of Fiction*（Chicago：University of Chicago Press，1961）]。

2. 如果对笔者融合叙事科学与文学创造的心理学效用的方法感兴趣，作为入门，可以阅读由我和约翰·蒙泰罗索（John Monterosso）合著的《自由间接引语的科学：另一种认知效应》（The Science of Free-Indirect Discourse：An Alternate Cognitive Effect）一文，于 2016 年载于第 24 期《叙事》（*Narrative*）杂志的第 82—103

页，数字对象标识符为：10.1353/nar.2016.0004。这篇文章探讨了简·奥斯丁的叙事如何帮助我们的大脑在爱情中变得更加宽厚，正如本书第十一章所探讨过的那样。如果想探究文学创造更广泛的社会效益，可以阅读我的《滑稽的民主》[*Comic Democracies*（Baltimore:Johns Hopkins University Press, 2016）]一书，其中展示了从古代喜剧到莎士比亚，再到美国《独立宣言》中的六种文学创造，它们滋养着好奇心、开阔灵活的思想，以及民主所需的其他神经源泉。